杨剑龙

著

十指梅花

杨剑龙中短篇小说集

逐作家之梦
共鉴代表性小说
窥创作之概况

九州出版社
JIUZHOUPRESS

图书在版编目（CIP）数据

十指梅花：杨剑龙中短篇小说集／杨剑龙著．--

北京：九州出版社，2024.3

ISBN 978-7-5225-2671-3

Ⅰ.①十… Ⅱ.①杨… Ⅲ.①中篇小说-小说集-中国-当代②短篇小说-小说集-中国-当代 Ⅳ.①I247.7

中国国家版本馆 CIP 数据核字（2024）第 049447 号

十指梅花：杨剑龙中短篇小说集

作　　者	杨剑龙　著
责任编辑	陈春玲
出版发行	九州出版社
地　　址	北京市西城区阜外大街甲 35 号（100037）
发行电话	（010）68992190/3/5/6
网　　址	www.jiuzhoupress.com
印　　刷	唐山才智印刷有限公司
开　　本	710 毫米×1000 毫米　16 开
印　　张	17.5
字　　数	268 千字
版　　次	2024 年 3 月第 1 版
印　　次	2024 年 3 月第 1 次印刷
书　　号	ISBN 978-7-5225-2671-3
定　　价	78.00 元

自序：我的作家梦和小说创作

1967 年初中毕业的我，就在上山下乡的热潮中，离开了故土上海，去了江西省靖安县高湖公社西头大队插队务农。记得我当时将手抄的唐诗宋词带下了乡，作为闲暇时打发时光的读物。5 年多的山区农村务农经历，让我体验了在大城市里没有体验过的生活。下田插秧割稻，上山伐木砍柴，下水撑筏摸鱼，参加冬季兴修水利工程，参加靖永公路（从靖安到永修）的修建，这样的生活经历让我终生难忘。我还曾经作为公社指派的工作组成员，到高湖公社高湖大队蹲点，参加社会主义教育运动，也曾经作为民办教师，在西头大队完全小学从事教学工作。

我大学就读于江西师范大学中文系，这大概是我走向学者道路的第一步。大学毕业后，由于学习成绩优异，我被留校，且被分配到写作教研室任教。在大学里，教写作是被人瞧不起的，因为教写作让人感觉没有学问，不像教中国古典文学、外国文学的，让人感觉满腹经纶，但是我却十分喜欢。为了教学工作，我认真备课、授课，还努力从事文学创作，我当时的想法是自己不会写，如何指导学生写作呢？因此，当我创作的诗歌、散文先后在报纸杂志发表，这也增强了我自己教学的自信心。

当时，大概也因为写作学还没有真正成为一门学问，因此，我报考研究生就选择了中国现当代文学专业。1984 年，我考入了扬州师范学院，在曾华鹏、李关元先生门下攻读硕士学位，也可以说开始真正走上学术研究之路。我的硕士学位论文是《二十年代的乡土小说论》，涉及以鲁迅为代表的乡土作家的小说创作，这些作家包括王鲁彦、许钦文、许杰、废名、台静农、彭家煌、王任叔、蹇先艾、沈从文、黎锦明、潘漠华等。在毕业分配时，导师曾华鹏先生想让我留在扬州师范学院工作，我联系了上海师范大学，导师说上海是我的老家，就让我回上海了。

我到上海师范大学工作后，主要从事中国现当代文学的教学和研究工作，其间，我当作家的想法仍然没有消隐，只是被教学和研究工作掩盖和压抑了而已。2001年，我以身边大学生活为题材，创作了短篇小说《凝望与叹息》，发表在《当代小说》2001年第8期。2006年，我以某教授做了白内障手术后看不到美为意象，创作了短篇小说《消失了的朦胧》，发表在《延河》2006年第9期。虽然教学和研究是我的正业，但是我仍然常常"不务正业"，从事文学创作。2006年暑假，我以在山区插队撑木排竹筏的生活为素材，创作了长篇小说《汤汤金牛河》，《芳草》杂志2007年第4期发表了其中的篇章。2008年7月，《汤汤金牛河》繁体本由台湾秀威资讯科技股份有限公司出版；2008年10月，《金牛河》简体本由安徽文艺出版社出版。该长篇小说出版后，获得了文学界的好评，学者郭小东在《30知青作家批判书》里，列专章《知青文学另类书写的新秀——杨剑龙》予以研究。此后，我陆续发表了一些中篇小说、短篇小说或微型小说。中篇小说《清明时节雨纷纷》《十指梅花》、短篇小说《北戴河之恋》《残荷》《最后一班校车》《寻猫记》都以知识分子生活为题材，努力写出人与人之间的情感纠葛；中篇小说《租赁男友》、微型小说《性别投稿》《喷嚏》《牙痛》《卡拉不OK》《看手相》，都是市井生活题材。2020年新冠疫情期间，我宅在家中，又创作了《月儿弯弯照九州》《不知道为了什么》《杜鹃花开的季节》《旗袍人生》《林教授的狗官司》《U盘里的秘密》，大多与知识分子生活有关，有的投稿已被刊物接受，有的还在等待是否录用的信息。

我自2000年就参加中国小说学会年度小说排行榜的评选，每年都阅读大量的小说作品，并且参加投票评选和上榜作品的赏析，这大概有时也触发了我小说创作的灵感。我的小说观念还是比较传统，我认可"小说，讲述有意思的故事"。这里的传统包括：（1）小说必须有故事；（2）故事必须有意思。文学的基本评价是真善美，无论作家如何去描写、去抒发、去表现，无论是鞭挞丑，还是褒奖美，这种标准基本是不错的。

我曾经出版了25部个人学术专著，主编和合著学术著作20余部，选编作品集 8 部，主编学术丛书 4 套 20 余部。我曾出版个人散文集《岁月与真情》、个人诗集《瞻雨书怀》，现在我将这些零零星星发表的小说结集出版，是对自己小说创作的一种回眸和纪念，也是与对我小说感兴趣的朋友们分享。我将李洪华教授发表于《当代文坛》2015 年第 5 期的论文《转型时期的"学者小说"——论杨剑龙的小说创作》收入小说集中，读者可以从此文窥见我小说创作的概况。

白驹过隙，岁月匆匆，给自己的人生和创作做总结的时候也差不多到了，出版该部小说集，大概也有这样的心态和企图，希望自己能够老骥伏枥，壮心不已，有精力、有兴趣抽暇再创作一些"讲述有意思的故事"的小说。

2022 年 10 月 26 日

于瞻雨斋

●●●●●● 目录

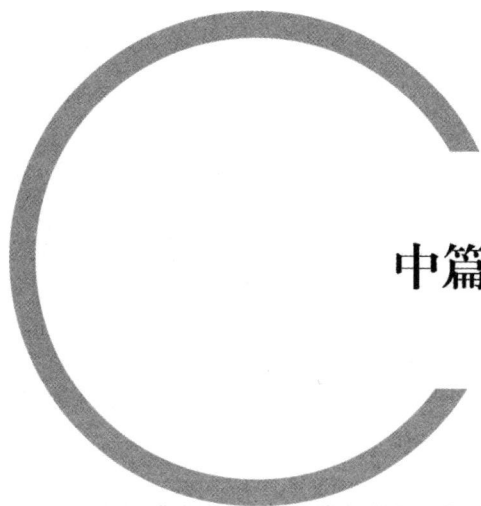

中篇小说

十指梅花

一

刘天殊是男人，他的十个指甲居然被绘上了一朵朵猩红的梅花。

那天，刘天殊喝醉了，张秋石开车将他送回家时，他几乎烂醉如泥。如何将刘天殊送上楼呢？打电话，他家里没人。他家那幢楼六层没有电梯，刘天殊还住在顶层。这急坏了张秋石，他的女朋友还在酒店等他呢。他想了想，便将刘天殊扶进了不远处的一家美甲店，这店有一个有意思的店名"仙人指"，店的橱窗广告是一双纤纤玉手，白玉般的纤细的手指，每个指甲上都绘着一朵梅花，猩红的梅花在玉色的手指上显得十分艳丽。

张秋石将烂醉的刘天殊扶进"仙人指"，迎上来一位面容姣好的小姐，她望着进门的两位男士有些大惑不解，店里来的大多是女士，很少有男士，而且还一个扶着一个。

"您二位是要美甲？"小姐瞪着一双大眼问，额头的一绺头发遮住了她的半边脸，这也是一种时髦的发型。

"我这位朋友喝醉了。我想让他在您这里坐一下，他家就在对面楼上。"张秋石尽量笑容可掬地说，用嘴向对面的楼努了努。

小姐冷冷的，没有回答，进去了。不一会儿，出来了一位身穿白色套装的女士，大约是经理或负责人。她望了望这两个男人，说："喝醉了？是不是需要送医院？我们这里是美甲店，不是医院！"

张秋石笑着说："我朋友就是多喝了一点，没有什么大问题，他家住你们店对面，现在家里没有人，能不能让他在这里休息一下，酒醒后他就会回家。"

那女士说："我们这里不是收容所，我们要做生意的！"

张秋石想了想说："你们这里绘一副指甲多少钱？"

"那要看看绘什么。"那女士拿出一本样本。

张秋石没有接样本，问："最普通的多少钱？"

"一般自然甲彩绘50元。"那女士翻着样本的一些照片说。

"我给你100元，就让我的朋友在你店里休息，酒醒了让他回去就行。"张秋石掏出一张一百元的钞票说。

那女士迟疑了一会儿，又仔细望了望喝醉了的刘天殊，点了点头，接过了钱。

张秋石便与她一起将刘天殊扶到后面的躺椅上。将刘天殊安放在躺椅上后，张秋石就匆匆开车走了。

二

刘天殊醒了，头还有点昏昏沉沉的，他望望四周，自己居然在一个美甲店里，旁边都是正在美甲的女性。他有点莫名其妙，问："我怎么在这里呀？"

一位身穿白色套装的女士笑着对他说："你喝醉了，是你的朋友把你送来的，你醉得路也不能走了，你朋友就把你放在这里了。"

旁边一位一绺头发遮住了半边脸的小姐望着他的手指诡谲地笑了笑。

刘天殊起身推开门，往对面他住的那幢楼走去。

刘天殊是江南大学影视学院的年轻讲师，开设中外电影史的课程，也写些电影史、影视作品的研究文章。老同学舒涟漪从北京来，给他打电话，他便约了在电视台当导演的张秋石一起为老同学接风。舒涟漪大学毕业后读了硕士、博士，后来留在了中国电影学院工作，成为电影界颇有声名的女学者，参与了大众、百花奖的策划与专业评审工作，她到这里是参加一个电影新作品的研讨会。

舒涟漪是湖南人，刘天殊特意找了一家湘菜馆。他曾经在大学时追求过舒涟漪，虽然他们也常常一起去逛街、看电影，但是舒涟漪只是将他看作一般的朋友，他俩的关系始终没有越过朋友的界限，即使刘天殊使出了浑身解数，舒涟漪也显得极为冷静，不仅行动上有着拒之门外的意思，而且在口头上也不松半点，刘天殊觉得十分无趣，就赶紧收回视线另找目标了。

刘天殊给妻子打了个电话，告诉她晚上有聚会，便早早到湘菜馆等候。他不想让妻子参与同学的聚会，怕那些陈年旧事触痛妻子的神经。妻子是一个过于敏感的人，读大学时比刘天殊低一个年级。婚后的生活虽然让刘天殊感受到了家庭的温馨，但是妻子总将他看作私有财产，管头管脚以外，还管各个方面，甚至还常常搜查刘天殊的衣袋，翻翻是否有不忠于她的证据，虽然她是避开刘天殊的，但是偶然间被刘天殊看到一次，倒激起了夫妻俩的争吵。

张秋石是聚会少不了的人物，他能说会道，又在电视台工作，信息灵通，尤其常常有一些小道消息，如某某副市长与电视台某女主播有暧昧关系，哪两个领导为某女演员争风吃醋，哪位领导新买了房金屋藏娇。张秋石尤其有很好的记性，那些手机上流传的黄段子，他常常倒背如流，倒总能给聚会增添一些色彩。张秋石与在报社当副总的妻子离婚后，是一个自由人了，他简直坠入了花丛中，电视台导演的特殊身份，使他能够与各种各样的女性打交道，他离婚后的生活好像更丰富了，女朋友走马灯似的换。刘天殊遇到他总会与他开玩笑："又换女朋友了？现在的女朋友是哪里的？"张秋石总是故作神秘地笑笑。

刘天殊坐在湘菜馆的岳麓斋里，见舒涟漪穿着一身墨绿色绘有荷花图案的真丝连衣裙款款而入。几年不见，舒涟漪仍然那样漂亮迷人，刘天殊连忙起身迎接，不小心将茶盅碰翻了。舒涟漪落落大方地向刘天殊伸出手，刘天殊握住舒涟漪白皙的手，心跳猛然加快了。

舒涟漪落座后问："就我们俩？"

刘天殊说："还有张秋石，这个家伙聚会没有不迟到的。"刘天殊扶了扶鼻梁上的眼镜。

舒涟漪问刘天殊最近在忙些什么。

刘天殊淡然地说："我还能忙什么，还不是上课、看书、写文章。"

舒涟漪问："明天的研讨会你去不去？"

刘天殊喝了一口茶，说："去呀，去呀，你老同学去，我还能不去吗？他们也给我发了通知，只不过你是坐主席台的。"刘天殊有点不敢望舒涟漪的眼睛，她的眼睛仍然像在大学读书时一样一汪秋水一般，只是现在更显得凝重了一些罢了。

等到菜上了桌，张秋石才到，他一边一一握手，一边说："抱歉，抱歉，台长找我有事，来晚了，罚酒！罚酒！"

张秋石问刘天殊："今天还有谁？"

刘天殊回答说："就我们三个。"

张秋石便戏谑地说："哎呀，你们两个旧情人见面，我在这里干吗?!"

舒涟漪伸出一个手指，戳在张秋石的额头上，半真半假地说："你的狗嘴里怎么总吐不出象牙来呢?!"

刘天殊有些尴尬地举起酒杯说："喝酒，喝酒，友情为重，友情为重！"

谁知刘天殊居然喝醉了，是不是酒不醉人人自醉？只有他自己知道了。

三

刘天殊走出美甲店，一脚高一脚低地走回了家，他是扶着楼梯的把手一步一步蹭到六楼的。妻子杜莉莉晚上要采访一位明星，她在一家大报当记者。刘天殊进门后，也没有洗漱，倒在床上就睡了。

不知道什么时候，刘天殊被推醒了，睁开眼，是妻子杜莉莉的脸，和一盏刺眼的床头灯，妻子居然将床头灯对着他的眼睛，并拉着他的手问："怎么回事？"

刘天殊还没有从醉态中恢复，睁着一双迷糊的眼，问："什么怎么回事？"

杜莉莉一脸不屑的神情，气呼呼地说："你看看你的一双手！你是男人还是女人呀？十个手指甲上都绘了梅花，比我还赶时髦呀！"

刘天殊揉了揉眼，望了望自己的手指，真的，自己的十个指甲上都绘了梅花，在灯光的照耀下，一朵朵梅花猩红绽放。这是我的手指吗？刘天殊迷糊了。他的两只手用力捏了一下，是自己的手，怎么会被绘上了花呢？他用一只手去搓另一只手的指甲，想将这些图案搓去，却没有任何效用。

杜莉莉揪住他的一只耳朵问："告诉我怎么回事！钱没有地方用，是吗？"

刘天殊觉得耳朵被揪得痛死了，他叫道："放手！你放手！"

刘天殊记起了自己是从对面的"仙人指"美甲店走出来的，一定是张秋石恶作剧。他便告诉了杜莉莉，他与同学聚会，喝醉酒被张秋石送回家，家里没人，张秋石将他放在对面的美甲店。

杜莉莉将信将疑地望着他，望着他画满了梅花的指甲。

刘天殊不说话了，他将食指的指甲放进嘴里，用牙齿啃着指甲上的梅花。

杜莉莉用手"啪"的一下打掉了刘天殊放在嘴里的手，说："不能啃，这些颜色啃进嘴里会中毒的！"

刘天殊觉得嘴里苦苦的、干干的，便起身喝了一杯矿泉水，凉凉的，很舒服。他脱了衣服钻进被窝，很快就睡着了。

杜莉莉没有上床，坐在沙发上想了很久，半夜时分，她蜷缩在沙发上睡着了。

四

刘天殊醒来的时候，已经早上9点了，他一骨碌从床上跳起来，哎哟，今天还要去参加研讨会。

妻子早就没了影子，太阳明晃晃地照在客厅的地板上。

刘天殊吃了两块饼干，喝了一口水，打了一辆出租车匆匆往会场而去。

会场在一个五星级酒店，走进2楼豪华的会议室，见舒涟漪正在主席台上代表与会专家致辞呢。她的声音柔媚清晰富有魅力，在聚光灯下，舒涟漪鹅蛋形的脸庞神采奕奕。刘天殊目不转睛地望着这个常常在他梦境中出现的脸庞，好像又回到了大学时代……

刘天殊在会议室最后面的角落找了一个座位坐下。旁边有声音轻轻地唤他，是影视界的一位熟人，刘天殊向她点了点头。

会议主持者宣布："开幕式到此结束，请与会代表到酒店门口合影。"

会场里瞬时响起拖动椅子的声音，以及朋友相互打招呼的声音。

刘天殊看到妻子杜莉莉也从前排的座位上起身，她是来采访这个会议的。

刘天殊起身慢慢走下楼梯，走到酒店门口。门口的台阶前已经放了一排座位，是给那些官员和名人们准备的，座椅背上都有名字，刘天殊看到也有舒涟漪的名字。他站在一边，等那些主席台上下来的宾客们先坐上去。

人们让开了一条道，让刚走出大门的那几位领导坐到位置上。

"刘天殊！"不知道是谁叫他。

是舒涟漪，刚从主席台上下来的她，还有些激情洋溢的意味。

舒涟漪伸出手来，与刘天殊握手，手握住了，她的眼里露出奇异的表情，她将刘天殊的手拽住拉向眼前，她发现刘天殊的手指甲上竟然绽开着一朵朵猩红的梅花。

刘天殊望着舒涟漪光彩照人的脸，他不知道发生了什么事情，望着舒涟漪将他的手紧紧拽住的表情，突然惊醒了过来，是他手指甲上的梅花！刘天殊使劲抽回了他的手，望着四周一双双表情怪异的眼睛，他赶紧将一双手插进了裤子口袋里，站到了合影队伍最后的角落里。

五

舒涟漪做了大会主题发言后，就匆匆离开了会场。她在机场给刘天殊打了个电话，她告诉刘天殊明天北京还有一个研讨会，一定要她参加，她只能先离开了。她在电话里颇有意味地问刘天殊："怎么回事，美甲了？挺漂亮的。"

刘天殊回答："昨天喝醉了，张秋石送我回家，没有送上楼，把我放在我家对面的美甲店了，我也不知道，大概是张秋石这个家伙搞的鬼，我还没有找他算账呢！"

舒涟漪哈哈一笑，说："没走桃花运，也别走梅花运呀！"

下午，刘天殊刚刚发完言，他的手机就响了，是太太杜莉莉的电话。杜莉莉告诉他，她4点在酒店门口等他，让他准时到门口。刘天殊问她有什么事，她说见面再说。

听完影片导演关于拍摄影片的报告，刘天殊下楼来到酒店门口，杜莉莉的车已停在那儿了。刘天殊打开车门问有什么事，杜莉莉没有回答，只是摆了一下头，意思让他上车。

落座后关上车门，刘天殊又问有什么事。

杜莉莉不屑一顾地说："你看看你的手，满手梅花，你居然有胆出来开会，你不要脸，我还要脸呢！你准备将这些梅花保存多久？还想满手梅花招摇过市吗？"

刘天殊伸开两手，望着满手猩红的梅花，苦笑着摇了摇头。

杜莉莉的福克斯轿车在他们家对面的"仙人指"美甲店门口停了下来，刘天殊问："到这里干啥？"

杜莉莉说："解铃还得系铃人，不找他们，找谁呀？"

杜莉莉阖上车门，走进了美甲店。刘天殊跟在后面，像被家长领着去见老师的犯了错误的学生。

"小姐，美甲吗？"一绺头发遮住了半边脸的小姐迎了上来。

"我找你们经理！"杜莉莉一脸怒色。

"经理不在。"那位小姐怯怯地说。

"经理不在，我找负责的就行。"杜莉莉嘴角一撇。

小姐不作声，走了进去。

不一会儿，出来了一位身穿白色套装的女士。她彬彬有礼地走到杜莉莉与刘天殊的面前，问："两位有什么需要我们服务的吗？"

杜莉莉怒气冲冲地摊开刘天殊的手，问："这是你们做的好事？！"

身穿白色套装的女士仔细看了看，说："这事我不知道，我问问其他人。"

过了一会儿，另一位身穿白色套装的女士走过来，一脸歉意地说："不好意思，是昨天另外一位先生送这位先生来的，他付了美甲的钱，然后我们店里的服务员给做的。"围拢来几位服务员，望着刘天殊手指上艳丽的梅花窃窃私笑，显然是其中哪一位的恶作剧。

杜莉莉趾高气扬地说："你们立刻给我把他指甲上的梅花洗掉！"

白色套装的女士显然是经理，她淡然地说："洗掉可以，但是需要付钱！"她明显不满意杜莉莉的傲慢。

杜莉莉牛眼一瞪，问："什么？你们给一个男人的指甲上绘花，我不来问罪，现在洗掉，还需要再付费？简直岂有此理！"

女经理慢条斯理地说："昨天美甲是因为有人付款要求我们做的，今天洗甲是你们要求做的，当然要付款了！"

刘天殊扶了扶眼镜，说："多少钱？我付，我付！"

杜莉莉用力将刘天殊推到后面，冷冷地一笑说："你们讲不讲道理？我还没有问你们退回昨天美甲的钱呢！你们居然还要我们交洗甲的钱！"

女经理不屑一顾地说："昨天是昨天，今天是今天！不付钱，谁给你洗甲？！"

杜莉莉显然被惹怒了，她一把拽住女经理套装的护领，怒喝道："快洗甲！"

女经理用力推开杜莉莉的手，杜莉莉一个趔趄，险些跌倒。她站稳脚，上前扬手就给了女经理一个耳光。

女经理摸着脸颊冲上来，用头撞翻了杜莉莉，美甲店的服务员都围上前来，刘天殊起身扶起了跌倒的杜莉莉。杜莉莉起身后，抡起桌上放着的一只可乐瓶大小的电金指甲油瓶，向女经理劈头盖脸砸了下去，瓶子破了，指甲油溅了女经理一脸，脑袋破了，血顺着女经理的额头流了下来，在场的人都惊呆了。

有人打了110，警察来了，先让人送女经理去医院，杜莉莉、刘天殊和美甲店一干人跟随警察去做笔录。

六

杜莉莉因为动手打人，被拘留三天。刘天殊请当导演的老同学张秋石找人去说项，回答说公事公办，没有回旋余地。

家里没有了妻子的身影，刘天殊倒觉得自在了很多。

刘天殊到美甲店问了女经理的情况，店里的服务员说，她还住在医院里，因为怕有脑震荡后遗症，需要留院观察。问清了哪家医院和病床号，刘天殊买了一个水果篮和一束鲜花，去探视女经理。

刘天殊伸手推病房的门，他手指甲上一朵朵猩红的梅花还在，护士先看见他的手，再看见他的脸，护士不禁"噗嗤"一声笑了。护士问他找谁，刘天殊说找美甲店的女经理。护士说，我们这里是医院，不是美甲店。躺在病床上的女经理头上绑着绷带，她欠身说："你是来看我的吗？"刘天殊匆忙将花束和水果篮拎到她的病床前，十分歉疚地说："经理，对不起了！"

女经理明眸皓齿鹅蛋脸，一头秀发用一块手绢绾在脑后，她示意刘天殊在病床前的一张椅子上坐下。她愤愤地说："你的那位夫人脾气真的很大，否则，帮你把指甲上的梅花洗掉是很简单的事，根本不用你再付钱。"

"她是大报的记者，出门常常是别人看她的眼色，颐指气使惯了，我在家也总是忍受她的这种态度。"刘天殊说。

"在家里可以这样，出门谁会买你的账呢？"女经理清秀脸庞上的一双大眼睛扑闪着。

女经理告诉刘天殊，她叫张秀雅，浙江湖州人，毕业于理工大学艺术设计系，她一直对女性服装设计感兴趣，毕业后她曾经在一家服装厂工作，后来因为与私营老板产生矛盾而辞职，就应聘到这家美甲店，本来想作为一种过渡，谁料渐渐产生了兴趣，一做就是三年。她与老板和员工关系都很好，也真心实意为顾客服务，谁料却与杜莉莉发生了争执。

刘天殊真诚地表示道歉，答应除了支付一切医疗费用外，并给予她一定的经济补偿。

张秀雅说其实她伤得并不严重，只是有些轻微脑震荡，明天早上就可以出院了，刘天殊答应明天来医院接她出院。

第二天是星期天，早饭后刘天殊开着他们家的福克斯轿车，去医院接张秀雅出院。到医院还不到9点，等9点刘天殊帮助张秀雅办理了出院手续，支付了该付的费用，张秀雅说送她到美甲店，她今天就打算上班了。一路上刘天殊与张秀雅聊得很投机，他觉得张秀雅是一个通情达理、善解人意的女子。刘天殊望着张秀雅绷带下亮亮的眼、修长的眉，想到古人说的"眉长而绣者贤妇，眼绣而清者贵阁"。

福克斯轿车开到美甲店门口，刘天殊将张秀雅送进店门，他返身回车上前，张秀雅告诉他，让他把车停到平日停车处，再回美甲店，她有事告诉他。刘天殊不知道张秀雅还想告诉他什么，他以为她要与他谈赔偿的事。再进美甲店，刘天殊两眼寻觅张秀雅的身影，发现张秀雅已经把绷带拆了，伤口处贴了一块肉色的创口贴，不注意还看不出来，他知道张秀雅又回到经理的位置上了，如果戴着绷带上班，会影响美甲店的形象。

见到刘天殊，张秀雅甜甜地一笑，让刘天殊在她跟前的椅子上坐下。刘天殊坐下后，两眼望着张秀雅，等待她说什么。张秀雅却让他伸出双手，十指上的梅花依然绚烂。刘天殊这才记得这几天都忙碌于处理纠纷，把这件事情忘了。张秀雅取出一瓶净甲液，细心地用化妆棉蘸了净甲液，压在每个指甲上，过了几秒钟，再一一揭开，指甲上的梅花都纷纷脱落了。张秀雅再用净水将他的指甲细细清洗，刘天殊的指甲又恢复原状了。刘天殊收起双手准备回家，张秀雅让他等等，她拿出美甲剪将他的指甲一一修剪，再用指甲锉一一锉光滑。

刘天殊兴奋地端详着十指，说："这下好了，不会影响我给学生上课！"

刘天殊问张秀雅需要多少钱，张秀雅淡淡一笑，说："这次服务免费了！"

刘天殊说，这怎么好意思呢。张秀雅回答说，不打不相识嘛！刘天殊提出请张秀雅吃晚饭，张秀雅思忖了一会儿，点点头。

七

现在在大学工作并不轻松，刘天殊博士毕业后到江南大学影视学院任教，别人看着他好像很闲适，其实大学的压力大着呢！除了要在讲台上站住脚，还需要在学术上有所作为，申报科研项目、发表高级别刊物的学术论文、参加高层次的学术会议。刘天殊去年申报副教授，却在校学术委员会投票时被刷了，现在大学里青年教师都是博士、博士后了，竞争特别激烈。别人大多有业余生活，而刘天殊的业余生活几乎都扑在书斋里了。

刘天殊与杜莉莉是去年结的婚。他们是在一个学术会议上结识的，聊起来他们居然是校友，虽然杜莉莉低一个年级，但是也有共同认识的老师和朋友。后来有一次同学聚会，刘天殊就邀请了杜莉莉，他们俩都是单身，交往多了，就走到了一起。也许是接触的时间不算长，婚后刘天殊总对杜莉莉颐指气使的性格难以适应。刘天殊原来也是个活泼开朗的人，结婚后他的性格慢慢变了，变得压抑内向了，连老同学张秋石也说他原来的话匣子变成了闷葫芦了。杜莉莉在报社工作十分忙碌，他们夫妻之间的交流也越来越少。双休日除了完成夫妻间的事，就是弄几个像样的菜，吃一顿可口的饭。虽然他们俩都老大不小了，但是造人的事情仍然没有放到议事日程上来。他们过得很压抑，杜莉莉常常絮絮叨叨地数落丈夫，刘天殊也只有不吭声。在美甲店发生的事情，也是压抑太久后杜莉莉的一次宣泄。现在杜莉莉因砸伤人被拘留，倒也是冷静下来的一种迫不得已的途径。

今天是星期天，晚上5点，刘天殊就开车去美甲店接张秀雅。张秀雅穿了一身墨绿色的套装，青春靓丽、落落大方。刘天殊将车子开到思南路的思南公馆法国餐厅。原来属于法租界的思南公馆有成片花园洋房，近代历史名人柳亚子、梅兰芳等曾先后在此居住。20世纪末，思南公馆作为优秀历史街区得到了保护改造，现在已经成为集人文、历史和时尚底蕴于一体的特色景区了，法国餐厅就坐落于此。停了车，走进优雅的餐厅，只见靠墙壁的灯光朦胧，别有一种情调。他们在靠窗的位置坐下，刘天殊递上菜单让张秀雅点菜，她淡淡一笑说："麻烦您点吧！"刘天殊点了鳕鱼、鹅肝、龙虾汤、牛排，另外点了甜品和咖啡。"这里的环境优雅，菜却不便宜。"张秀雅说。"这里是高档消费区，有时候环境比菜肴更重要。"刘天殊说。

因为开车，刘天殊就没有喝酒，他们俩就以矿泉水为酒，碰了碰杯。刘天殊真诚地说："张经理，谢谢您的赏光，对于我太太的过激行为，我表示真诚的道歉！"张秀雅啜了口水说："其实人生也是缘分，如果您不喝醉酒，就不会进我们美甲店的门；如果不给您的指甲绘上梅花，也就没有您夫人的上门；如果没有您夫人的上门，就没有我的脑袋受伤；如果没有我的脑袋受伤，也就没有我们今天晚上的聚会！"刘天殊哈哈大笑说："您的口才真好，像绕口令一样。"

这里菜的口味是法式的，菜一道一道地上，服务员服饰别致、服务彬彬有礼，他们俩用刀用叉慢慢品味，慢慢聊天。谈话渐渐深入，刘天殊问张秀雅是否有男朋友，张秀雅回答说在服装厂工作时曾经有过一个，离开那里后就断绝了来往，来美甲店后结交过两个，都没有进行下去，最近有人介绍一个海归，刚刚开始接触。张秀雅问起刘天殊的生活，刘天殊颇有些不悦地回答："也就是上上课、看看书、写写文章而已。现在大学的工作压力山大呀！"张秀雅问起刘天殊妻子的工作，刘天殊回答说："我妻子在报社工作，现在报纸受到网络等新媒体的冲击，日子也不好过，订户每年都在下降。"张秀雅是精明人，她突然问："你们夫妻关系大概有些紧张吧？我看你的太太比较强势！"刘天殊不禁盯住张秀雅看了一眼，问："你怎么看出来的？""明眼人一看就知道！你太太那个性格，那个语气，那种气场！"刘天殊苦笑了，他品起了咖啡。这咖啡味正，但是比较苦，刘天殊又加了一些糖，他笑着说："生活就像这咖啡，有味，却有点苦。"张秀雅点点头。

开车将张秀雅送回她的租住房时，刘天殊谈起了经济赔偿的事情。张秀雅想了想说："算了吧，我们也是朋友了，以后我有什么事情用得到你时，你们帮帮我就是了。"

八

刘天殊去拘留所接杜莉莉了，见到刘天殊，杜莉莉十分平静，就像出差刚下飞机刘天殊去机场接她一样。她问起受伤的女经理的情况，刘天殊回答说并不严重，他告诉杜莉莉是他去医院接女经理出院的，并支付了医疗费、住院费等。刘天殊问起杜莉莉拘留所的情况，杜莉莉回答说除了没有自由，其他也没有什么，也让她在拘留所里放松了神经。刘天殊说以后遇到什么事情，别再冲动，杜莉莉点点头。

回到他们二居室的家，一进门，杜莉莉就显露出不高兴的神情。她进拘留所的这几天里，刘天殊没有打扫卫生，客厅里的衣服没有挂起来，厨房里的碗筷浸在那里没有洗，卧室里的被褥没有叠。杜莉莉一边收拾，一边嘟嘟囔囔地责骂，那神情、那语气、那话语，就像责骂一个死皮赖脸上门乞讨的乞丐。刘天殊的脑门霎时膨胀了，他本来是高高兴兴去接她，现在却接回来满耳的责骂。你告诉我哪里需要收拾，我可以收拾的，不必这样没完没了地责骂。刘天殊心里想，却也不敢作声。杜莉莉整理到哪里，刘天殊就跟随到哪里。到了卧室里，杜莉莉更是怒火三丈，说："这是人住的地方吗？这简直是狗窝！狗窝也需要收拾！"刘天殊从后面抱住了杜莉莉，他用力将杜莉莉转过来，捧住她的脸，不顾一切地用他的嘴唇封住了杜莉莉絮絮叨叨的嘴。杜莉莉挣扎着、推搡着、嘟囔着，她渐渐软了下来，刘天殊干脆将她放倒在床上，一件一件地脱下她的衣裤，直到一丝不挂，杜莉莉睁着俩眼不吭一声任他摆布，刘天殊就势脱下自己的裤子骑了上去。

刘天殊点起了一支烟，他感到从未有过的舒坦，他想到那些强奸犯作案的快感，他躺在被窝里，一只手还在杜莉莉赤裸裸的身体上游走，那一对被抚弄的乳峰坚挺着。刘天殊告诉杜莉莉，他请张秀雅吃了一顿饭，张秀雅免除了他们的经济赔偿。杜莉莉问吃饭用了多少钱，刘天殊告诉用了不到两千。杜莉莉说原先讲好赔偿五千元，现在省去了三千元。过一会儿，杜莉莉又问，在哪里吃的饭，几个人一起吃的，刘天殊都一一做了回答。杜莉莉赤身裸体地起身，冲进厕所里。出来后，她一件一件套上衣服，她说："天殊，你与那位女经理两个人在法国餐厅吃饭，像情人约会一样啊！"刘天殊回答说："你别胡说八道，你采访不也常常在酒吧饭店吗？那也像情人约会呀！"

人生真的是不打不相识，自从与张秀雅一起吃过饭后，每次回家经过美甲店，刘天殊总看到张秀雅在靠近门口的柜台前，忙碌于门店经理的工作，她总对刘天殊温文尔雅地点头笑笑，刘天殊也回以彬彬有礼的笑容。有几次，来了快递，家里没有人，刘天殊就请张秀雅代收，他回家后再去取。有一次，朋友送了两张新上映的《灰姑娘》的电影票，这部由美国迪士尼公司拍摄的电影，重新演绎了童话故事。刘天殊本来要与杜莉莉一起去看的，但是妻子临时有一个重要的采访任务，她让刘天殊另外找一个人去看。这场电影市场反应颇佳，刘天殊不想放弃，他想到了美甲店的张秀雅，他给张秀雅打电话，请她去看电影，张秀雅同意了。真人演绎的童话故事《灰姑娘》拍摄得美轮美奂，明显有着迪士尼的风格。女主角英国影视演员莉莉·詹姆斯曾主演过电视剧《一个应召女郎的秘密日记》《唐顿庄园》，将这个不幸而又幸运的倔强善良女孩瑞拉演绎得真切感人，充满温暖和爱的公主般的童年、遭后母欺凌的悲惨、与小动物们玩耍的欢乐、得到王子钟情的幸福。电影在放映到王子与灰姑娘缔结姻缘时，刘天殊突然感觉有一只小手，悄悄地搭在他放在座椅靠手的手背上，他望望身旁坐着的张秀雅，她好像仍然聚精会神地盯着荧幕，好像他的手就是一块没有温度的木头，刘天殊一动不动地扶着靠手。电影结束了，灯亮了，张秀雅对着刘天殊莞尔一笑。

送走张秀雅回到家，杜莉莉已经回来了，她问电影好看吗？刘天殊回答说，不错。杜莉莉问，你跟谁去看的？刘天殊原本想说与张秀雅一起去看的，后来他突然撒了个谎，说找了一个学生。

九

刘天殊这些天在为要找重要核心刊物发表论文而焦虑，他原先在重要核心刊物发表了的两篇论文已经过了评职称的时效，今年再想申报就需要新发表的论文，而且不是一般核心刊物发表的论文，而是重要的核心刊物。他以前发表的两篇论文都是经导师推荐发表的，他的导师前年就作古了，弄得他就像失去爹娘的孩子一般。他常常看到学院门口的学术讲座的海报栏里，范院长常常邀请重要核心刊物的主编、副主编做学术讲座，听说每次支付的报酬至少两万元，因此，范院长的论文常常见刊于这些刊物，不少论文都是博士生写的，范院长把他的名字署在前面而已。刘天殊是一个小人物，既没有这些平台，又没有与这些主编、副主编接触的机会，范院长的那些博士生留校后，也先后在这些刊物发表过论文，也都是依仗院长的关系，为此，刘天殊常常感到悲凉。

学校的教学检查开始了，先是全校动员，希望每一位教师认真对待、认真准备，学院动员大多数教师复查以往本科生的考卷，必须用红笔改卷、必须有每道题目的分数，缺少的就补上，实在不行的，就重新打印考卷，让学生按照老卷子的内容重新抄录。学校安排一些已经退休的教师作为巡视员，他们可以不打招呼走进任何一个正在上课的教室，听取任何一位教师上课，并写出听课意见和建议，再由学院反馈到授课教师处。自从 2014 年底某日报刊载了致高校老师的一封公开信后，大学老师们草木皆兵，不再自由发挥，满足于照本宣科。刘天殊历来喜欢在课堂上发表自己的独到见解，他常常会针对中国社会的实情，表达一些自己的批评和不满，虽然近来他已经收敛了很多，但是有时候还是会不经意间冒出几句。

那天，他给二年级本科生开设"中国当代电影史"选修课，他讲授 20 世纪 80 年代的中国电影。在讲课讲了大约 20 分钟后，他突然发现教室后排坐了一位老太太，穿着一件红底黑格子的外套，在聚精会神地听课记笔记，他以为是一个影视爱好者，以前偶尔也有这样的听众。在讲到 20 世纪 80 年代中国电影的成就时，他认为，虽然人们对 20 世纪 80 年代的中国电影评价很高，认为其时是中国本土电影最辉煌的时光，但是他认为 80 年代的中国电影其实还在发展过程中，与世界电影的发展还有很大的距离，电影的基本主题虽然是揭露"文革"、期望改革，但是还停留在反封建主旨上，在艺术上很多电影甚至没有超过"革命样板戏"的水平，不少电影甚至呈现出对外国电影的模仿甚至拷贝。他甚至说到中国社会仍然是一个存在着某种专制性的社会，走向民主自由的道路还很漫长。

　　开设这次选修课的第二天，学院分党委陈书记打电话找他，刘天殊匆匆赶到学院，推开陈书记办公室的门，陈书记正等候着他。陈书记笑容可掬地给他倒了一杯茶，客套似的询问他来电影学院后的工作与生活，尤其对他去年申报副教授落选表示遗憾。不一会儿，陈书记的脸上突然收敛了笑容，严肃了起来，好像乌云突然布满了天空。陈书记直截了当地说："刘老师，听说你在课堂上对改革开放的成就有所否定？"刘天殊不解地问："怎么会呢？我在什么时候说的？"陈书记说："昨天你的选修课，有巡视组的老师听课后向学校反映了！"刘天殊这才记起昨天上课时坐在最后面的那位老太太，他想其实他并没有讲什么出格的话语呀！陈书记启发式地开导说："你想想，你是不是说了诸如改革开放时期的电影还不如'革命样板戏'这样的话？还说到中国社会是专制社会这样的话？"刘天殊依稀记得他好像说过，但是表述并不是这样的。陈书记说："既然巡视员已经告到学校去了，我们也没有办法，你先写个材料说明一下吧，否则我们也空口无凭。"刘天殊沮丧地离开了陈书记的办公室，他不知道该如何申诉，也不知道向谁去申诉，这样下去谁还敢登上讲坛？

十

　　晚上回到家，杜莉莉正在厨房里弄晚饭，见到刘天殊，杜莉莉用咄咄逼人的口吻责问："刘天殊，你那天看《灰姑娘》的电影究竟是跟谁去的？你说是与学生一起去的，其实你是跟美甲店的女经理一起去的！你为什么要骗我？你们有什么见不得人的秘密？"杜莉莉愤愤地抛下锅铲，不管锅里正在做着的菜，一屁股坐到客厅的沙发里，顿足捶胸号啕大哭。刘天殊关小了煤气灶上的火，委曲求全地来到杜莉莉的面前，唯唯诺诺地说："我怕你多心，因此没有敢说是跟张秀雅一起去的，临时找人去看，很难的，美甲店就在对面，我就找了张秀雅去看，我们之间根本没有什么事情，就是那次请她吃了顿饭，免去了我们的赔偿费。"原来，今天杜莉莉下班早，她就到对面的美甲店去打理指甲，张秀雅在帮她打理指甲时，不经意间说出了刘天殊请她看电影的事，她还以为杜莉莉知道这件事。

这天晚上，他们俩都没有吃晚饭，杜莉莉一直让刘天殊交代，命令他交代全过程，甚至每一个细节、每一句话语都要说清楚。刘天殊只好原原本本地一一道来，他甚至差一点交代了张秀雅摸他手背的细节，好在他终于忍住了没有说。这是个无穷无尽的鏖战，有点像地下党员被捕后受审讯，让交代同党，只是没有灌辣椒水、上老虎凳，刘天殊暗想。煮好的菜凉了，锅子里的饭冷了，审讯还在继续。

杜莉莉终于疲倦了，她的脸颊上还挂着泪珠，就倚靠在床头上睡着了。刘天殊轻轻地将她的头靠在枕头上，给她盖上了被子。刘天殊回到书桌前，写陈书记要的有关选修课情况说明材料。他回忆着，书写着，眼前晃动着那位巡视员老太太红底黑格子的外套。

第二天，刘天殊去陈书记办公室交材料，陈书记不在，他请办公室的周老师转交。在信箱里他拿到了两封信，信都是有关稿件的，他的两篇论文给这两家重点刊物投稿，都没有被接纳，理由是没有通过匿名评审，专家的意见不能刊载。刘天殊看着这两封口气语调都一样的公式化的信笺，心里想我们范院长发表的论文都是匿名评审通过了的吗？

走出学院的大楼，刘天殊去了校人事处，询问今年申报职称递交材料的最后期限，师资办的小李回答说，一般截止时间是 8 月 25 日，现在都需要网上申报，过了这个节点网上申报系统都会关闭的。刘天殊不禁打了个激灵，离截止时间不到三个月了，他上次申报的几篇论文都过期了，还至少需要在核心刊物发表两篇论文，其中一篇必须发表在重要的核心刊物上。刘天殊想了想，他必须请人帮忙了，以前他总认为靠自己的学术实力，现在看来错了，那些发表在重要核心刊物上的论文，不少是没有学术水平的。他想到了中国电影学院的老同学舒涟漪，她在京城工作，到底与核心刊物接触多，让她推荐一篇文章应该不算难事。他给舒涟漪打了个电话，直截了当地说明了事情的原委和紧急程度。舒涟漪在电话里说，时间太紧，如果宽松一些，大概问题不大，现在只有试试看了，还怪罪他早没有与她说，她让刘天殊马上把论文发到她的电子信箱。刘天殊赶紧回到办公室，将论文发出去后，他轻轻地舒了一口气。

刘天殊离开了办公室，突然手机响了，打开一看，是张秀雅的电话，他听见张秀雅说："刘老师，您的夫人又到我们美甲店来闹了，真是无中生有，捕风捉影！"刘天殊问："我夫人人呢？"张秀雅回答："她刚走，刚才在我们这里大哭大闹，泼妇骂街。"刘天殊赶紧说："对不起，对不起，我马上回去！"刘天殊无可奈何地摇了摇头。

回到家，刘天殊对杜莉莉说："你去美甲店吵闹，有意思吗？你这个大记者，就不要你自己的这张脸吗？没有事情也被你弄出事情来了！你让大家看笑话，你知道吗?!"杜莉莉噘着嘴，没有搭理他。刘天殊匆匆做了晚饭，自己扒了几口饭，丢下一句话："饭和菜我都做好了，我吃过了，你自己吃吧，我出去走走。"就离开了家。

十一

刘天殊给老同学张秋石打了个电话，说想找他聊聊。张秋石正在电视台加班，回答说大概两个小时之后才能脱身，说两个小时之后在外滩18号酒吧见他。

刘天殊看看现在才8点，他们大约10点才能见面。他就坐了地铁到人民广场站下车，漫无目的地在周边漫步，看看市政府办公大楼门口握枪的警卫，看看有"天圆地方"寓意的上海博物馆。刘天殊平时是惜时如命的人，现在这样挥洒时间，他觉得好像太奢侈了。刘天殊平时与人交往并不多，学院里竞争激烈，有靠山有后台的稳扎稳打，像刘天殊这样外地来的，既没有靠山更没有后台，只能独自挣扎。现在能够说说心里话的也只有老同学了，他们不会害你，还会给你出主意，就是与自己老婆说了，也保不齐什么时候她一激动就捅了出去。

刘天殊从人民广场沿着福州路慢慢走去，经过上海书城时，他坐电梯上楼，在有关电影学研究的书架上浏览了很久，看到他自己的电影研究博士论文也赫然在列，与国际上电影研究大师的著作阿杰尔（法国）的《电影美学概述》、艾伦·戈梅里（美国）的《电影史》、戴锦华的《斜塔瞭望》、陈凯歌的《少年凯歌》、黄建业的《潮流与光影》等书并排放着，心中便有一些小小的得意。上海福州路被誉为"中华文化第一街"，新中国成立前被称为四马路，总长不过千余米的四马路及支马路上居然云集了大小书报馆300余家，当年东段四马路是文化街，西段四马路则是妓女窝，文人卖文，妓女卖身，成为四马路上的两道风景线。刘天殊走着、望着、想着，他想当年的文人太潇洒了，刚走出书报馆，就走进妓女窝，现在他这样的文人算什么，甚至还不如乞丐。

刘天殊慢慢走到了外滩，走到了陈毅广场，他想到了2014年年末的那场踩踏的灾难，为了迎接2015年新年的到来，那些来外滩看风景的人们，在拥挤中踩踏，造成36人死亡，49人受伤。现在外滩陈毅广场上，已经架设了铁栏杆，以防游人过多聚集。刘天殊踏上了外滩的观景平台，两岸灯光璀璨，对岸的上海中心、环球金融中心、金茂大厦、东方明珠雄姿英发，身后的外滩万国建筑博览群雍容华贵。他在外滩独自漫步，他不禁想到，个人实在太渺小了，就像黄浦江里的一颗砂砾，就如同他自己，这颗砂砾被黄浦江的浪冲到哪里就停留在哪里，再挣扎再努力也抵挡不住时代的浪潮啊！

刘天殊进入外滩18号这幢近百年的罗马古典主义风格建筑，来到顶楼的平台，顶楼的平台像一艘游船的甲板，中间一面五星红旗在夜风中猎猎飘扬，东方明珠如一柄闪亮的剑直插夜空。不一会儿，张秋石气喘吁吁地找来了，说找停车的地方找了很久，张秋石永远是忙忙碌碌风尘仆仆的样子。他们各点了一杯咖啡，刘天殊点了几样果仁。张秋石拍了拍老同学的肩膀问："天殊，有啥好事与我分享？"刘天殊一五一十地说出了他与张秀雅看电影引起老婆大闹，他在选修课上谈 20 世纪 80 年代中国电影被巡视员告状，他准备申报副教授职称却尚未发表高级别论文。刘天殊说："老同学，你足智多谋，给我出出主意，我愁死了！"张秋石搔了搔已谢顶的脑袋，说："这可都是大事情啊！家庭问题、立场问题、职称问题，容我一一想想。"张秋石在电视台当导演，接触的人多事多，而且他有一个善于思考的脑袋。刘天殊说："其实与张秀雅看电影的事根源还在你，最初是你惹出的事！"张秋石不解地问："你自己找美女去看电影，跟我有什么关系？你自己去找乐子，别给我栽赃啊！"刘天殊便从他喝醉酒被张秋石送到美甲店开始说起，说到妻子大闹美甲店，张秀雅受伤住院，杜莉莉被拘留，一直说到他请张秀雅看电影。张秋石听了后，哈哈一笑说："你不再去找那个女孩，跟太太说到此为止，不就结了吗？毕竟是你们俩过日子，而不是你与张秀雅过日子！"刘天殊说："今天老婆与我大闹后，她又去美甲店找张秀雅责问。"张秋石望着刘天殊的眼睛，一本正经地说："天殊，你老实告诉我，你对美甲店的女经理是不是有点意思？你们之间是不是有啥事情？"刘天殊决然地说："秋石，这个可不能瞎说的，我与张秀雅根本没有事。只是现在想来，我太太杜莉莉那种颐指气使、剑拔弩张的态度，我常常难以忍受，与张秀雅的温文尔雅、善解人意形成了巨大的反差。"张秋石问："天殊，你是想与杜莉莉过下去吗？如果你不想再与杜莉莉过日子，另当别论，不然你就应该与张秀雅彻底断绝来往。'家里红旗不倒，外面彩旗飘飘。'老同学，我看你没有这样的本事！嫂夫人为人不错，虽然性格脾气急躁了一些，但是也可以容忍嘛！"

谈到选修课被巡视员举报的事，张秋石说："中国的惯例是'坦白从严，抗拒从宽'，很多事情，你死不认账，如果没有确凿的证据，往往也就不了了之了。"刘天殊说："书记让我写材料陈述事实，我今天已经交了材料。"张秋石说："你一五一十都说了？竹筒倒豆子？"刘天殊点点头。张秋石问清了材料中写的具体内容，沉吟了半晌，他说："其实，你说的很多电影甚至没有超过'革命样板戏'的水平，这个问题不大，你只是从艺术上说的。问题在于你说的'中国社会仍然是一个存在着某种专制性的社会'，这是非常忌讳的，现在你应该强调'某种专制性'，你并没有完全否定当下的社会，而是指出某些方面存在着专制性，大概可以减轻问题的严重性。"说到申报职称的论文发表，张秋石说他倒认识一位核心刊物的主编，关系不错，只是离送材料的时间太紧，怕不能在这之前就发表出来。他们又聊了一些别的，张秋石站起身要埋单，刘天殊决然地将他按在座椅里，他去埋了单。

<h1 style="text-align:center">十二</h1>

刘天殊回到家，太太杜莉莉早已睡了。刘天殊没有惊动她，另外拿了一床被子，独自在长沙发上睡。

早上醒来，杜莉莉早走了。今天是个晴天，早晨的太阳晒到他睡的长沙发上，暖暖的。他们当时看中这套房，不仅因为交通方便，也因为房型采光都好，只是现在看来，80平方米还是显得小了点，但是即便如此，他们俩按揭下来每月几乎要一个人的工资还贷。

早饭后，院办公室小周打电话来，说陈书记找他，让他今天抽时间找一下陈书记，刘天殊皱了皱眉，知道还是那桩选修课的事情。他告诉小周上午9点到，请小周转告陈书记。刘天殊骑着自行车去学校，现在学院里很多年轻老师都成为有车族，而刘天殊却仍然是自行车族，家里的福克斯轿车主要是妻子开。刘天殊是农村出来的，父母早逝，他是由姐姐一手带大的，他读大学、读研究生，姐姐姐夫都省吃俭用供他。姐夫是老实巴交的农民，姐姐在国道旁开了一个小小杂货铺。刘天殊自从工作后，每个月都会给姐姐寄钱，去年购房后，经济特别拮据，他仍然隔三岔五给姐姐寄钱，弄得杜莉莉很反感，为此他们起了争执，最后决定经济账目分开，除了家庭的共同开销，自己管理自己的钱袋，弄得刘天殊常常连买书的钱都没有。好在去年申请到一个科研项目，但是现在报销实在太难了，有各种各样的清规戒律，而且三天一小变、一月一大变，那些钱只好仍然留在经费本上。

刘天殊将自行车停在学院大楼门口，就直奔陈书记的办公室。敲门后，里面传出"请进"的声音，推开门，陈书记正打电话，他示意刘天殊坐。陈书记打完电话，面带笑容地说："刘老师，你写的材料我看了，学校有关领导也要去看了，他们觉得写得不够深刻，缺少你对事件的认识。其实你只要对这件事有所表态，事情也就过去了，你只讲事实，不表态度，肯定不行！"刘天殊回答说："我觉得我并没有原则性错误，我已经将事情说清楚了！没有必要再表态，我的态度都在我写的材料中了！"陈书记点起一支烟，说："刘老师，我们也是为你好，既然巡视员汇报上去了，学校查问下来，我们学院总要有所反馈，现在学校有关领导亲自过问这件事了，你只要稍稍低一下头，也就过去了，我们也不会大肆声张的。"大概是陈书记说的"低一下头"触痛了刘天殊的神经，他突然站起身，说："士可杀，不可辱！我这个头是不会低的！"刘天殊"砰"的一声摔门而去。

走出学院大楼，刘天殊接到了一个电话，是姐夫打来的，姐夫在电话里带着哭腔说："天殊，你姐姐病了，现在住在医院里呢！"刘天殊问："什么病？住在哪家医院？"姐夫回答："是肺癌，已经确诊，现在住在省第二人民医院。你姐姐开春后就一直咳嗽，到县医院检查说是肺病，吃了一些药却不见好转，就到省城医院检查，一检查怀疑肺癌，后来切片结果出来后，确诊了，需要手术。"刘天殊突然脑袋"嗡"的一声，像要炸开一样，姐姐是他最亲的亲人。他告诉姐夫，他会尽快赶回去，他问姐夫，现在他可以做些什么。姐夫嗫嚅地说："动手术需要五万块钱，现在还差三万。"刘天殊说他马上把钱打到姐夫的银行卡上。

刘天殊给杜莉莉打了个电话，告诉她姐姐得了肺癌，需要手术，现在还差三万块钱，他的银行卡上只有两万，他想请莉莉转一万到他的卡上，他有钱就还她。杜莉莉迟疑了一会儿，回答说："回家再说，你明天再走吧！"刘天殊心急如焚，他在网上订了当天晚上回去的车票，他将自己卡上的两万先转给了姐夫，打电话告诉姐夫，他明天上午就到。火车晚上9点发车，刘天殊回到家等候杜莉莉，她说6点可以回到家。刘天殊就先准备晚饭，心不在焉的他将西芹百合炒煳了，厨房里烟雾腾腾，大楼的报警器响了，保安来敲门，刘天殊才匆匆关了煤气，洗了锅子，重新另炒了一份菜。

杜莉莉好像还在为昨天的事情生气，她回到家一声不吭。吃饭时，刘天殊问转款的事情，杜莉莉却说她卡上也没有钱了，她昨天刚买了保险。杜莉莉本来就为刘天殊一直给他姐姐寄钱心怀不满，现在看来她也不想转这一万块了。刘天殊低头不语，眼泪却顺着他的眼眶流了下来，都说男儿有泪不轻弹，只是未到伤心处！刘天殊真的伤心了，姐姐是他最亲的人，妻子也是他最亲的人，现在他的姐姐病了，要动手术，他的妻子却见死不救！他的心都凉了。刘天殊给张秋石打电话，想向他借钱，张秋石说他在西藏拍片呢！刘天殊没有继续说借钱的事。刘天殊给舒涟漪打电话，打过去没有接，再打过去，接了，舒涟漪说她在日本参加国际电影节，正在评审电影，不方便说话。刘天殊下楼去倒垃圾，垃圾袋里有今天烧煳的菜，他怕杜莉莉发现，悄悄提着垃圾袋下楼了。

将垃圾抛进垃圾箱里，刘天殊发现对面美甲店的灯还亮着，张秀雅正在那里算账结账呢。刘天殊确实有些走投无路了，他突然走向美甲店，走到门口，他向张秀雅招了招手。张秀雅望着他，用手指点了点自己的鼻子，意思是问：你找我？刘天殊点点头。张秀雅出门后，刘天殊支支吾吾地说出姐姐肺癌手术还差一万块，他想问张秀雅借这一万块钱。张秀雅考虑了一下，她知道刘天殊是大学教师，是一个有情有义的人，她便让刘天殊告诉她银行账号，她马上转钱给他，最后她补了一句，最好别告诉你夫人，不然她又会到这里来闹，她真的会以为我与你有什么事呢！刘天殊真诚地给张秀雅鞠了一躬，匆匆上楼了。刚到楼上，手机短信响了，一万块已经转进来了，他马上又将这一万转到姐夫的账上。

十三

刘天殊回去后，一直等姐姐出了手术室回到病房后，他才坐火车回来。

他今天有课，他坐夜车回来，可以直接赶去教室上课，走的时候他就有所准备，带上了教材和教案。等刘天殊风尘仆仆赶到教室，推开教室门，居然发现他们教研室的另一位女教师程娜在讲坛上准备上课。刘天殊觉得有些奇怪，他问程老师，怎么是她在这个教室，这个教室是他上课的，是不是换了教室。刘天殊抬头一看，学生还是这个班的学生。程娜回答说，她也不知道，是学院里让她来上这门课的。后来她又补了一句："刘老师，听说教务处停了你的课，学院的网页上还专门批评了你，你不妨上网看看。"

刘天殊离开了教室，回到办公室打开电脑，上了学院的网页，果然发现有学院的公示："鉴于刘天殊老师在课堂上发表过激言论，且对于该事件缺乏认识、拒绝检讨，学校有关方面决定给予刘天殊老师停课的处理，望广大教师引以为鉴。"刘天殊眼前的网页如一盘巨大的石磨压过来、压过来，他几乎透不过气来。刘天殊去办公室找陈书记，门紧闭，办公室小周说陈书记出差了。刘天殊去找范院长，范院长正在主持某主编的学术讲座。刘天殊去学校教务处，他找到教务处高处长，高处长说，停他的课是学校领导的意思，他们教务处不能这么随便停教师的课。刘天殊去找管文科的季副校长，季副校长说这是经过校长办公会议讨论决定的，让他认真反思，引以为戒。刘天殊走出办公大楼，觉得这幢大楼像一只猛虎张着血盆大口，要把他一口吞了，他眼前一黑，就晕倒在办公大楼门口的草地上了。

刘天殊醒来，发现他在学校医院的急诊室病床上，小护士笑笑地望着他，说："醒啦？你一定是过度劳累，加上没有进食，低血糖，你把这杯糖水喝了！"刘天殊喝下糖水，觉得舒服了一些，便下床走出了医院。他给姐姐打了个电话，告诉姐姐他已经回到家，他没有告诉姐姐被停课的事情，他知道告诉他们，他们也不了解。姐姐告诉他，现在她感觉好多了，医生说手术很成功，只要好好调养，就会很快恢复的。

刘天殊接到张秋石的电话，问前天给他打电话有何见教。刘天殊说事情过去了，后来又说向老同学借一万元钱，刘天殊想到欠张秀雅的钱，应该尽快还。张秋石说，没有问题，我这就给你打过去。张秋石还说，西藏的风景太美了，让刘天殊可以抽时间去走走，他说西藏的雪山、草原、喇嘛庙、羊群都是内地很少见的，空气清新、白云飘荡、牛羊成群、水肥草美，简直是人间仙境。刘天殊说，他会考虑的，西藏是他一直想去的地方。刘天殊觉得人还是有些软软的，他打了一辆出租车，直接回家了。刚进家门，就接到了老同学舒涟漪的电话，说她已经回到北京了，她在日本时不方便接电话，她问刘天殊有什么事，刘天殊回答说没有事。舒涟漪突然说："天殊，我想起一件事，就是你那篇文章的事，我找了我当主编的朋友，他回答说他们刊物论文已经排到了明年年底，你的文章要发表还需要匿名评审，要在近期刊载好像是不可能的。"舒涟漪口气中表示十分抱歉。刘天殊觉得还是应该谢谢她，他在电话里说了有情后感一类的话。舒涟漪说："老同学，别说这些话，能够帮到你是我的荣幸!"

刘天殊用电饭煲煮了稀饭，插上电，他在床上倚靠着。眼前像过电影一样一幕一幕的：姐姐手术后被推出手术室的惨象，赶到教室上课教室被程娜替代的尴尬，杜莉莉在美甲店的大打出手，张秀雅吃西餐的温文尔雅，陈书记谈话时不断翻动的嘴唇，张秋石谢顶头脑上智慧的光芒。刘天殊觉得自己像一粒砂砾，被奔腾喧嚣的大浪推过去拥过来，自己像一片枯叶，被呼啸翻卷的狂风吹上去掉下来。刘天殊觉得自己被抛入了一个漩涡，那漩涡转呀转呀，他一直被这漩涡往深处卷去，一切身不由己，一切无所适从，不知道漩涡底下是一个怎样的所在，恐惧，忧虑，忐忑，惊慌，"Help me!"他用英语喊叫了一声"救命"！他醒过来了，杜莉莉站在他的床前，惊奇地望着他。刘天殊起身，用餐巾纸揩去了满头的冷汗，对妻子说煮了稀饭，他没有告诉杜莉莉被停课的事，也没有告诉杜莉莉他晕倒的事。杜莉莉仍然冷冷的，不多说一句话，他们俩进入了冷战期。

刘天殊突然想起没有还张秀雅的钱，他进了盥洗室给张秀雅打电话，让她把银行卡号发给他。张秀雅在电话里笑了笑说，不急，不急。刘天殊好像看见了张秀雅坦诚的笑容，便开玩笑地说有钱了，利息就不给了。刘天殊在用电脑给张秀雅转钱的时候，杜莉莉瞥见了张秀雅的名字，她看到刘天殊在给张秀雅转一万块，杜莉莉冷冷地说："你付什么钱？不是嫖资吧？"她的嘴角露出鄙夷的神情。刘天殊没有回答她，只是冷冷地将这笔钱转完，当着杜莉莉的面给张秀雅拨了个电话，说："小张，借你的一万元已经给你打过去了，谢谢了！"刘天殊不想再向杜莉莉隐瞒什么，他现在什么都不怕了。

十四

刘天殊被停课后，突然有了脱胎换骨之感，他原来很在乎的一切，现在都不在乎了：发论文，他不在乎了；评职称，他不在乎了；老婆，他也不在乎了！他在乎的唯有他的姐姐。他一天给姐姐打两次电话，问候姐姐，了解姐姐的病情。他留了主治医生的电话，他常常给姐姐的主治医生打电话，商讨姐姐病情的诊治方案。刘天殊不懂医学，他关心姐姐，他将全部希望寄托在主治医生的治疗上。主治医生赵医生告诉他，你姐姐的病情不容乐观，她患的是恶性程度最高的小细胞肺癌，虽然已经切除了肺部的病灶，但是此类肺癌易转移，且转移较为广泛，对化疗、放疗敏感，虽然初治缓解率高，但极易发生继发性耐药，很容易复发。刘天殊冷冷地听主治医生这样说，他觉得从脚底沁上一股凉气。

刘天殊好像无所事事了，他没有课可上了，他也不想再托人去发表什么论文了，他也不想再做宅男守在家里，不想看到杜莉莉那张冰美人的脸，他想到了与张秀雅一起看的电影《灰姑娘》，他想如果他是王子，他也会选择灰姑娘的，他甚至恍惚中将张秀雅的脸重叠在灰姑娘的想象中。

早饭后，刘天殊骑自行车去了附近的公园，公园里是退休老人们的天下，广场舞大妈们各自划分了地盘，这边一组，那边一拨，录音机里放着不同的音乐，大妈们翩翩起舞。那边角落是扑克角、麻将角、象棋角，老人们将扑克甩得震天动地，看下象棋比走象棋的人多，七嘴八舌，众说纷纭。刘天殊闲逛了一圈，他想退休真好，可以这样闲适，可以不向任何人低头。刘天殊在公园里闲逛一圈，做了一套广播体操后，他去了附近的公共图书馆，找了一个偏僻的角落，借了几本书悠闲地浏览，他翻看萨特的《存在与虚无》《恶心》、尼采的《悲剧的诞生》、加缪的《西西弗神话》《局外人》、陀思妥耶夫斯基的《死屋手记》、卡夫卡的《审判》《变形记》、昆德拉的《不能承受的生命之轻》，他每天像上下班一样准时，就坐在图书馆阅览室靠窗的那个位置，连那位年轻的女管理员也知道他坐的那个位置，他一露面，管理员就会把他昨天没有看完的一摞书捧来。刘天殊从来没有像今天这样悠闲，不为写论文读书，不为备课读书，自自在在、轻轻松松、悠悠闲闲，他成了一个自由人。

那天，他刚刚在图书馆的这个位置坐下，手机响了，是姐夫打来的，告诉刘天殊，他的姐姐不行了，让他尽快赶回去。虽然对于姐姐的病，刘天殊早已有心理准备，但是听到这样的消息，他还是感到五雷轰顶一般。他也不知道他是如何回到家的，他留了一张纸条在餐桌上，告诉杜莉莉他回去看姐姐了，姐姐不行了，就匆匆出门了。这些天，他们之间的交流基本上靠纸条，他的纸条放在餐桌上，杜莉莉的纸条压在冰箱门的冰箱贴下。火车要到晚上才有一班，刘天殊打车去了长途汽车站，他看看长途汽车的班次，虽然需要转三班车，但是还是比坐晚上的火车快。刘天殊凌晨2点赶到省第二人民医院，赶到姐姐的病榻前，见姐夫、侄子和其他人都围在病床前，姐姐已经很虚弱了，氧气管、输液管都插着，姐姐闭着眼喘着气。刘天殊拨开人群冲到姐姐的病床前，他扑通一声跪倒在病床前，握住姐姐的双手轻轻唤着："姐姐，姐姐，我来了，我来了！"姐姐费力地睁开眼，望了望他，启开嘴唇吃力地说："天殊，你来了？弟弟啊，你是我们家的光荣啊！你要好好读书，你要对得起我们家啊！"姐姐的精神已经恍惚了，她以为天殊还在读书呢！她不记得天殊已经是大学老师了，当然，她也根本没有想到这个当大学老师的弟弟已经被停课了，她更不会想到这个当大学老师的弟弟已经心灰意冷了。

刘天殊与姐夫一家极为悲痛地安葬了姐姐，在去墓地的路上，刘天殊捧着姐姐的骨灰。一般的规矩都是子女捧的，刘天殊特地向姐夫提出，让他捧姐姐的骨灰，姐夫一家都同意了。刘天殊捧着姐姐的骨灰，想着他小时候姐姐抱着他的温暖的怀抱，想着姐姐省吃俭用抚养他、供养他，不禁潸然泪下。在姐姐的骨灰入土后，刘天殊对着姐姐墓地前的石板磕了三个响头，以至于起身后头上肿起了一个包。姐夫送他到火车站，刘天殊把身上所有的钱掏出，交给了姐夫，说："给姐姐的坟头买两棵松树，让姐姐的坟头有些绿色。"姐夫迟疑了一下，收下了。

回到家，刘天殊在床上几乎躺了一整天，这一天他几乎不吃不喝，闷闷地傻傻地躺着，望着天花板胡思乱想。刘天殊忽然觉得这个世界空了，他像站在一个无底的空洞上方，他正准备往下跳。他想起了美国著名极限运动员迪恩·波特与格拉汉姆·亨特，他们俩在美国约塞米蒂国家公园进行定点跳伞时遭遇事故，不幸遇难，对于迪恩·波特这位不懈地向人类的极限发起挑战的运动员来说，定点跳伞时他更像是一只鸟。刘天殊也想做一只自由自在腾空翱翔的鸟，但是他要飞去哪里，他自己也不知道。杜莉莉出差了，去外省采访一个文化名人。刘天殊躺到下午4点，觉得渴了，起身喝了一杯水。刘天殊泡了一包方便面，他给张秋石打电话，张秋石说他现在在西藏那曲比如县的比如骷髅墙，这里的墙是用天葬者的头颅砌成的，站在骷髅墙前，你对生死会有不同的感受与感悟，他说西藏值得一走，他又鼓动刘天殊去西藏走走。刘天殊又给舒涟漪打电话，舒涟漪告诉他，经过努力他的那篇论文今年第三期可以发表，大概可以赶上他职称材料的申报。刘天殊表示感谢，他却没有以往的那种激动，显得特别的淡然，连舒涟漪也感觉到这位老同学变了。刘天殊又分别给几个熟识的朋友打了几个电话，也没有什么实质性的事情，无非是问候问候。

电视台播放新闻联播节目的时候，刘天殊下楼了，他将这些天的垃圾倒掉。他去了对面的美甲店，走进店堂，店经理张秀雅吃了一惊，问："刘先生，您有事吗？"刘天殊笑了笑说："没事，请您给我美甲。"张秀雅让刘天殊坐下，她坐在刘天殊的面前，不解地问："怎么美？"刘天殊淡淡一笑，说："我想让您给我的十指绘上梅花。"张秀雅伸手摸了摸刘天殊的额头，问："你没有病吧？别今天美甲了，明天你的夫人又来这里闹！"刘天殊说："这是我自己的事，今天我又没有喝醉酒！"张秀雅问："你今天要美甲，为什么？很少有男人美甲的，最多也只是修修光滑！"刘天殊说："明天我要出远门，到一个人烟稀少的地方去，十天半月回不来的，也许下半辈子就在那里了，我想带着一些念想去那里，美甲后大概我就不会丢失了。"张秀雅半信半疑地细心地为刘天殊美甲，她捏着刘天殊的手，细心地在每一个指甲上绘上一朵绽开的梅花，老干虬枝蜡梅怒放，似有馨香扑鼻。刘天殊感触到张秀雅的手细细的、柔柔的，捏着他手指的她的手指纤细柔滑，刘天殊有一种陶醉感。

刘天殊在家里的餐桌上留下了一张纸条："莉莉，我走了，去一个遥远的地方，我不再回来了，对不起，你也别再找我了！"杜莉莉回来后，给刘天殊所有认识的朋友打电话，给刘天殊的学院打电话，没有人知道刘天殊去了哪里。杜莉莉拿着刘天殊留下的纸条去派出所报案，过了几天公安部门立案了，"仙人指"美甲店经理提供了失踪者的十指绘满了梅花的信息，却一直没有找到刘天殊的踪影。

　　刘天殊的那篇论文在国家级重要核心刊物发表了，学校今年的职称申报又开始了，申报者最后递交材料的时间是 8 月 25 日。刘天殊在哪里谁都不知道，也许他去了西藏；也许他去了天国，去陪伴他的姐姐了。刘天殊的十指上有十朵梅花，杜莉莉逢人便说，张秀雅也逢人便说。

原载《上海文学》2018 年第 7 期

清明时节雨纷纷

一

女博士姜丽文与导师李天白不知道从什么时候开始以老公、老婆相称，对于年轻美丽的姜丽文来说，这与现在的年轻人叫老爸、老妈一样顺口，对于已届知天命之年的李天白来说却十分别扭。他本来对他的孩子叫他老爸就不高兴，就好像会将他叫老了一般，读高中的女儿李菱菱却不依不饶地叫他老爸老爸，叫久了他也就习惯了。

姜丽文叫他老公是在姜丽文生日那天，那是一年的最后一天，姜丽文的生日竟然在这样一个辞旧迎新令人难忘的日子。李天白与姜丽文坐在点着精美小蜡烛的咖啡吧里，在朦朦胧胧的氛围中，在欧式的威尼斯咖啡吧的环境里，李天白给姜丽文过生日。李天白本来想请一些博士生一起来，热闹一些，但是姜丽文却噘起小嘴撒娇地说："不！不！不请别人，就我们俩！"

李天白笑了笑，用手指点了一下姜丽文白净的额头，说："好，好，不请别人，不请别人，就我们俩，就我们俩！"

那天他们喝的是红酒，法国的红葡萄酒，姜丽文点了一些法式的小点心、几个素净的冷盘和一人一盆浓汤，在流水般的钢琴小夜曲的音乐里，他们俩轻松地聊着，慢慢地喝着。

姜丽文是李天白的得意门生，她不仅天生丽质，而且善解人意，她已是三年级的博士生了，与导师相处两年多，他们几乎成为无话不谈的知己。

李天白的夫人苏海伦是同校的一位化学系的教授，在学术上的知名度甚至已超过了李天白，她将大部分时间放在了实验室里和图书馆里，一年里她大约有三分之一的时间在国外，或是参加国际会议，或是在国外做短期的访学。作为在国内颇有知名度的新闻学教授李天白，在他夫人眼里却几乎一钱不值，谈起国内的新闻学，苏教授常常会翻着白眼嘲弄地问："你们研究的是新闻吗？"她的话语间对丈夫的学问也充满了怀疑的语气，这常常使李天白愤愤不平。虽然已成为国内新闻理论界权威的李天白挣的钱比苏教授多，还常常被新闻媒体请去给这些报社、电视台的记者编辑们上课、开讲座，每次的讲课费都不菲，但是在家中，他却仍然是没有地位的。家里地位最高的是他们的女儿李菱菱，其次是他的夫人，最后才是他，他们夫妇俩常常为某些问题争执时，菱菱总做他们的判官。

最初，李天白与姜丽文聊天时不知怎么就聊到了他的家庭，聊到了他的女儿、他的夫人。人往往都是有两面性的，再道貌岸然的学者站在讲坛上口若悬河、侃侃而谈，讲许多社会道德、人生真义，走下讲坛自己却常常有其难以摆脱的内心苦楚。"人生得一知己足矣"，每个人都需要有宣泄的对象，快乐告诉别人就有了双倍的快乐，苦痛告诉别人就卸下了一半的重负，过于封闭自我的人往往在苦痛积累到一定程度，在找不到倾诉宣泄的方式时，就会走上绝路。

李天白最初是将姜丽文作为一个倾诉的对象，诉说他在家庭中受到的压抑，也诉说新闻学院里教师之间的明争暗斗。乖巧的姜丽文总两手捧着腮帮，睁着一双明亮的大眼睛聆听着一切。最初的她就如同听导师讲课一般，虽然没有记笔记，但是那种姿态、那种眼神，仍然带着崇敬感、仰慕心。也不知怎的，李天白渐渐觉得对姜丽文有了几分依恋，每次与姜丽文聊天后，他总觉得有几分轻松愉悦，仿佛是经过了一次精神的桑拿，将心灵深处的污垢都搓洗干净了。后来，姜丽文也常常给导师出主意，告诉李天白可以采取怎样的姿态，可以如何对付学院里那些钩心斗角的同事，甚至告诉李天白让他在家中不必委曲求全，有时甚至可以故意表现出对夫人爱理不理的态度，这样夫人反而会揣摩不透你的心，反而会对做丈夫的更好一些。虽然，姜丽文细声细气地道来，有许多办法李天白却屡试不爽。

其实，姜丽文也将导师当作了一位知心朋友，从湖南出来的她曾经有一位老乡追求她，甚至为了她放弃了在湖南省政府的一个颇有前途的位置，也考博士考到了这个城市，他学的是建筑专业，但是他们俩之间的关系却总是曲曲折折、磕磕绊绊的。姜丽文总认为她的男朋友宋木根农民家庭出身，土气太重，他们俩往往在一些观念和处世方式上有着很大的差距。姜丽文虽然也抽时间与男朋友约会，但是常常不欢而散，等到宋木根一再打电话来约她出去时，她才勉勉强强去与宋木根约会。她也常常将他们之间的这种关系告诉导师李天白，李教授也常常根据自己的人生经验告诉姜丽文他的看法。

苏教授常常出差，几乎管不了这个家。李教授也很忙碌，学校规定教授一定要给本科生开课，因此，除了他带着的近十位博士生、十几位硕士生以外，他还必须给本科生开设选修课，还要应付校内外的种种学术会议、学术报告，自己还要完成科研项目。姜丽文几乎成为李教授家的业余保姆，她第一次走进李教授的家，看见李教授家的书桌上、茶几上、花架上到处都是书，报纸、信也在地毯上、沙发上到处乱放，几乎连坐的地方都没有。喜欢干净的姜丽文顺手就收拾了起来，一会儿房间里就整洁了许多。李天白颇为感慨地说："家中有女人与没有女人就是不一样！"

姜丽文不解地望着导师说："您说啥呀？苏教授不是您家里的女人吗？"

李天白从鼻孔里发出一种奇怪的笑声，说："苏教授是教授，不是女人！"

说得姜丽文一愣，她不知道回答什么好。

从此以后，姜丽文几乎成为李教授家的业余保姆，打扫房间，整理内务，甚至还常常给导师家买菜烧菜。苏教授是专心于学术的学者，见家里有个义务保姆，也十分高兴，回到家里，见到四处干干净净的，她也觉得不错，对丈夫的这个女博士也就另眼相看，甚至星期天也叫上姜丽文一起买菜烧菜，姜丽文几乎成为他们家中的一员了，连女儿李菱菱几个星期没有见到姜丽文，也会问：姜阿姨怎么不来我们家了？

当然，最关心姜丽文的还是她的导师李天白了，在李教授的帮助下，姜丽文的论文屡屡在全国核心刊物发表，由于导师的推荐，姜丽文年年被评为优秀研究生，并且年年拿到最高的奖学金。

时钟敲响了 12 点，在一豆烛光里，姜丽文的脸红了，李天白的脸也红了，桌上竖着三个空酒瓶，似乎该说的话已说得差不多了，他们俩听着午夜的钟声，默默地对视着，此时无声胜有声，眼光中流露出无限情谊。在此辞旧迎新之际，在新的一年来临的时刻，在酒喝到半醉的状态，在话说到无语之时，似乎一切都是多余的，李教授的眼前只有这一个万般娇媚的姜丽文，姜丽文眼前只有这一个潇洒倜傥的李教授。姜丽文将两只纤细柔嫩的手放在李教授搁在桌上的两只大手上，默默地握住它们，缓缓地将李教授的这双大手移向自己的唇边，轻轻地吻着。李教授的心哆嗦了一下，他想将手抽回，姜丽文却握得紧紧的，李教授忐忑地望了望四周。

午夜的咖啡吧里没有多少人了，在这新年来临之际，尚在咖啡吧里的男女们都沉浸在新年来临的欢乐与祝福中，谁会注意这一对男女之间的任何举动呢？李教授在一瞬间就坦然了，他就如同被熨斗熨平的一块揉皱了的丝绸，放松了呼吸，任姜丽文在他的手上吻着，他每一个毛孔都舒坦了起来，他甚至有些冲动，想站起身吻一吻姜丽文鲜红的樱唇。

那天晚上，李教授将他的学生姜丽文带回了家，因为女研究生宿舍楼的门已经锁了，门房大娘特别严格，一过 11 点就落锁，无论研究生在门外如何哀求，她都无动于衷。那天苏教授去德国开会还没有回来，李菱菱与同学一起去了海南旅游。李教授原来的意思是想解决姜丽文进不了门的难堪，让姜丽文在女儿的床上睡一晚，不料姜丽文却钻进了李教授的被窝。

凌晨，姜丽文离开时，他们又做了一回。离开时，姜丽文捧着李天白的脸吻着，逗笑地说了一句："老公，别起来，今天元旦，你多睡一会儿吧！"

李天白也随意地说了一句："老婆，再见！"

二

俗话说：万事开头难，有了第一次，便有了无数次，李天白与姜丽文的交往越来越频繁了。

苏教授从德国回来了，带回来一箱正宗的德国啤酒，星期天她打电话让姜丽文来喝酒。姜丽文好像比以前更勤快了，她几乎没有让苏教授沾手，洗菜炒菜，不一会儿就摆上了一桌菜。

李教授端起酒杯灌了一口美味的德国黑啤后，先对着苏教授举了举杯，说："海伦，谢谢你，带回了这么好的啤酒！"再对着姜丽文举了举杯，说："小姜，谢谢你，炒了这么好的菜！"三个人处在一种如春风般的和睦气氛中，眼睛中都流溢出了不同的暖意。

在酒喝了三巡后，李教授居然偷偷在桌子下伸手捏了捏姜丽文的大腿，虽然姜丽文仍然装作若无其事的样子，眼睛却瞥了苏教授一眼，她怕苏教授看见，挪开了她的大腿，站起身故意去拿一个勺子，为苏教授舀了一碗鸡汤，恭恭敬敬地端到苏教授面前。

姜丽文与李教授私下里互称老公、老婆后，她渐渐疏离了男友宋木根。学建筑专业的宋木根不缺钱，他常常为别人设计图纸，动辄就有几万元的报酬，他也常常隔三岔五地送钱给姜丽文，每次与姜丽文约会，他都会塞一些钱给她，因此姜丽文在手头缺钱的时候也就常常去与宋木根约会，宋木根也很好应付，给他抱一下吻一下也就可以了。最近，因为新买了一台数码照相机，手头缺钱了，姜丽文又与宋木根约会了几次，却没有让宋木根吻她，见到宋木根噘起嘴要吻她，姜丽文竟然觉得有几分恶心，便将宋木根强行推开了，约会不欢而散。

李天白与姜丽文互称老公、老婆后，他好像脱胎换骨似的换了一个人，原先常常愁眉苦脸的他，忽然从阴到多云变得云开雾散充满阳光了，他好像突然之间变得年轻了，浑身上下充满着使不完的劲。情场得意的他，在学界也走了运，他的一篇有关中国新闻史的论文被国内一家权威刊物刊载，《新华文摘》全文转载，他获得了一个国家社会科学基金项目，成为新闻学界一颗令人瞩目的新星。

他寻找着一切机会与姜丽文约会，只要苏海伦一出差，他的家里就成为他与姜丽文两个人的天堂。他们也会偶尔去借旅馆约会，甚至有一次他们还在教研室做了一回，简直是色胆包天，事后李教授倒有些后怕，万一教研室的同事闯进门怎么办？尤其要是撞上了那个始终对他耿耿于怀的耿迪昌，那么就会立刻传遍全校，甚至地球人都知道了。

俗话说：没有不透风的墙，若要人不知，除非己莫为。最初这个信息是在李教授的研究生之间流传，虽然大家有点心照不宣，但是毕竟碍于导师的面子，只是互相之间偷偷地小声地说，并不敢四处散布，怕导师找到说此事的学生，那就会吃不了兜着走，学位大概也会成问题的。

信息渐渐地在学校研究生中间就传开了，人们常常会用别样的眼神望着姜丽文，甚至背后说她以色诱惑导师，说她出卖色相获得好处。姜丽文在听到别人婉转地告诉她时，勃然大怒，矢口否认，对天发誓赌咒，说如果有这样的事情天打五雷轰，出门被车压死，下雨被雷劈死，倒弄得好心告诉她的女研究生目瞪口呆。

东窗事发是在清明节那天，在李教授的家里，李教授与姜丽文在床上被苏教授撞见。苏海伦是一心扑在学问上的学者，她对于丈夫的事情原本是并不关心的，她不相信丈夫有多少能耐，她也不相信这样呆头呆脑的丈夫会被女研究生看上。她依然将大部分时间放在实验室里、讲台上、书桌前，依然兢兢业业地完成一个又一个学术课题。

清明节那天春雨绵绵，正好是星期天，苏海伦提出要去给逝世三周年的母亲上坟，李天白说一家刊物让他校改稿件，催得很急，他去年去过墓地，今年他就不去了。苏海伦同意了，便让她弟弟开着一辆标致轿车往苏州墓园而去。

见窗下没有了标致车的影子，李天白便给姜丽文打电话，不一会儿姜丽文应邀款款来到。大约是久未聚首了，一进门他们俩就滚到一起了。

当一切归于平静后，李天白抚摩着姜丽文雪白的肌肤，快意地吟诵着古诗："清明时节雨纷纷，路上行人欲断魂。借问酒家何处有，牧童遥指杏花村。"李天白吟到最后"杏花村"三个字时，竟然将手伸向了姜丽文的羞处。姜丽文也重复着最后一句诗"牧童遥指杏花村"，她故意强调了"牧童遥指"四个字，戏谑地也将手伸向了李天白的羞处。

正当他们俩相互调笑之时，外面的房门突然被打开了，仓促之间的他们俩并没有关上卧室的房门，出现在他们眼前的竟然是苏海伦。当看到赤身裸体睡在床上的师徒俩，苏海伦竟然呆住了，眼睁睁地望着他们俩，许久没有回过神来，她好像突然之间走进了一个梦魇中，眼前的一切让她感到突兀、不可思议。她没有像其他的女人一样破口大骂，乃至大打出手。她回过神来，走上几步，说："你们穿起衣服吧，我在厅里等你们。"并顺手将卧室的门合上了。呆若木鸡的李天白半晌不知道如何是好，姜丽文轻轻地推了他一把，他才以消防队员般的速度飞快地套上了衣裤，出门腆着脸站在苏海伦面前，他的身后是怯怯的姜丽文，如一对犯了法的男女站在审案的知府面前。

苏海伦半晌没有说话，脸却如一张白纸一般。李天白抬头望望妻子，他知道有文化的妻子是不会如泼妇骂街一般让整栋楼的人都知道的。见妻子半晌没有说话，李教授就嗫嚅地说："事情你都看见了，如何处置，随你吧！"苏海伦却如同没有听见一样，仍然木愣愣地盯着这一对男女，眼光如同一把利剑，要穿透这师徒俩的心肺。

"扑通"一声，李天白背后的姜丽文突然跪下了，她哇的一声婴儿般地哭了，一边哭一边说："师母，我错了，您原谅我吧！师母，我错了，您原谅我吧！"

"谁是你的师母?! 你是我的师母吧?!"苏海伦一脸怒色。

姜丽文突然愣住了，李天白也哑口无言。

苏海伦弟弟的车在路上出了车祸，与一辆奔驰小轿车劈面撞了一下，虽然人没有受伤，责任也是对方的，但是车已经不能开了，苏海伦弟弟的车被拖车拖去了修理厂，他去处理车祸的后事了，苏海伦才打出租车回家，不料竟然遇到了她最不想看见的一幕。

一脸怒色的苏海伦在心里盘算着，如何处理这样一件尴尬的事。知识分子都要脸面，这样的事说出去无论如何总是不光彩的，连自己的老公也看不住，还有什么脸面。苏海伦暂时还不想离婚，她知道离婚需要费很多精力，她想保持这个家庭的完整，尚在读中学的女儿不能没有父亲，她也不能没有丈夫，虽然现在丈夫已有了外遇，只要丈夫改过自新浪子回头，不再与他的这个学生继续保持这种关系，她想想也就算了。

等待着发落的师徒俩一个木然地望着妻子恼怒的脸，一个仍然跪着低首抽泣。

苏海伦突然拿出了两张打印纸，分别给他们一人一张，说："先写清楚你们俩发生这种事情的前前后后，是怎么开始的? 什么时候开始的?"

李天白与姜丽文如同参加一次招聘考试一般分别坐在西式餐桌的两头，拿起笔开始回答这个难堪却并不难回答的问题。李天白原本不想写，但是他又想反正事情已经出了，妻子也是个要面子的人，不会把他怎么样的，先写吧，现在只有走一步看一步了。

苏海伦是有她心里的盘算的，她想先了解他们俩发生这种关系的过程，让他们分别写，也在于看看他们俩的口供是否吻合。苏海伦如同一位监考老师一样，陪坐在餐桌旁，看着他们俩的答卷。

李天白很快就写完了，他写得十分简练，到底是文科教授，到底是新闻学的教授，新闻的三个要素他早已滚瓜烂熟，When，Where，What，时间、地点、事件，他一一写得简明扼要，他将打印纸交给了妻子，一副死猪不怕开水烫的神色。

苏海伦皱着眉看着丈夫的答卷，他们师徒之间居然已经有这种关系三个多月了，自己却一直被蒙在鼓里，还将这个姜丽文像女儿一般对待，星期天她们俩还常常挽着手去集市买菜，谁知却是引狼入室，苏海伦读着丈夫的答卷，嘴角露出一丝苦笑。

姜丽文怯怯地将写满了字的答卷双手递到苏教授眼前，苏教授一把抓过来，将两张打印纸放在一起对照着看。姜丽文的答卷写得比较详细，显然她在努力辩白什么，希望能够得到苏教授的原谅，字里行间还有许多自遣自责的话语。两张答卷的时间、地点、事件倒没有多少差错，苏教授"哼哼"冷笑了两声，说："都是标准答案！"

苏海伦摇了摇手里的两张打印纸，对她眼前的师徒俩问道："这件事，你们看怎么办？"

李天白仍然一副无所畏惧的模样："你看着办吧！是离婚，是上法庭，我都奉陪！"

姜丽文却忐忑万分，她又跪下了，几乎哭诉着哀求："苏教授，您原谅我吧，我还要读书，我还没有得到学位呢！"姜丽文改了口，不再称师母。

苏海伦十分冷静，她让姜丽文起来，拿出一张空白的打印纸，她口述，让姜丽文用笔一句一句写下来。苏教授口述的是一份保证书，保证书中的条款主要意思是保证李天白与姜丽文不再发生师生关系以外的事情，姜丽文不再与李天白独处，姜丽文不能再登李天白家的门等，否则苏教授就会将此事上告给学校，她保留将他们俩告上法庭的权利。苏教授不愧是学理科的，她的口述几乎井井有条、滴水不漏。

口述完了的苏海伦让她眼前的这师徒俩分别在这份保证书上签名、按手印，李天白十分勉强地做着这些事情，按手印时，他想起了黄世仁强迫杨白劳卖喜儿时的情景；姜丽文却快捷地签名、按手印，按完手印的她，似乎摆脱了刚才的难堪，轻轻地舒了一口气，在李天白看来，姜丽文好像是喜儿羡慕黄世仁家富庶的生活，自愿被卖一般，他的嘴角自然地流露出一丝别人难以发觉的轻蔑。

窗外，雨仍然纷纷地落着，李天白望着窗外的雨，自言自语地念叨着："清明时节雨纷纷，路上行人欲断魂。借问酒家何处有，牧童遥指杏花村。"他的声音低得几乎别人难以听见，只可见到他的两片嘴唇上下一张一合。

苏教授问："你说什么？"

李天白摇了摇头。

三

李天白与苏海伦夫妇进入了冷战期，虽然李教授依然忙碌于校内外的学术活动，虽然苏教授依然忙碌于实验室、图书馆、教室之间，他们在公开场合仍然表现出一种特别亲热的夫妻关系，但是回到家就如同陌路人，相互之间几乎已没有什么话语。冰箱上、橱柜玻璃上的一些写着留言的即时贴，就成为他们交流信息的唯一方式。女儿菱菱是住校的，她平时不回来，李天白就睡到女儿的床上，周末菱菱回家了，李天白就睡在妻子的脚后跟处，夫妻之间的床第之事已久违了。

李天白与姜丽文已几乎断绝了来往，除了姜丽文到办公室交给李天白她的学位论文初稿以外，李天白从未与姜丽文单独面对。姜丽文来交论文时，也是先打了电话约定时间，交了论文后，她几乎头也没有抬，就匆匆离开了。李天白想拉住姜丽文说几句话，问问她最近的情况，他刚伸出手，就觉得姜丽文打了一个激灵，好像她的汗毛都竖了起来，她迅速转过身躲开了，好像是在大街上躲避一个想掏她钱包的小偷一样，躲避一个对她有非分之想的流氓一样，姜丽文匆匆走出了办公室，李教授伸出的手就悬在了半空。

李天白突然觉得人生极端无味，回到家，家里如同冰窖一般，虽然如今已是桃红柳绿的盛春了，到学校又常常觉得时常有人在他背后指指点点的，甚至有的同事正在一起说话，见到他，他们就突然之间闭口不谈了，好像他是安全局的，是克格勃，李天白觉得自己越来越孤独了。

李天白的脾气越来越坏，他常常在给研究生上课时当面呵斥那个男硕士生刘长峰，这个从安徽农村来的小伙子一门心思在外面打工，也不认真读书，李天白甚至有一次将他交的作业，当着他的面一把撕碎了抛进了字纸篓里。李天白指责刘长峰：你已经研究生二年级了，怎么连句子都写不通?! 刘长峰呆呆地站在他的面前，牙齿咬着下嘴唇，忍受着导师的呵斥，眼泪在他的眼眶里打转。事后，李天白倒有些后悔，刘长峰的父母在农村，而且都有病，他的弟弟又考取了大学，他打工挣钱是给他弟弟准备学费。后来，李天白让一位研究生给刘长峰送去 500 元，说是让他寄给他的父母，却被刘长峰退了回来，并附了一封言语诚恳的检讨信，告诉导师他一定会努力学习的。

姜丽文又开始与宋木根约会了，最初李天白是从他的研究生口里知道的，博士生们发起了到森林公园春游，邀请导师一起去，大家嘻嘻哈哈地陶醉在春色里，却没有见到姜丽文的身影，李天白问起姜丽文，有同学戏谑地说："她才不跟我们一起游玩呢! 今天她与她的那个大款男朋友一起去游苏州了! 我们在她的眼里算什么呢?" 话语间似乎特意说给导师听的，研究生们私下里早就对姜丽文有看法，现在正好在她背后挑衅几句。李教授不置可否地点了点头，心里却有些隐隐作痛。

李天白与姜丽文旧情重温是在一次国际学术会议期间。会议安排在桃红柳绿的杭州，会议的主题是"中外新闻学的新闻性之比较"，来了不少国际新闻界的权威学者。李天白是大会的主持人之一，在开幕式上主持会议。姜丽文是用她学位论文中的一部分应征被邀请参加会议的。

主办会议的大学新闻系拉了不少新闻媒体的赞助，为了让国际会议与国际接轨，参加会议的正式代表都不需要交会务费，而且规定每位学者都单独住一间，国外的学术会议一般不可能安排两位同性住在一间房里，那会有同性恋的嫌疑的。李天白原来并不知道姜丽文也参加会议，报到后看到了会议名单上姜丽文的名字，不觉心头一热。

开幕式后，李天白有一个大会发言，他用英语作了这个发言，他实证性的论证、丰富的材料、新颖的观点和流利的英语，引起大家的阵阵掌声。姜丽文的发言被安排在下午的小组会上，会务组安排了李天白评点，他原本想让会务组换人，后来一想何必多此一举，反而会惹是生非，顺其自然吧。姜丽文发言后，李教授做评点时便说："姜丽文是我的博士生，本来应该避嫌，不应该由导师来评点，但是既然是国际会议，学术面前人人平等，我就用学术的视角谈谈我对姜丽文发言的几点看法。"李教授侃侃而谈，头头是道，说了不少褒奖的话，最后轻描淡写地提出几点建议，建议中也是褒的多、贬的少。李天白评点完，姜丽文回应时为表示对评点者的感谢，她望了李天白一眼，李天白心里突然咯噔一下，只有他读出了姜丽文眼中的那点依然没有泯灭的情谊。

晚上酒宴后，会议安排就在宾馆唱卡拉OK，李天白喜欢唱歌，晚宴后他就去了歌厅，他见到姜丽文也来了，同几个外国女学者。主办单位特地找了几位能歌善舞的博士生陪唱，省得冷场，也是给这些博士生们提供与国内外知名学者交往请教的机会。认识李天白的学者都知道他能唱，在一位女博士生唱了一首情意绵绵的情歌后，便有人将话筒递到了李天白手里，另外便有人报幕道："下面，我们隆重推出新闻学界的情歌王子李天白先生，请大家欢迎！"

李天白擅长唱民歌，他一点也不怯场，唱就唱，他点了一首老歌《在那遥远的地方》，大约因为近来情感的压抑，李天白居然将这首情歌唱得婉转动人，激起了阵阵掌声。大家便要求他再唱一首，他点了一首《敖包相会》，这是一首男女对唱的情歌，他便提出要求想请一位女性一起唱，大家便你推我、我推你的，半天没有哪位女性上场。有一位美国学者罗宾逊提议让李教授的学生姜丽文一起唱，激起了全场的附和，姜丽文便上场了。两人一开腔，便引起一阵掌声，简直是珠联璧合，男声潇洒飘逸，女声柔美婉转，将一对男女的恋情演绎得惟妙惟肖。一曲唱完，便有吆喝声掌声响起："再来一首！再来一首！"

师徒俩便又合唱了一首《纤夫的爱》，李天白故意压粗了嗓门，将纤夫的剽悍雄强表达了出来，姜丽文将水边女子的温柔热情表现得十分传神。他们俩接连合唱了四首，直到唱完了黄梅戏《夫妻双双把家还》，李天白提出不能再唱了，他双手捧拳向全场作揖，姜丽文也满脸通红，兴奋中有几分羞涩，大家才作罢。

高鼻子的罗宾逊点了一首英语歌曲《雪绒花》，音乐响起后，罗宾逊拿起话筒，李天白突然走向姜丽文，穿着一套笔挺的暗条纹深灰色西装的他，以绅士的姿态摊开右手彬彬有礼地邀请姜丽文跳舞，在众目睽睽下，姜丽文一愣，但是她又不便拒绝，看到人们纷纷下舞池，姜丽文便也让李天白牵着手走下了舞池。

姜丽文上身穿一件藕色的吊带背心，凸现她丰满的胸部，下身套了一条黑色天鹅绒的曳地长裙，裙子上有一些亮晶晶的金属片，在灯光的辉映下，舞动起来裙子上闪闪烁烁。当李天白的左手搭上了姜丽文几乎赤裸的背部时，姜丽文不禁颤抖了一下，李天白的呼吸也急促了起来，他们在一瞬间就调整了情绪，随着罗宾逊《雪绒花》动人的歌声翩翩起舞。李天白腰板挺得笔直，步子显得流畅而富有节奏；姜丽文腰肢柔软、身段修长，他们配合得天衣无缝，吸引了全场人的眼球。在歌曲的尾声中，李天白让姜丽文旋转了起来，黑色长裙如一朵黑色的玫瑰绽开了，在最后一个音乐结束时，姜丽文向后仰起，将她的整个身体靠在李天白伸出的右臂上，成了一个优美的造型。这个晚上，李天白与姜丽文成了一对最成功的明星，师徒俩演绎出一段学界佳话，多少年以后，只要人们一提到这次会议，就会记起这个晚上，记起李天白与姜丽文联袂的表演，那婉转的歌声，那动人的舞姿。

聚会结束时，大约已经11点半了，回到房间的李天白依然处在兴奋中，他匆匆冲了个澡，躺在床上，却怎么也睡不着。他打开电视，电视里的节目也不知道在演什么，他的眼前只有姜丽文那藕色的吊带背心、那黑色的长裙和姜丽文那双明亮的双眸。在报到的时候，李天白就瞥见了姜丽文住在跟他同一楼层的201号房间，李天白自己住在230号，大约是一个在东头，一个在西头。已经过12点了，宾馆已逐渐安静了下来，李天白的内心却始终安静不下来，欲望在他的内心涌动着。他翻身下床，套上外套，故意没有关电视，打开房门往姜丽文住的201号走去。

走廊里没有人，李天白好像是去做一件惊天动地的大事一般，或者如同去偷盗一件博物馆里的无价之宝，他左顾右盼地在走廊的地毯上走着，他似乎听得见自己心脏在咚咚地跳动，他怕遇见其他人，尤其怕遇见参加会议的人，他几乎喘着粗气来到了姜丽文的门口，他屈起两个手指轻轻地敲门，他觉得敲门的声音特别响，他不由得回头看了看，走廊里还是不见人。

"谁呀？"房间里姜丽文问。

"我。"李天白怯怯地回答。

"我已睡了，有事明天再说吧。"姜丽文回答，语气中却有几分犹疑，并不坚定。

"我问你一件事，只耽误你两分钟。"李天白几乎哀求似的说，好像房间里住的不是他的学生，而是他的领导一样。

大约有两分钟房间里没有动静，李天白站在门口，如坐在针毡上一般，好像谁正拿着一把钢锯在锯着他的心，他在忍受着这种无言的审判一般。他想大概她不会开门了，他正想转身回去，门却"吱呀"一声开了，穿着粉色睡衣的姜丽文站在他的眼前，跨进房门的李天白尚未站稳脚，姜丽文就扑进了他的怀里，一边用小拳头捶着李天白宽大的胸膛，一边合上了房门。

四

人云：若要人不知，除非己不为，世界上没有不透风的墙。这些天来，李天白努力躲避着苏海伦的目光，苏海伦虽然没有抓到李天白的任何把柄，但是女人的第六感觉常常是最敏锐的，她总觉得这些天李天白不对头，脸色、神色都与前些天不一样了，眼睛都不敢直视她，究竟哪里不一样，她也说不上来。她察看了李天白的衬衣，使劲拿他的衬衣嗅了嗅，想在衬衣上嗅出别的女人用的香水味。她将衬衣摊开在餐桌上，寻找是否有女人口红的痕迹，却一直没有找到，她甚至想让自己变成一只嗅觉灵敏的猎狗，嗅出李天白任何出轨的蛛丝马迹。

功夫不负有心人，有志者事竟成。那天李天白匆匆回家，吃完晚饭，匆匆进浴室洗了个澡，换了一件衬衣，就离家出门了，他只在餐桌上留下了一张小纸条，上面写了一行字："我有事，出去一下。"

自从清明节那天事发后，在夫妻之间的冷战中，他们几乎形成了心照不宣的准则：只要不越轨，互不干涉。见丈夫出门，苏教授总觉得有些不对劲，想去跟踪丈夫，又觉得太卑劣，不去跟踪吧，总觉得丈夫的神色有不对头的地方。在上厕所的时候，她顺手翻了翻丈夫换下的衬衣，居然在衬衣口袋里翻到了一张小纸条，上面有一行清晰的字："晚饭后7点，威尼斯咖啡吧见。"纸条没有留名，但是这娟秀的字体，她一看就知道是谁的。她并没有急匆匆地赶去咖啡吧，她想稍稍迟一点去，有时候有的人会晚到几分钟，这往往是女性对于男性的一种考验，有时这甚至是某些人的一种高傲姿态。虽然，她内心十分愤懑焦虑，但是她总能够调节好自己的情绪。

苏海伦稍稍洗了把脸，在脸上淡淡地化着妆，她白皙的皮肤、笔挺的鼻梁，配着这双戴着金丝边眼镜的明眸，在女学者中间她算得上是漂亮的，但是平时她并不注意自己的打扮，甚至有时只记得自己是一位学者，而忘却了自己是一个女人。

出门后，苏教授招了辆出租车，虽然只有一个起步费的车程，她想在车上调节好自己的情绪，不想让他们俩看到一个走得气喘吁吁的形象。当她走进威尼斯咖啡吧的时候，李天白与姜丽文正在密谈着，他们几乎没有关注周围的动静，等到苏海伦站到他们俩面前，李天白还以为是咖啡吧的服务员呢，他头也没抬挥了挥手，意思是不要打扰他们，等他发觉眼前的身影始终倔强地站着时，他才抬起头来，看到了苏海伦一副嘲弄的嘴脸，她戏谑地说："哎哟，旧情重温了！"

姜丽文的脸顿时就白了，她嗫嚅地站起身，刚开口喊了一声："苏教授，我与李先生在谈我的论文……"脸上就挨了一记耳光，她用手捂着挨打的脸，身体往后退。站起身的李天白顺手也给了苏海伦一记耳光，苏教授没有料到李天白会动手，她一言不发，转身走了。

第二天上午，学校纪律检查委员会迟书记给李天白打电话，让他下午1点半去学校，有事找他。李天白知道苏海伦告到了学校纪检，他盘算着如何与迟书记谈。李天白知道此事有些麻烦，因为苏海伦手里有当时他们俩写下的事情经过的打印纸，还有他们俩签名的约法三章，要否认是不可能的了，那么只有承认了，看学校会怎么处置。他又想他毕竟不像那位在台湾清华大学对女博士生动手动脚的"袭胸教授"，做出了事还百般抵赖，敢作敢为才是男子汉。他给自己打气，下午准时到了纪检书记办公室。

迟书记一脸政策相，虽然他给李天白让座，但是神色里有着对李天白的不屑。李天白心里想，你不就做个纪检书记吗？捡不了西瓜捡芝麻，对学校校长、党委书记你敢检吗？只能对付我这样的普通教师。

迟书记告诉李天白："李教授，有人来反映你与女博士的暧昧关系，今天我主要是调查核实，你是否有过这样的事情？"

李天白都一五一十地承认了，他也告诉了他们夫妻之间缺乏感情基础的事实。

这一场谈话，迟书记说得少，李天白说得多，李天白如竹筒倒豆子一般将事情原原本本都说了出来，说完了李天白倒觉得轻松了许多，就好像他去了教堂在牧师面前作了忏悔一般。

临出门时，迟书记与李天白握了握手，还拍了拍李天白的肩，说："李教授，我有事再找你。"李天白突然发现，自从他一进纪检办公室的门，迟书记就用"你"称呼他，一直没有用一个"您"字，是显示亲热随意，还是表示鄙视敌意呢？

在李天白准备姜丽文学位论文答辩的前夕，学校门口的专栏里贴出了一张布告：由于姜丽文与某教授发生了不正当的男女关系，推迟姜丽文的学位论文答辩，留校察看半年。对于李天白的处分没有张榜，是由纪检迟书记当面对他宣读的：停止李天白招收研究生，他已经带的女研究生都转给别的导师带，留下的男研究生仍然由他负责。李天白没有任何表态，"哼哼"笑了两声，走出了纪检办公室。

新闻媒体近些年来也有了更多的新闻意识，那些记者都如同猎狗一般嗅觉特别灵敏，就有记者打听到了男博导与女博士暧昧的事件，正好为报纸打开销路提供版面，也有记者来学校采访，大约因为家丑不外扬，学校宣传部一口拒绝了。那位女记者竟然直接找到了李天白，她一见面就亲热地喊李老师，还说李天白给他们上过课，目的是想从李天白嘴里掏出一点有用的素材。在新闻界混了这么多年，李天白了解新闻界的某些规范，他并不想得罪这位女记者，讲了一些无关痛痒不着边际的话语，便把球踢回了学校宣传部，告诉记者学校规定接受采访必须征得学校宣传部的同意，李天白还很客气地将女记者送到门口。回头他就给该家报社的总编辑打了个电话，摆平了这件事，女记者也只是做了无用功。

五

李天白与姜丽文的事情很快就家喻户晓了。姜丽文觉得有些见不得人，躲在宿舍里很少出门，连饭也请同学从食堂带回。李天白倒好像觉得更加坦然了，他向苏海伦提出了离婚，苏海伦不同意，他向法院递了离婚起诉书，等待着法院的判决。

李天白搬出去租房另住了，租了高层十楼两室一厅的房子，租金每月一千三，房子离学校有几站路，面对着一个小学的操场，虽然不时可以听见小学传来的琅琅读书声，久而久之也就习惯了。开阔的操场就成了眼前的一个景观，在书案前坐久了，他便站起身推开窗，观看操场上小学生们的体育课，调节一下视野，放松一下心情。他觉得更加自由了，摆脱了苏海伦的监视，他的心境比以前更好了。姜丽文常常来李天白租住的屋里，帮助李天白收拾房间、洗衣做饭，但是她绝不留宿，她说不愿意让李天白犯重婚罪。

法院依程序先进行了调节，苏海伦不同意离婚。后因种种原因，法院也并未判决李天白与苏海伦离婚。李天白也不再上诉。

李天白根本弄不明白，苏海伦为何不愿意离婚？为何她还要维持这段没有实际内容的婚姻？现在他们俩不仅形同陌路，更是成了冤家对头，李天白在学校里远远看见苏海伦的身影，就绕道而行，好男不跟女斗。

女儿李菱菱来找了李天白几次，她让李天白回家住，李天白不肯，她虽然了解父母之间性格的巨大差异，但是对于父亲另有外遇也表示了不满。李天白只是对着女儿苦笑了几声。

李天白让姜丽文搬到他那里住，起初姜丽文不肯，后来在李天白的苦口婆心的劝说下，姜丽文同意了，姜丽文延期毕业，学校不让她在博士生楼居住了，她得另租房子，搬进李天白的租住屋里，也省得她另租房子。

李天白与姜丽文虽然不能结婚，但是却如同新婚一般，他们俩晨起一同跑步锻炼，早晨一起去集市买菜，中午一起下厨房烧饭，小日子过得和和美美的，甚至周末还一同去剧院里看戏看电影。有一次周末观摩越剧时，居然碰到了苏海伦与女儿菱菱，他们俩要躲避已经来不及了，李天白叫了一声："菱菱，你也来看戏了？"姜丽文躲在李天白身后，没有作声。苏海伦瞪了他俩一眼，轻蔑地"哼"了一声，拉着女儿走了。

苏教授后来找了学校校长和党委书记，提出如何处置导师与女研究生同居的事情，并说香港某大学著名教授因为有外遇打老婆而被学校除名，境外的大学凡是导师与女学生恋爱的一般都会被学校请走，又说清华大学的一位知名教授在台湾侮辱女博士生也被学校除名了，为什么我们学校对待犯事的教授如此宽容？学校是传授知识讲究道德的高等学府，如何能够容忍这样的人、这样的事存在呢？校长和书记都认真地听苏教授表述，而几乎不轻易发表任何意见，这大概就是当领导的技巧，这时候你说的任何话语往往都会被当作某种表态，弄得下不了台，因此领导们往往以聆听为主，最多表示一点同情怜悯的语气词，那些哼哼哈哈的表达，不会被任何人拿着鸡毛当令箭。

季校长告诉苏教授，学校已对李天白做了惩处，他现在与你分居了，是否与姜丽文同居我们并不知道，有些事情应该归法律管，学校不能包揽一切，如果李天白触犯了法律，可以找法院。高书记显然比季校长温和得多，虽然他的意见与季校长差不多，但是他的表述就显得十分得体，他始终好像站在苏教授的角度考虑问题，同情苏教授的处境，愤懑李天白的作为。但是，他也婉转地劝苏教授，能合就合，不能合就分，强扭的瓜不甜，何必一辈子绑在一起呢？苏教授见告状无果，悻悻然走了。

后来，季校长和高书记分别找过李天白，李天白乖巧了，他矢口否认与姜丽文同居的事，说姜丽文常去他的屋里帮他打扫卫生是有的，其他就是别人捕风捉影、加油添醋了。

六

姜丽文怀孕了，妊娠反应特别强烈，经常呕吐，胃口不好。李天白既高兴又担心，高兴的是他们的感情有了结果。他曾经到过山东孔子的诞生地，说孔子是66岁的父亲与18岁的母亲结合而生的，老夫少妻常常能够生下绝顶聪明的后代。李天白虽然不想再生下一个孔子，但是能够生下一个孟子、庄子、墨子也不错，甚至只要生下一个颜回或子路都可以。他担心的是如果姜丽文怀孕的事实被校方知道，他们没有同居的谎言不是不攻自破了吗？再说孩子如果生下来，又没有什么名分，连户口都上不了。

李天白决定重新提出与苏海伦离婚，他先找到苏海伦的一位好友，让她去做苏海伦的工作，并且提出只要苏海伦同意离婚，财产分割等问题由苏海伦决定，李天白还提出他愿意承担女儿菱菱的一切费用。苏海伦回答说考虑考虑，却一直没有松口。

李天白比以前更忙了，他要抽出时间照顾姜丽文，去买一些好吃的、好喝的给姜丽文，姜丽文看到李天白围着她忙前忙后的，有些感动，庆幸自己没有与宋木根继续发展下去。

苏海伦虽然经常在国外走，但是她的婚姻观念基本是比较传统的，虽然并非嫁鸡随鸡嫁狗随狗，但是她相信如果两个人结合成家了，就应该白头到老，当初她在读硕士生时李天白死乞白赖地追求她，一切到手了、功成名就了，李天白却要抛弃她另觅新欢，苏海伦怎么能够咽得下这口气呢？她也知道李天白对她早已没有了爱只有恨了，她却不愿意离婚，她是不想让李天白的如意算盘得逞。她尤其憎恨姜丽文，这个表面热情客气的女孩子，怎么能够这样做呢？她总要想个法子惩罚一下这个小婊子，别让他们过得太得意了。

李天白受了学校的处分后，姜丽文名义上转给了耿迪昌教授带，耿教授主要研究传播学，与姜丽文研究的方向风马牛不相及，但是学校的决定只有遵从。耿迪昌比李天白年长一些，与李天白面和心不和，总觉得李天白后来居上咄咄逼人。文人相轻大概也是一种常态，都觉得自己有才华，都自视甚高。

耿迪昌教授接手指导姜丽文以后，仅仅给她打过一两个电话，询问姜丽文学位论文写作的进程，他们仅仅见过一次面，是让姜丽文将学位论文初稿交到他的办公室，他还特意让他的一个男博士生蒋天纯也到他的办公室来，以免他单独面对姜丽文。姜丽文进门前敲了两下门，进门后的姜丽文双手将论文初稿呈上，她没有正眼看耿教授，耿迪昌教授却两眼盯住姜丽文看了几眼，并且给姜丽文介绍他自己的博士生蒋天纯，意思是并非我一个人在这个办公室。姜丽文抬眼瞥了一眼蒋天纯，启唇笑了笑，耿教授见到了一张如盛开的牡丹芍药一般的脸，内心便涌动着一种莫名的妒意。

从春到秋，从清明到重阳，姜丽文留校察看半年的处分已到期了，她的学位论文修改也完成了，便提出参加论文答辩。送出去盲审的论文意见也反馈回来了，研究生处传出来说几份评审材料分数都打得很高，姜丽文心里有些得意，毕竟她比一般的博士生多用了半年时间。李天白也十分高兴，论文他从头至尾看了两遍，还动手改了不少地方，包括有些用法欠妥的字词、不规范的标点，甚至还给她的论文加了几段，可以使上下文衔接得更顺畅一些。他认为姜丽文的论文通过是完全没有问题的，可能还能够得优秀。他们都等待着姜丽文论文答辩的那一天，李天白说论文答辩通过了，他要为姜丽文举办一个小型的庆贺聚会，地点就安排在威尼斯咖啡吧。

七

姜丽文论文答辩的日子被安排在星期六下午，时间是耿迪昌教授定的，答辩委员会成员也是耿教授请的，李天白因为与姜丽文之间的关系，学校特意关照耿教授，答辩时李天白应该回避。

那天姜丽文特意做了精心的打扮，脸上化了淡妆，双眉勾勒得细细的、弯弯的，突显出她那双明亮的双眸。她穿了一身白色的连衫裙，颈子处松松地绾了一根红色的绸带，宽松的裙子遮掩了她逐渐隆起的腹部。李天白告诉姜丽文答辩委员们可能会提出的一些问题，让姜丽文预先准备，并告诉姜丽文别紧张，论文本身不错，答辩会比较顺利的。

当姜丽文来到文科大楼的答辩教室时，教室里几乎坐满了学生，有硕士生、博士生，甚至还有一些本科生，好像并不是来旁听论文答辩，而是观摩一场明星的音乐会。姜丽文有些惊诧，她抬眼望了望四周，觉得一双双眼睛用一种异样的眼光盯着她，包括她的一些同门的师弟师妹，虽然那些师妹们已经转给了别的教授，但是她们原先毕竟都是李天白招进来的学生呀！姜丽文找到一个中间的位置坐下，这个位置面对着答辩委员们，她自然而然地收了一下腹。

过了一会儿，耿迪昌教授带着五位答辩委员进来了，作为导师的耿教授就坐在了姜丽文的旁边，他也属于被考的一方。五位答辩委员先后落座，其中一位是本校的教授刘其明，是最近刚刚晋升为教授的，原来是耿教授的博士生留校的。其他四位中两位是兄弟院校新闻学的博士生导师，另外两位是两家大报的总编。

答辩委员会推举郭总编担任答辩委员会主席，这几年耿迪昌教授的博士生论文答辩总是请他参加，并且总是请他担任答辩委员会主席，郭主席已经熟门熟路驾轻就熟了。

按照答辩的程式，先由姜丽文介绍论文选题的意义、论文的基本内容和创新点。姜丽文将预先准备好的答辩提纲拿出，根据要求一项一项地阐述。她阐述完了，应该是导师对博士生情况做介绍。耿迪昌教授清了清嗓门，慢条斯理地说开了："其实，我并不是姜丽文的导师，她的导师原先是李天白教授，由于发生了大家都知晓的原因，学校要求我接手指导姜丽文的学位论文，其实我哪里指导得了姜丽文同学呀，我也是赶鸭子上架，无可奈何滥竽充数罢了。"这一番话说得答辩委员们面面相觑，只有本校的答辩委员刘其明教授在那里点头。

耿教授继续说："姜丽文是李天白的高足，说实话，她研究的论题我是没有研究的，怎么指导她呢？我是认为男导师与女学生不应该单独指导，以免落下闲话说不清楚。所以，我在这里可以告诉大家，我从来没有单独指导过姜丽文同学，就是她来我办公室交论文的时候，我也让我的博士生蒋天纯在场的。"这时耿教授望了望在做答辩秘书的蒋天纯，蒋天纯望着大家点了点头。

答辩的气氛突然有些不对头了，姜丽文坐在答辩席上就有些尴尬了，她好像是坐在了审判席上，旁听的学生也开始叽叽喳喳交头接耳。

郭主席高声喝住了旁听者的说话。答辩进入了答辩委员们评说提问的阶段。郭主席让刘其明教授先说，刘教授摆了摆手，说："先外后内，请校外的专家先发表意见。"

郭主席便点名让外校的两位教授先说。他们俩分别就姜丽文论文的长处与短处提出了看法，并且每人提了一个问题。姜丽文熬过了难堪的一刻，开始认真记录答辩委员的评点与提问。与前两位教授的评点不同，那位报纸总编的评点就有点顾左右而言他了，简直不着边际，姜丽文甚至怀疑他根本没有读过她的论文，只不过翻了翻目录而已。他是从姜丽文的论文说起，却旁骛其他，谈了诸多新闻界的问题，甚至说及新闻界的一些花絮，这些旁听的学生都感到新奇，一个个竖起耳朵听得津津有味。结尾时，他说道："这篇论文写得不错，写得不错！说到问题吗，也没有什么，只是有些地方还可以更加简练一些、压缩一些。"

在旁听者的掌声止息之后，刘其明教授发言了。他以快人快语的语态评说论文："这篇论文的选题是很有价值的，对于这个问题虽然学术界以前有所接触，但是大多语焉不详，缺乏深入的研究。姜丽文的论文对于这个问题做了比较深入的研究，还是很有价值的。"接着，刘教授以十分具有逻辑的表述分几点评点了该论文的特点与长处。旁听者都以为与以往的博士论文答辩一样，已经进入了尾声，在说长多道短声中，论文就会通过答辩，旁听者坐久了也想动动身子，答辩会场里便有了凳子移动的声音、交头接耳的声音。

刘教授谈完论文的长处后，接着说："但是，这篇论文有一个十分关键的问题。"虽然他的声音并不大，但是全场突然安静了下来。"我发现这篇论文有几处的观点是抄袭的，该观点别人都说过，姜丽文同学'拿来'用的时候，既没有用引号，更没有加注释，这里是否有剽窃的嫌疑，请委员们核实。"刘教授指出了论文三段内容有抄袭的嫌疑，并且翻出了三本学术刊物上的三篇论文的复印件，他还在论文的原文处用红笔画出了，将论文中画过的三段与复印件一起交给了郭主席。顿时全场哗然，姜丽文脸色苍白，旁听者纷纷伸长脖子，想看看复印件与论文中画线的部分。

几份材料在答辩委员们之间传看着。过了几分钟，郭主席望了望大家，提议说："请导师和学生们回避一下，答辩委员会讨论一下这个问题。"耿教授、姜丽文和旁听者们纷纷走出会场。答辩委员会针对这个问题发生了十分激烈的争论，刘其明教授的声音显得特别响，与他刚才评点时那种温婉的语态完全不同，显然他坚持该论文有抄袭，并且说并不是一处，如果是一处没有加引号、没有加注释，那是疏忽，可以原谅，现在论文中有三四处都是这样的，能说不是故意抄袭吗？郭主席将刘教授复印的论文拿过来一看，这三篇论文的作者都是李天白。

姜丽文晕晕乎乎地站在走廊上，她没有与任何人打招呼，她翻阅着自己的论文，看着刚才刘其明教授指出有抄袭嫌疑的那几段，她突然之间恍然大悟，那几段都是李天白顺手加上去的，她原来的论文中并没有，是李天白为了她的论文的衔接与升华，加上了这几段，而这几段中的观点大概也出现在李天白已发表的论文中。姜丽文想不到刘其明教授竟然会用这么多的精力去查找原文，想不到刘其明教授竟然在最后发难，她感觉到其中定有蹊跷，她感觉到是有人在整她，她想她与刘教授无冤无仇，他为什么这样做呢？她觉得今天的答辩凶多吉少，她多么希望李天白在她的身旁，可以告诉她如何面对这一切，但是李天白正等候在他的住处，等候着论文答辩后姜丽文传给他的信息。

姜丽文被答辩秘书蒋天纯叫进了会场，她麻木地坐下，听到郭主席代表答辩委员会宣布："姜丽文同学，经过论文答辩委员会核实与讨论，并经过无记名投票，十分遗憾，多数答辩委员认为，该论文确实存在着抄袭现象，姜丽文同学的论文答辩没有通过，建议不授予博士学位。"如同高空扔下了一颗炸弹，最初的瞬间是一片死一样的沉寂，突然之间"轰"的一声炸开了，静默了几分钟后，旁听的学生们纷纷发出各种声音，有的叹息惋惜，有的觉得罪有应得，有的觉得自己的学位论文写作千万小心，别踩这样的地雷。他们却不知道这场答辩背后的许多事情，只有秘书蒋天纯十分平静，因为这一切早在他的预料之中了。

答辩委员们纷纷离开，有一位委员特意走到姜丽文面前，说："没有什么，将论文修改一下，过一段时间再申请答辩，应该是没有什么问题的。"临走前，他还特意与姜丽文握了握手，姜丽文想大概这位先生投了她论文的赞同票。

等答辩委员们和旁听者走空了，姜丽文还坐在那里久久没有起身。蒋天纯在收拾材料，他走到姜丽文跟前，轻轻地说："这也是没有办法的事情，你就认了吧！"姜丽文眼眶里含着泪花，点了点头，又摇了摇头，站起身，慢慢地往楼梯下走。

尚在整理会议室的蒋天纯突然听到楼梯口传来一阵惊呼，他匆忙走出会议室，来到楼梯口，只见姜丽文已从十多级楼梯上翻滚了下去，她的论文、笔记本等散落了一地，她蜷缩在最下面的角落里痛苦地呻吟着，额角上流出了鲜血。蒋天纯赶紧掏出手机打了120急救电话。

八

李天白赶到医院的时候，姜丽文已经做完了手术，被移进了病房里。李天白捧着原来准备祝贺姜丽文通过论文答辩的花束，进了病房，见到病床上姜丽文惨白的脸，李天白几乎要哭了。

蒋天纯等人见李天白教授来了，都自觉地退出了病房。姜丽文睁开疲惫的眼睛，望着眼泪含在眼眶里的李天白，说："没了，学位没了，孩子也没了。"姜丽文从十几级楼梯滚了下去，腹中的胎儿流产了。

李天白走上一步，将花束放在病床前的茶几上，伸手握住姜丽文冰凉的双手，安慰她说："不要紧，学位可以再申请，孩子可以再要，牛奶会有的，面包也会有的。"李天白说了苏联电影《列宁在1918》中的几句台词。姜丽文苦笑了一下，又摇了摇头。

后来，李天白知道姜丽文论文没通过的原因了，他先是责怪自己好心做了蠢事，是他增添的段落让他们抓到了把柄。后来他又想肯定是耿迪昌借机故意整他，就是没有他添上的这几段，大概也会是这样的结果。他特别想不到的是，耿迪昌竟然让他自己的学生当炮灰，竟然做了这么精心的准备去整一个弱女子，他自己却在一旁隔山观虎斗。听说姜丽文被学校留校察看后，耿迪昌还跑去找校长，要求开除李天白这个道德败坏者的公职，校长没有同意，听说他居然还给教委领导写匿名信，提出开除李天白的建议，一想到这些，李天白就有些愤愤不平。

李天白跑了两个星期的医院，送汤送菜的，他自己去集市买了老母鸡炖汤，买了甲鱼炖汤，给姜丽文送去，他喂着姜丽文一口一口喝下，他才觉得舒坦了。

姜丽文出院了，身体还有点弱，精神却好了许多。李天白买了许多新出的 VCD 电影让她看，要她暂时别看书，多歇几天。

那天一位女博士生来看姜丽文，无意中说了一件事，让姜丽文闷了许久。原来她告诉姜丽文，姜丽文的论文答辩都是耿迪昌教授一手策划的，其中也有苏海伦教授起的作用。

苏教授对姜丽文耿耿于怀，她想到唯一可以整一整姜丽文的就是论文答辩了。最初她想亲自跑到答辩会场闹一通，后来又想作为一个知识分子，这样闹也跌自己脸面，又想在答辩会场的大楼门口贴一张海报，像一般的论文答辩一样，写上答辩博士生姜丽文的名字、答辩的日期、答辩的地点，唯一改变的是将答辩的论题改为《论妓女卖淫的文化背景与生理机制》，其实就是骂姜丽文与李天白的关系如同卖淫。后来，苏海伦自己又否定了，她想这不是白纸黑字给人落下话把吗？考虑再三，她给耿迪昌教授打了个电话，她知道耿迪昌是李天白的对头，长期以来一直看不惯李天白，她提出想与耿迪昌商量一件事，主要是与李天白有关，当然也与姜丽文有关。耿迪昌心领神会，便约定在他办公室见面，见面时耿迪昌让蒋天纯坐在一旁。耿迪昌常有防人之心，他觉得人世间太复杂，尤其男女之间防不胜防，他不想自己晚节不保，像李天白一样弄得身败名裂。

苏海伦到底是学理科的，说话单刀直入一针见血，她提出由于姜丽文与李天白的婚外恋关系，姜丽文的学位论文答辩一定不能让她通过，无论如何应该想办法让答辩委员会做出否定的论断。耿迪昌心里其实也是这样想的，他想借此机会整一整李天白。他简直与苏海伦一拍即合，但是他故意不露声色，问："苏教授，您自己也带博士生的，您也知道不能无端否定一篇学术论文，总要有一定的原因才能做出否定的结论。"

苏海伦皱着眉头想了想，说："只要查出姜丽文论文里不规范之处，就可以得出否定的结论了。"

耿迪昌说："但是要有足够的证据证明姜丽文论文的短处，不然胡乱判定，不仅答辩委员会通不过，就是我自己也不会这样办，您说呢？"

苏海伦沉吟了半晌，突然说："姜丽文与李天白关系不正常，说不定有的地方是李天白写的，可以去查一查，论文中是否有李天白的观点，如果没有说明出处的观点，放在姜丽文的论文中，就是抄袭，那怎么能够通过呢？"

后来，他们在办公室里商量了很久，耿迪昌说他可以让他的研究生去核查，但是他自己作为姜丽文论文的导师，不可能出面的。苏海伦就提出可以用耿教授的学生刘其明，他不是刚刚晋升了教授吗？可以让他做答辩委员，届时让他发难。

这些情况是姜丽文摔伤后，蒋天纯在一次喝醉酒的时候吐露出来的，当时醉态还不很严重的蒋天纯叮嘱她千万别说出去，不然他就会没有好日子过的，耿教授报复心是很重的。

姜丽文装作漫不经心地听着，说："事情已经这样了，就随他们去吧！"她心里却针扎般的痛，他们怎么可以这样？那女同学叮嘱她千万别对别人说，甚至连李天白也不要说。姜丽文点点头，同意了。

几天来，姜丽文一直在想这件事情，如何对待苏教授与耿迪昌，她咽不下这口气，欺人太甚，她想着必须要与苏教授当面说一说，揭穿她的阴谋，让她下不了台。她一点也没有对李天白流露，她想自己来处理这件事。

考虑了几天后，姜丽文给苏教授打了一个电话，在电话里姜丽文十分谦恭地说："苏教授，我一直觉得有许多地方对不起您，现在我十分后悔了，自从论文被否决以后我一直很痛苦，这次论文被否决都怪李天白，是他害了我，我想找您谈谈，一是想向您当面道歉；二是我已经决定离开李天白，让他回到您的身边，只是不知道采取什么方式对他说，如何劝他回家。苏教授您经历的事情多，经验丰富，您也了解李教授，我想请您给我出出主意。"

电话那头苏教授的声音十分轻快，人都是同情弱者的，处在强势处境的苏教授忽然有了一点同情之心。苏教授同意与姜丽文见面，她只是告诉姜丽文别让李天白知道。姜丽文一笑，回答说："我怎么可能告诉他呢？"

约会定在晚饭后 8 点，地点在威尼斯咖啡吧。苏教授说那天她的博士生论文开题，她可能会晚到几分钟，她如果晚到请姜丽文等一会儿，她一定会去的。

九

再过两天就是圣诞节了，各家商店都装饰了起来，圣诞树、彩灯、雪花都被装点在门口与店堂里，一片节日的气氛。

姜丽文穿了一件驼色的羊绒大衣，围着一条猩红的长毛绒围巾，早早地就来到威尼斯咖啡吧，要了一杯卡布奇诺咖啡，选了一个面对街景角落上的位置，独自慢慢地品尝着精致的咖啡杯里的咖啡。

咖啡吧里正放着凯丽金的萨克斯管乐曲：《圣诞老人就要到来》《圣诞树》《我会在家过圣诞节》，轻松婉转的乐曲营造出了一种节日的气氛。

8点半了，苏教授还没有来，咖啡吧里已经有了不少顾客，大多是一些年轻的男女，他们喜欢咖啡吧里轻松欧式的气氛。姜丽文望着窗外，看着一辆辆车子疾驶而过，她想起去年岁末在这里与李天白一起喝酒的情景，又一年了，白驹过隙呀！

苏教授一直快到9点了才来，她穿着一件藕色的呢子大衣，见到姜丽文就连忙道歉，说因为要与那些参加开题报告的教授们一起聚餐，来晚了。

姜丽文为苏教授点了一杯咖啡，刚端上来的咖啡杯里，一股咖啡香缓缓飘荡。姜丽文自落座后一直没有脱去大衣，苏教授未落座就将大衣脱了，里面穿着一件灰色V字领羊毛衫。

落座后，姜丽文并没有如她在电话里说的那样向苏教授道歉，只是谈她的论文被否决的不公平，谈她那天从楼梯上滚下去的情景。苏教授耐心地听着，她不知道姜丽文叫她来的真正目的是什么。姜丽文突然说到了李天白，说到了女人与男人的关系，甚至她还以推心置腹的口吻告诉苏教授，男人喜欢的基本上都是弱女子，男人一般绝对不会喜欢女强人的，作为一个女性就是在外面很强，但是回到家里必须做出一种小鸟依人的姿态，男人们才会喜欢，男人们才会感到自己的存在，他们可以像一只展开翅膀的巨鹰一般让他们喜欢的女性躲藏在他们的羽翼下，如果面对男人，女性表现出一种过于强悍的意味，男人会远离这样的女性的。

苏教授听着姜丽文这一番话语，有点莫名其妙，她问："姜丽文，你到底请我来干什么？就是要教训我吗？我走的桥都比你走的路要多，你哪里有资格来教训我呢？"

姜丽文委婉地一笑说："苏教授，您的经验是比我丰富，不然您也不会与耿迪昌一起密谋让我的论文答辩通不过了！"

苏教授一下懵了，半晌才反应过来，装作不解地问："你胡说八道什么呀?!"

姜丽文温文尔雅地说:"若要人不知,除非己莫为。人应该敢做敢当!"

苏教授被激怒了,愤愤然地说:"我做了,怎么样,对于你这样不要脸的人,能够给你通过论文答辩吗?老天也不会允许你通过的!这是对你应有的惩罚!"

姜丽文没有发怒,她慢条斯理地站起身,从大衣口袋里掏出一个小瓶子,打开盖子,将瓶子中的液体往苏教授脸上泼去,苏教授发出一声惨叫,双手捧住了自己的脸。

十

姜丽文向公安局自首,她用浓硫酸泼向了苏海伦,导致苏海伦破了相,双目几乎失明,只有右眼还能够看见一点点光,姜丽文被拘留了。

李天白知道此事时,他正在澳门机场准备返回,他在澳门刚结束一个国际会议,他的一位男博士生打手机告诉他事情发生的前因后果。李天白焦急万分,但是又无可奈何,他没有想到苏海伦参与了阻止姜丽文论文答辩通过的阴谋,他也没有想到姜丽文居然采取这样过激的方式报复苏海伦,他没有想到现在竟然造成了这样可悲的后果。

姜丽文被拘留了,不能探视。李天白去了医院探望苏海伦,他买了一束蜡梅花,在阴沉沉的冬天里隐隐约约飘动着香气。他进了苏海伦的病房,苏海伦的脸已被纱布紧紧地裹着,连眼睛也裹了起来。听到病床前的动静,苏海伦问是谁。李天白回答了一声:"是我!"顺手将那束蜡梅花放在了病床前的床头柜上。病床边坐着的女儿菱菱仅抬眼望了父亲一眼,她没有叫他,脸色冷冷的。

苏海伦知道是李天白,从裹着的纱布底下透出两句冷冷的话语:"你还来干什么?你害得我还不够吗?"

李天白没有回答,只是静静地在病床前站了一会儿,转身就离开了病房。

法院的判决有一个十分漫长的调查过程,李天白找了不少在法律界的朋友咨询,询问姜丽文这种情况大概会判多少年。一位法律界的权威人士说,虽然姜丽文案发后是自首的，但是被害人的情况十分严重，这个案件至少要判十年以上。李天白想方设法去找检察院的朋友，希望通过关系轻判姜丽文的案件。

案件没有判，是不可能去探视姜丽文的，李天白在等待着这个案件的发落。有时候李天白就像自己犯了法一样，他也希望这个案子是他自己犯下的，而不是姜丽文这样的女子犯的。平常李天白听人说湖南妹子是辣妹子，热情而倔强，他认为姜丽文热情有余，而倔强不足，现在他真正了解了姜丽文，她倔强起来竟然做得出这样不顾后果的事情。他暗暗谴责自己，是自己害了姜丽文，也害了苏海伦，如果他没有与姜丽文的婚外恋，依然保持与苏海伦的婚姻关系，也就不会发生这样两败俱伤的悲剧了。

姜丽文的案件发生后，李天白几乎成为社会的焦点了，虽然他一再拒绝媒体的采访，虽然他与几家报纸老总打过电话，让他们别报道这个案件，但是有几家小报还是将该事件见了报，整整一大版，将他与姜丽文的婚外恋的始末，将姜丽文泼浓硫酸复仇的经过，甚至将姜丽文论文答辩的场景等，都绘声绘色地描述了一番，就如同一部言情小说一般，曲折跌宕中又有几分真情。

李天白现在很少出门了，只要他一出现在学校、街头，他就发现不少奇怪的眼光盯着他看，就如同在看一个天外来客星际怪人一般。学校里有些认识的或者不认识的教师，见到他就会走近问："李教授，你现在打算怎么办？一个受伤了，一个被关了，你倒自由自在？"话语中总有几分谴责意味。

除了隔三岔五地去医院探望苏海伦外，李天白干脆把自己关在房间里，轻易不出门，也不见客。他也无心读书写文章了，就好像被拘留的不是姜丽文，而是他自己。他常常茫然地望着窗外操场上奔跑着的小学生，从心底里羡慕这些天真烂漫的孩子们，没有烦恼无拘无束。他常常站在窗前几乎一整天，饿了就泡一碗方便面，渴了就去接水龙头的自来水喝。

姜丽文的案件终于开庭了，李天白去法庭旁听，并被律师请去当证人。姜丽文的前男友宋木根居然也去了，年纪轻轻的却没有一点朝气，坐在靠背椅上木然地望着法庭，他现在在一家大的设计公司搞建筑设计。

法官坐稳了以后，犯人姜丽文被刑警押出场，李天白抬眼望去，姜丽文好像胖了一些，大概在拘留期间并没有受苦，姜丽文的神情也比较自然，她甚至抬头望了望四周，并将目光落在李天白身上，眼睛中流露出一种歉意的表情。

在审问的过程中，苏海伦坐在轮椅上被推了出来，坐在旁听席上的人们哗然了，苏海伦原先清秀的脸庞现在伤痕累累，她的一双眼睛几乎睁不开了，许多赘肉挂在她的眼睑处，让人想起电影《夜半歌声》中破了相的男主角。陪审员拿出了一张苏海伦未破相前的放大的照片，那是在德国慕尼黑照的，皮肤白皙的苏海伦站在河边楚楚动人，对照着眼前破了相的苏海伦，群情激愤了，场面几乎失控。法官重重地敲了好几下法槌，才让场面安静下来。

李天白作为证人上法庭作证，站立在证人席上，面对着旁听席上一双双愤怒的眼睛，李天白仿佛觉得是自己在受审判，平时在讲台上能侃侃而谈的他，居然有些语无伦次了。

姜丽文被判了十二年，与那位法律界的权威人士说得相差无几。当姜丽文被押下去的时候，李天白发现姜丽文深深地望了他几眼，眼光中充满着眷恋与无奈，李天白的眼泪突然溢出了眼眶。

李天白病了，发着高烧，他没有去医院看病，独自在房间里躺了三天，迷糊中他好像来到了威尼斯咖啡吧，好像在与姜丽文一起喝酒聊天，突然又出现了学校纪检迟书记公文一般冷漠的脸庞，瞬间这张脸又变成了苏海伦疤痕密布恐怖的脸。他睁开眼睛，看到自己独自躺在床上，他渴得难受，挣扎着起身到自来水龙头处喝了几大口自来水，神志清醒了许多。

下午，他摇晃着走到楼下小卖部买了几包方便面，居然发现小区里的几棵柳树已经长出鹅黄的嫩芽来了，便记起了一句古诗，"忽见陌头杨柳色，悔教夫婿觅封侯"。

李天白真的饿了，一连吃了两包方便面，他打了一个饱嗝。拿起电话，分别给他的几位研究生打了电话。询问几位三年级研究生论文修改得如何了，过两个星期论文就要送盲审了。他又给一位女博士生拨电话，刚刚拨通，他突然想起，他的女博士生已转给刘其明带了，便放下了话筒。

他走到窗前的日历前，翻看着日历，计算着研究生学位论文送盲审还余下的日子。突然之间，李天白发现今天是清明节，最近他都被这些事情弄乱了，连日子也不知道了。

李天白给女儿菱菱打了个电话，菱菱告诉他，妈妈的整容手术正在安排中，医生说妈妈的整容手术必须分几次进行，下星期五是第一次，先将眼睑上的赘肉除去，下一次才是做眼睑手术，再下一次才是对面部其他部位的植皮修补，说整容要花去一大笔钱。李天白告诉女儿，他的银行卡里大概还有40万元，都可以拿去给妈妈整容，他让菱菱有空来他的住处取，他告诉菱菱说，他的房门钥匙放在门口的一盆仙人掌花盆底下，他的银行卡放在他抽屉的角落里，密码没有变。

李天白打开了热水器，冲了一个澡，把头发也洗了洗，揩干全身。走出浴室，他换了一件条纹的新衬衣，打了条灰色的新领带，穿了一套西装，那是他常在国际会议上穿的，对着镜子梳了梳头，还对着镜子笑了笑。

他打开了窗户，下雨了，淅淅沥沥的春雨下起来了。前面小学的教室里传出了学生琅琅的读书声，读的竟然是杜牧的绝句《清明》："清明时节雨纷纷，路上行人欲断魂。借问酒家何处有，牧童遥指杏花村。"

李天白聆听着小学生们一遍一遍的古诗朗读，探头朝下望了望，爬上了窗前的书桌，一纵身便跃出窗口，他如一片被吹落的树叶一般，他如同一朵飘落的白云一般，从十楼的高层飘然而下。

他的耳边仍然响着诗句：清明时节雨纷纷、雨纷纷、雨纷纷……

原载《广州文艺》2012年第4期

租赁男友

一

姚丽丽要回家过年了，为了应付母亲没完没了的唠叨和相亲安排，她想出了一个主意：租赁一位男友一同回家。

姚丽丽在网上挂出了租赁男友的启事：某女，未婚，国外留学归来，想租赁一位 35 岁以下未婚男性 7 天，要求大学文凭以上、个子 1 米 75 以上、长相清秀、谈吐得体。被租赁者以未婚夫身份跟随某女去浙江某市过年，一切开销由女方负责，被租赁者必须认真扮演未婚夫的角色，报酬人民币 2 万元。

姚丽丽 29 岁了，还没有男朋友，家里为此很是着急。虽然她有过几次恋爱，但是后来都黄了，她倒独往独来依然潇洒，开着一辆红色的奔驰轿车上下班。她在一家外资公司工作，虽然收入不菲，但是工作太忙，外国老板总像挤牙膏一般让员工竭尽全力，她的工作不是朝九晚五，而常常是朝九晚九，回到住处时早已筋疲力尽了。虽然她在市中心有一套不错的房子，因为没有结婚，也只是个住处，而不能算是个家。她羡慕在这个都市里有家的同事们，回到家里有人爱有人疼。她也羡慕父母在身边的同事们，他们的父母常常在双休日安排着儿女们的亲事，甚至父母们会自己去某个公园的某个角落，参加代儿女相亲的活动，擎着贴有儿女照片与介绍的纸板，在那个公园的角落里兜来兜去，像在推销一件滞销产品。

姚丽丽的家在一个江南古城，父亲曾经是市外贸局局长，几年前已经退休了，母亲是当地颇有声名的私营企业家，掌管着几家大型的服装公司，她们企业的服装已经出口到不少欧美国家。母亲总想让姚丽丽接替她的公司，甚至想让她的女婿接管公司。姚丽丽既不愿意接替母亲的公司，也一直没有男朋友，女婿的事便成为母亲的一桩心事。姚丽丽不愿意在这个小城里生活，在国外获得硕士学位的她，观念也已经受到影响，觉得自己应该独立自主自食其力。回国以后，她便在这个都市找到了工作。

姚丽丽曾经有过一段伤心的往事，回国后她最初是在一家私营公司工作。那年姚丽丽只有25岁，她修长的身材、明亮的双眸、白皙的皮肤，虽然她的嘴显得大了一些，但是外国许多电影明星都有着一张性感的大嘴，索菲亚·罗兰、安吉丽娜·茱莉、朱丽亚·罗伯茨都是大嘴。姚丽丽最初在这家私营公司做营销，由于她有着美国大学 MBA 的硕士学位，以及有着俏丽的容貌、伶俐的谈吐，她的营销业绩始终很出众，不久她就被老板提升为营销部副主任。孙老板不到40岁，先是做股票掘了第一桶金，后来涉足房地产，生意越做越大。孙老板为人直爽热情，他每年都组织公司员工出去旅游。那次是在过年前去海南旅游，在上海时还是大雪纷飞，到了海南却是阳光明媚。他们下海游泳、去歌厅唱歌，尽情享受人生。那天晚上，孙老板与公司员工们一起喝酒，孙老板与姚丽丽拼酒，把姚丽丽灌得醉醺醺的，是同事蒋艳芳把姚丽丽送回宾馆房间的。第二天醒来，不知道怎么回事，姚丽丽竟然躺在孙老板的怀里。姚丽丽大惊失色，继而泪流满面。孙老板嬉皮笑脸地哄着她，答应满足她的任何要求。姚丽丽提出孙老板与太太离婚与姚丽丽结婚，孙老板满口应承。后来姚丽丽便成了孙老板的情人，开着孙老板买给她的奔驰轿车，一直等待着孙老板履行与她结婚的诺言。直到孙夫人打上门来，在宾馆房间的床上捉到姚丽丽与孙老板，将姚丽丽狠揍了一顿，姚丽丽与孙老板结婚的梦才破灭了，她在公司里也待不下去了，便到处找工作，最后到了这家外资公司工作。

姚丽丽的母亲为女儿的婚事可谓操碎了心，她们家有自家的高楼大厦，有几辆轿车，有服装厂、服装店，她们家什么都不缺，就是缺一个女婿。每次回家，母亲总会安排姚丽丽去相亲，姚丽丽不去吧，母亲会不高兴；去吧，姚丽丽自己会不高兴。这座小城市没有几个姚丽丽看得上眼的小伙子，不是獐头鼠目，就是庸俗不堪，碰到几个色色的，没说几句话，就将手臂搭上姚丽丽的肩膀，让姚丽丽起一身鸡皮疙瘩，扭头就走。最多的一天，母亲居然让姚丽丽去与 10 个男人相了亲，累得姚丽丽脚都麻木了。

最近母亲又打电话来了，告诉姚丽丽，市法院来了一个博士，让姚丽丽回家相亲。姚丽丽烦母亲无休无止地让她去相亲，为了打消母亲让她相亲的计划，便策划了租赁男友的启事。

二

陈海辉喜欢上网，今天他在网上看到一则"租赁男友"的启事，居然 7 天给 2 万元，这倒是一桩美差！陈海辉未婚，戏剧学院毕业，个头 1 米 78，长相清秀，谈吐不俗，大学毕业后被分配到话剧团工作，工作 3 年来虽然还在跑龙套，但也扮演过几个还算不错的角色。陈海辉比对租赁男友的启事，觉得自己的条件都吻合。最让他心动的是，前不久他接到一个电视剧组的邀请，让他在电视剧里扮演破坏别人家庭第三者的角色，过年以后就要开机，他想应聘租赁男友，体验那种第三者角色的感受。陈海辉在电脑上应聘，并将自己的一张半身照和一张剧照贴在应聘信里，留下了自己的手机号。

第二天，陈海辉接到了一个陌生女性的电话。电话那头说："我是租赁男友启事的某女，我见到了您的应聘信。"最初，陈海辉没有回过神来，他已经将他自己应聘的事情忘了，等到电话里说扮演男朋友 7 天，陈海辉才想了起来，对方请他下班后 6 点钟到衡山路香樟园面谈。

话剧团的工作是忙碌的时候极端忙碌，排戏、演出是最忙碌的，清闲的时候又极端清闲，只要去团里点个卯，一切就自由了。陈海辉的女友夏琳琳是他的大学同学，他们俩一起被分配到话剧团，他们从大学二年级开始就好上了，现在已经有 7 年的恋情了。在话剧团里，夏琳琳比陈海辉更出色，出演过两部戏的女主角，今年是话剧新秀女主角的候选人之一。他们俩都不是上海人，陈海辉是河南人，夏琳琳是浙江人，陈海辉 25 岁，夏琳琳 24 岁，他们都怀着对戏剧的爱好考入戏剧学院，又一起在话剧舞台上拼搏。上海的房价涨得离谱，他们现在只是租房，想买房还没有条件。

陈海辉没有告诉夏琳琳应聘租赁男友的事，他告诉琳琳今天晚上为电视剧的事要去会一个朋友。他下午 5 点 45 分就到了香樟园，靠窗坐着，点了一杯卡布奇诺咖啡，望着街景与门口，等候着租赁男友的某女来临。

香樟园里有一株高大的樟树，饭店的设计者居然将这株樟树裹在饭店的玻璃房中间，别有情趣。尚未到晚饭时候，香樟园里比较冷清，陈海辉打开手机，看到前几天收到朋友发来的一条段子："当今三大扯淡：靠工资买得起房那是扯淡；靠政绩能升官发财那更是扯淡；说你没外遇那也绝对是扯淡。"当时收到时，他给夏琳琳看，两个人都笑，都对于前两句深以为然，对于最后一句绝对不以为然。现在陈海辉读来却觉得有些愕然，他想自己是应聘租赁男友，根本不是有外遇。但是又一想，如果他与某女在这里约会，给琳琳看到她会怎么想，难道不会怀疑是他有外遇吗？陈海辉独自很不自然地摇摇头，嘴角露出一丝苦笑。

陈海辉的手机响了，他抬头看见香樟园门口站着一个女子，高挑的个子、白皙的皮肤，穿着一件灰色的羊绒大衣，耳朵边贴着手机。陈海辉没有接，站起身向门口的女子招了招手。那女子便走上前来，问清了是陈海辉，脱下皮手套与陈海辉握了握手，在正对面坐下，陈海辉觉得她的纤长手指有些凉。

落座以后陈海辉觉得有些尴尬，既不是谈朋友，也不是谈生意。那女子倒落落大方，两眼毫无顾忌地盯着陈海辉望了几眼，就像在商场里打量一件奢侈品。陈海辉到底是个演员，他心里想不就是演戏嘛，便轻松了许多，问："您要咖啡吗？"

她说："不要了，我们就点菜吧。"她拿起菜单，点了培根鳕鱼卷、蟹粉鱼翅、甘蓝菜等，还要了一瓶红酒。点完菜，她莞尔一笑，说："我是姚丽丽，您是不是觉得我这个人有点怪？"

"没有，可以理解。"陈海辉望了望她，明眸皓齿，他怕遇到一个令人生厌的雇主，那这 7 天将会十分漫长，现在面对这位有几分姿色的姚丽丽，陈海辉松了一口气。

菜一个一个上来了，服务员打开红酒，斟入高脚酒杯，姚丽丽端起酒杯，说："陈先生，幸会，幸会！"

在酒杯相碰"叮当"的瞬间，陈海辉觉得他的心突然间紧缩了一下，好像这"叮当"的声音在他的心上敲击了一下，使这场奇异的约会变得有些沉重起来。

姚丽丽告诉陈海辉她租赁男友的原委，告诉陈海辉这两天她看了 10 多位应聘者，她看中了陈海辉，觉得无论从哪方面看，陈海辉都是一个会让她父母满意的男朋友。

陈海辉笑了笑，他向姚丽丽介绍了自己，也告诉姚丽丽他已有女朋友，他们之间已经有 7 年的感情。他还告诉姚丽丽他即将出演一部电视剧，他将扮演剧中的一个第三者。

姚丽丽笑了笑说："我从小也想当演员，但是没有天赋，现在有你这样一位演员朋友，也可以让我更加了解演员的生活。"

他们俩就像老朋友一般聊着，不多一会儿，一瓶红酒就底朝天了，桌上的菜肴也吃得差不多了。姚丽丽觉得她很久没有这样的好胃口了，陈海辉却觉得他扮演的租赁男友的角色已经开始了。

姚丽丽从她的包中取出两份早已准备好的协约，递给陈海辉说："我们有约在先，请您看看有什么不妥。如果您认为可以，就请您签字。"

陈海辉拿过协约，粗粗浏览了一遍，觉得并没有什么出格的地方，与姚丽丽挂在网上的启事出入不大，便拿过姚丽丽递过的笔，在协约上签了字。

姚丽丽告诉陈海辉，他们一起坐火车回去，过年前交通拥挤，坐火车更方便。姚丽丽说等她买了火车票，会告诉陈海辉，到时他们可以在火车站见。

临走前，陈海辉准备去结账，姚丽丽以雇主的姿态阻止了，她掏出银行卡结了账。陈海辉为姚丽丽披上羊绒大衣，他们一起走出香樟园，握手告别，分别融入衡山路绮丽的夜色里。

三

陈海辉与夏琳琳准备今年国庆结婚，虽然目前他们还买不起房，但是他们打算先租套大一点的房子结婚，等以后攒到钱再买房。

夏琳琳曾给陈海辉看过一个手机段子："要想一天不安宁，你就请客吃饭；要想一年不安宁，你就买车买房；要想一辈子不安宁，你就找个情郎。"陈海辉胳肢琳琳，说："你还想找情郎？你还想找情郎?"琳琳痒得浑身乱颤，说："我的情郎是你——陈——海——辉！"

陈海辉也给琳琳讲了一个故事："蜜蜂狂追蝴蝶，蝴蝶却嫁给了蜗牛。蜜蜂不解：他哪里比我好？蝴蝶回答：人家好歹有自己的房子，哪像你住在集体宿舍。"陈海辉说："我变成蜗牛就好了，就有自己的房子了。"夏琳琳说："你有自己的房子了，那么我住到哪里去？"他们俩嘻嘻哈哈地笑，但是生活在这个大都市，买房的压力对于他们俩来说实在太大。

他们俩买了电视剧《蜗居》的碟片，一集一集津津有味地看着。夏琳琳说："我就是海清饰演的郭海萍，而陈海辉你就是郝平饰演的苏淳，但是我们还不如郭海萍、苏淳，他们毕竟已经买了自己的房子，而我们还是无房户。"陈海辉和夏琳琳不明白为什么这部反映社会现实的电视剧会被停播。

陈海辉没有告诉琳琳租赁男友的事情，他对琳琳说今年春节他要去体验生活，因为电视剧的事情，他就不能陪琳琳去她父母家了。琳琳表示能够理解，她想让陈海辉也能够拍出一部像《蜗居》那样的电视剧。

姚丽丽发短信给陈海辉，告诉他定了腊月二十九下午 2 点 25 分的动车，他们 1 点 50 分在上海南站动车进站口会合。陈海辉查阅了火车时刻表，动车到那里还不到 1 小时。

去火车站的时候飘起了雪花，陈海辉拖着他平时出差用的黑色小行李箱，穿着黑色的羽绒衣，戴着黑色墨镜，看着雪白的雪花飘落下来，停在他黑色的行李箱、羽绒衣上，黑白分明，他却想着他这个租赁男友是对还是错，黑白不分明。

姚丽丽看到陈海辉的时候，开玩笑地说了一句："我的男朋友呀，你浑身黑的，像一个黑社会老大！"

陈海辉望着穿着红色皮夹克围着米色羊绒围巾的姚丽丽，戏谑地回答："现在我是伙计，老大是您呀！"

陈海辉提着他们两个人的行李，上了动车。

大概是窗外积雪的缘故，车厢里亮堂堂的。他们俩的座位靠在一起，陈海辉让姚丽丽坐在靠窗的位置。火车缓缓驶出了月台，姚丽丽取出一只保温杯。陈海辉赶紧起身，去车厢接头处倒满了开水。他将保温杯递到姚丽丽手里时，姚丽丽对他一笑，说："谢谢！"

陈海辉说："不用谢。"原本他还想说，我是为你打工的，谢啥呀。

坐在他们俩对面的是一位70多岁的老大爷，他望着陈海辉、姚丽丽，问："小两口回家过年？"

陈海辉刚想说不是，姚丽丽马上接口道："我们还没有结婚，准备今年年内办。"

老大爷捋着长须说："现在提倡晚婚，但是也不能太晚了，也应该对下一代负责呀！"

姚丽丽笑了笑说："工作太忙，顾不上呀。房价又太贵，男朋友又挣不到钱，总不见得租房子结婚吧？！"说完，姚丽丽伸出一个手指，戳到陈海辉的眉心，他想躲，却没有躲过，姚丽丽的指甲在他眉心划了一道浅痕。

陈海辉尴尬地摸了摸眉心。

姚丽丽伸手在陈海辉的眉心揉了揉，陈海辉刚想躲，突然想到自己租赁男友的身份，便坐定了身子，任姚丽丽的手在他的眉心揉着。姚丽丽手上法国香水的味道特别刺鼻，指甲上绘着一朵朵猩红色的梅花，充满着撩拨人心的诱惑。陈海辉觉得自己像被捆绑在案板上任人宰割的猎物，每个毛孔都警惕着紧张着，浑身却使不出力气。

陈海辉告诉姚丽丽他即将出演的电视剧《谁是第三者》的情节，这是一部警匪加爱情的通俗电视剧，把越狱出逃的主人公凌越峰与追捕逃犯的公安人员杜沧海之间的斗智斗勇，与女主人公茅惠慧之间的情感纠葛交织在一起，陈海辉将在电视剧中扮演公安人员杜沧海。

姚丽丽从手提包中摸出一袋美国开心果，她将开心果的壳剥了，将湖绿色的果仁塞到陈海辉的嘴里，陈海辉刚想移开嘴唇，突然想到自己租赁男友的身份，便将嘴唇迎了上去。

姚丽丽含情脉脉地望着他问："My darling，好吃吗？"

陈海辉避开她的眼光，机械地回答："好吃，好吃！"

窗外的雪还在下着，纷纷扬扬地，动车以每小时280公里的速度飞驰。望着窗外的雪，陈海辉内心有些茫然，他虽然是演员，虽然他想将租赁男友当戏一样地演，但是这毕竟是在现实生活中呀。他也不知道这7天将面临怎样的局面，他应该怎样去演。

姚丽丽渐渐地将头靠在他宽大的肩膀上，陈海辉闻到了她头发中发蜡的香味，他的鼻孔中痒痒的、辣辣的，他忍不住打了一个喷嚏，唾沫打在姚丽丽的脸上。他赶紧连声说对不起，从衣袋里掏出餐巾纸为她擦拭。姚丽丽闭上眼睛，任陈海辉为她擦拭着，似乎这是一种享受。

姚丽丽告诉陈海辉她们家里的情况，包括她家里的亲戚，她告诉陈海辉一切都要按照她正式的男友来做，要让她家里和亲戚朋友都相信。

四

姚丽丽早已告诉家里她带男友一起回家，她的妈妈亲自到火车站来接了，司机开的是一辆黑色的宝马车。

姚丽丽的妈妈在出站口见到陈海辉时，拉着他的手满脸堆笑。陈海辉有些尴尬地叫阿姨，姚丽丽却催逼着说："叫妈妈，叫妈妈！"陈海辉才从牙缝里挤出两个字："妈妈。"陈海辉觉得自己像一个初登舞台蹩脚的丑角，根本不会演戏。

司机将他们俩的行李都拖去了后备厢，姚丽丽一手挽着她的妈妈，一手挽着陈海辉，在雪地里咯吱咯吱地踩着，陈海辉觉得脚下的声音好像也是对他的嘲笑。

刚坐上车，陈海辉就收到了一条短信，是夏琳琳发来的，问他是否已经到了体验生活的地方了。他马上回了一条，说还在路上，他原来跟夏琳琳说的地方比这里远。

姚丽丽问是谁来的短信，陈海辉回答是单位同事。姚丽丽对陈海辉翻了翻白眼，她大概猜出了是陈海辉的女友来的，但在她妈妈面前她不能戳穿他。

这个濒临杭州湾畔的城市，是一座历史文化名城，这些年来市政府努力创建国家园林城市、全国绿化模范城市、国家级卫生城市，城市的面貌大为改观，车子开在洁净的街道上，陈海辉却没有心思观看街景，他像以往上台演出前一般，熟悉自己台词般默默无言。

姚丽丽的妈妈问他："丽丽说你是明星，演过什么戏呢？"

陈海辉回答说："您别听丽丽乱说，我只是跑跑龙套罢了。"

姚丽丽对妈妈说:"海辉马上要更加出名了,他将出演电视剧《谁是第三者》的主角了。"他们都开始进入角色了,都换用了爱称。

轿车驶进靠湖的一条幽静的巷子里,在一幢粉色的三层楼房前停了下来,这是姚丽丽家的豪宅。司机将行李提进了房门,走出一位老人,姚丽丽上前抱住了,叫了声"爸爸",陈海辉也上前叫"爸爸"。老人瘦瘦的,颧骨有些突出,拄了一根龙头拐棍。他用一双浑浊的眼睛望了望陈海辉,伸出一只手拍了拍陈海辉的肩膀,说:"好,好!"

陈海辉在二楼的房间里将行李打开,取出了牙刷、毛巾,他在盥洗室里洗了洗脸。他不知道姚丽丽怎么安排他,他们是睡在一个房间里呢,还是安排他单独睡。他有些紧张,他甚至想打退堂鼓,马上买火车票回家,他想去跟琳琳一起过年,而不是跟这个租赁他的女人。

陈海辉脱了鞋靠在床上的被褥上,这张红木大床很有气派,床头上雕刻着双龙戏珠,龙角、龙须栩栩如生。其实昨天晚上陈海辉还有些犹豫,到底去不去当租赁男友,弄得大半夜没有睡。现在倚靠在被褥上,空调开得暖暖的,望着房间里豪华的布置,他不知不觉地睡着了。

朦胧中有人推醒了他,姚丽丽说:"懒鬼,起床了,妈妈在皇家大酒店设宴为我们接风呢!"

睁开眼睛的陈海辉还以为自己在租住的屋子里,看到满面春风的姚丽丽,他才记起自己租赁男友的角色,便一骨碌爬起来,洗了洗脸,下了楼。

皇家大酒店是这座古城最豪华的酒店,门口列着一排个子高挑的迎宾小姐,在这个大冷天她们居然都穿着旗袍,开叉都开得高高的,露出里面一截雪白的大腿。在这个临近过年的时刻,皇家大酒店高朋满座热闹非凡。姚丽丽的妈妈在皇家大酒店摆了十桌,几乎将重要的亲戚朋友都请到了。姚丽丽让陈海辉搂着她的腰走进了酒店,他们俩被安排在居中的十桌上落座。姚丽丽的妈妈下午特意做了头发,头顶上的头发被吹得高高堆起,就像一座富士山。她满面春风地张罗着,并且忙碌地拉着姚丽丽、陈海辉见这个伯伯、那个叔叔,姚丽丽的妈妈居然还请了市文化局局长、市话剧团的团长,也引着陈海辉一一拜会。陈海辉觉得自己如同一个牵线木偶一样,被牵着动手动脚,这位牵线人就是他的雇主姚丽丽。陈海辉觉得自己已经没有了思想,他笑着握手、笑着点头、笑着举杯、笑着喝酒。

亲戚们听说姚丽丽的男友是一个演员，就有人提议让陈海辉表演节目。姚丽丽的妈妈满口答应了，她走到陈海辉身边让他表演节目。陈海辉说他是话剧演员，不是歌唱家，在这个闹哄哄的场合表演不了，姚丽丽的妈妈就觉得有几分尴尬，脸就拉下来了。陈海辉忽然觉得姚妈妈像颐指气使的慈禧太后，自己就像阿谀奉承的太监李莲英，就缺少屈起腿给老佛爷请安了。姚丽丽提议请陈海辉朗诵一首诗，或者朗诵他表演过的话剧的一段台词。

陈海辉想了想，想到他在戏剧学院读书时朗诵的裴多菲的一首情诗《我愿意是急流》，那是在大二时与夏琳琳合作的节目，也就是那个时候他与琳琳开始恋爱了。

话筒递过来了，陈海辉清了清嗓子，用充满深情的语调朗诵：

> 我愿意是急流，
> 山里的小河，
> 在崎岖的路上、
> 岩石上经过……
> 只要我的爱人
> 是一条小鱼，
> 在我的浪花中
> 快乐地游来游去。
>
> 我愿意是荒林，
> 在河流的两岸，
> 对一阵阵的狂风，
> 勇敢地作战……
> 只要我的爱人
> 是一只小鸟，
> 在我的稠密的
> 树枝间做巢，鸣叫。

陈海辉洪亮浑厚的嗓音、字正腔圆的音韵、充满深情的朗诵打动了整个酒店大堂，这个摆着30多桌酒宴的大堂里，突然之间都静了下来，酒杯都放了下来，筷子都停了下来，笑谈声也静了下来，人们竖起耳朵聆听陈海辉的朗诵。陈海辉朗诵完，大约有几秒钟的静寂，突然之间响起一阵哗哗的掌声，陈海辉的朗诵为今晚的酒宴增添了色彩。

首先被打动的是姚丽丽，她瞪着一双多情的眼睛，望着陈海辉丰富的表情，望着从陈海辉嘴里吐出的每一个词，她将陈海辉当作了创作这首情诗的诗人，她将自己当作了诗歌中的"我的爱人"，将这首诗歌当作了陈海辉对她的爱情表白。她的脸色涨得通红、心跳加速、呼吸急促，陈海辉还没朗诵完这首诗，她几乎就热泪盈眶了。她擎起斟满红葡萄酒的酒杯，站起身对着陈海辉说："老公，祝你演出成功！"

陈海辉愣了一下，赶紧也站起身，与姚丽丽碰杯，见姚丽丽一饮而尽，他也将一满杯红酒灌了下去。

酒席间，在上盥洗室的时候，陈海辉给琳琳发了个短信："我已到达，一切均好，勿念。"琳琳马上回了一个"知道了，多保重，注意安全"。陈海辉盯着琳琳回的短信看了很久，心里有一种酸痛的感觉。

酒宴后回到姚家，姚丽丽喝醉了，是陈海辉扶着她上楼的，一进房间陈海辉就将她的大衣、围巾、鞋子脱了，将她放倒在床上，将空调打开。

陈海辉脱了大衣，在沙发上坐下，自己倒了杯水，他觉得有些累，就像参演了一台大型话剧，甚至比演出话剧还累，他不知道是体力上的，还是精神上的累。他真觉得这个租赁男友的戏不好演，他也很难进入这个角色。他不知道今晚他住哪里，他想问姚妈妈，但又不敢问。

床上的姚丽丽睡得很沉，酒劲还没有褪去，满脸桃红色。陈海辉仔细打量着熟睡的姚丽丽，应该说她长得很漂亮，弯弯的柳眉、挺挺的鼻梁，除了嘴偏大以外，姚丽丽可以进入美女的行列。但是姚丽丽没有琳琳长得精巧雅致，如果说琳琳是精雕细琢的象牙的话，那么姚丽丽则是粗粗打磨的玉石。陈海辉觉得姚丽丽身上有着她母亲的霸气，那双明眸中隐藏着难以捉摸的心计，而琳琳属于柔弱的一族，无论如何琳琳也不会想到租赁男友这样的点子的。

陈海辉洗了脸洗了脚，从橱柜里拿了床毛毯，插了门躺在沙发上。他睡不着，听着姚丽丽在轻轻地打鼾。

窗外哪家的孩子还在放烟花，五彩的烟花将窗帘映红了。

五

清晨，陈海辉被吻醒了，他以为是琳琳，仍然闭着眼睛说："别吵，琳琳，让我再睡一会儿！"

"起床了，老公！老公，起床了！"她用很大的声音叫。

陈海辉睁开眼，姚丽丽在他的脸前，俯下身子用嘴吻他的眉心。陈海辉一骨碌跳起来，说："姚丽丽，别，别这样，我是租赁男友，我们是做给别人看的，我们单独在一起的时候应该保持距离。"

"知道了，我又不会吃了你，7 天过后，我还是完璧归赵的。"姚丽丽笑嘻嘻地说。

姚丽丽一早醒来，见陈海辉熟睡在沙发上，她有些感动，真是一个坐怀不乱的男人，她知道自己昨晚喝醉了，陈海辉竟然将她照顾得好好的，对她根本没有任何非分的举动。她不知道是自己缺乏魅力，还是这个男人心气高傲。

拉开窗帘，太阳已升得很高了。姚丽丽提议今天带陈海辉去外面走走，看看这个小城市。陈海辉也很愿意，他怕在房间里姚丽丽又会做出什么令他难堪的举动。

洗漱后，保姆端上了两碗糯米汤圆，他们俩匆匆吃完，告别了老两口出门了。姚妈妈让他们俩晚上去德瑞斯西餐馆吃年夜饭，她说今年换花样，年夜饭吃西餐。

姚丽丽开着那辆黑色的宝马轿车，轻车熟路地在城里转。他们先去揽秀园，这是一处以"秀水东汇沪渎，西控洿溪，襟带具区，独揽其秀"而命名的园林，他们赏碑刻、登亭阁。然后他们摆渡上湖心岛，登烟雨楼，望楼下假山、翠竹、游廊、鱼池，眺远处南湖波光潋滟、游船如织，陈海辉被压抑的心境豁然开朗。

他们下烟雨楼，登南湖红船，当年中共第一次代表大会曾经在此船上召开。上船时，陈海辉先登，姚丽丽跳上船时，大概因为脚步急了一些，她没有站稳，险些跌下河，要不是陈海辉一把抱住她，她就成落汤鸡了。姚丽丽惊魂未定地紧紧抱住陈海辉，她抬眼含情脉脉地望着陈海辉，陈海辉几乎不敢望她的脸，他放下手，弯腰进了船舱。

午饭在五芳斋总店吃栗子肉粽，还一人要了一碗汤，价廉物美十分可口。

陈海辉细心地为姚丽丽剥下粽叶，将剥出的粽子放到她面前的碗里，再剥自己的。他们坐在靠窗的位置，望着街上忙碌的人们、来来往往的车子，陈海辉想，不知道现在琳琳在干啥。

陈海辉问姚丽丽今天晚上是否让他单独住一间，反正她们家有不少空房间。姚丽丽不以为然地说："你是我的男朋友，我们昨天就住在一个房间，今天就要分居吗？家里还以为我们吵架了呢！"陈海辉无奈地摊了摊手。

午饭后，他们在店里小坐了一下，便去游览双魁巷，走在石板路面的明清古巷，陈海辉很高兴地左顾右盼，这里人家皆枕河，过街楼、板壁房、雕花窗，古色古香。姚丽丽说她从小就在这样的巷子里走，已经没有感觉了。

他们到德瑞斯西餐馆时，姚丽丽父母和亲戚已经到了，包房里有一台宽屏电视机，他们准备一边吃年夜饭，一边看中央台的春节晚会。

这里的西餐像模像样的，姚母介绍说是法国请来的厨师，牛排、沙拉、鹅肝、鱼子浆都美味可口。西餐桌原先是长条的，姚母特意请餐馆摆了一个圆桌面，一家人围着坐才像过年。姚丽丽的父亲今晚的话特别多，与陈海辉聊得尤其投机。他告诉陈海辉最近流传的2009新概念，姚爸爸记性真好，居然可以背下来："一个中心：一切以健康为中心。两个基本点：遇事潇洒一点，看事糊涂一点。三个忘记：忘记年龄，忘记过去，忘记恩怨。四个拥有：无论你有多弱或多强，一定要拥有真正爱你的人，拥有知心朋友，拥有向上的事业，拥有温暖的住所。"姚爸爸将杯里的黄酒一口饮尽，将杯子底给陈海辉亮了亮，示意陈海辉也应该喝完，陈海辉一饮而尽，也向姚爸爸亮了亮杯底。

　　姚爸爸喝得有点多了，他拍了拍陈海辉的肩膀说："小伙子呀，听到了没有呵，一定要拥有真正爱你的人。"姚丽丽插话说："老爸，这个是09新概念，已经是老皇历了，现在已经是2011年了。其实后面还有呢！五个要：要唱，要跳，要俏，要笑，要苗条。六个不能：不能饿了才吃，不能渴了才喝，不能困了才睡，不能累了才歇，不能病了才检查，不能老了才后悔。"姚丽丽摸摸陈海辉的后脑勺说："海辉呵，我爸爸现在老了，他后悔了，我们不能老了才后悔呀！"

　　姚爸爸伸出手装作要打姚丽丽的模样，说："这个小丫头，怎么就扯到我身上了呢？"大家哈哈哈地笑了。

　　陈海辉觉得今天晚饭黄酒喝多了，平时他不喝酒，今天喝了至少8两黄酒。姚妈妈对着陈海辉举起酒杯，说："海辉呀，我们丽丽就交给你了，你要照顾好她，结婚的钱我们承担了，只要你对我们丽丽好，一切好办。"

　　陈海辉本不想再喝了，但是姚妈妈将满杯的黄酒一饮而尽，陈海辉只好举杯将酒也饮了，随即便觉得头有些晕，电视屏幕里正在演出的节目便有些模模糊糊的了。

六

　　下车时，姚丽丽要搀扶他，陈海辉摆了摆手，自己走下车登上楼。

　　姚妈妈在背后说："这小两口有意思，昨天是丽丽喝醉了，今天是海辉，他们俩像轮流值班似的。"

　　陈海辉进了盥洗室，揩了把冷水洗脸，脑子清醒了许多。他躲在盥洗室里给琳琳发了条短信："琳琳，新年快乐！你是小鱼，我是浪花；你是小鸟，我是树枝。爱你的海辉。"他用的是裴多菲《我愿意是急流》中的诗句，这是他们俩都滚瓜烂熟的。

　　琳琳马上回了："只要你是急流，只要你是荒林，我就在你的浪花里游，在你的数枝间唱。爱你的琳琳。"读到琳琳回来的短信，陈海辉突然觉得自己像被囚禁在牢狱里一般，孤独、寂寥、苦痛、酸楚，突然间内心好像打翻了五味瓶一样，眼眶突然就有些湿润了。

走出盥洗室，姚丽丽抛给他一套名牌内衣内裤，说："你先去洗个澡，我们早些休息吧。"

陈海辉说："我带了，穿我自己的吧！"

姚丽丽噘起嘴说："什么我的、你的，你现在人都是我的！"

陈海辉无奈地点点头，拿起名牌内衣内裤，进了盥洗室，插上门，开始洗澡。听到刚才姚丽丽说我们早些休息的话，他想到一个相声段子，是说各地新郎新娘进洞房时，新娘说的第一句话，最逗的是新娘对新郎说："今天是啥日子，你还傻站着干啥呢？"

洗完澡走出盥洗室，陈海辉吓了一跳，姚丽丽头发上戴了个浴帽，上身就戴着个粉红色的胸罩、下身就穿着窄窄的三角裤，她推开愣在那里的陈海辉，诡谲地一笑进了盥洗室。

陈海辉倒了杯茶，坐在沙发上。从盥洗室里传出姚丽丽冲澡的声音，她连门都没有合拢，热气从虚掩的门里张牙舞爪地涌出，好像向陈海辉扑过来的怪兽。陈海辉觉得那莲蓬头里水的声音特别刺耳，他觉得自己就像被海船打捞上来的鱼，在宽大的甲板上被渔民们用水冲着，马上又被放入冷库。他想起身将盥洗室的门合上，但是他的脚好像被粘住了一般，他干脆打开电视机看还在播放的春节晚会节目。

"老公，过来帮忙！"盥洗室传来姚丽丽的声音。

陈海辉听不清，关小了电视机的声音，他听到了姚丽丽在叫他。"干吗？"他问。

"请你把茶几上我的换洗衣服递给我！"姚丽丽娇滴滴地说。

陈海辉愣了片刻，拿起茶几上的内衣裤，走到盥洗室前，将头扭过去，把手伸进虚掩的门，说："呶，拿去！"

姚丽丽打开门赤裸裸地站在陈海辉面前，她赌气似的一把抢过衣裤，"嘭"的一声关上门，里面传出她"哈哈哈"的大笑声。

陈海辉精疲力尽地坐回到沙发上，电视机里是赵本山的小品《同桌的你》，他现在一看到赵本山那种破样子就烦，他想赵本山心脏都搭桥了，还要上台演，也还是这么几个看厌了的动作与表情。他就把电视机关了，听窗外接连不断的鞭炮声。去年这个时候他是在夏琳琳家过的，琳琳的父母都是老实巴交的工人，朴实真诚，像他自己的父母一样。

沐浴后的姚丽丽脱下浴帽，套上了睡衣睡裤，她蹦上了床，望了一眼陈海辉，戏谑地问："你今晚还是睡沙发？"陈海辉点点头。

"丽丽，丽丽！"是姚妈妈在敲门。

"哎，来了！"姚丽丽从床上蹦起，一把将陈海辉拉上了床，在陈海辉无奈地靠在床头时，姚丽丽打开了房门。

"什么事呀？今天累死了。"姚丽丽又蹦上床，靠在陈海辉肩膀上，做亲昵状。

姚妈妈见他们俩亲昵的情状，满脸堆笑，说："我给海辉送压岁钱来了。"说完，她掏出一个红纸包，里面是厚厚的一叠。

陈海辉竭力推辞着，说："压岁钱是给孩子的，我们都赚工资了，应该孝敬父母，怎么可能拿您的钱呢？"

姚妈妈真诚地说："初次见面，就算我们作为父母的一点小意思吧，只要你对我们丽丽好，我们只有这一个女儿，我们的财产还不都是你们的吗？"姚妈妈还亲昵地摸了陈海辉的头。

姚妈妈走出房间，将房门合上了。陈海辉像正在被架在火上烤一般，突然之间跳下床。姚丽丽用十分夸张的姿势向陈海辉招手，她在陈海辉的耳朵边："我妈妈还没有离开门，大概正将耳朵贴在房门上听呢。"她对陈海辉耳语了几句，让陈海辉坐在床沿上用力，让床铺发出咯吱咯吱的声响，她自己却嗲声嗲气地哼哼起来，把陈海辉吓了一大跳。

半晌陈海辉才意识到，姚丽丽这是做给她妈妈听的，他这才尽心尽责地做起他租赁男友的工作，使劲将床铺弄出更大声响。

七

陈海辉有种度日如年的感觉，他将姚妈妈给的一万元压岁钱还给姚丽丽，他说等他离开时给他2万元工钱就是了。姚丽丽说："你先拿着吧，我再欠你一万元就是。"

新年里到处张灯结彩喜气洋洋，租赁男友陈海辉跟着姚丽丽，给她的亲戚长辈们拜年，与她的中学同学聚会，他觉得自己就像姚丽丽牵着的一条名种犬，到处招摇而不撞骗。陈海辉现在也逐渐习惯了他租赁男友的身份，总是主动地揽着姚丽丽的腰、搂着姚丽丽的肩，甚至在众多亲朋好友面前附和着姚丽丽，说几句亲昵肉麻的话，做几个暧昧的动作，他们俩甚至在与姚丽丽中学同学聚会时被逼着咬同一个悬挂着的苹果，姚丽丽一口咬住了他的嘴唇，令大家捧腹大笑。

姚丽丽甚至还带他去看她妈妈想让她约会的市法院的博士，矮矬矮矬的一个土老帽，黑黑的皮肤、猥琐的神态，令姚丽丽忍俊不禁眼泪都笑了出来。他们俩还去了姚母的服装厂、服装店，陈海辉觉得姚母是一位女强人，企业给她管理得井井有条。

他们俩在家中仍然上演着美满姻缘的场景，他们俩在房间里不时仍然上演着压床的戏，只是姚丽丽的哼哼声更加放肆，而一关上房门陈海辉就始终远离姚丽丽，他不想这7天破坏他与夏琳琳7年的感情，他是一个非常传统的男子，他十分欣赏天鹅的从一而终。

这几天的姚丽丽特别兴奋，她成为各个场合的中心，她看出望着他们俩的眼光，常常透露出欣赏甚至妒忌的眼色，很多人都说他们俩是一对绝配。但是当关上门他们单独在一起时，姚丽丽却觉得十分伤心，别说陈海辉会拥抱她，就是无意中胳膊碰到她，陈海辉也会马上道一声对不起，像碰到蛇一般退避三舍。姚丽丽常常想是否自己没有姿色，缺乏吸引男人的诱惑力，但是她自己感觉走在街上，她的回头率还是很高的，她还没有到徐娘半老的时候。她曾经在心底里将孙老板与陈海辉比较，两个人都有男性的帅气，但是两个人的脾性完全不一样，孙老板是处处拈花惹草，陈海辉却坐怀而不乱；孙老板虽然有钱但无信，陈海辉虽然无钱但有信。她觉得陈海辉是一个值得托付一辈子的男人，白天在大庭广众面前陈海辉的亲密温顺，让她觉得"人生得一知己足矣"的幸福，晚上单独相处时陈海辉的冷若冰霜，让她寒心让她心碎。她甚至在半夜里爬起来，打开灯，望着在沙发上熟睡的陈海辉英俊的面容，甚至将她的眼泪滴在陈海辉的脸上，又用她的舌尖将他脸上的眼泪轻轻舔去，被弄醒的陈海辉十分恼怒，他推开姚丽丽将头钻进了被窝里。

陈海辉掰着手指头度日，他想着拿到2万元报酬回家后，他要做的第一件事情就是给夏琳琳买一枚钻石戒指。那是他们俩逛街时在周大福金店看到的，夏琳琳非常喜欢，一颗晶莹剔透蓝荧荧的宝石，配着宝石座子白金优雅的造型，夏琳琳说结婚时她要陈海辉给她买这枚戒指。陈海辉忘不了在金店里夏琳琳盯着这枚戒指时的目光，后来他们一起在老城隍庙九曲桥边排队吃南翔小笼包，边吃边望着窗下九曲桥上摩肩接踵的人们。

半夜里陈海辉睡不着了，他起床解手，打开灯，见姚丽丽也睁着双眼没有睡意，脸上有不少泪痕。等他关灯回到沙发上后，姚丽丽将床头灯打开了，她对陈海辉说："海辉，你跟我结婚吧！这几天我觉得我们很合得来，我不会亏待你的！"

陈海辉摇了摇头，说："姚丽丽，我是租赁男友，我们是有约在先的，我是有未婚妻的，我们今年国庆节就要结婚了，我们已经谈了7年恋爱了！"他激动起来了，声音响了起来。

"嘘！"姚丽丽示意他轻一些，如果让她父母听见了，租赁男友计划不是前功尽弃了吗？"很多事情是可以变化的，这个世界也不是一成不变的，何况人呢？何况男女之间呢？"姚丽丽苦口婆心地说。

陈海辉说："姚小姐，我只是你7天的租赁男友，过了这7天，我走我的，你行你的，我不想让你有这样不切实际的想法！"

他们俩的谈话不欢而散，俩人就这样默默无语地看着窗户上渐渐发白发亮。

由于大半夜没有睡，当窗户亮起来的时候，他们俩都又睡着了。

这天他们都起得很迟，早饭与午饭在一起吃了。

八

今天是大年初四，明天就可以离开这里回去了。虽然昨天晚上他们俩之间有些话不投机，但是想到明天就可以回家了，就像被判刑10年的囚徒明天可以出狱了，陈海辉的情绪就好了起来。

吃午饭时陈海辉主动与姚丽丽打招呼，并将手亲昵地搭在她的肩上。

姚丽丽没有理睬他，还用手拨开了搭在她肩上的手。

姚母好像看出点什么，问："丽丽，你与海辉吵架了？"

姚丽丽回答说："没有，没有！"她苦笑了一下。

姚母对陈海辉说："海辉，男子汉应该谦让，女人常常要一些小脾气，你让她一下、哄她一下，马上就会雨过天晴的。"

陈海辉点点头，很快地将碗里的饭塞进嘴里，回房间去了。

姚丽丽没有与陈海辉打招呼，午饭后就独自出门了，她告诉姚母她去看她们中学的班主任。姚母下午也出门去了，因为生意上的事情。只有姚爸和陈海辉两人在家。

陈海辉这位租赁男友被放假大赦了，他感到无比轻松，不必再去姚丽丽的亲朋好友面前演戏了，就像脱下戏装揩干油彩，走出戏剧的角色与情境，恢复他自己的本色。

陈海辉没有出门，在房间给琳琳发短信。他改编了他们熟悉的那首情诗《我愿意是急流》：

我愿意是芦苇，

在秋天的河边，

在月圆的夜晚，

将银白的芦花挥洒……

只要我的爱人

是一朵涟漪，

将我的身影

倒映在你的清波中。

我愿意是白鸽，

在蔚蓝的天空翱翔，

让白云擦拭我的翅膀，

让鸽哨把恋人呼唤……

只要我的爱人

是一片轻风，

陪伴在我的周围

在我的耳畔叮咛、轻吻。

琳琳马上回复了短信："你不是芦苇，你是向日葵；你不是白鸽，你是大雁！爱你的琳琳。"

陈海辉打开电视机，春节期间都是唱唱跳跳的节目，他百无聊赖地调着频道。

忽然他听见客厅里有很大的响声，好像是什么东西被拉倒了的声音，陈海辉出房门一看，是姚爸！他倒在客厅里人事不省。

陈海辉赶紧上前去推他，叫："爸爸！爸爸！"姚爸痛苦万分地皱眉，他已经不能说话了。

陈海辉赶紧拨了120急救电话，告诉他们住的地址，告诉病人的情况。接着，他拨打姚丽丽的手机，姚丽丽好像还在生他的气，很不客气地问："有啥事找我？"

当知道是爸爸病了后，姚丽丽说："你赶快将爸爸送去医院，我这里离家很远，我给妈妈打电话，你送到医院后告诉我在哪一家，我直接去医院！"姚丽丽在电话里就有些抽噎了。

救护车很快就来了，医生将姚爸抬上急救车，陈海辉锁上门随车同行。在车上医生检查着姚爸的脉搏、血压，陈海辉握着姚爸瘦骨嶙峋的手，想着他自己父亲去世时的情景。他觉得特别紧张，心里念叨着："快、快、快！"他突然觉得自己与这个濒临窒息的老人有着某种亲情，觉得自己与这个家庭有着某种缘分。

当姚爸被抬进市人民医院急救室后，姚妈、姚丽丽先后赶来了。姚妈到底见过世面，显得十分冷静，她没有在急救室门口等候，而是直接去找了医院院长。院长亲自到急救室看了看，走出急救室告诉姚妈，姚爸的生命没有危险，只是看后期恢复的情况，最重要的是会不会留下后遗症。

姚丽丽显得惊恐万状，在急救室门口坐立不安，自言自语："这怎么办？这怎么办？"

陈海辉将姚丽丽扶到急救室门口的椅子上坐下，他仍然记得租赁男友的责任，他扶着姚丽丽的肩膀，喃喃地对她说："医生说没有问题的，医生说没有问题的！"姚丽丽没有拨掉陈海辉的手臂，大难来临的时候最需要有一双大手的帮助、一个肩膀的倚靠。

急救室的门开了，被抢救过来的姚爸被转移到 10 号病房继续观察诊治。当他被安顿在病床上以后，他对大家莞尔一笑，用沙哑的嗓音说："马克思没有收留我，又放我回来了！"

姚妈走上前，握着姚爸的手，说："医生说没事，休养几天就好了！"

姚丽丽走上前，将她的脸颊贴在爸爸的脸上，眼泪流出了她的眼眶。

姚爸说："傻闺女，流什么眼泪，我这不是好好的吗？"

姚爸望了望站在病床边的陈海辉，招手示意陈海辉过去，他将陈海辉与姚丽丽的两只手放在一起，说："海辉，我女儿就交给你了，你要好好照顾她！"

陈海辉只好点点头回答："爸爸，您老好好休息，您老放心吧，我会好好照顾她的。"说完陈海辉觉得自己的脸红了。

医生告诉他们，病人现在需要休息，不能太激动，让病人家属先回去。

走出医院时，姚妈对陈海辉说："多亏有你，不然的话，家里没有其他人，丽丽爸爸大概就糟糕了！"

陈海辉揽住姚丽丽走出医院，回到家里。

九

陈海辉 7 天租赁男友的期限到了，他去医院探视了姚爸，他的病情已经稳定了。

陈海辉告别了姚妈，姚丽丽开宝马轿车送他去火车站，在车上，姚丽丽把另外 1 万元给了陈海辉。

姚丽丽对陈海辉说："到了那里给我发个短信。"

陈海辉点点头。

姚丽丽又问陈海辉："以后我可以给你打电话吗？"

陈海辉回答："没有特别的事情就别打吧。"

姚丽丽说："你对我就一点感情也没有吗？一日夫妻百日恩呀！"

陈海辉说："我租赁男友的工作结束了，我们不是夫妻，我们是租赁契约关系！"

姚丽丽说："我回去后想约你女朋友出来聚聚，让我看看你的夏琳琳到底是用什么把你勾住的，让你这样坚贞不屈。"

陈海辉说："不必了吧，我希望你以后找到一个能够让你满意的男朋友，而不是租赁男友。"

姚丽丽说："我到现在也想不通，难道我就这么没有吸引力吗？我在你的眼里、在你的心里到底是一个怎样的女子呢？"

陈海辉说："姚丽丽，你美丽聪明，很有吸引力，只是因为我不想背叛我与琳琳7年的感情，我不可能用7年的感情换7天的契约，我想这个你是可以理解我的。"

在月台上，姚丽丽显然有些依依不舍，她对陈海辉说："我最后还有个要求，不知道你能否满足我？"

陈海辉问："什么要求？只要我能够办到的。"

姚丽丽说："我想让你最后拥抱我一下。"

陈海辉张开双臂认真地拥抱了姚丽丽，姚丽丽冷不防在陈海辉的嘴唇上吻了一下，等到陈海辉想避开，已来不及了，他的唇上已印上了姚丽丽的口红。

火车开动时，陈海辉看见姚丽丽的眼眶里蓄满了泪水，泪水渐渐沿着她白皙的脸颊流下。

陈海辉用餐巾纸揩干净了唇上的口红，如释重负般地舒了口气。

到上海南站的时候，因为春节期间不卖站台票，琳琳只能在车站门口接。当陈海辉拥抱着琳琳时，他觉得自己的臂膀好像有些僵硬。琳琳也觉得什么地方有些怪怪的，她觉得陈海辉身上有种名贵香水的味道，她问："你现在也用香水了？"她知道陈海辉从来不用香水。

"没有呀！我怎么会用香水呢?！"见到琳琳，陈海辉兴高采烈。

他们俩去了避风塘吃点心，过年大鱼大肉吃腻了，吃点心比较合适。

当他们俩坐定以后，陈海辉点了菜，他握住琳琳的双手问："你想我了吗？"

"不想，有什么好想的呀？"夏琳琳娇媚地笑笑。

陈海辉说："我每天，不，我是每时每刻都在想你！"

晚饭后，他们俩去淮海路散步，夜晚的淮海路灯红酒绿，新年的气氛异常火红。陈海辉揽着夏琳琳，在淮海路绿地的树丛中，他深深地吻了夏琳琳，夏琳琳也气喘吁吁地迎合着他。

夏琳琳建议说："天太冷了，我们不散步了，我们回家吧！"

陈海辉说："英雄所见略同，走，回家！"顺手招了一辆出租车。

人们都说"久别胜新婚"，陈海辉与夏琳琳还没有结婚，但是他们都已经体验到了"久别胜新婚"的感受。

当他们俩赤身裸体精疲力竭地瘫倒在床上时，夏琳琳发现陈海辉的内衣裤都换了国际名牌阿玛尼的，她问："新买的？"

陈海辉愣了一下，说："是的，新买的。"

夏琳琳问陈海辉生活体验的如何，陈海辉说大有收获，但是具体情况却含含混混地应付了几句。

陈海辉的手机来了一条短信，他拿过手机一看："你到了没有？怎么没有给我短信？"

陈海辉这才记起忘记给姚丽丽发短信了，夏琳琳拿过手机看了看，问："谁呀？"

"在一起体验生活的朋友。"陈海辉嗫嚅道。

"男的？还是女的？"夏琳琳问。

"当然是男的！"陈海辉义正词严。

夏琳琳告诉陈海辉，剧团准备排练一个新的话剧，她明天要和导演一起去与剧作家谈剧本。

临睡着之前，陈海辉又要了一次。夏琳琳耻笑他说："你就像山上卜来的土匪，饿狼一样的。"

陈海辉笑嘻嘻地回答说："这也就证明你老公这些天洁身自好清清白白！"他想起这7天对姚丽丽诱惑的抵拒，他现在真有些佩服自己坐怀不乱的贞洁了。

夏琳琳用一根手指点着他的眉心嘲弄地说："除了我这个傻蛋，还有哪个女的会稀罕你呢?!"

"不一定！肯定有！"陈海辉笑笑，这7天租赁男友的情景便一幕幕地在他眼前浮现着。

十

陈海辉过年7天租赁男友的事情终于被夏琳琳知道了。

回来后的第二天，夏琳琳去与剧作家谈剧本，陈海辉独自去周大福金店买了那枚钻石戒指。下午夏琳琳回来，陈海辉便神神秘秘地掏出来，让夏琳琳闭上眼睛，他跪在琳琳的面前，将这枚钻石戒指戴在琳琳的无名指上，好像在演绎一出浪漫的求婚剧。

琳琳睁开眼，看到手指上璀璨的戒指，兴高采烈地给了陈海辉一个深吻。

琳琳目不转睛地欣赏着这枚戒指，随口问："你哪来的这么多钱?"

"我在外面打工挣的。"陈海辉回答。

年假后上班了，陈海辉接到姚丽丽的电话，说想见见陈海辉。

陈海辉说："我们的合同已经结束了，我不想再见你了!"

姚丽丽说："你就这样绝情吗？我们交个朋友也不可以吗?"

陈海辉说："没有这个必要!"

姚丽丽说："你这样绝情你会后悔的!"

陈海辉说："我决不后悔，我后悔的是做了7天的租赁男友!"

姚丽丽竟然到话剧团门口来候陈海辉，陈海辉见到她还是丢下那句话后，扬长而去。

姚丽丽愤然地独自站在路边，望着陈海辉远去的身影，忍住了即将滴落下来的眼泪。

那天，姚丽丽居然约了夏琳琳在半岛咖啡馆见面，姚丽丽居然将陈海辉7天当租赁男友的事情和盘托出，她蛮横地要夏琳琳退出与陈海辉的关系，她自己决定要嫁给陈海辉。

夏琳琳握着咖啡杯的手在颤抖，她一言不发，只是听姚丽丽在说着说着，她的眼前只有姚丽丽两片猩红的翻动的嘴唇，究竟她在说什么好像都不重要了。

从咖啡馆出来，夏琳琳整个人昏昏沉沉的，眼前一直是姚丽丽的两片猩红的嘴唇。现在她才明白了，她手指上的这个钻石戒指居然是陈海辉做租赁男友得来的，这 7 天陈海辉居然与这个猩红嘴唇的女人同居一室，这 7 天陈海辉居然背着自己做这样见不得人的勾当，他竟然置他们俩多年的感情而不顾。夏琳琳独自在街头无意识地走着走着，从衡山路走到淮海路，从淮海路走到南京路。在走到南京路九光百货时，她收到了陈海辉的电话，问她为什么还不回来。她没有回答，即刻挂断了电话。陈海辉又打过来，她还是没有回答，干脆关掉了手机。

半夜 2 点，夏琳琳才昏昏沉沉地回到住处，打开门，灯还亮着，陈海辉在客厅里打电话，他已经给许多朋友打过电话问琳琳的下落，他甚至已经想报警了。

进门后琳琳的神情让陈海辉吃惊，等到夏琳琳将那只钻石戒指抛到他的脸上时，陈海辉才意识到东窗事发了。

陈海辉向夏琳琳解释事情的前因后果，夏琳琳两手捂住耳朵不想听。她从橱柜里拿出一床被子，抛到客厅的沙发上，对陈海辉冷冷地说："今晚委屈你睡在沙发上，明天请你搬出去住！"说完就将卧室的房门"砰"地关上了，任陈海辉在门外怎么敲门也不开。

陈海辉没有睡，他坐在沙发上，他感到委屈，这 7 天他天天睡沙发，现在又让他睡沙发。他现在有些后悔租赁男友的事情，现在是有嘴都说不清楚了，姚丽丽这个变态女人到底做了些什么呢？

陈海辉给姚丽丽打电话，在电话里姚丽丽挑衅地说："老公，这半夜里给我打电话，想我了吧？现在你的日子也不好过了吧？你弄得我难过，你也别想好过。"

陈海辉知道了姚丽丽找琳琳的事，他几乎是哀求似的对姚丽丽说："求求你放过我吧，那两万元我可以还给你，你别再给我捣乱了！"

姚丽丽蛮横地说："除非你跟我结婚！"

陈海辉决然地说："我请你早些断了这个念头，我陈海辉就是一辈子打光棍，也不会娶你的！"

第二天早晨，陈海辉想找夏琳琳解释，夏琳琳不听。陈海辉想拖住夏琳琳，给她说清楚这件事，他跪下，抱住了夏琳琳的腿，夏琳琳抬手就给了他两个耳光。她一甩门出去了，临走时留下一句话："请你搬出去，希望我回来时别再见到你！"

租赁男友的事情传开了，大家都当作笑话讲。姚丽丽、陈海辉、夏琳琳之间仍然处于尴尬的关系，姚丽丽还在纠缠着陈海辉，她想与陈海辉结婚；陈海辉则纠缠着夏琳琳，他想说清楚这件事，他想恢复与夏琳琳的关系。这成为猫捉老鼠、狗拿耗子一类的游戏。

《谁是第三者》电视剧组解除了与陈海辉的合同，因为陈海辉目前的精神状态已经难以完成这样的工作，陈海辉原本为扮演第三者充当租赁男友的体验完全付之东流了。

原载《星火》2011 年第 3 期

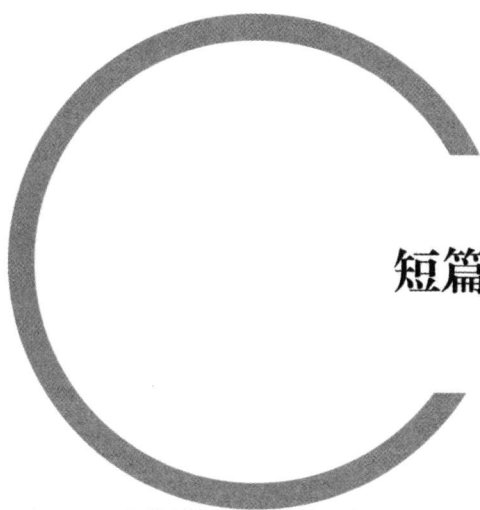

短篇小说

不知道为了什么

一

朱骐雄这几天脑海里老出现这个《千言万语》的旋律："不知道为了什么，忧愁它围绕着我，我每天都在祈祷，快赶走爱的寂寞……"这是邓丽君的代表歌曲，那种忧愁寂寞，那种无奈期盼，通过婉转跌宕的音韵，十分深情贴切地表达了出来。

朱骐雄担任文学院院长刚刚满一年半，他总觉得有些焦头烂额难以应付，他开始怀疑自己是否有适应行政工作的能力，种种杂事琐事都压在身上，有不堪重负之感，家庭的诸多事情也让他疲于应对。尤其是前院长陈锡顺总像一大片乌云罩在他的头顶，表面上是关心他的工作，实际上常常是干涉他的工作，甚至是为其自身谋利益。

朱骐雄的岳父上星期患心肌梗死去世，岳父从小学校长的职务退休后，一贯过得十分悠闲。岳父属于那种井井有条、善于安排生活的人，他与岳母一起外出旅游，每天与岳母一起吃早茶，与老友一起打扑克、下象棋。那天岳父下象棋时走了一着险棋，对方居然没有发现，岳父以抽车将赢了这盘，大约兴奋过度，突然倒下，等急救车来到，然后送去医院，已经无力回天。朱骐雄作为家属在追悼会上致辞，致辞写得声情并茂，让参加追悼会的人们热泪盈眶。

朱骐雄的妻子李雅明是医院牙科主治医生，给病人补牙、植牙十分繁忙。父亲的去世，给李雅明的打击很大，她是家里的独生女，也是父亲的乖乖女，自小得到父亲的关爱和教诲。母亲赵凤羖自小娇生惯养，退休前在医院担任护士长。母亲历来对女儿十分严格，想把女儿培养成她心目中的天使。朱骐雄与李雅明结识是因为牙齿。那次，朱骐雄陪导师刘宗仁参加一个国际会议，会议论文合署师徒两人的名字，住在高档宾馆，吃早饭时，朱骐雄正啃着一根玉米，不料玉米棒里夹了一粒石子，朱骐雄的门牙被硌了一下，这一下门牙就缺了一块。倘若是臼齿，朱骐雄就不会关心它了，门牙毕竟有碍观瞻，他就去医院牙科修补，为他诊治的正是医科大学的实习医生李雅明。李雅明个子高挑、明眸皓齿，在主任医生的指导下为朱骐雄治疗，她不赞成拔掉，提出这个门牙只缺失了一块，牙根尚好，可以考虑将门牙磨小，在外面装一个牙套。主任医生批准了，朱骐雄同意了，就开始了手术，也就有了后来的耳鬓厮磨。李雅明弯下身子为朱骐雄磨牙，她额头的一绺头发拂在朱骐雄的脸上，她身上那种淡淡的香味萦绕着朱骐雄的鼻息。修补这样的牙齿需要去医院好几次，一来二去他们俩就熟识了。李雅明知道朱骐雄是博士生后，就有点肃然起敬。朱骐雄也喜欢上了这个实习医生，离开牙科诊室时，他的脸上仿佛还感觉到那一绺头发拂面，鼻息里还是她那种淡淡的香味。在门牙装上牙套的那一天，朱骐雄鼓起勇气问她是否已经有男朋友，得到否定的回答后，朱骐雄提出了与她交朋友的想法。

朱骐雄与李雅明婚后自己购房，后来置换成三室一厅，而李雅明的父母则仍然居住在三十年前的那套老公房里。父亲去世后，李雅明回家陪母亲住了几天，她发现母亲赵凤羖的精神受到了刺激，神情与先前大不一样，不仅丢三落四，而且说话前言不搭后语。李雅明带母亲去医院诊治，医生检查后说是阿尔茨海默症，即为老年痴呆。医生说这种病是一个世界性难题，现在尚无法得到根本性治疗，最多依靠药物暂时抑制或控制病情的发展，病人需要得到全程照料。李雅明与丈夫朱骐雄商量后，决定将母亲接来同他们一起住，还准备雇一个保姆专门照料。现在他们家三室一厅，他们两夫妻住一间，正在准备考大学的儿子住一间，在书房里安置了一张单人床，让患病的母亲住，如果雇保姆，其就只能住在客厅了。

二

把岳母接来的那天，朱骐雄就发现岳母好像有时清醒有时糊涂。下出租车后，精瘦的岳母好像认识路，知道他们家住三楼，朱骐雄和李雅明提着盥洗用品等在后面，岳母一个人径直先往楼上走去。

等到岳母被安置好了以后，朱骐雄就有些发愁了，他以往都在书房里读书撰文，现在书房被岳母占了，他就只能在卧室里安身了。妻子李雅明说："白天就让妈妈在客厅里，你仍然在你的书房里，晚上再让妈妈回书房。"朱骐雄用怀疑的眼光望着妻子，说："这，能行?"

那天，朱骐雄在家校对一部书稿，朱骐雄是研究中国现代文学的教授，他最有影响的成果是鲁迅研究。早饭后，李雅明和儿子都离开了家，儿子去读书，妻子去上班。临走前，妻子李雅明对朱骐雄说："骐雄，今天就难为你了，照料一下妈妈。我今天就去联系雇保姆的事情。"

朱骐雄给岳母泡了一杯茶，恭恭敬敬地端到她手里，安排岳母在客厅里坐下后，他就回到书房开始校对书稿，这是一部鲁迅研究专著，被列入中国鲁迅研究名家丛书。朱骐雄给自己也泡了一杯绿茶，关上书房的门，坐在书桌前开始校对书稿。不一会儿，书房的门被推开了，岳母赵凤彀含笑地站在门口，呆呆地望着女婿。朱骐雄问："妈妈，您有事吗?"岳母摇摇头，仍然笑着看他。朱骐雄无奈地拖出靠椅，让岳母坐下，去客厅取来那杯倒给岳母的茶，端给岳母。朱骐雄回到桌子前继续校对书稿。他抬眼就看到岳母的眼光盯着他看，岳母的笑容仍然那样含混朦胧，让校对书稿的朱骐雄没有办法安下心来。

朱骐雄抛下书稿，将岳母带到客厅，他打开了电视机，无奈地与岳母一起看电视。朱骐雄很少看十分冗长动辄三十集的电视剧，他静下心来看一个谍战剧，渐渐被谍战剧的情节吸引。朱骐雄回到书房，捧回刚刚泡的绿茶。他落座后，发现岳母的眼光并没有看银屏，而是呆呆地盯住他看，这让他有些紧张，有些惶恐。朱骐雄整天都无所事事地在紧张与惶恐中度过，他不知道怎么安顿岳母，他不知道如何让自己的心安定下来。

妻子李雅明终于下班回来了，儿子朱明雍也放学回来了，朱骐雄松了口气。晚饭后，朱骐雄回到了自己的书房，开始校对书稿，他知道不一会儿，就应该安排岳母入睡了，他今天的时间不多了。妻子李雅明说已经找到了一个钟点工，明天来家里照顾母亲。

虽然今天因岳母的原因，朱骐雄一整天无所事事，但他却觉得特别累，像跑了一场马拉松一样。妻子李雅明安排好床铺，让母亲解手后上床休息，还在母亲床头放了一个电筒，告诉母亲晚上起夜可以用这个电筒。

洗漱后，朱骐雄与妻子李雅明早早上了床，朱骐雄问："明天钟点工什么时候到？我明天上午学校有重要会议。"李雅明说："我让她早上7点钟到，不会耽误你的会议的！"

烦躁了一天的朱骐雄，好像浑身肌肉都松弛了，舒适了。他突然有了一种冲动的感觉，好像并没有征得李雅明的同意，就动手脱了妻子的衣裤，李雅明想拒绝也不能，就随他了，只是把床头灯关了，朱骐雄翻身上马长驱直入。

突然，夫妇俩看见一道亮光闪耀在眼前，患阿尔茨海默症的老太太捏着那只电筒，木然地站在他们俩的床前，老太太头上的一缕白发披在额头，给人以白发魔女一样的恐怖感，电筒的光直射着这一对赤裸的男女。朱骐雄瞬间疲软了，迅速地翻身下马，李雅明立刻将被子拉上。

三

朱骐雄担任文学院院长，从某种角度来说是"赶鸭子上架"，这并非是朱骐雄真心实意愿意干的。前院长任职到期了，学院里想干的大有人在，甚至跑校组织部、人事处，找校长、找书记，表达想为学校建设和发展出力的意愿。

朱骐雄在农村生、农村长，自小喜欢文学，大概受到当乡村教师父亲的影响，朱骐雄考大学读硕士、读博士，在学业上兢兢业业不断发展。博士毕业后就留校当教师，从讲师、副教授，一直晋升到教授，不显山不露水，认认真真教书，兢兢业业撰文，踏踏实实为人。朱骐雄从来不去学校领导处拍马奉承，从来不去做违心的事情。如今朱骐雄在学界已经颇有影响，他在鲁迅研究、老舍研究、中国当代文学研究、中国新世纪文学研究等方面，都有令人瞩目的成就。

事情往往如此，想当官的人，常常当不到官，不想从政的，常常就会得到青睐。朱骐雄就遇到这样的境况，学校组织部江部长找到他，和颜悦色地告诉他，文学院的领导都需要换届，学校选定他为文学院分党委书记的候选人，想听听他的意见。虽然朱骐雄也听到有人传说，但还是感到有点突然，朱骐雄回答说，容他考虑一下，明天再回复。朱骐雄给他攻读博士学位的导师刘宗仁打电话，导师刘宗仁虽然已经退休了，但是仍然在学术界忙碌着。刘宗仁听了，沉吟片刻，不紧不慢地说："我的想法，组织上让你担任职务，可以试试，不过我的看法，如果可以的话，担任院长更好。"这个想法与朱骐雄不谋而合，分党委书记属于党的干部，有时去参加国际会议，这种身份常常十分尴尬。翌日，朱骐雄将这个想法回复了组织部，江部长沉吟了片刻，回答说："我们商量一下，再回复你。"经过学院全体教师大会的民意调查，经过学校网页的公示，朱骐雄接任文学院院长。

今天学校召开人事工作会议，让各学院谈谈学院发展思路，谈谈引进人才的设想和规划，学校漆校长和燕书记都坐镇。朱骐雄内心觉得，现在的校长和书记都是理工科出身，办校的思路都像理工科的实验，有因才有果、为求果才找因，总体上缺乏人文精神、缺少人文关怀。两位领导很少下学院走走，更别说与普通教师谈心了。漆校长被人冠以"包公"的绰号，不仅因为姓"漆"，不仅是因皮肤黑，而且因为其常常摆出一副铁面无私的面孔。燕书记被人冠以"飞燕"，大约是源自"马踏飞燕"，因为他先后被调动了不少单位。

今天的漆校长好像审判官，听完各学院院长的汇报后，都一概抢起大棒猛打几十板，说这个不行、那个不行，他好像是一个通才，什么都懂、什么都了解，弄得整个会议充满着阴郁气。为今天的会议，朱骐雄认真做了准备，他先到学院里做了调研，召开学院各学科带头人的会议，对学院各个学科的现状与发展，做了一个总体的判定，在此基础上召开学院院务会议，对于学院今后几年的发展和人才引进，也都做出了比较详尽的规划。朱骐雄的PPT

也做得十分用心，将学院的学科发展思路和引进人才的规划都表达得清清楚楚。朱骐雄汇报后，漆校长仍然老调重唱地说这不行、那不行，朱骐雄恍然间觉得漆校长像穿着戏服的七品芝麻官，蛮横无理、颐指气使，有些不悦。朱骐雄便不阴不阳地回复了一句："文学院的发展是经过统筹考虑的，校长您并非通才，对哪个学院的发展都懂得！"整个会议室突然鸦雀无声，过了一会儿，人们开始窃窃私语，好像不少人赞同朱骐雄的意见，只是不想像朱骐雄这样直率表达罢了。

这次会议以后，朱骐雄觉得有些奇怪，在校园里远远遇到熟人，有的就绕道走了，有的甚至当面遇到别过脸去，当作不认识。朱骐雄去校办公大楼办事，这种感受更加明显。他在大楼门口遇到刚刚从轿车上下来的漆校长，他刚刚想打个招呼，漆校长却好像不认识似的，昂首挺胸就走进了大楼。

四

朱骐雄回到院办公室，接到学校教务处靳处长的电话，说教育部马上进行教育大检查，就近三年的教育状况展开检查和评估，文学院是学校的招牌，需要认真准备、切实应对，朱骐雄将具体开展教育大检查的时间节点记录在案。

刚刚放下电话，朱骐雄的手机响了，一接听，是师母，在电话里师母告诉说，导师刘宗仁去出席一个学术会议，坐地铁去，在出地铁站时，因为下雨，滑了一跤，股骨骨折，现在住在医院，准备动手术。

朱骐雄关照院办，他导师住院，要马上去探望。朱骐雄急匆匆打了一辆出租车往医院而去。推开病房的门，师母程教授迎上前来，导师刘宗仁正躺在病床上，脸色有些惨白，满头的白发也好像更白了。看到朱骐雄，刘教授笑了笑，说："不小心，跌了一跤，因为下雨，滑！"朱骐雄说："您这么大年纪，以后出门都应该坐出租车，何必去坐地铁呢？"刘教授点了点头。师母程教授告诉说，手术要后天才做，这两天需要做一些例行的检查。出门的时候，朱骐雄给师母留下了一千元，说他来得仓促，也没有买东西，看看老师可以吃啥，买一些给老师吃。师母推辞了一下，就收下了，说现在当院长很忙的，你也要注意自己的身体。朱骐雄想与老师和师母聊聊他目前的境况，但是他觉得不是时候，就与导师和师母告别了。

接到师妹裘丽莎的电话，她在北京中国社科院工作，来这里参加一个小型读书会，朱骐雄安排了晚上请她吃饭。裘丽莎是那种有小资情调的女性，博士学位论文做的是张爱玲研究，是铁杆的"张粉"。朱骐雄选择了一家法国西餐馆，环境雅致、菜肴正宗，这家老牌西餐馆在闹市区，自誉为这个城市的西餐之源。朱骐雄选择了角落靠窗的西餐桌，看着菜单、看着夜景，等候师妹到来。在攻读博士学位期间，作为老大哥的朱骐雄给师妹介绍过几次男友，都没有成功，裘丽莎属于眼界品位比较高的一类，虽然介绍没有成功，但是他们俩却成了无所不谈的知心朋友。

师妹裘丽莎穿着一件抽象图案的彩色连衣裙款款而来，满脸洋溢着青春的气息，她留着长长的披肩直发，眉毛画得细细的、弯弯的，樱桃小口红红的，她伸出白皙的右手与朱骐雄握了握，问："还有谁？"朱骐雄回答说："就我们俩！"朱骐雄又望了师妹一眼，说："师妹，看你的气色，你这阵过得不错！"裘丽莎也望了朱骐雄一眼，说："师兄，当院长了，您也过得不错！"朱骐雄说："焦头烂额，走投无路，这个院长不是人当的！"裘丽莎惊奇地说："不会吧？"

朱骐雄递过菜单，让师妹点菜。裘丽莎说："师兄，您承包了吧！"朱骐雄点了法式炭烧蜗牛、奶油浓汤、烤银鳕鱼、意面、甜点，还点了一瓶法国红葡萄酒。当酒杯斟满"叮当"一碰时，朱骐雄好像又回到了攻读博士学位那阵。朱骐雄先说了导师住院动手术的事，裘丽莎说她早听说了，给师母打过电话，明天她抽空去医院探望。朱骐雄问师妹："现在你的孩子怎么样？"裘丽莎回答说："才三岁，黏人，现在我公公婆婆带着呢！不然我怎么走得动？"裘丽莎问："师兄，你们家儿子呢？今年考大学了吧？"朱骐雄回答说："我儿子倒不犯愁，学习很自觉，考上大学没有问题，只是看报考哪个学校。"裘丽莎问："嫂子最近怎么样？还那么忙吗？"朱骐雄回答："牙科主任医师，肯定忙，最近想提拔她当副院长，她不愿意干！"

话题聊到了朱骐雄的工作，裘丽莎说："我们都把师兄看作是我们刘门的骄傲，出类拔萃、誉满全球！"朱骐雄好像找到了一个发泄口，将他担任院长一年多的牢骚在师妹面前吐露了出来："师妹，你说现在当文学院院长太难了，不说别的，学院里教师的经费报销全得我签字，教师个人的科研经费，凭什么让我签字，你看全院 150 多号人，我每天坐在办公室签字就要花去许多时间。"朱骐雄喝了几口奶油浓汤说："文学院的发展规划，教育部的教学检查，每年的国家社科基金项目的申报，文学院的人才引进，教师的职称评定，大大小小，你都得管。你看我当了一年多的院长，几乎没有时间写论文，我的国家社科基金项目还刚刚起头，也不知道什么时候有时间写。"裴丽莎举起酒杯与师兄碰了一下杯，说："当院长的总要有一点奉献精神的。"朱骐雄一口把杯子里的酒喝干了，又自己斟满，说："不说别的，现在上面就知道用种种指标要求下面，什么 A 级 B 级 C 级，今年是 B 级，明年落到 C 级，责任就在你院长没有当好。教育评估同样如此，有的学校为了迎接教育评估，不仅发动教师更改学生以往的考卷，还专门成立教育评估接待小组，评估专家组一到达，采取以帅哥美女一盯一的接待方式，帅哥接待女专家，美女照应男专家，一切以高分通过评估为要。"裴丽莎吃了一块银鳕鱼，说："这不是您师兄的风格，您就像您做学问，踏踏实实、老老实实、切切实实。但是现在的教育界，像您这样的肯定不讨好，领导肯定不欣赏。"朱骐雄一拍桌子，说："知我者师妹也！我没有阳奉阴违、投机取巧的能力，也没有阿谀奉承、拍马溜须的嗜好。你看我们前院长，在社交公关方面驾轻就熟，他常常重金邀请名刊主编来讲学，讲一次给三万元，过不多久他与博士生合作的文章，就在名刊发表了。他会想方设法与校领导套近乎，弄个什么新成立的机构，让学校拨一大笔钱，让他请专家讲学，开国际会议。"

西餐馆里放着邓丽君的歌曲《千言万语》："不知道为了什么，忧愁它围绕着我，我每天都在祈祷，快赶走爱的寂寞……"朱骐雄对师妹说，这曲歌好像就唱的是他的心曲，当这个院长真的"不知道为了什么"。裴丽莎开玩笑地说："师兄，嫂子这么漂亮，这么贤惠，你还准备快赶走爱的寂寞？"从西餐馆出来，朱骐雄觉得心里轻松了许多，他很久没有这样向朋友倾吐内心积郁了。

五

学院办公室秘书打电话给朱骐雄院长，文学院文艺理论专业的一位硕士研究生在文科大楼十三层跳楼了。朱骐雄问："现在研究生人怎样了？"秘书回道："当场毙命，尸体已经拖走了，公安局正在现场调查。"

朱骐雄匆匆打车到学校，文科大楼楼底还围着许多人，大楼下用红色塑料绳拦起了一块地方，还可以隐约看到一滩模糊的血迹。

朱骐雄将自杀研究生的导师姜巧薇教授叫到办公室，姜教授脸色苍白，显得十分紧张，甚至有些惊恐。落座后，姜教授介绍说："齐秀丽的学位论文开题没有通过，第一次是因为选题不到位，这是第二次，因为结构不合理，这不是我一个人的意见，是我们专业导师们的意见。齐秀丽这位学生比较倔强，常常认死理，有时候又自以为是。昨天我还给她打电话，让她把学位论文结构做一些调整，今天她怎么就走这条路了呢？"

下午，学校管学生的常副校长、校办齐主任、校研究生部张部长、派出所刘所长和公安局人员，一起到文学院就硕士生齐秀丽跳楼事件，举行调研会，朱骐雄和几位副院长、姜巧薇教授、文艺理论专业学科带头人谢长仁教授、学院研究生辅导员等参加。会场的气氛十分压抑，派出所刘所长介绍了他所了解的事情的来龙去脉，公安局人员介绍了现场勘察结果，姜巧薇教授介绍了她所知晓事件的原委，研究生辅导员介绍了学院研究生的管理工作，校研究生部张部长强调了关心研究生的心理健康和做好思想工作，朱骐雄提出了今后研究生管理工作的责任制，学院和导师对于研究生的思想工作，都具有不可推卸的责任，常副校长提出要做好这个事故的善后工作，安抚好家属，应该将研究生的心理梳理和心理辅导制度化，在这件事情后，对于在读的研究生、本科生都需要进行心理调查，提出必须认真处理好该事件的善后工作，警惕不再发生这样的惨剧。

会后，朱骐雄特地召开了学院研究生导师大会，告知研究生齐秀丽的跳楼事件，介绍现场勘察结果，也传达了常副校长和研究生部张部长讲话的精神。开完会，朱骐雄瘫坐在办公椅上，他才记起这大半天都没有喝水，他快脱水了，赶紧泡了一杯茶，猛喝了两口。

妻子李雅明打来电话，朱骐雄听到手机里妻子焦虑的声音："骐雄，刚刚保姆打电话来，告诉说妈妈走丢了！"朱骐雄回答说："雅明，你先别急，妈妈好好在家，怎么会走丢呢？"李雅明说："保姆睡午觉，妈妈一个人下楼倒垃圾，就没有回家。"朱骐雄愤愤地想，这个保姆，到我们家享福来了，居然自己呼呼大睡，对岳母不管不顾。

朱骐雄叫了办公室两个年轻的人员，一起打出租车赶回家里，妻子李雅明正在数落保姆，朱骐雄说，现在找人要紧，其他的以后再说。他们一行人匆匆下楼，分片开始寻找，小区里每幢楼、每个楼道都认真搜寻。妻子李雅明还给几家亲戚打了电话，询问母亲是否去了他们家，都回答没有。他们将寻找的视线放宽到附近街道，放宽到周边的小区。妻子李雅明到派出所报了案，派出所民警说，一般需要失踪 24 小时后才立案。

街灯渐渐亮了，月亮升起来了。朱骐雄在街边找了一家饭店。然后，让大家一起吃了晚饭。然后，让大家都回家休息。朱骐雄让保姆也回去了，保姆是钟点工，按时间付酬，不在他们家住。朱骐雄觉得有些疲倦了，他搀着妻子一起回家。李雅明嘴里念叨着："不知道妈妈现在在哪里？这个晚上她到哪里安身？"朱骐雄和妻子又在周边四处寻找，一直寻找到深夜，才疲惫不堪地回家。

第二天早晨，邻居在附近地铁站发现了躺在地铁口的老人，赶紧将老人送回了家。朱骐雄夫妇喜出望外，一个劲儿地道谢。李雅明赶紧给母亲洗脸洗手，换下了母亲身上的脏衣服，给母亲端上早点，她一定饿坏了，顾不得用筷子，伸手就抓了个包子大口大口地吞咽起来。

六

学院比较文学的丁仁政教授患肺癌去世了。丁教授是中国比较文学界的大腕，各地各单位的唁电纷至沓来。学院的比较文学与世界文学历来是双峰并峙，这个学科全名为世界文学与比较文学，程达成教授是法国文学研究泰斗级的专家，不仅研究，还翻译了不少法国文学作品。丁仁政教授与程达成教授在一个学科，就有文人相轻的迹象，程达成教授长于学问而短于公关，丁仁政教授长于公关而短于学问，因此两人互不买账，为了缓解矛盾，学院设立了该学科的双带头人，因为学科带头人的位置直接与岗位津贴挂钩。

丁仁政教授从发现肺癌到去世仅仅 6 个月，朱骐雄曾去医院探望，发现病前病后的丁仁政教授判若两人，病前丁仁政教授血气方刚、思维敏捷，病后的丁仁政教授软弱无力、情绪抑郁。丁仁政教授的门徒们分批在病榻前值班，负责照料导师。朱骐雄代表学院出面与医院院长接洽，他提出让医院不计成本医治丁仁政教授，曾经一度用了进口西药，病情好像有所缓和，但是丁教授终究没有能够战胜病魔。

朱骐雄安排学院工会、办公室负责丁仁政教授的追悼会事宜，他开始在办公室草拟明天追悼会的悼词。朱骐雄认真研究了丁仁政教授的学术生涯和学术成果，他恍然间有些为丁教授感到悲哀，这一代学者被历史耽搁得太多了。新中国成立后知识分子总处于被改造被斗争的地位，只有改革开放后才能真正开始做一点有价值的事情。

第二天，丁仁政教授的追悼会十分隆重，虽然朱骐雄邀请漆校长出席被拒绝，但是整场追悼会还是出席者甚多。各高校单位送的花圈排满了一边，家属、朋友、学生送的花圈排满了另一边。学校派了校工会主席主持追悼会，体现学校对丁仁政教授逝世的重视。望着追悼会会场悬挂的丁仁政教授含笑的遗像，吟诵着两旁的对联，朱骐雄院长的眼眶湿润了，生命短暂，事业永恒。朱骐雄的致辞十分得体，既回溯了丁仁政教授的学术道路，褒奖了丁仁政教授的学术贡献，也谈到了中华坎坷历史中知识分子的多难命运和不屈追求，还谈到了丁仁政教授的坚强意志和执着追求，让丁仁政教授的家属和学生们唏嘘感慨。丁夫人的家属致辞透露了一个丁仁政教授的秘密，丁仁政教授正准备申请国家社科基金重大项目，他已经草拟了重大项目的论题和提纲，却突然病倒了，他是在组织了一个全国国际比较文学学术研讨会后病倒的，他太累了，他太上进了。师母的家属致辞，让丁仁政教授的弟子们哭声四起。

当朱骐雄手持一支明黄的菊花放在灵柩前时，他望着躺卧在棺椁中丁仁政教授的遗体，被癌症折磨的丁仁政教授显得消瘦苍白，入殓师的化妆也抹不去病容，朱骐雄觉得遗体套了绸缎的丧服，像打扮成了一个老地主，觉得有些怪异和尴尬。朱骐雄突然想到，现在的知识分子都被捆绑在项目上，从市哲社项目、教育部项目，到国家社科基金项目、国家社科基金重点项目，一直到国家社科基金重大项目，现在当教授如果没有国家社科基金项目，好像当不了教授，现在知名教授如果没有国家社科基金重大项目，好像就成不了知名教授，人人都好像被绑在八匹马拉的战车上，战车轰轰隆隆地飞速向前奔驰，人们都身不由己随着战车向前，或者跟上战车的速度，或者就被战车拖垮。

七

儿子朱明雍参加高考，朱骐雄破天荒地送儿子进考场。由于平时工作忙碌，朱骐雄在儿子身上花费的精力太少了。早饭后，朱骐雄挎上儿子的书包，带着儿子的水杯，乘预订的出租车去考场。其实考场就设在朱骐雄工作的大学，今天是双休日，学校基本没有多少人。

朱骐雄平时几乎天天进出的校门今天被装饰一新，门楣上贴着"进理想大学，铸辉煌人生"的标语，考生们一个个神情庄严地掏出证件，经查验后进校。朱骐雄将儿子送到考场外，他拍了一下儿子宽厚的肩膀，鼓励地说："儿子，加油，冷静，你能行！"儿子回首对父亲笑了一下，握着右手的拳头，挥了一下。朱骐雄突然发现，儿子朱明雍已经比自己高半个头了，成为一个标准的男子汉了。

朱骐雄回到自己的办公室，打开电脑，准备将写了一个开头的论文继续写下去，却觉得心里有点慌，好像是他自己在参加高考，不知道今年高考的作文题目是什么？朱骐雄的论文再也写不下去了，他开始在电脑里审读博士生的学位论文初稿，看了两页，好像也没有心绪看下去。朱骐雄在电脑上找到十集大型纪录片《先生》，纪录片涉及蔡元培、胡适、马相伯、张伯苓、梅贻琦、竺可桢、晏阳初、陶行知、梁漱溟、陈寅恪，呈现他们的性格性情、命运经历、学术作为等。朱骐雄为纪录片深深吸引，沉下心来一集一集看下去，蔡元培提倡的"兼容并包"，奠定了北京大学的根基；胡适的"容忍比自由还更重要"，用温和的方式开出一条大道；马相伯梦里不知身是客，喊着杀敌客死异乡；张伯苓用官僚乡绅的钱建成南开大学，自称就是个挑粪工，用粪土培育鲜花；梅贻琦执掌西南联大，太太却做饼去卖，补贴家用。朱骐雄沉思：这些先生们，不为职称竞争，不为项目拼搏，有知识，有情趣，有个性，兢兢业业教育学生，克己奉公爱护学生，注重人性和品格，强调自由和民主，在历史上留下了深刻的烙印。仰望这些先生们，朱骐雄内心觉得有些羞愧、有些形秽，今天我们这些知识分子能够从这些先生身上传承什么、学习什么？

中午，朱骐雄接儿子出考场，在学校的食堂与儿子一起吃饭，他发觉儿子的情绪不错，一定考得还可以，他没有问儿子考得怎么样，他觉得考过去了，就不再回首，需要继续面对下午的考试。儿子朱明雍突然问朱骐雄："爸爸，您说德智体全面发展，究竟哪个最重要？"朱骐雄想了一下，回答说："德智体都重要，否则就不是全面发展。如果'体'是身体的话，就应该排在第一，没有了身体，什么都是'零'。"饭后，朱骐雄让儿子在他的办公室里准备下午的考试，他自己独自在学校湖畔的小道上漫步，湖畔竖立着一尊陶行知的塑像。陶行知强调生活即教育、社会即学校，注重教学做合一，形成其独到的教育思想。朱骐雄回想起自己当年的高考，回想起自己后来报考硕士生、博士生，他觉得人生就好像是经历的一场场考试，只有通过了一场考试，才会大大进一步，倘若没有通过这场考试，就会停留在原地。人生就好像是春蚕的入眠，只有蜕了一层皮，才会长大一些，最终吐丝结茧。他突然自嘲地说："结茧自缚，结茧自缚，我好像进入这个阶段了！"

晚上，父子俩轻松地回到家，翌日是英语考试，英语是儿子朱明雍的强项，他已经通过了大学英语四级。妻子李雅明早早就回家了，准备好了丰盛的晚餐，迎接从考场归来的儿子。朱骐雄觉得最高兴的好像是岳母，她吃着丰盛的晚餐，连连说"好吃，好吃"，朱骐雄忽然想到，没有生活质量的生活，那仅仅是活着而已。

八

朱骐雄接到父亲的电话，父亲说家里发生了洪灾，房子全冲垮了，好在人没有问题。朱骐雄心急如焚地坐高铁，再转长途汽车，终于回到了老家。一切都变了模样，河宽了，桥没了，房塌了，田淹了。朱骐雄家原先在河湾转角处，依山傍水景色宜人，上游处被开辟成为疗养院，砍伐了树林，盖起了高楼，今年的暴雨酿成了山洪暴发，树林的被砍伐，导致了泥土的流失，导致了大量沿河的房屋被冲毁。

朱骐雄在小学校舍找到了父母，白发苍苍的老母亲一见到儿子，就扑在儿子的怀里号啕大哭，说："儿子，房毁了，家没了！"朱骐雄安抚着母亲，说："娘，房毁了，再盖；家没了，儿子在，儿子的家就是娘的家。"父亲手足无措地站在一旁，拍拍儿子的肩头，说："房毁了，人还在；家没了，情还在！"父亲总把儿子看作是父母的骄傲，虽然儿子的收入并不高，但是儿子是教授、是博导，他常常以儿子为荣。朱骐雄给县城的朋友打了电话，在县城的宾馆租了两间房，朋友开车过来，父母觉得住在小学里挺好，不想去县城，朱骐雄还是强行将父母接去了县里，在宾馆安顿好父母后，朱骐雄带父母到县城的酒店吃了晚饭。朱骐雄在房间里给妻子李雅明打了个电话，告诉她家里的情况，他与妻子商量，想将父母带回去，让父母暂时在原先岳母住的房间里落脚。妻子赞同朱骐雄的想法，她说她会抽时间去整理打扫一下房间。

朱骐雄的好朋友李乐磬在县教委任主任，知道朱骐雄回来了，他找到宾馆来，拉朱骐雄去茶馆喝茶，说还有几位想见朱教授的朋友。李乐磬是朱骐雄的高中同学，朱骐雄考了省城的大学，而李乐磬考了师范专科学校，毕业后先当了中学老师，然后被调到县教委工作，现在是县教委主任。朱骐雄坐李乐磬的车到了茶馆，茶馆里已经坐了好几位朋友，大多是当年高中的同学。李乐磬一一介绍："宗岱云，原来绰号袋鼠，现在在县财政局，主管全县的财政大权；梁妍佳，原来绰号林黛玉，因为读书时喜欢哭鼻子，现在是县剧团的台柱子；焦铁山，原来绰号焦大，现在在县税务局主政，专掏大家的钱袋子。"一提到绰号，朱骐雄好像回到了中学时代，回到了那个舞象之年的青春岁月。李乐磬让茶馆给每人泡了一杯茶，桌子上摆了一些茶点、水果，还搬来了一箱罐装啤酒，提议每人先"吹"一罐，欢迎朱教授回故乡。

李乐磬喝完一罐，又给每人面前摆上一罐。他说："朱教授在大城市大学的高等学院任院长，高高在上，难得回我们小地方来，希望朱院长常回家看看，也让我们同学有机会多聚聚。"朱骐雄举起一罐啤酒说："诸位同学，感谢大家欢迎我回来，其实故乡总是我梦萦魂绕的地方。我现在看，诸位都过得比我潇洒，比我舒适，比我悠闲。大城市有大城市的烦恼，当院长有院长的苦恼。其实说真的，我真想回到故乡过和你们一样的生活，自自由由、潇潇洒洒、快快乐乐！"梁妍佳用越剧的口吻说："这倒应了《红楼梦》中王熙凤的一句话：大有大的难处，小有小的好处。"听到梁妍佳的戏词，李乐磬提议请"林黛玉"唱一曲。她大大方方地说："好，就唱《红楼梦》里的黛玉焚稿吧！"梁妍佳的口齿清晰音色清纯，将林黛玉之悲之哀唱得情真意切跌宕婉转，拨动了听众那颗骚动的心、怜悯的心。老同学聚会往往开始道貌岸然，后来就无拘无束了，再后来就无恶不作了。一箱啤酒喝得差不多了，唱的唱，跳的跳，搂的搂，抱的抱。梁妍佳拉住一个个轮流跳舞，既不像华尔兹，又不像伦巴，只是像两个蚂蚱搂在一起蹦蹦跳跳。

聚会结束时，朱骐雄提到了父母住房被洪水毁了的事，县财政局的宗岱云说，县委已决定拨救济款，给受灾的灾民们重建房屋，规定地方拨出土地集体建屋。李乐磬拍了拍胸脯说："老同学，这件事你别担心，我们几个会放在心上的。"

九

朱骐雄把父母一起带回了家，父母怕影响儿子，开始不愿意，后来在朱骐雄执意请求下，老两口才同意了。高铁到站后，妻子李雅明开车来接，父母见到儿媳高兴得合不拢嘴。李雅明将车直接开到那套原先她父母住的老公房，房间被整理得干净整齐，卧室里床上都是新买的褥子、床单和被子。

一进门，母亲就问："骐雄，我们的孙子呢？他在哪儿？"朱骐雄回答说："娘您别急，明雍过来吃晚饭！"妻子李雅明在厨房里忙着做饭，她今天做了精心的准备，朱骐雄进了厨房，在妻子的耳鬓亲吻了一下，真诚地说："雅明，谢谢你，做了精心的准备。"李雅明将了将鬓角掉落的一绺头发，说："你的父母也是我的父母呀！"

朱骐雄和妻子一起忙碌着，一边是患阿尔茨海默症的岳母，一边是因水灾无处安身的父母，人到中年，真是上有老下有小，他还背负着文学院院长的重任，他还想拨出时间撰写论文，他不禁想到了当年谌容的中篇小说《人到中年》。他想想自己现在的境况，不就是当年陆文婷医生的状况吗？

朱骐雄走了好几天，学院的几件重要的事情都在等他回来处理。一是院学术委员会关于引进人才的事情，需要投票；二是今年申报的教授名单需要通过学术委员会讨论；三是教育部在对以往研究生学位论文的抽查中，发现文学院有一篇学位论文有抄袭的现象。

这两天，不断有教授给朱骐雄打电话发微信，都与这几件事有关，朱骐雄不好直接回答，只说事情知道了，学院的事情需要学术委员会开会决定。尤其是前院长陈锡顺总以一种居高临下的姿态，想左右学院的事务，他提出想让他的博士生留校当教师。朱骐雄与几位副院长联系，想听听他们的想法，以便他心里有个底，不然一开会众说纷纭，难以做出决定。

院学术委员会会议上午9点在院小会议室召开，会议桌上摆放着几大摞引进人才的材料，学术秘书先后介绍了所引进人才的情况，再由相关学科负责人谈谈学科对于该引进人才的意见或建议，会议开始没有多久，朱骐雄就接到了前院长陈锡顺的电话，仍然是那种气势凌人，话语虽然有些商量的口吻，但意思却十分明白，一定要留下他的博士生。朱骐雄强调了引进人才要注重学术水准，不看任何关系与后台。经过学术委员会投票，申请的9位候选人，通过了3位，前院长的博士生没有通过。

现在申请教授，需要学校学术委员会投票通过，现在学院的压力小了，学校的压力大了，学院只是走一个程序，看看申请者的年限和成果是否达到学校要求，如果没有达到，就不能往学校送。在审定语言学申请教授的候选人时，就发表论文的级别有了不同意见，有的说他发表在美国语言学刊物的英语论文，这个刊物没有进入我们的评价体系，有的说这个刊物是国际权威刊物，在众说纷纭时，朱骐雄提出学院按照程序送，让学校人事部门认定资格。

今天学术委员会会议比较难办的是学位论文抄袭，该当事人已经在英国留学攻读博士学位，文学院让导师联系当事人，就论文抄袭的事做出交代，当事人仅仅轻描淡写地写了一封电子信，并没有对于抄袭事件作认真说明，朱骐雄提出让导师给学术委员会就此事做陈述。这是一篇现代汉语专业的硕士学位论文，学术秘书将论文复印了，并附上了论文抽查时对论文抄袭的认定意见。郑修仁教授已经退休两年了，今天因为他已毕业的硕士生学位论文抄袭的事，让他来学位委员会做说明，确实是一件尴尬的事情。谢顶的郑教授两鬓斑白，就该硕士生当时论文指导和答辩的过程做了介绍，说他经过重新核查，确实认定该学位论文有抄袭现象，郑教授十分诚恳地表达了自己指导无方、把关不严的检讨。经过院学术委员会讨论，向学校有关方面打报告，决定认定该论文存在着抄袭现象，取消该当事人的硕士学位，并且从学院学术委员会角度，就此事做出检讨，并以此告诫导师和研究生们。

学术委员会会议结束后，朱骐雄发现郑修仁教授在走廊里候他，朱骐雄把郑教授请进了他的办公室，郑教授颤颤巍巍地握住他的手，说："我记得指导论文那个阶段，我在香港中文大学任客座教授，当时是远程指导，缺少对于论文写作整个过程的关注，现在想来责任还是在我，请院长处分我！"朱骐雄在攻读博士学位期间，就听过郑修仁教授的学术讲座，郑教授是一位比较严谨的学者，现在望着郑教授白发苍苍内疚的脸，朱骐雄倒有些于心不忍。他握住郑教授的手，说："郑教授，这件事情，我们处分学生，不处分导师，只是让导师们引以为戒。"

十

又到了一年一度的学生毕业季，文学院研究生毕业典礼在学校体育馆举行。

体育馆的门前和馆内都装点得喜气洋洋，彩旗飘扬，鲜花芳香，到处张贴着激动人心的标语："今日桃李芬芳，明天社会栋梁""情系校园，志在四方""一份眷念留母校，满腔激情走四方""硕果累累装满行囊，浓浓帅恩铭刻心房"。

这是一个收获的季节，这是一个丰收的季节，朱骐雄院长想起当年他博士毕业时的毕业典礼，好像就在眼前，好像就在昨天，岁月匆匆，白驹过隙啊！

朱骐雄代表学院给毕业研究生做临别赠言。随着研究生的不断扩招，文学院今年毕业的博士生、硕士生几乎坐满了整个体育馆。虽然，硕士学位论文抄袭的事件弄得文学院的导师们内心都有些不快和忐忑，但是处在今天这样的氛围、这样的环境，不快和忐忑好像都被冲淡了，稀释了。

朱骐雄登上毕业典礼的讲坛，台下传来一阵阵兴高采烈的欢呼声，这是一种从心底里发出的欢笑和轻松。朱骐雄站定后，抬眼往台下扫了一眼，全场登时安静了，朱骐雄忽然觉得自己像一位驰骋疆场的将军，正准备着命令将士们冲锋陷阵。他清了清嗓门，开始致辞："各位毕业生，各位导师，你们好！在今天这个隆重而欢乐的时刻，我代表文学院全体导师，向你们表示衷心的祝贺！祝贺你们通过几年的苦读，在导师们的精心指导下，得到了圆满的结果，在此我也向各位导师表示祝贺！"全场响起雷鸣般的掌声。

朱骐雄讲得激动了，他抛开了讲稿，说起了自己的求学历程："我也经历了同样的求学历程，从大学、硕士，一直到博士，我现在仍然记得当年我博士毕业时的毕业典礼，当然当时没有现在这样隆重、这样喜气洋洋。我仍然赞赏'板凳须坐十年冷，文章不写一句空'的说法，我现在虽然常常坐不下来身不由己，但是我仍然遵循这样的原则。最近查实我们学院一位已经毕业的硕士生，学位论文有抄袭现象，学校决定撤销该学生的硕士学位。"整个体育馆突然鸦雀无声，只有朱骐雄院长一个人致辞的声音。朱骐雄继续致辞，他说："我现在回想起来，研究生的生活是最值得留恋的，踏入社会，走上工作岗位，可能会遇到种种困境，我们每位毕业生必须有足够的思想准备。我仍然赞赏每一个人不在社会潮流中同流合污，应该有良心、善心、爱心，应该有正义感、责任感，我们不仅需要有文化自信，我们还需要有文化反省，反省我们是否对得起华夏先祖，反省我们是否忘却了蔡元培，忘却了胡适，忘却了陶行知，忘却了梁漱溟，我们不能经济发展了，文化衰弱了；我们不能钱袋装满了，人格异化了。我们每一个毕业生都是祖国的栋梁，让我们一起齐心协力撑起共和国的大厦，让中华民族屹立于世界，让中华人民共和国屹立于东方！"全场响起一阵阵掌声。

朱骐雄院长走下讲台时，他忽然觉得有些眩晕，在踏下最后一个台阶时，他突然踏空一脚，身体就跌了下去，引起全场的一阵喧哗。学院办公室几位开车将朱骐雄送去校医院，医生检查后判定为今天朱骐雄没有吃早饭，是因为低血糖酿成，让朱骐雄抽空去三甲医院做检查。

朱骐雄院长的毕业致辞被录像，传到了网上。学校组织部江部长找到朱骐雄，说朱骐雄的毕业致辞，提到了胡适、梁漱溟这些文化保守派，为什么不提鲁迅、郭沫若、巴金、老舍？将文化自信和文化反省对立起来，这样的表述是否有一点问题？好像并没有与中央保持一致。朱骐雄听了，没有做任何分辨，他知道他坐在文学院院长的位置上，总有人看着不顺心、不顺眼，总想千方百计捉弄他、贬损他，现在学校组织部门也这样对待他，他无话可说。朱骐雄说："这是不是校领导的意见，如果违反原则，我可以检讨；如果违反法律，我可以服刑！"朱骐雄说完，就头也不回地离开了校办公大楼。

朱骐雄回到自己的办公室，给学校写了一封辞职报告，他觉得他的行政之路应该走到头了，他不想再纠缠在种种剪不清理还乱的事务中，人到中年，家庭、事业、工作都纠缠于一身，他不想再做加法，他想做减法了。他想到了儿子朱明雍的问题"德智体全面发展，究竟哪个最重要？"是的，人们都说，身体是 1，财富、事业、感情、家庭……都是 1 后的 0，没有前面的 1，一切都将不存在。

朱骐雄的辞职报告没有被批准，漆校长找了他谈话，说上次关于毕业典礼致辞的事，并非是学校领导的意见，而是网络上流传的一种看法。漆校长肯定了朱骐雄任职以来的业绩，也肯定了朱骐雄在教师中的口碑，黑脸的漆校长露出了难得一见的笑容，他说："朱院长，文学院的工作在全校是走在前面的，文学院是我们学校的招牌，可能学校对于文学院爱之深，所以提出的意见也就多，请别放在心上。目前，应该考虑文学院如何更上一层楼，如何走在全国师范院校文学院的前列。"朱骐雄没有表态，只是点点头。

学校组织部江部长找了朱骐雄，他告诉朱骐雄，市委组织部拟调任朱骐雄去市社会科学院，让他担任社科院文学所所长，问朱骐雄的意见，朱骐雄表示服从组织安排。

走出校办公大楼时，朱骐雄的手机响了："不知道为了什么，忧愁它围绕着我……"他把《千言万语》设定为手机铃声。妻子李雅明在电话里哭泣着说："骐雄，妈妈在厕所摔了一跤，救护车送到医院，没能抢救过来，妈妈走了……"朱骐雄一时就愣在了校办公大楼门口。

原载《西湖》2022 年第 11 期

寻猫记

一

如今社会，养宠物的多了，宠物往往成为家庭中的一员。宠物走失了，主人万分焦急，四处寻找，张贴启事，允诺重金奖赏，甚至网上有"90后美女为寻爱犬发割腕自残照引关注愿以身相许"的新闻。

徐教授家的猫丢失了，家人焦虑万分。其实那是一只长毛绒玩具猫，是徐教授的夫人李阿姨买给孙子的玩具，那是只被称为猫中王子的波斯猫，白色的长毛绒，那双蓝色的眼睛炯炯有神。那时孙子诞生，徐教授两口子喜出望外。儿子是航班驾驶员，常常出差，媳妇是空姐，也常常不在家。媳妇休完产假后，抚养孙子的任务自然而然地落到徐教授夫妻俩身上，孙子晚上与李阿姨睡。孙子刚送来时，徐容国教授很不习惯，半夜常常要起身为孙子泡奶粉，他当年插队农村，与李明俪结婚，生下的儿子是岳母岳父带的，现在带孙子好像是还当年的债。儿子、媳妇出差回来，便回到父母家，将儿子接回家住，出差时又将孩子送到父母家。

孙子大名是徐教授取的，徐翼骝中的"骝"字，是骏马的意思，小名"翼翼"。翼翼非常喜欢那只白色的波斯猫，吮牛奶时抱着，睡觉时枕着，甚至徐教授推他出门晒太阳也带着，波斯猫从白色的变成灰色的了，变成黑色的了。昨天晚上，徐教授突然发现波斯猫不见了，房间里、床底下到处找，找不到。孙子恋物，没有了波斯猫，他那双眼睛到处搜寻，哭得声嘶力竭，半夜了就是不睡觉，弄得家里的那只棕红色的泰迪犬也狂吠不已。徐教授夫妇任凭如何哄、如何抱，这孩子就是不消停。孩子左不是右不是，只是一个刚牙牙学语的孩子，打又打不得，骂也骂不得，弄得夫妻俩束手无策。

对门的刘教授来敲门了，说孩子吵了他们休息。徐教授夫妇只能赔不是，说孩子平时都是抱着波斯猫玩具睡觉，现在没了，就吵闹。刘教授是心理学教授，他说6个月到3岁之间孩子恋物，大了就好了。刘教授摇摇头走了，孩子仍然吵闹着。

黎明时分，孩子大概吵闹得累了，终于睡着了。徐教授夫妇也赶紧睡了。

徐教授睁开眼睛时，太阳已经老高了，一看钟，已经9点半了，那只泰迪犬在他的床头咕噜咕噜地埋怨着。

徐教授起床，戴上眼镜，先给泰迪犬喂了狗粮，再走到夫人床前一看，夫人还在梦里，翼翼已经醒了，他却不哭不闹，吸吮着自己的大拇指，津津有味，睁大了眼睛望着天花板。

徐教授推醒了夫人，夫人赶紧起身，给孙子换了尿片，冲奶粉给孙子喝。夫人尝了口奶不烫，将奶嘴放进孙子的嘴里，孙子的眼睛就四下搜寻，咧开嘴又嚎哭了起来。徐教授夫妇对视了一眼，还是那只波斯猫！吃饱了的泰迪犬踱到跟前，对着嚎哭的孙子狂叫了一声，像是在劝慰、在斥责。

徐教授摸了摸泰迪犬的头，让它静下来。

二

徐容国教授在中文系任教，是国内中国现当代文学研究方面的知名学者，但是中文系只有硕士点没有博士点，他在兄弟院校挂着博士生导师，他虽然已经到了退休的年龄，却还在职。他仅带了一位博士生况海生，今年刚刚毕业，是他所在大学的年轻教授，最近刚被任命为文学院院长，其中原因之一当然是由于他获得了博士学位。徐教授受到了中文系一些已经退休教授们的挤兑，他们提出为什么徐容国到了年龄还可以不退休。

徐教授夫妇回忆昨天星期天可能丢失波斯猫的地方。

昨天早上，夫人去菜场买菜时，徐教授曾推着婴儿车去校园的湖边，在湖边的亭子里与齐龙欣教授下过一盘象棋，不知道是否丢在那里了？

昨天早上，天气晴朗，秋高气爽，徐教授就将孙子放进婴儿车，推去了校园里的湖边，棕红色的泰迪犬摇头摆尾地跟着。湖边的一排枫树正红，远远看去像一团团火焰，在碧绿湖水的映衬下，格外醒目。徐教授夫妇将孙子带得白白胖胖的，一路上不断有熟人打招呼、逗孩子。

徐教授过了六十岁就不再染发了，他属于头发白得比较早的，现在一头银丝，倒不失为一种风度。他将婴儿车推到枫树林下的亭子边，见亭子里有人在下象棋，是古典文学的退休教授齐龙欣与汉语退休教授顾一峰，一脸络腮胡的齐教授有武夫相，与白净谢顶文质彬彬的顾教授下棋，齐教授咄咄逼人的语气，让处于弱势的顾教授举棋不定。齐教授用了日本电影《追捕》中矢村警长的台词："从这跳下去，朝仓不是跳下去了吗？堂塔也跳下去了，现在请你也跳下去吧，你倒是跳呀！"

徐教授历来对齐龙欣的颐指气使不满，看到他得意忘形的神色，便琢磨着眼前的这局棋：齐龙欣尚有一车一马一炮，攻势凌厉；顾一峰仅剩一马一炮一卒，且士象全丢，光杆老将岌岌可危。徐容国推了推鼻梁上的近视眼镜，让顾一峰将炮拉回沉底，以老将为炮架子，以免齐龙欣当头将，将马拉回，努力挤着齐龙欣的马的马脚。

紧张的局势有所舒缓，顾一峰松了一口气。

齐龙欣大怒，将一匹马左右纵横，顾一峰让座于徐容国，徐容国用马死死盯着，竭力阻着齐龙欣的马脚。在左冲右突中，徐容国暗暗将小卒子拱过河，在炮的护佑下逐步推进。齐龙欣开始没有在意，等到小卒子拱到九宫一角时，齐龙欣将车抽回，落棋于九宫另一角。这让徐容国抓到了机会，他将小卒子往左一靠，"将军！"前面的马与沉底的炮将了齐龙欣一军，居然形成了抽车将。齐龙欣老将失足，想要悔棋，顾一峰在旁大叫："落棋无悔！落棋无悔！"齐龙欣只能悻悻地将"车"放下。顾一峰在一旁得意地哼起了日本电影《追捕》中的《杜丘之歌》"拉呀拉，拉呀拉拉拉呀拉……"

在中文系，徐容国与齐龙欣属于大牌教授，对于很多事情他们俩常常意见相左，徐容国稳重睿智，不轻易发表言论；齐龙欣直率鲁莽，常常信口开河。他们俩在"文革"期间就站在两个阵营，齐龙欣是造反派，整天打打杀杀；徐容国是保守派，常常默默无闻。

这盘棋最后打成平局，顾一峰按捺不住地窃喜，齐龙欣摸着络腮胡懊恼不已。

齐龙欣邀徐容国再下一盘，他想扳回他的面子。

徐容国的手机响了，夫人李明俪打来电话，让他带孙子赶快回家，她买菜回来了。

徐容国匆匆推上婴儿车回家，回到家门口才发现，孙子的一只鞋子掉了，泰迪犬倒十分乖巧，咬着孙子丢了的那只鞋抢先进了门。

"不知道波斯猫玩具是否在那时丢掉的？"徐容国回想道。

三

李明俪昨天下午带孙子去了老年大学的美术班，李明俪退休前在这所大学的人事处工作，她喜欢美术，大学学的是行政管理，退休后便在老年大学的美术班进修。

下午孙子翼翼午睡后，李明俪推着婴儿车带孙子去老年大学，徐容国有一部书稿要校对，她想让老徐有一点安静的时间。李明俪住在学校的教工区，离老年大学不远，那是一栋褚红色的小楼，前校长退位后就担任了老年大学的校长，在他退位前就将这栋楼腾出来给了老年大学。

老年大学美术班今天是学习国画，教画的是美术学院一位年轻的傅老师，小伙子扎了个马尾辫，白净的脸上堆满了笑容。李明俪推着婴儿车走进教室，引起这些老年学员们一阵欢笑，有个别熟识的还离座逗翼翼。李明俪在后排的座位坐下，将婴儿车停在最后靠墙处，让翼翼玩他的玩具猫。李明俪属于性格外向的那种，好学，好动，喜结交朋友。徐容国则性格内向，喜静，寡言，坐在书斋里的时间多。他们俩性格互补，虽然也有小吵小闹，但是生活还是挺和谐的。

今天教的是画牡丹花，小傅老师将宣纸钉在黑板上，蘸饱了大红色的颜料，左一笔右一笔，不一会儿，一朵猩红的牡丹花就栩栩如生。李明俪铺开宣纸，按照小傅老师教的，一笔一笔画了起来。

课间休息，总是新闻小道消息传播的时候。虽然李明俪不喜欢捕风捉影，但是有时听听也无妨。李明俪给翼翼去厕所把了尿，抱着翼翼用奶瓶喂奶，听倪冬花说信息。胖胖的倪冬花是齐龙欣教授的夫人，退休前在退管会工作，由于徐容国与齐龙欣不睦，李明俪与倪冬花也总隔着一层。倪冬花属学校的消息灵通人士，历来喜欢打探消息，也喜欢传播消息，她的身边往往围着一些听众。

倪冬花说："你们知道吧，这次退休教师检查身体查出了四个癌症！现在好像得癌症不稀奇了！"

"是哪个单位的？什么人？我认识吗？"崔秀莲瞪大了惊异的眼睛问，崔秀莲是汉语退休教授顾一峰的夫人，瘦瘦弱弱的，退休前在对外汉语学院管教务。

"体育系的陈重峰，肺癌晚期；化学系的刘碧霞，乳腺癌；物理系的周谷雪，早期食道癌；教务处的钱黎敏，卵巢癌。"倪冬花猩红的嘴唇报幕般地道出了名单。

崔秀莲感慨又怜悯地摇了摇头，喂奶的李明俪支棱着耳朵听着。

过了一会儿，倪冬花故作神秘地将嘴唇凑近崔秀莲的耳朵，声音却不小地说："秀莲，你知道昨天晚上我们家老齐被谁请去吃饭了？"

"谁呵？我怎么知道？"崔秀莲将了将鬓角被倪冬花嘴唇弄乱的头发。

富态的倪冬花一副卖关子的神色，有些洋洋得意，等了一会儿，她故意抬高了声音说："是祁校长请我们家老齐吃饭，让况海生院长作陪，说是谈谈文学院的工作，想听听我们家老齐的建议。"

李明俪听说新校长祁光鑫上任后常常请教师吃饭，好像是接触群众了解情况，他常常在午饭时请，大概可以节约时间。他也请过徐容国，老徐婉言谢绝了，但是有不少教师却当作一种荣幸。李明俪想到近年来一个有影响的话剧《蒋公的面子》，是写当年蒋介石请一些大学教授吃饭，这些大学教授居然商量着拒绝赴宴，不给蒋总统面子，而现在的知识分子如何呢？一个大学校长请他吃饭就如此受宠若惊？！

国画课继续，年轻的傅老师在教室里四处走，四处看，给这个改两笔，给那个添几笔。

倪冬花画的牡丹花像她的脸，浓妆艳抹，那些猩红的色彩堆砌在一起，缺乏层次，缺少氤氲之气。傅老师摇了摇头，虽然给她改了几笔，但是大局已定。

傅老师走到李明俪跟前，端详着她的画，浓淡相宜，层次井然，在几柄绿叶的衬托下，那几朵粉红色的牡丹花生气盎然。文如其人，画如其人。李明俪从来不浓妆艳抹，她出门往往淡淡几笔，唇膏也用原色的。

国画课后，李明俪推着婴儿车回家了，她要做晚饭了。

"不知道波斯猫玩具是否是在那时丢掉的？"李明俪回想道。

四

孙子翼翼仍然为波斯猫玩具哭闹不已，不吃不喝，神仙一样。

徐容国沿着昨天推婴儿车的路找了一遍，尤其在湖边亭子前后细细寻找了，没有！

李明俪沿着昨天推婴儿车的路找了一遍，尤其在老年大学四周、教室里找了，没有！

儿子、儿媳回来了，把翼翼接走了，老两口松了一口气。

儿子、儿媳又沿着父母两人昨天走过的地方搜寻了很久，仍然没有波斯猫玩具的影子。

徐容国给顾一峰打电话，询问他昨天是否看到波斯猫玩具。

顾一峰说没有看见。电话里顾一峰有些欲言又止，他好像有什么事情想告诉徐容国，但是又吞吞吐吐。

徐容国有些不耐烦地说："老顾，我们交往这么多年，你不是那种阴阳怪气的人，有话就说，有屁就放，有什么事情想说就说，不想说我就挂电话了！"

顾一峰小心翼翼地说："老徐，别挂电话，我告诉你，你可别生气。齐龙欣昨天来我家，拿出一份材料，让我签字，我一看是老齐写的关于教授退休年龄问题的材料，是写给学校领导的，其中就提到了你老徐推迟退休的事，他提出作为学校的教授，应该一视同仁。他说先递给文学院，让文学院再送学校领导。我没有签字，我觉得这事与我无关。"

徐容国沉吟了半刻，说："老顾，谢谢你。齐龙欣习惯搞'文化大革命'那套，写'大字报'，整'黑材料'。随他去吧！"

下午，况海生院长西装革履到了徐教授家，这是他博士毕业担任院长后第一次来导师家。李明俪开门时有些吃惊，故意说："院长大人来了，稀客，稀客！欢迎，欢迎！"

况海生谦卑地鞠了个躬，说："师母好！最近太忙了，没顾得上来看望老师、师母。"

徐容国将况海生让进书房，他不知道况院长有何事登门。

况海生看见徐教授书桌上的书稿校样，问："徐老师，您有什么事可以让学生做的，这校样我给您校对吧！"

徐容国说："不用，我的书稿都是我自己校对，有错讹的地方还可以更正。"徐容国不知道况海生上门是否有重要的事情说，是否会提到齐龙欣的那份"上书"。

况海生却说："徐老师，我听说你们家孙子的波斯猫玩具丢了，我找学生给找找吧！我们家的儿子小时候也是这样，他玩的是被角，吃奶睡觉总是捏着那个小被子的被角，把那个被角捏得黑黑的、硬硬的，换一床被子都不行！"

"不用了！反正翼翼已经给他父母接走了，我们对门的心理学刘教授说大一些就会改的。"徐容国淡淡地说。

况海生果然发动文学院的学生将校园里寻了个遍，也没有找到。

况海生还专门拟了一个寻猫启事，让师母将翼翼与波斯猫的合影发给他，裁剪下波斯猫部分，放大后插入寻猫启事里，校园里的电线杆上、梧桐树上都贴了这份寻猫启事，那波斯猫仍然没有踪影。

过了几天，是学校发工资的日子。上午，徐容国上网一查，这个月的工资居然少了几千元。下午文学院开大会，徐容国去开会时顺便问了学院管工资的小李，小李上网一查，告诉徐容国说："徐教授，不好意思，学校已经将您的工资转到退管会去了，从这个月开始您领的是退休金。"

徐容国愣了半晌，他没有说话，也不再去文学院的会议室参加会议了。

徐容国独自慢慢地踱回家，他心里有些愤愤然，他在这个学校工作了一辈子，他们居然这样不尊重人，齐龙欣的"上书"他可以理解，而他自己的学生况海生居然到他家也闭口不提这件事，况海生是他的硕士生，是他想方设法让他留校当教师，是他让况海生报考博士，是他尽心尽力地指导况海生的博士论文，而今况海生出息了，当了文学院院长了，居然在这件事情上就是不帮导师，也应该将信息预先透露一些。徐容国深深感到被捉弄了、受侮辱了，他不是不想退休，他知道退休是迟早的事，他也是有思想准备的，而且况海生今年刚刚毕业，明年因为博士生名额紧张，他也不再招收博士生了，况海生是他招收博士生的开门弟子，也是关门弟子。作为培养况海生付出心血的导师，他怎么可以这样一声不吭，就将他的工资关系往退管会一转了之呢？怎么可以这样一点信息也不预先告诉呢？学校方面怎么能够这样不尊重人呢？他是没有去应新校长请客吃饭，难道这就得罪了校长？他这辈子都贡献给了这所大学，学校怎么能够这样轻易处置这件事情呢？无论是文学院，还是人事处，至少在将他的工资关系转去退管会前，应该跟他说一声，打个招呼吧！

徐容国像喝醉了酒似的，有些昏昏沉沉，有些迷迷糊糊。在走到家门口的时候，徐容国想扶住株梧桐树喘一口气，身体却不由自主地软了、倒了，他倒在门口的那株梧桐树下，梧桐树的树身上还贴着寻猫启事。

对门的刘教授出门倒垃圾，看见倒下去的徐容国，他想将老徐扶起来，扶不动，他对着徐容国家大声喊："徐师母，徐师母，老徐摔倒了，老徐摔倒了！"

随着房门的开启，最先冲出来的是徐教授家的那只泰迪犬，它像箭一般地冲到徐教授身边，焦急地左跳右跳，用头往徐教授身上拱，它想让徐教授站起来。

李明俪慌忙来到丈夫身旁，她的脸色煞白，像徐容国的脸色一样。她拨打了120，急救车马上来了，将徐容国送进了医院抢救。医生告诉李明俪，徐容国是脑溢血，大概受了什么刺激，好在溢血量不多，先不开颅，看看是否可以用保守疗法，实在不行再开颅。

儿子、儿媳带着孙子来看望爷爷了，大概因为过了几天，对于波斯猫玩具的依恋已经过去，翼翼可以比较安心地吃奶、睡觉了。翼翼望着病榻上的徐容国，牙牙学语地叫唤："爷爷，爷爷！"徐容国脸上露出一丝笑容。

李明俪走进病房，告诉徐容国说："文学院书记和院长来探望。"

徐容国坚毅地摇摇头，说："请他们回去，我不想见他们。"

过了几天，徐容国可以出院了，儿子、儿媳带着翼翼，开着他们的奔驰轿车，将父母接回家。医生叮嘱，必须静养，不能受刺激。

打开家门的一刻，泰迪犬飞也似的冲了出来，摇头摆尾、活蹦乱跳，一个劲地在徐容国脚下撒欢，在这一刻，不知怎么的，两滴眼泪溢出了徐容国的眼眶，回家的感觉真好！突然间，徐容国发现棕红色的泰迪犬嘴里居然叼着那只黑乎乎的波斯猫，它是在哪里找到的？

徐容国慢慢地坐进沙发里，李明俪从泰迪犬嘴里取下波斯猫，她自言自语地说："是在哪里找到的？是在哪里找到的？"儿子在房间里查看了，说："大概波斯猫是掉在靠墙的床边了，夹在那里，你们看不到，泰迪从那里叼了出来。"李明俪将波斯猫递给翼翼，孙子好像已经不在乎这只脏兮兮的玩具猫了，儿媳将这只波斯猫玩具藏了，翼翼好像也无所谓。

第二天，徐容国拄着拐棍，由李明俪陪伴着在校园里散步，他们俩将学校电线杆上、梧桐树上的寻猫启事撕了，抛进了垃圾箱。他们走到湖边的亭子前时，又看到齐龙欣和顾一峰在那里下棋，身后围着一些观战的人。他们俩都主动向徐容国打招呼："老徐，出院了？下棋吗？"徐容国向他们招招手、摇摇头，他在夫人的搀扶下，慢慢走开了。

他们俩走到家门口的那株梧桐树前，发现居然没有将这株树上的寻猫启事撕掉，徐容国小心翼翼地撕的时候，想到那天他在这株树前晕晕乎乎倒下去的情景。

身后走过齐龙欣的夫人倪冬花，仍然是浓妆艳抹的她讨好似的问："徐教授，出院了？好好休养吧！"徐容国应付地点点头。

倪冬花有些故作惊奇地说："你们知道吗？校长祁光鑫被双规了！他在原来学校主管招生时索贿受贿，肯定要判刑了！不知道又会派哪个来当校长？"

徐容国没有言语，李明俪礼节性地点点头。

徐容国将寻猫启事撕下来后，慢慢地将这张启事小心翼翼地折起来，他想将这寻猫启事收藏起来。他想人无论年纪大年纪小，大概都要寻找一点寄托，就像他们的孙子依恋波斯猫玩具一样，他想将他最后的一部书稿校对完以后，该去寻找一些新的寄托了。

原载《黄河文学》2017 年第 10 期

残　荷

一

去北京出差，刚下飞机，就与老同学李莉莉联系了，李莉莉说晚上设宴给我接风。我们大学在一个班，她是班文体委员，我是团支部文体委员，当年我们合作得很愉快，我们俩的男女生二重唱，成为每次文艺活动的压轴戏，虽然如此，我们之间并没有越过任何同学关系。李莉莉是我们班的才女，个子不高，圆圆脸、大大眼，能说会道，能歌善舞，大学毕业后她去北京攻读硕士、博士学位，后来留在北京，在文化部工作。我毕业留校后也报考了研究生，也攻读了硕士、博士学位，后来一直在大学任教，从讲师一直做到教授。李莉莉成为我异性的知心朋友，有些烦恼、麻烦我常常会打电话与她说，有时弄得我夫人也有些吃醋。

李莉莉是直爽人，快人快语，口无遮拦，她的丈夫是一位企业家，收入颇丰，但是他们夫妻的感情并不好。一次大约是喝多了酒，李莉莉醉醺醺地与我碰杯后，居然在大庭广众之下对我说："丛教授，我当年怎么没有想到与你恋爱？"在大家的哄笑中，我一时不知作何回答。其实，当年读书时，李莉莉几乎是个大众情人，很有几位男生执着地追求她。我是一个内敛识趣之人，根本不会去凑这样的热闹。

接风晚宴依然热闹，李莉莉让我请了几个我想见的朋友——另外几位在京的老同学。李莉莉在开宴前就宣布，这是她私人请客，不违反"八项纪律"。酒足饭饱后，李莉莉告诉我明天在中国美术馆有一个名为"残荷"的国画展开幕式，是我们相识的一位老朋友的个展，她问我有没有兴趣。我问画家是谁？李莉莉回答说是蒋俊才。突然我的眼前就出现了这位朋友的面影：方面大耳、大眼阔庭，蒋俊才是我们一届的大学同学，不过我们在中文系，他在美术系，他毕业后留校在美术系任教，我毕业后留校在中文系任教，我们还做了好几年的邻居呢！

我明天正好办完事，可以有时间观摩画展，且是多年不见的老朋友、老邻居，我说我去。李莉莉递过一张观摩票，精美的观摩票打开，是一幅残荷的国画，背景是用浓墨绘就的残荷图，他用焦墨、泼墨、淡墨将一幅残荷的惨淡景象绘得动人心魄，正面是一个女性的裸体，画家用了夸张变形的笔调将女性的酮体凸显了，那粉色的丰乳肥臀在浓墨的残荷映衬下格外醒目，女性裸体绾起的发髻上插了一朵鲜红的月季花，和裸体模特猩红色的嘴唇一起，呈现出诱惑人的性感。

晚宴后，李莉莉开车送我到酒店，我冲了澡后打开电视，荧屏都是一些调笑娱乐的节目，便将电视关了，却一时没有睡意，眼前晃动着蒋俊才的面容，和那张观摩票上女性的丰乳肥臀。蒋俊才在大学读书时就小有名气，他的一幅国画入选了全国青年美术作品展，记得那幅画画的是知青上大学的题材，村口的一株千年老樟树下，一座老旧的石桥上，老村长送一位背着背包的知青小伙离开山村，他们俩身旁是一辆准备送他出村的手扶拖拉机，背后是一位老农牵着一头水牛，老村长和知青身旁围满了山村的男女娃娃，画幅的生动传神和切合时代得到了评委会的肯定。

当年，我们一起留校后，都住在青年教工宿舍，我们俩是邻居。当时各自仅有一间住房，开头还在走廊里做饭，常常弄得走廊里乌烟瘴气。蒋俊才是"文革"前的老高中生，年龄比我大几岁，他已经成家了，孩子已经读小学了，他的夫人刘老师是他大学同学，毕业后在省城的一所中学任教。记得当年蒋俊才家门口的一口青边瓷器缸里，常常养着荷花，夏日里荷叶旁常常会冒出几朵荷花，蒋俊才常常对着荷花写生。蒋俊才家里有一块大大的画板，几乎像一张床铺一般大，铺开来好像占了房间的六分之一的空间，蒋俊才常常在这块画板上作画，画山，画水，画荷花，画仕女。我常常去他家看他作画，见他提起毛笔，刷刷刷地寥寥几笔，就将一幅幅充满意境的美景画出。

到底是老高中生，蒋俊才知识面宽，文学、哲学、美学都颇有造诣，谈唐诗、说宋词、道元曲，都头头是道；谈亚里士多德、伏尔泰，说尼采、叔本华，都颇有见地。蒋俊才的夫人刘老师是贤妻良母，我们在聊天时，她常常给我们倒一杯茶，并不插嘴，就自己做自己的事情去了。

学校后来为了改善青年教师的住房条件，在青年教工宿舍后面相应盖起了厨房，中间用过道通过去，让每家另外有了一间厨房，走廊里就再也没有乌烟瘴气了。我观赏蒋俊才画画、与蒋俊才聊天时，刘老师就去后面的厨房间。我感觉刘老师是一位内敛的人，她清秀贤惠、夫唱妇随，她不太言语，不喜欢张扬，我们住在隔壁，从来没有听到过她高声说话，也从来没有听到过他们夫妇拌嘴，我总觉得他们俩夫唱妇随，是特别幸福的一对。当时我还没有找对象，心目中的理想对象应该是刘老师这一类女子。

蒋俊才是属于那种才气横溢之人，读书多、善思考、擅表达，因此常常有一些女学生对他入迷，也常常有些女学生登门拜访，那时蒋俊才就会更加激情洋溢，侃侃而谈，走过他的房门口时，只要见到女学生的身影，就会看到蒋俊才声若洪钟挥斥方遒、指点江山的英姿。

有一天晚上，住在蒋俊才隔壁的我，听到了蒋俊才夫妇前所未有的争吵声，模模糊糊听到刘老师嘤嘤的哭泣声中骂着蒋俊才，骂他"狼心狗肺"，骂他"朝三暮四"，骂他"恬不知耻"，他们连争吵也是文质彬彬的，没有那种泼妇骂街，没有那种拍手捶腿。后来我才知道，蒋俊才与体育系一位搞自由体操的青年女教师有染。那位齐老师住在我们一层楼，苗苗条条的，文文静静的，常常在青年教工宿舍门口的草坪上练习自由体操，舞球、舞棍、舞圈、舞绸缎，柔弱无骨、妖娆妩媚，那体形、那舞姿、那神态，都沁出一种美感来。弄美术的对于美有着天然的敏感，蒋俊才常常咬着一只板烟斗，在窗口欣赏齐老师的舞姿，在吞云吐雾间两眼露出沉醉的表情。大约是住在同一层楼的关系，蒋俊才与齐鹤鸣渐渐熟识了，他们很聊得来，蒋俊才不愧很有口才，齐鹤鸣也就常常像我一样出现在蒋俊才家，看他画画，听他聊天，蒋俊才甚至为齐鹤鸣画了几幅画，画她舞动绸带的柔美与潇洒，画她舞动彩球的婀娜与艳丽，蒋俊才用国画的挥洒勾勒出齐鹤鸣美艳的酮体，如一张拉开的弓，像一株柔弱的柳，那运动衫下坚挺的乳房、那结实的臀部，形成美丽的曲线，在墨色为主的画幅上，用大红勾勒她的樱桃小口，用五彩描绘飘动的彩绸，用红黄绿描绘腾起的彩球。我从画幅上看得出蒋俊才动了真情，那种对于美的迷恋、对于女性身体的依恋，从他的画幅中喷薄而出。

那天晚上，蒋俊才夫妇的争吵就源于蒋俊才与齐鹤鸣的关系。那天下午，刘老师的中学开运动会，她回来早了一些。她接到了美术学院院长的电话，让通知蒋俊才立刻去学院参与接待中央美院的一位教授。刘老师四处寻找蒋俊才，也敲我的门询问。后来，刘老师去敲了齐鹤鸣的门，她听到房间里有声音，但是房门久久不开，在刘老师的不断敲击下，房门终于开了，房间里就只有蒋俊才和齐鹤鸣两个人，蒋俊才手里捧着一块写生的画板，画板上是齐鹤鸣裸体的写生。齐鹤鸣嗫嚅地解释说，蒋老师想创作一幅画，让我做他的模特儿。刘老师露出一种鄙夷与谴责的神情，蒋俊才提着画板跟着妻子回了家。谁也不知道蒋俊才与齐鹤鸣之间发生了什么，谁都知道齐鹤鸣给蒋俊才当了裸体模特儿，那天晚上，蒋俊才夫妇的争吵的缘起就在于此。

第二天是星期天，蒋俊才的母亲来了。蒋母像大家闺秀，长得清清秀秀、白白净净，浑身上下收拾得干干净净，花白的头发绾在脑后，她的胸口常常佩戴着两朵栀子花或白兰花，她走到哪里总将那种隐约的花香带到哪里。后来，听蒋俊才聊天时说起，他的父亲是省城有名的大药材商，省城的几个大药房都是他父亲开的，他父亲有五房太太，蒋俊才的母亲是第五房姨太太。大太太掌管着蒋家的财政，蒋老板是一个风流人，家里有了五房太太，还常常去逛窑子，吃花酒。新中国成立后，公私合营时蒋家的药房都归国有了，政府让蒋老板决定与哪房太太过日子，新婚姻法规定一夫一妻制，蒋老板决定与原配夫人过日子，蒋老板知道只有大太太知道怎么照料他，其他的太太几乎都是需要蒋老板的照顾，只有大太太出身官宦人家，其他的姨太太不是出身窑子，就是出身戏子，第五房姨太太原先是采茶戏的名角，蒋老板天天去戏场捧角，终于将采茶戏名角捧回了家，做了蒋老板的第五房姨太太。解放初，五姨太也曾经重登舞台，终于因为荒废太久，老剧目又不能演，而改行成为电影院的工作人员，买卖电影票、打扫影院卫生，五姨太没有再嫁人，她独自将蒋俊才拉扯大。蒋老板后来在"三反""五反"运动中因为藏匿变天账而被判刑，最后死在监狱中。

大概蒋母已经知道了儿子蒋俊才的花哨事，一见面也不分场合，就在走廊里劈头给了蒋俊才两耳光，弄得我们旁边的几个邻居都十分惊诧，蒋母却矜持地对我们笑笑，蒋俊才捂着脸颊灰溜溜地躲进了房间，后来我在隔壁都能听到蒋母对蒋俊才的数落。我知道蒋俊才敬重他的母亲，他知道母亲抚养他长大的不易，蒋俊才的才情很大一部分是遗传了母亲的基因。

那件事情后不久，我考取了研究生，离开了这所大学，研究生毕业分配到另外一所大学任教。后来我知道蒋俊才的一幅以自由体操女教师齐鹤鸣为模特的国画《舞》，获得了全国美展二等奖。蒋俊才后来破格考入了中央美院的博士生，攻读国画专业的博士学位，毕业后就留在中央美院，成了一位有名的画家和学者。虽然我们之间没有了交往，但是常常能够在新闻媒体上看到蒋俊才的有关信息。

二

第二天上午 8 点半，李莉莉开车来宾馆接我，我们去中国美术馆参加蒋俊才个人美术展览"残荷"的开幕典礼。

坐落在东城区的中国美术馆仿古楼阁式建筑端庄华丽，黄色的琉璃瓦在早晨的阳光下熠熠闪光，毛泽东主席 1963 年题写的馆额"中国美术馆"大气磅礴。美术馆门口竖立着一块巨大的广告牌，牌上是"残荷"美术展的海报，依旧是那幅以残荷为背景的裸体女性画幅，到底放大的画幅与观摩票上的感觉不同，海报的画幅充满了诱惑力和艺术张力，甚至让人产生一种走进画境的想象。

美术馆大门口一身灰色绸缎中装、胸戴红花的光头，就是阔别多年的蒋俊才，他原先的一头秀发剃光了，在琉璃瓦的映衬下"光彩熠熠"，方面大耳的蒋俊才神采奕奕、笑容可掬地迎候来宾。我赶紧跨上几步，握住了蒋俊才的手，说："蒋兄，多年不见！您还认识我吗？"蒋俊才看了我一眼，故作幽默地说："丛弟，不认识你了！你不就是那个著名的文学评论家吗？！"显然，我们之间虽然很久没有往来，但是对相互的信息仍然十分关心。"祝贺蒋兄的美术展开幕！"我真诚地握着他的手说。"谢谢捧场！谢谢赐教！"蒋俊才拍了拍我的肩膀。

我见蒋俊才身旁站着一位女子，颀长的个子，穿着一件十分合身的织锦缎藕色旗袍，旗袍上绣着残荷的画幅，一看就知道是蒋俊才的笔墨，她的胸口也佩戴着与蒋俊才一样的胸花，我礼节性地上前与这个女子握了握手。蒋俊才给我介绍说："丛弟，这位是你的嫂夫人秦雪麓。"我有些不解地望着蒋俊才，我想你的夫人不是刘老师吗？蒋俊才急急忙忙地迎着从轿车上走下的一位官员而去，我与李莉莉一起匆匆走进了展厅。我有些不解地问李莉莉："蒋俊才的夫人不是在中学任教的刘老师吗，现在怎么换了一位新夫人？"李莉莉说："现在老夫少妻是一种时髦呀！这有什么奇怪的？说明人家有魅力！"我仍然觉得有些怪异，到底当年我是看到过蒋俊才与刘老师夫妇的美满生活的。当年刘老师是我心目中贤妻良母的典范，不知道是蒋俊才抛弃了妻子，还是刘老师离开了蒋俊才。

在美术馆大厅正面的墙上是"蒋俊才'残荷'画展开幕式"几个大字，一看就知道出自蒋俊才的墨迹，主办单位是中央美院。嘉宾们逐渐移步大厅，蒋俊才的新夫人秦雪麓主持开幕式。虽然秦雪麓也明眸皓齿，虽然也眉目传情，但是我心目中的蒋夫人仍然是那满脸贤惠的刘老师，那样自然、坦然、释然，而眼前的蒋夫人虽然年轻，但是总有几分矫揉造作。开幕式有文化部副部长、中央美院院长等致辞，也有画界巨头致辞，最后由蒋俊才本人致答谢辞。蒋俊才在致辞中感谢出席开幕式的官员、嘉宾，他还特意提出感谢他的夫人秦雪麓，感谢夫人对他事业的支持，感谢夫人给予他各方面的关照。我站在听众中轻轻地鼓掌，恍然间，我将穿着灰色绸缎中装的蒋俊才看作了一个乡绅、一个暴发户，那种方面大耳的脸庞中好像多了几分虚伪与狡诈。

开幕式结束了，我与李莉莉跟随着达人们移步展厅，观摩蒋俊才绘画展。

我在蒋俊才的一幅幅画幅前流连，显然他的画已经进入了一种独特的境界，他以前描绘的小荷才露尖尖角，他以前描绘的荷花绽放、莲蓬结籽，都已经销声匿迹了，没有了"接天莲叶无穷碧，映日荷花别样红"的境界，呈现在我面前的是各种残荷景象。这一幅是《秋风中的残荷》：荷塘中的残叶遭受着秋风的摧残，风将残荷的叶片刮得匍匐在水面上，那种被摧残、被蹂躏的感觉，让我想到罗丹的雕塑《老娼妇》；那一幅是《雷电中的残荷》：以层层叠叠、乌云密布的黄昏为背景，一道闪电划开云层劈向荷塘，荷塘中的残叶如同受到了惊吓一般，那残荷的荷叶在闪电的映照下，像一张惊恐万分的脸。这一幅是《牧牛残荷图》：一牧童倒骑牛背上，横吹短笛，那荷塘残叶翻卷，若聆听笛声，那牧童的天真无邪，那远山的隐隐约约，让画幅洋溢着独特的意境；那一幅是《荷塘倦容图》：一仕女手握团扇，在秋菊金黄背景的荷塘前，在残荷凄凉的境界里，手握一卷诗稿，在一张古色古香的躺椅上，伸着懒腰，打着哈欠。看得出蒋俊才残荷图中，浸透了中国古诗词的意境，也融汇了现代派的一些元素，画幅中的女性大多是以蒋俊才的夫人秦雪麓为模特儿的。

在画展休息区的角落，主办者特意安排了咖啡和红酒，我与李莉莉各自倒了一杯红酒，走到蒋俊才的身边，举起酒杯与蒋俊才碰杯，表示对于画展的祝贺。我很想问问蒋俊才前妻刘老师的现况，我想了想还是忍住了。我的脑海中突然溢出杜甫《佳人》的诗句："但见新人笑，哪闻旧人哭。"我回想起那年我在蒋俊才家隔壁听到他们夫妇的争吵声，听到刘老师嘤嘤的哭泣声和义愤填膺的斥责声，难道一切都是早有预兆的吗？

三

母校邀请我回校讲学，我欣然接受，去见见老师、见见同学，何乐而不为呢？演讲被安排在母校新建的图书馆演讲厅，听众主要是在读的研究生，等我登台一看，不禁吓一跳，台下坐着好几位当年教过我的老师。在稍稍按捺住紧张的心情后，我真诚地向莅临会场的老师们鞠躬，说我是向我的老师们汇报来了。演讲很成功，演讲后与听众进行了互动，研究生们提出了不少问题，有关于学位论文选题的，有关于文学研究方法的，也有关于近年来学界抄袭之风的，我都十分实实在在地回答，一些难以在公众场合回答的问题，我便以让我考虑考虑为由自己找台阶下了。

晚饭后，我回到母校的宾馆，独自出门散步，在月牙湖边走了几圈后，就向我以前的旧居走去。这幢六层的教工宿舍还在，后面新加筑的厨房也在。我走上楼梯，走到我原先居住的房门前，显然这里早已有别人居住了，隔壁原先蒋俊才住的房间应该也早已换了房主吧！大概因为我太关注蒋俊才前妻刘老师的现况了，我敲了敲门，开门的显然不是刘老师，更不是蒋俊才，是一位青年男老师，大概像我当年刚留校时的年纪。他看看我，问："先生，您找谁啊？"我说："不好意思，我原来也在这个学校当老师，我原来住在你住的房间的隔壁，现在抽空回来看看。"那年轻男老师笑了笑说："你原来住的房间，现在住的是魏建国，是化学系的，最近出国开会去了。我是美术学院的，我教油画，中央美院毕业的。"

"原来住在你房间的蒋俊才也是美术学院的，现在在中央美院。"我对他说。

"蒋俊才教授，我知道，他现在在中央美院！"他有些肃然起敬地说。

我问起蒋俊才的前妻刘老师，小伙子说他不知道，大概他来这个学校前他们就离开了。小伙子告诉我体育学院有一位教体操的女老师还住在这幢楼，她大概了解他们的情况。

我看看手表，才8点半。我按照小伙子的指点，敲响了体操老师家的门。房间里的人打开门，我一看，居然是我认识的齐鹤鸣老师！这么多年不见，虽然她已经徐娘半老，但是风韵犹存，虽然与年轻时相比，她稍稍发福了一些，头发也有些花白了，但是与我这样的走向发福的人相比，她仍然是苗条的。我问："齐老师，您还认识我吗？"

她仔细看了我几眼，有些恍然大悟似的握住我的手说："丛海峰，我们以前还是邻居呢！"齐鹤鸣热情地给我让座，说："一晃快三十年了！我们都老了！"

"我老了，你还没有老！"我接过齐老师端来的茶水回答。

齐老师告诉我，她其实在青山湖边有一套别墅，距离学校有不少路，她没有还这里的房子，她一般有课或者有事就住在这里，这样更加方便一些。

谈话间，我就问起了蒋俊才夫人的情况。齐鹤鸣说，蒋俊才现在在中央美院当教授，当年她与蒋俊才其实没有超过同事之间的关系，只是她当了几回义务的模特儿，当时也闹得学校里议论纷纷。我说我听说了一些，具体的细节也不清楚，也没有听说您与蒋俊才有什么桃色事件，我们好像又回到了当年与蒋俊才一起聊天的状态。

齐鹤鸣苦笑着说："其实，那也是蒋俊才苦苦哀求的，他说他要创作一幅画参加全国美展，让我帮帮他，我当时觉得与他谈得来，帮帮他也没有什么大不了的。谁知道后来事情闹得这么大，蒋俊才的母亲亲自去我们体育学院找领导告状，我当时是有嘴也说不清啊！"

"真的是往事不堪回首啊！"我感慨地说。"我离开后，蒋俊才夫妇之间发生了什么？"

"其实，那件事情以后，我几乎躲着蒋俊才，再也不与他见面，更别说当他的模特儿了！你知道刘老师是一个比较内向的人，她倒没有四处说，只是与蒋俊才处于一种冷战状态，她仍然承担了全部家务，买菜、做饭、辅导儿子，但是她几乎很少与蒋俊才说话，甚至在这幢楼里也很少能够听见刘老师的声音。我也曾经与刘老师几次在楼道里撞见，她只是对我微微一笑点点头，虽然她的眼神中露出一丝幽怨与嫉恨，但是她是那样矜持朴实。"齐鹤鸣捋了捋一缕掉到眉间的头发说。

"后来蒋俊才怎么与刘老师分手的？"我想直奔主题，我没有用"离婚"这个词。

"你知道蒋俊才是一个比较外向的人，他喜欢思考、喜欢表达，处在家庭的那种冷战氛围中，他经受着煎熬。刘老师依旧上班下班、买菜做饭，只是变得更加沉默寡言。你知道蒋俊才原来常常画荷花，画那种小荷才露尖尖角的荷花，画那种含苞待放的荷花，画那种临风绽放的荷花，那一阵子蒋俊才开始画残荷，画深秋季节焦黄的荷叶、残败的荷塘，那种怨恨、那种焦灼、那种愤懑流泻在画笔上、画幅间。"齐鹤鸣很有几分对于绘画的鉴赏力。

我瞪着一双迷惑的眼睛望了望齐鹤鸣，我想尽快知道谜底。

齐鹤鸣品了一口茶，又说："后来的事情是我们都没有想到的，蒋俊才后来在美术学院有一间个人的画室，他常常去画室看书作画。蒋俊才让一位女大学生到他的画室做裸体模特儿，被另一位女学生撞见了，那位女学生是蒋俊才的粉丝，因为妒忌心而告到学院里，蒋俊才本来就恃才傲物，得罪了学院的不少人。事情被捅到了学校里，正好学校整顿校风校纪，蒋俊才受了处分，被发配到美术学院资料室当资料管理员。后来蒋俊才报考了中央美院的研究生，他是没有读硕士、直接破格报考的博士，被破格录取了。其实，当时他们夫妇还没有离婚，是蒋俊才博士毕业留在中央美院，他去台湾大学访

126

学，对台湾大学的一位女研究生动手动脚，登上了台湾报纸，蒋俊才被称为'袭胸教授'，那时蒋俊才的夫人刘老师提出的，那时她才与蒋俊才离婚的。"

"那么蒋俊才的儿子呢?"我问。

"他的儿子后来出国留学了，蒋俊才考取博士生后，刘老师把蒋母接了过来，她精心照料蒋母，他们夫妇俩离婚后，刘老师仍然与蒋母住在一起，直到给蒋母送终。刘老师是好人哪!"齐鹤鸣发自内心地赞叹道。

"我当年找对象还以刘老师为参照呢! 刘老师确实是一位有着中国传统美德的女性!"我感慨地说。

我与齐鹤鸣互留了手机号，我们以后可以保持联系，一别三十载，往事历历啊!

时间不早了，我向齐鹤鸣告辞了，真心谢谢她的款待，谢谢她讲述的故事。

我独自在六月的校园里漫步，不知道哪里传来隐隐约约的栀子花的香味，记得当年校园月牙湖边有一丛丛栀子花，我向月牙湖走去，果然看到湖边的栀子花开了，我的眼前突然出现了蒋俊才母亲的身影，那清清瘦瘦、干干净净的老人，那执着顽强将蒋俊才抚养大的老人，眼前也晃动着蒋俊才方面大耳的国字脸，晃动着蒋俊才前妻刘老师贤惠幽怨的眼神。

四

中午，在省城的几位当年的学生设宴款待，那是我在这所大学任教担任班主任时的学生，现在也大多年近花甲了。在酒足饭饱之时，突然接到了齐鹤鸣的电话，她在电话里十分兴奋地告诉说："说曹操，曹操就到。我们昨晚谈论蒋俊才，今天早上接到蒋俊才的电话，他告诉我他已经到了这里，他将在省博物馆举办他的个人画展，他先来看看展馆，接下来就会派人来布展。今天晚上我做东，为蒋俊才和您接风，您一定要来啊!"齐鹤鸣有些兴奋。

我问清楚了聚会的地点，告诉齐鹤鸣我一定去。

六月的省城温度已经开始升高了，中午穿一件短袖衬衫还有些热，午宴一直吃到下午2点，学生开车把我送到母校的宾馆，我冲了个凉，就上床休息了。睡梦中手机响了，拿起手机问："哪位？"话筒里传出一个浑厚的男中音："是我，蒋俊才！今晚聚会你一定来啊！""我当然会去，人生三大幸事：洞房花烛夜，金榜题名时，他乡遇故知，我们是故乡遇故知，更应该聚会了！"我肯定地说。

5点刚过，我就迫不及待地出门打车，往荷花大酒店而去，晚宴安排在那里。

推开酒店的大门，见大厅里有一池荷花开得正盛，粉红的、洁白的、含苞欲放的，有几位姑娘在荷花池边拍照。

进入包厢，齐鹤鸣已经到了，她在忙碌着点菜。齐鹤鸣故作神秘地说："我今天还请到了一位稀客，你今天来得值了！"

我问稀客是谁，齐鹤鸣诡谲地说："您别急，等一下您就知道了！"

客人陆陆续续到来，大半是我的熟人，也有几位不认识的，齐鹤鸣一一进行了介绍。

蒋俊才到了，穿了一身香云纱的短袖中装，光头刮得锃亮，身边是他那位新夫人秦雪麓，穿着一条绘着盛开荷花的连衣裙。齐鹤鸣让大家都入座，最后出现的竟然是蒋俊才的前妻刘老师，不知道齐鹤鸣是否告诉蒋俊才请了刘老师，我见蒋俊才见到他的前妻，神色有些尴尬与内疚。

刘老师显然已经显得有些苍老了，与依然精神矍铄的蒋俊才相比，显然在精神气等方面不能同日而语。刘老师款款地在我身旁坐下，这也是齐鹤鸣特意安排的。刘老师认出了我这个老邻居，她与我握了握手，在这个六月天，她的手居然那么凉！我问她现在怎么样？刘老师淡淡一笑说："我刚从美国回来，在儿子那里住了两个月。做义务保姆，给儿子看孩子，现在孩子大了一些，我还是回来了，我还是习惯在这里的生活，美国生活条件虽然不错，但是总也不习惯。"

还没有开宴，蒋俊才给各位送上他新出的题名为《残荷》的画册，画册印刷得十分精美，虽然那些画幅我大多在中国美术馆的展览上看过，但是捧在手里欣赏，感觉还是不一样。在酒杯举起后，宴会开始了，东道主齐鹤鸣表达了对远道而来的客人的敬意和欢迎。

酒宴中围绕着《残荷》的画册展开了话题。蒋俊才仍然是一管板烟斗，他彬彬有礼地征得大家的允诺，让秦雪麓帮他装上板烟后滋啦滋啦地抽了起来。蒋俊才谈论起古人画荷，仍然口若悬河，侃侃而谈："中国古人画荷已成风气，荷花出淤泥而不染，已经成为一种品格的象征。南宋吴炳的《出水芙蓉图》太艳，明代陈红绶的《鸳鸯荷花图》太丽，清代恽寿平的《荷花芦草图》太冷，清代唐艾的《荷花图》太粉，清代吴振武的《荷花鸳鸯图》太实，清代恽冰的《蒲塘秋艳图》太娇，我还是喜欢明代徐渭画荷清新奇巧、浓淡相宜，我还是喜欢八大山人朱耷画荷用笔放逸，独具生气。"

我接着蒋俊才的话题说："古人写荷花的诗也很多，唐代李白《渌水曲》'荷花娇欲语，愁杀荡舟人'，太娇；宋朝杨万里《红白莲》'红白莲花开共塘，两般颜色一般香'，太实；宋朝苏洞《荷花》'荷花宫样美人妆，荷叶临风翠作裳'，太艳；宋朝白玉蟾《荷花》'小桥划水剪荷花，两岸西风晕晚霞'，有境界；宋朝释仲殊《荷花》'水中仙子并红腮，一点芳心两处开'，有意味。写荷花多，写残荷少。写残荷诗如唐代李群玉《北亭》'荷花开尽秋光晚，零落残红绿沼中'，有意境；晚唐李商隐《宿骆氏亭寄怀崔雍崔衮》'秋阴不散霜飞晚，留得枯荷听雨声'，有心境。"

刘老师到底是学美术的，她淡淡一笑说："其实古人无论画画，还是作诗，把自己的心境、性情融入画作中、诗歌里，大概是作品更有韵味的原因吧！"激起大家的掌声。

话题从荷花转入现实，又从现实转向过去，就有人叩问蒋俊才当年借用齐鹤鸣当模特儿的事，叩问者略去了"裸体"两字。

齐鹤鸣立即接过话题说："这是三十年前的冤案，现在我当着蒋俊才的面，当着刘老师的面，当着大家的面，我毫无愧色地说，我当年是清白的，我与蒋俊才只是朋友关系！不然我今天也不会请客，我也不会让蒋俊才与刘老师一起来！"酒宴上突然之间清静了，大家放下酒杯望着齐鹤鸣，望着刘老师，也望着秦雪麓，大家都有些不知所措。

坐在我身旁的刘老师落落大方地站起身，她举起酒杯说："都是老黄历了，谢谢齐老师，谢谢大家，我相信齐老师说的，我与蒋俊才夫妻一场，虽然我们分手了，我仍然希望他过得好，今天我出席聚会，也想看看他，看看他的夫人。我衷心祝福蒋俊才、秦雪麓夫妇幸福！"

蒋俊才有些动情，他站起身举起杯，对着他的前妻说："谢谢您，谢谢您对我的宽容，谢谢您代我为母亲送终！谢谢您给我们的祝福！"

秦雪麓也站起身给刘老师敬酒，她好像不知道怎么称呼，最后还是说："刘老师，谢谢您！谢谢您！"

酒宴尾声中，大家纷纷给齐鹤鸣敬酒，感谢她的精心安排，感谢她的破费。齐鹤鸣却真诚地给大家敬酒，说："其实，应该我来感谢大家，是大家给了我一个机会，澄清三十年来埋在我心中的委屈，谢谢大家！"

在大家起身离开时，蒋俊才走近刘老师的身边说："能否请您帮一下忙，明天陪我们去给我妈妈的墓祭扫？"刘老师站起身，点点头。

我捧着蒋俊才的画册《残荷》离开酒店，齐鹤鸣送我回母校宾馆，我忽然想到，我问齐鹤鸣："你说蒋俊才画残荷蕴含着怎样的情感？你看刘老师现在是否有一种残荷的意味？"

齐鹤鸣笑笑说："我看刘老师的境界很高，她宽恕了过去的一切，我听说她现在在几个老年大学开设美术课，很受欢迎，她活得比我们都充实，你、我，还有蒋俊才，都还在为名声所累的时候，刘老师却早已超脱了，否则她也不会出席今天的聚会。"

我突然想到李商隐的诗《暮秋独游曲江》："荷叶生时春恨生，荷叶枯时秋恨成，深知身在情长在，怅望江头江水声。"这首诗将恨与荷叶融在一起，因为情长在而生恨，而现在的刘老师情长在却摆脱了恨，这是一般人难以做到的。我愿天下有情人都成眷属，我愿天下无情者都摆脱憎恨。

原载《小说界》2016 年第 6 期

北戴河之恋

将虚构的故事放在真实的场景中，把怀旧的情绪寄寓在塑造的人物上。

一

北戴河之行，成了刘海翔的一个绮丽的梦；北戴河之行，成了戴娜娜的一个反省的梦。

刘海翔参加北戴河休假团，抵达北戴河××之家时，他做梦也没有想到居然与阔别25年的女同学戴娜娜邂逅了。在××之家的登记处，是戴娜娜先认出了他，她喊了一声："刘海翔，老同学！"戴娜娜穿了一身墨绿色的连衣裙，胸口的一朵黄色绢菊花特别显眼。刘海翔居然一时没有认出她，戴娜娜却张开双臂迎了过来。刘海翔瞪着一双迷惑的眼睛问："您是?""我是戴娜娜啊！你不认识老同学了吗?"戴娜娜几乎是扑了过来，一把将刘海翔拥抱在怀里，弄得一旁的刘海翔夫人陈雪雅有些不知所措，好像是蓝天里飞来的一只苍鹰，将羊群里的一只领头羊叼走了一般。

刘海翔几乎是挣脱出戴娜娜的怀抱，赶紧介绍说："这是我大学同学戴娜娜，这是我太太陈雪雅。"到底是诗人，戴娜娜还是那样热情，她上前一步拥抱了刘夫人，当然是礼节性的，不像拥抱刘海翔那样激情万分，刘夫人在高挑的戴娜娜怀抱里，有几分尴尬，她笑了笑。

戴娜娜松开拥抱，对陈雪雅一脸歉意地说："嫂子，别见怪，我们老同学毕业后就没有见过面，上次我们毕业25周年的聚会，海翔去国外讲学了，也没有见到他，今天见了，我有些激动，您别见怪！"陈雪雅将了将被碰落到耳鬓的一缕头发，说："哪能呢，老同学见面当然高兴啰！"戴娜娜拖过她身边的一位女子介绍说："这是我妹妹戴圆圆，这是我老同学刘海翔，这是刘夫人。我妹妹原来是话剧团的演员，现在在省文联工作。"戴圆圆比姐姐苗条，穿着猩红色的连衣裙，长发披肩，手指甲、脚指甲都涂了红色的蔻丹，十分艳丽。刘海翔与戴圆圆礼节性地握了握手，到底是演员，戴圆圆明眸皓齿，脸上的表情比戴娜娜丰富得多。

刘海翔与戴娜娜当年读大学时，都是班级里的活跃分子，他们都喜欢写诗，戴娜娜当时就有不少诗歌发表在报刊上，刘海翔却将大半精力用在毕业论文上，毕业时刘海翔留校任教，戴娜娜被分配去省报当编辑。虽然他们毕业后就没有再见过面，但是他们互相之间的信息还是多少了解一些。戴娜娜后来与报社副老总结婚，生了一个男孩，她的诗歌在全国都有一定的影响，后来她随丈夫南下，在南方的一家报社供职。后来与丈夫离婚，她独自带着孩子。刘海翔后来考取了研究生，毕业后分配到另一所大学任教，后来他又出国攻读博士学位，回国后成为一位全国知名学者。

刘海翔与夫人住在 2405 室，戴娜娜姐妹住 2403 室，他们比邻而居。合上房门打开行李时，刘海翔发现夫人的脸色有些异样，他便悻悻地问："怎么啦？吃醋啦？"夫人撇了撇嘴说："哪有这么多醋吃！你自己不要感觉太好！"等到一切安顿下来后，刘海翔烧了一壶水，泡了一杯绿茶。他突然听见妻子说："刘海翔，你老实交代，你当年与戴娜娜有没有暧昧关系？""哪能呢？你'暧昧'这词用错了，我们读书时是好朋友，根本没有其他任何关系，你别瞎猜啊！"刘海翔解释道，脸色却有些不自然。

晚饭 6 点开始，刘海翔去敲了戴娜娜的门，看得出她们姐妹俩都精心打扮了，她们都换了便装，虽然没有涂口红，但是从眉眼间略施粉黛可以看出。吃饭时是圆桌，自由组合，落座后，大家做了自我介绍，另外六人，一家是诗刊退休主编夫妇带着小孙子，另一家是作家祁樱花与女儿，还有一位是现代派男诗人笔名叫杂乱的，他颇有一种中西糅合现代派的风度，穿着对襟的中装上衣，头顶上是扎起来的一个小辫。晚上的菜很丰盛，海螃蟹煮南瓜、鲜炒蛏子、蛤蜊蒸蛋、麻辣鸭头、红烧鲈鱼，戴娜娜建议用公筷，大家一致赞成。大概都饿了，一桌菜风卷残云，不一会儿，大多数盘子就见底了。

饭后，妻子说要上楼洗澡，刘海翔说要在院子里散散步。××之家坐落于安一路，毗邻中华全国总工会疗养院，现在已经过了盛夏，院子里有两株银杏树，一株的叶子已经泛黄，另一株的叶子还是青绿的，还有几棵松树，翠叶虬枝显得颇有生气。最奇的是院子里的两株核桃树，枝繁叶茂果实累累，累累果实已经将树枝压弯了，几根木棍将坠落的树枝支起。核桃树下白色钢铸座椅已经坐了人，抽烟聊天一副悠闲状。刘海翔散了一会儿步，他在核桃树下的白色座椅上坐下，点起一支烟吞云吐雾，在烟雾的袅袅中，闭目养神，放松身体、放松心情。

"闭目养神啊?!"戴娜娜站在刘海翔的面前，刘海翔睁开眼，让戴娜娜坐下。

"大教授，我们已经25年没有见面了！时间真快啊！我已经变成了一个老太太了！"戴娜娜感叹说。

"大诗人，你还年轻啊，我记得你比我还小三岁呢！你现在生活得怎么样?"刘海翔推了推鼻梁上的眼镜问。

"还能怎么样啊？自从八年前与老熊离婚后，我就独自带着儿子，现在儿子已经出国工作了，我也轻松了。"戴娜娜脸上露出一种满不在乎的表情。

"没有想再成一个家？不找一个老来伴吗?"刘海翔真诚地问。

"不想再折腾了，现在这样很好，可以独来独往、无牵无挂!"戴娜娜在刘海翔的手背上亲昵地拍了一下。

"我看到我们班毕业25年聚会的录像，你好像比那时候消瘦多了?"刘海翔小心地选择着字眼问，其实他是想说"你比那时候老了很多"，但是他不能这样说，戴娜娜读书时是学校才貌双全的校花，现在她的脸已干枯了，已经有了明显的老态。

戴娜娜是爽直人，她一针见血地说："你是说我老了吧？不用这样躲躲闪闪的，老了就是老了，这是无法摆脱的事实，我现在常常怕照镜子，我自己都不愿意看我自己这张老脸了!"

"你说的哪里话呀？你依然美丽动人，用我在读书时才知道的那两个词形容，是'风韵犹存''楚楚动人'!"刘海翔亲密地摸了摸戴娜娜的手背。

戴娜娜抬眼望了望院子里的两棵银杏树，说："我就是那株已发黄的银杏树，你还是那株青绿色的！"

"别胡说八道了，我还长你三岁呢！"刘海翔猛吸了一口烟，将烟头掐灭，抛进垃圾箱。

"25周年同学聚会后，我做了甲状腺手术，两边的甲状腺摘除后对人的影响很大，虽然一直在吃药，也不见效，好在身体状况还可以，我还每天练瑜伽，我的瑜伽很专业呢！"戴娜娜笑了笑，站起身金鸡独立，将一条腿往上伸直，将两手合十，颇有一点瑜伽功力。

"你的瑜伽功夫不错，很有境界了！"刘海翔赞叹道。

戴娜娜拍了拍刘海翔的肩膀，说："老同学，我要上楼了，明天再聊。"

"Good night！"刘海翔挥了挥手，习惯性地说了句英语。

二

刘海翔上楼打开房门，妻子陈雪雅已经洗过澡睡着了，大概旅途劳顿，鼾声一声比一声响。

刘海翔洗澡、漱口后，躺上床，熄了灯。房间里两张单人床，他与妻子一人睡一张，互相不干扰。他的眼前都是戴娜娜做瑜伽金鸡独立的那张苍老的脸，好像是经过烤炉的烘烤，那张脸已经没有多少水分，虽然还没有多少皱纹，但是干枯、干涩、干燥，不像读书时才貌双全的戴娜娜。那时，那张鹅蛋脸上容光焕发，每个毛孔都散发着青春的气息，那种青春靓丽、热情洋溢、率真坦诚，让戴娜娜成为学校里的女神，成为许多男同学追慕的对象。戴娜娜是那种敢说敢做的人，读书时她常常喜欢穿白色的连衣裙，有人给她取了个外号"戴梦露"。

空调的声音、妻子的鼾声搅和在一起，让刘海翔难以入眠，他的眼前晃动着读书时戴娜娜那张青春靓丽的脸。

20世纪80年代是一个昂扬向上充满激情的年代，大学成为那些被时代耽搁的大学生的圣地，求学若渴、珍惜时间成为共性，图书馆、教室里常常满座，上课前常常要去占座位，希望坐在前排听清楚老师讲的每一句话。班上不少同学是从农村考来的，大多是已婚的，有的甚至已经有了三四个孩子。

刘海翔考入中文系后担任班分团委文体委员，戴娜娜小提琴拉得好，被推举为班文体委员。刘海翔与戴娜娜为班级文体工作常常需要商量，学校开联欢会、班级搞文艺汇演，他们俩就忙乎了。他们俩又有共同的爱好，喜欢诗歌创作，也常常在一起谈论诗歌艺术。刘海翔性格偏内向，戴娜娜性格偏外向，他们俩合作得不错。

戴娜娜在学校是一个引人瞩目的人物，她的两首爱情诗作发表后，在学校引起轰动。她不仅聪慧，而且艳丽，明眸皓齿，鼻梁高挺，尤其是鹅蛋脸上的一对酒窝，笑起来迷倒了一众男同学。戴娜娜站在舞台上，将她的那把擦得铮亮的小提琴搁在她细长的脖子上，优美的音乐便汩汩流出，让观众目不转睛。戴娜娜是心里憋不住事情的人，很多事情她都会告诉刘海翔。外语系、体育系的几个男生追求她，戴娜娜还将他们写给她的情书给刘海翔看，她甚至给体育系男生的情书改错别字，当着刘海翔面将修改后的情书还给那男生，弄得那高高大大的男生一下脸红到了脖子根。

大约刘海翔与戴娜娜交往多了，他们相互间越来越了解，他们之间好像谁也离不开谁似的。戴娜娜常常缺课，就总将刘海翔的课堂笔记借来抄；刘海翔也抽暇写诗，戴娜娜总是第一个读者。大学三年级第一学期，戴娜娜因为肝炎住院了，是刘海翔用自行车载她去的。戴娜娜觉得浑身乏力、胃口极差，刘海翔让戴娜娜去医院看看，她不想去，卧在床上有气无力，让人怜悯。刘海翔坚持让戴娜娜去医院，当验血报告出来后，戴娜娜被诊断为肝炎。戴娜娜住院后，刘海翔就更忙碌了，他常常为戴娜娜送这送那，他甚至去饭店买些鱼汤、肉汤，用保温饭盒送去医院。有同学提醒说，戴娜娜患的是肝炎，是会传染的，让刘海翔小心，别被传染了，刘海翔却依然我行我素。肝炎痊愈出院后，戴娜娜特地请刘海翔坐火车去他们家吃饭，刘海翔见到了戴娜娜的父母。戴父是军区副司令员，"文革"时被打倒，后来又复出，戴母是部队的女军医，她有着挑剔的眼神。那餐饭吃得很辛苦，副司令员总笑嘻嘻地给刘海翔搛菜，女军医却不断地问这问那，家庭、父母、兄弟，像调查户口似的，弄得刘海翔浑身不舒坦。吃完饭，放下筷子，刘海翔就匆匆离开了，走出大门，刘海翔才长长地舒了一口气。

刘海翔发现最近戴娜娜常常见不到人影，听说她与省报副刊的主编熊龙威来往密切。戴娜娜的诗作常常在省报的副刊发表，戴娜娜的名声越来越大，她已经成为著名青年诗人之一。刘海翔最近忙于学位论文的写作，钻在图书馆里查阅资料，他的论文以当代诗歌为论题，戴娜娜的诗作也成为他论文的研究对象，戴娜娜诗中跳荡的激情、奔放的思绪、大胆的手法常常激荡着他。大约由于久不见面，刘海翔突然觉得有些思念戴娜娜了，他梳理了自己的内心，觉得自己好像爱上戴娜娜了。他写了几句小诗，另外写了几句话，十分含蓄地表达内心的情愫，夹在一本准备还给戴娜娜的书里，让她同寝室的同学转交。刘海翔的小诗题目为《寄情》："飞蛾扑火为光明，粉蝶投花爱芳馨；心底春潮抑不住，烛下挥毫寄痴情。"

情诗转交后，许久没有回音，也没有见到戴娜娜。三天后，在去食堂的路上见到戴娜娜的背影，刘海翔赶紧追了上去，急匆匆地问："你收到了我还你的书吗？""晓茵交给我了。"戴娜娜漫不经心地回答。"看到我给你的信了吗？"刘海翔问。"没有见到信啊？"戴娜娜说。"我夹在书里的。"刘海翔说。"我还没有打开！"戴娜娜淡然地说。后来在班里，上课前戴娜娜递了一张小纸条给刘海翔，上面两行字："海翔，你的信我看了，我觉得我们不合适，请你另择高枝吧！"刘海翔后来才知道，当时戴娜娜正与省报副刊的主编熊龙威在热恋中呢！

刘海翔后来在气馁中写了几首小诗，表达内心的凄苦。《折磨》："摧肝折肠苦太多，自酿苦酒自折磨；纵是月明星稀时，醉中强笑对影说。"《寂寞》："热泪强咽甘寂寞，书斋春秋扉深锁；案前春心雨滴碎，枕中秋梦月照破。"几首诗转给戴娜娜后，如石沉大海，杳无音讯，刘海翔心里空落落的，他此时还不知道戴娜娜已经另有所爱了呢！后来刘海翔觉得戴娜娜在故意躲避他，他也渐渐醒悟了，便又拟一首小诗《绝情》："长夜难眠苦愁多，是热是冷总难说。收拾往事与诗情，抛入大江逐清波。"刘海翔决意与这段单恋的感情诀别，将精力转到学位论文的撰写上，后来论文指导教授给了他优秀的成绩，为他最后留校任教奠定了基础。

毕业前夕，班里决定组织一台毕业联欢节目，这又让刘海翔与戴娜娜合作了一回。刘海翔是分团委文体委员，戴娜娜是班文体委员，从节目的拟定到演员的遴选，从节目的彩排到舞台的设计，他们俩都有商有量的。他们班上人才不少，独唱的、合唱的、表演相声的、跳舞蹈的，一台节目弄得像模像样。节目中少不了戴娜娜的小提琴独奏，刘海翔则参加了男生小组唱。那天，节目在学校大礼堂演出，戴娜娜提出由于舞台灯光很亮，上台演出的男生女生都应该化妆，包括涂抹胭脂、口红。刘海翔生平第一次涂脂抹粉，戴娜娜干练地为大家在教室里化妆。刘海翔与戴娜娜是组织者，他们就让其他演员先化妆，化完妆的演员们先将道具等搬去大礼堂，等到最后戴娜娜给刘海翔化妆时，亮堂堂的教室里只剩下他们俩。戴娜娜先给刘海翔两颊薄施胭脂，她像端详一件艺术品一样，左看看，右看看，戴娜娜的脸离刘海翔那么近，那对扑闪扑闪的大眼睛，那眼睛上长长的睫毛，那个挺直的鼻梁，尤其是那已抹了猩红口红的唇，那么诱惑地呈现在刘海翔的眼前。戴娜娜为刘海翔抹口红时，她的鼻息就在刘海翔脸上拂过，她的胸脯就在刘海翔的胸口贴着，弄得他心旌摇荡，难以把持，望望空荡荡的教室，刘海翔突然奋不顾身地向戴娜娜吻去。在突然的惊愕过后，戴娜娜更是以一种近乎疯狂的举动，狂吻着刘海翔的双唇，她两手捧住刘海翔的脸，狠狠地吻着、啃着，弄得刘海翔透不过气来，几乎窒息。等到刘海翔几乎是强行推开戴娜娜时，望着刘海翔惊愕的表情，戴娜娜不禁哈哈大笑了。

　　人是一种复杂的高级动物，在戴娜娜的心里，熊龙威就像一间宽敞的大房间，在里面可以有舒适的生活，却缺乏生活的情调；而刘海翔却像一间逼窄的小阁楼，虽然可以有生活情调，但是却不舒适。与熊龙威的交往让戴娜娜的诗作在省报屡屡刊载，戴娜娜也希望能够去省报当编辑，但是她在与熊龙威的交往中，总觉得熊龙威过于老谋深算，常常猜不透他心里想什么，她有时想断绝与熊龙威的交往，但是她已经成为熊龙威鹰爪下的猎物，那锋利的鹰爪已经扣进了她的肉里，她摆脱不了了。刘海翔真诚朴实，像一汪清泉一眼望得到底，她知道刘海翔对她的真情，但是她觉得自己不能辜负了他，内心的种种矛盾让她故意疏远刘海翔，当刘海翔突如其来地亲吻了她后，戴娜娜潜伏在内心的真情被激发了，她便呈现出火山喷涌般的激情，弄得她自己也有些莫名其妙了。

　　他们补了妆匆匆赶去了礼堂，演出非常成功，这成为他们班毕业前的一次辉煌，也成为刘海翔一生中最难忘怀的记忆，那是刘海翔的初吻。

　　毕业后，刘海翔留校任教，戴娜娜去报社任编辑，后来戴娜娜与熊龙威结婚了，婚礼没有邀请刘海翔。后来戴娜娜与熊龙威双双去了南方某城市一家报社工作，戴娜娜成了全国知名的诗人，熊龙威成了报社老总，后来传闻戴娜娜与熊龙威离了婚。

　　妻子的鼾声依然此起彼伏，刘海翔的脑海中演绎着大学生活的一幕幕，不知何时他也迷迷糊糊地睡着了。

三

　　当南方各地迎来高温季节时，到北戴河避暑是一种休养生息，这里已经过了盛夏，气候宜人温度适宜，甚至在房间里可以不开空调，稍稍打开一点窗就可以安然入睡。

　　清晨，刘海翔被窗外院子里的声音吵醒，推开窗户一看，院子里有一位拳师在教太极拳，拳师一身中式缎子对襟衫裤，举手投足间有飘飘欲仙的感觉。跟着学太极拳的七八个人，从背后看去身材高高矮矮瘦瘦胖胖，戴娜娜匀称的身影在人群中有种鹤立鸡群之感，她穿着平时练瑜伽的绿色练功服，像一株绿色的橄榄树，充满着生气。刘海翔洗漱后匆匆下楼，跟随大家一起学太极拳。见到刘海翔，戴娜娜回头微微一笑，刘海翔想起昨夜他对校园生活的回忆，不禁对戴娜娜颇有意味地笑笑。大概由于做瑜伽，戴娜娜的身材仍然保持得很好，曲线优美、动作端庄，刘海翔跟在她背后一起学打太极拳。

　　早饭的时候，戴娜娜对刘海翔说，她昨晚想到了他们大学的生活，刘海翔有点吃惊地说："我昨晚也想到了我们的大学生活！"戴娜娜说："我们班已经有五个同学作古了！"刘海翔说："我知道体育委员马壮清是出车祸去世的，打篮球的周文雄是心肌梗死走的。还有谁呀？""那个喜欢跳舞的周丽丽是被她丈夫杀死的，丈夫说她出轨。家在农村的班长齐铁生在县中学当老师，在一次回家途中，他骑的自行车经过抽水机的电线，电线漏电，他当场触电而亡。还有那个喜欢抽烟的老烟枪顾峻峰是得肺癌去世的。"戴娜娜有些感伤地说。

　　吃早饭时，诗人杂乱将他新出版的一本诗集《流浪之讴》送给戴圆圆，她笑嘻嘻地接过念起诗集名字，她将"讴"念作了"区"，诗人杂乱给她纠正说："念'讴'，不念'区'，讴歌的'讴'。""什么讴哥讴妹的，念字念一边，大多是不错的！"戴圆圆忸怩作态地说。她今天穿了一件粉色的吊带裙，肩背露出的地方不少。诗人杂乱无奈地说："随你吧，你想念什么就念什么吧！"

北戴河××之家安排的休假活动科学合理，活动都安排在上午。今天上午游览鸽子窝公园，一辆大巴、一辆中巴载休假团成员往目的地而去。见中巴比较空，刘海翔就登上了中巴，今天陈雪雅穿了一件红色露肩的连衣裙，小鸟依人似的坐在刘海翔身旁。戴娜娜穿了一袭藕色的吊带裙，披着棉麻米色的披风，戴了一副宽边的墨镜，提着一只麦秆编织的挎包，她坐在了刘海翔夫妇的身后。刘海翔问戴娜娜："你妹妹没有上车啊？"戴娜娜说："让那个梳小辫子的诗人叫去了那辆大巴！"

鸽子窝公园位于北戴河海滨东北角，因临海悬崖曾是野鸽的栖息地而命名，这里被誉为观赏北戴河日出的最佳处，1954 年夏，毛泽东在此写下《浪淘沙·北戴河》的不朽诗篇。下车后，在说明了集合的时间、地点后，女导游就"放羊"了，让大家自由活动，休假团就五个一组、六个一拨闲逛起来。刘海翔、陈雪雅、戴娜娜、戴圆圆、诗人杂乱就自然地形成一组，他们登临海畔的崖石。戴圆圆忘了换鞋，她穿着一双猩红色的高跟鞋，显然走山道有些费力，诗人杂乱屁颠屁颠地为她提着那只米色香奈儿名牌包，落在了后面，陈雪雅挽着戴娜娜胳膊登上了崖顶。右首海滩美景一望尽收眼底，一湾沙滩上一个个鸟窝一样的遮阳篷，沙滩上的游人和游船，拍岸的碧蓝海水和海滩的红屋顶，形成一幅令人心旷神怡的海景图，陈雪雅兴奋异常地伸出双手大喊："大海，我来了！"像一个乳臭未干的孩子。

走进金碧辉煌的望海长廊，那雕梁画栋、那花卉鸟虫，让人恍若走在颐和园。不少游人在长廊里小憩，长廊右首是酷似雄鹰屹立的鹰角石，这因地层断裂形成的临海悬崖，就像一只展翅的雄鹰即将腾飞。戴娜娜建议以鹰角石为背景为刘海翔、陈雪雅夫妇拍合影，陈雪雅挽着刘海翔，她的一袭红裙在蓝天碧海的映衬下十分醒目。陈雪雅提议为刘海翔和戴娜娜也拍一张合影，戴娜娜落落大方地上前，也挽住老同学的胳膊，露出迷人的笑容。

139

他们沿着台阶来到毛泽东塑像前，被塑造在山石上的毛泽东塑像临风眺望，大氅被风吹起了一角，基座大理石上刻着毛泽东的词《浪淘沙·北戴河》。刘海翔说："毛泽东是最有帝王气的领袖，他的诗词都洋溢着舍我其谁的帝王豪气。"戴娜娜说："从诗人词人的角度来说，毛泽东的造诣当代领袖无人能比，你看这首词开篇就将浩渺阔大的北戴河海景绘出。词的下阕回溯历史、观照现实，借用魏武帝曹操班师回朝观海上日出时写下《观沧海》之事，抒写伟人换了人间的博大胸襟。"戴娜娜不愧是著名诗人，她对毛泽东的诗词有非常深刻的理解。

他们登鹰角亭观海、临鸳鸯湖望舟，滨海的大潮平上，一艘艘海蓝色的木船或搁浅、或漂浮，游客纷纷赤脚下海，捡海蛤蜊，挖海螃蟹，一群群白鸽在沙渚上觅食，一瞬间张开翅膀飞上蓝天，像腾起一片片白云。他们仨沿着竖有荷兰风车的木栈道，慢慢走向门口的集合地。过了许久，他们才看到诗人杂乱扶着戴圆圆一瘸一拐地走来，杂乱解释说："圆圆刚才下坡时，不小心扭了脚踝。"他已经省略了戴圆圆的姓。戴圆圆噘着樱桃小口说："这个鬼地方，没有啥玩的，现在脚崴了，明天怎么出行呢？"戴娜娜说："不碍事，我那里有伤筋膏药，用热水敷敷，再贴上膏药，很快就会好的！"返程的车上，戴圆圆坐到中巴上，姐姐戴娜娜不停地揉搓着戴圆圆的脚踝。

四

晚饭时，食堂的入口处有晚上放映电影的小海报：7点40分在会议室放映电影《身为人母》。女主角是因主演电影《泰坦尼克号》成名的凯特·温斯莱特，男主角是参与过电影《歌剧魅影》拍摄的帕特里克·威尔森，大概因为《身为人母》中有一些暴露的镜头，海报规定谢绝未成年者观摩。晚饭后，刘海翔、陈雪雅夫妇早早来到放映室，他们并排坐在第三排，不一会儿戴娜娜穿着宽松的真丝套服进了门，陈雪雅热情地让戴娜娜坐在刘海翔的另一边。灯关了，电影开始了。这是一个情感出轨的故事：家庭主妇萨拉曾是个文学硕士生，婚后因不满家庭主妇的角色而心情压抑，夫妻关系有名无实。布拉德是法学院毕业生，妻子凯西是位女强人，夫妻间的隔阂越来越大。两位同样带着孩子压抑的男女布拉德和萨拉在小区里结识了，他们俩时常在社区游泳池相会，他们甚至约定准备私奔，却在萨拉寻找走失的女儿、布拉德在玩滑板摔倒受伤后，各自又回到了原来的生活轨迹。电影中有布拉德和萨拉在家中厨房里偷情的场景，看到这里，刘海翔突然触到一只小手，一只细腻润滑的小手，悄悄地握住了他的手，最初他还以为是夫人陈雪雅的手，后来一想不对，近来他们夫妻的感情出现了裂痕，他们之间已很久没有肌肤接触了。刘海翔转眼一望，是坐在他左面戴娜娜的手，而不是右边陈雪雅的手，刘海翔的心抽紧了，戴娜娜的手紧紧地握住了他的手，刘海翔不敢声张、不敢有任何动作，他胆怯地转眼望了望妻子，只见她聚精会神地看着荧幕，刘海翔用另一只手轻轻地按住了戴娜娜的手。

电影快结束时，刘海翔赶紧抽出了自己的手，他竟然发现他的手心出汗了。灯亮了，陈雪雅似乎还沉浸在电影的情境中，她问刘海翔："电影结尾的那句旁白什么意思？""哪句旁白？"刘海翔回答，其实他后来根本就没有心思看电影了。"最后的画外音说：'你不能改变过去，但未来却可以是一个不同的故事。'""那是说主人公虽然出轨了，但是终究他们的生活不会有任何改变。"刘海翔漫不经心地回答。"这应该是一个开放式的暗示，告诉观众他们未来人生可能会演绎另外一个不同的故事！"走在另一边的戴娜娜扑闪着眼眸说。

陈雪雅是今年4月退休的，原来在学校教务处任职的她，现在闲了下来，整天待在家里，买买菜、做做饭，成了一位典型的家庭妇女。闲下来时，陈雪雅的兴趣是炒股票，她打开电脑，看看股市行情；打开收音机，听听股市动态；打开电视机，看看行家谈论股市。作为学者的刘海翔就不习惯了，他以往有课就去上，没有课基本就在书斋里读书撰文，他需要一个安静的环境，现在妻子退休了，家里整天闹哄哄的，让刘教授时刻不得安宁，他想思考问题也静不下心，他想写论文却没有思路。妻子的情绪则随着股市的涨跌而变化，股市涨了她兴高采烈，股市跌了她垂头丧气。刘教授现在才知道当年"一二·九"运动中提出的"华北之大，竟容不下一张安静的书桌"的真实感受，他现在才感受到他们的屋舍之大竟然也容不下一张安静的书桌了！后来陈雪雅甚至占领了刘海翔的书房，她说书房里的台式电脑屏幕大，做股票看得清楚，刘海翔被撵出了书房，他只能在卧室的梳妆台上打开手提电脑。但是写文章总是需要资料，他就将有关的图书摊开在床铺上，这又引来夫人的责骂，说弄脏了床铺，刘海翔就是再愤愤不平，却也不敢发作。他们夫妻俩的关系就这样越来越糟，刘海翔现在觉得度日如年，有一点事情就发火。夫妻俩是一天一小吵、三天一大吵，在赴北戴河休假前，他们夫妇俩的关系几乎处于绝境，刘海翔甚至都有与老妻分手的念头了。

刘海翔也记不起他与陈雪雅有多久没有行房事了，大概自从妻子退休后，他们就开始分被窝睡觉了，甚至上床后谁也不理谁。看完电影《身为人母》回到房间打开空调，刘海翔发现陈雪雅把他的枕头挪到了她的铺上，发出了同床共枕的信号。陈雪雅对刘海翔有意味地眨了眨眼、噘了噘嘴，她先去盥洗室洗澡了。等刘海翔洗澡出来，妻子早已躺在床上了。刘海翔钻进被窝，突然发现妻子已经脱得一丝不挂，她急切地脱下刘海翔的内衣裤，不顾一切地贴了上来。刘海翔倒一时有些不习惯，他怪异地说："等等，让我喘口气！"大概是受了电影《身为人母》中露骨镜头的刺激，大概是荒废许久的醒悟，刘海翔与陈雪雅这一场颠鸾倒凤做得惊心动魄，陈雪雅一个劲地大呼小叫，弄得刘海翔赶忙伸手捂住妻子的嘴，说："别叫，别叫，会让隔壁听到！"陈雪雅却故意大声地说："我们是夫妻，又不是偷情！我就要叫，我就要叫！"她就故作夸张地大呼小叫起来，倒弄得刘海翔丢盔卸甲一时就疲软了。

陈雪雅气呼呼地说："人生苦短，上来就喘，只有嘴硬，哪里都软。"刘海翔不理她，拿起枕头到另一张床上独自去睡了。

五

晨起打太极拳时，戴娜娜对着刘海翔眨了眨眼，诡谲地说："昨晚老同学你当了一回布拉德，嫂夫人做了一回萨拉。"戴娜娜说的是电影《身为人母》中出轨的男女主角。刘海翔立刻反击说："你说错了，他们是出轨男女，我们是正宗夫妻。""哎哟，别这么一本正经的，什么正宗不正宗，只要你敢做布拉德，我就敢当萨拉！"戴娜娜带着挑逗的口吻说。刘海翔没有接她的话茬，自顾自地跟着拳师学下一节太极拳。

早饭时候，诗人杂乱掏出几张纸，递给戴圆圆说："昨天我写了几首诗，你给看看！"戴圆圆说："我又不懂诗，应该让我姐姐看！"杂乱搔了搔脑后的小辫子说："你先看看吧！"

戴圆圆展开一看，是情诗三首：

鸽子窝

将思恋写上白鸽的翅膀

让真爱在蓝天翱翔

真羡慕鸽子在窝里

卿卿我我

在沙滩上画一个你

画一个我

鹰角亭

曾展翅腾飞的雄鹰

为何在此地伫立

我在遥望你的呼吸

爱情已成为记忆

真情总是迷离

鸳鸯湖

没见相伴游弋的鸳鸯

却有你我的相遇

无论有没有棒打

我始终对你

充满情意矢志不移

戴圆圆不屑一顾地把诗歌给了姐姐，戴娜娜看后对杂乱调侃地说："借景抒情啊？真情表白啊?！"诗人杂乱笑了笑。戴圆圆昨日扭了的脚踝好多了，她今天穿了一条绿色的连衣裙。

今天上午的游程是参观集发生态农业观光园，园区总占地面积1500亩，是集观赏性、娱乐性、趣味性于一体的生态农业旅游观光景区，园中有花园、菜园、果园、瓜园、热带植物园，听说是依靠高科技发展农业的典范。

走进观光园，有几个团员带来的孩子最高兴了，相互追逐着、打闹着。戴圆圆挽着姐姐的胳膊，陈雪雅牵着刘海翔的手，诗人杂乱跟随在他们身后，休假团的成员们伙聚在一起的除了江苏帮，就是湖北帮了。长长的葫芦长廊、南瓜长廊顶上悬挂着一个个葫芦、一个个南瓜，丝瓜长廊悬挂着一根根长长的丝瓜，万条丝瓜垂新绿，像走在丝瓜的丛林中，据说这里种出了长4.55米、创吉尼斯世界纪录的丝瓜。戴圆圆笑着闹着，贴着长丝瓜让诗人杂乱给她拍照，绿色的连衣裙让她也像一根丝瓜。陈雪雅今天穿着一条藕色的连衣裙，与戴娜娜粉色连衣裙相得益彰，刘海翔忙前忙后地给她们拍照。走进四季瓜园，硕大无比的南瓜吸引了他们的目光，最大的一只南瓜竟然重达500多斤。四季花园里月季花、美人蕉开得正盛，有新娘、新郎穿骑士装、戴骑士帽正在拍摄结婚照，新娘、新郎傍着一匹雪白的骏马、挥着马鞭英姿飒爽。戴圆圆便与诗人杂乱耳语，意思是想骑上马拍张照。诗人杂乱便上前与摄影师商量，甚至提出付钱都可以，终于获得允诺。戴圆圆兴高采烈地想上马，摄影师牵住了马，戴娜娜想扶妹妹上马，却怎么也上不去。胖胖的诗人杂乱机敏地蹲下身，让戴圆圆踩着他的背才上了马，诗人杂乱一阵狂拍，刘海翔却将戴圆圆踩着诗人杂乱上马的情景摄入相机。

杂乱是当代小有名气的诗人，他是以写爱情诗出名的，现在在一家诗刊任编辑，因为都是诗人，戴娜娜与他在几次诗会上有过交往。戴娜娜知道杂乱虽然写爱情诗，但他自己的爱情却并不如意，先是与欣赏他的法国女留学生交往，后来人家回国了感情就结束了。再与一个富孀结婚，那女人有钱却无情，第二年就让杂乱净身出户，杂乱也觉得与她根本没有共同语言，当初也是看她有钱，杂乱觉得自己可以静心写作，却适得其反。后来杂乱与一个研究生毕业的女诗人交往，为她改诗歌发表诗歌，结婚后他们也过了一段时间的幸福日子，后来他的夫人却跟一个富商移民海外，杂乱就一直单身一人。戴娜娜知道杂乱在文坛名声还不错，只是人就像他的笔名"杂乱"，行为处世总有些杂乱，常常理不清头绪，看到一汪清泉就奋不顾身栽下去，有时候水太浅就扭了脖子，有时候水太深就迷了方向。

午休后，刘海翔、陈雪雅叫上戴娜娜、戴圆圆姐妹下海游泳，诗人杂乱依然跟着戴圆圆。今天海面有点风，海滩上却仍然人头攒动，女人们穿着各式泳衣，亮着迷人的身材，有几个黑人姑娘穿着白色的泳衣，丰乳肥臀特别引人瞩目。戴圆圆穿着黑色三点式泳衣，将她白皙的皮肤衬托了出来，风刮着海水有些凉，一下海她就故意尖叫起来，诗人杂乱赶紧以夸张的自由泳游到她的身边。戴娜娜是一身鹅黄的泳衣，与陈雪雅的湖蓝色泳衣相得益彰，戴娜娜轻巧地游起了自由泳，那种轻盈潇洒甚至具有专业运动员的水平了。刘海翔跟随着夫人游蛙泳，陈雪雅不让他尾随戴娜娜，不让他往更深更远处，其实这是多余的，刘海翔根本跟不上戴娜娜。游了一会儿，陈雪雅拍了拍刘海翔，用嘴努了努海滩右边，只见戴圆圆仰躺在海面上，诗人杂乱双手托着戴圆圆，在教戴圆圆学仰泳呢！戴圆圆黑色泳衣下乳峰坚挺着，充满着诱惑力。刘海翔听戴娜娜提起过，她的妹妹戴圆圆去年与丈夫离了婚，现在仍然单身。

晚饭后，休假团有几位诗人自发组织了一个有关诗歌创作的沙龙，发起者是著名情诗老诗人蒋德伦，戴娜娜和刘海翔都参加了，诗人杂乱是积极响应者，陈雪雅和戴圆圆则在房间里休息。沙龙在小会议室，落座后各自先自我介绍，蒋德伦先说举办沙龙的目的，一是大家可以深度结识，二是对于当前诗歌创作的现状发表高见。身在诗坛的诗人们显然对于当下诗歌的发展不满甚多。蒋德伦列举了当下诗歌创作的六大病症：矫揉造作、粗俗低劣、无病呻吟、没有意境、附庸风雅、歌功颂德，认为当代诗歌创作陷入了困境。戴娜娜的发言强调诗歌创作应该更加注重"小我"，她提出过去我们太强调国家、民族这样的"大我"，却压抑淹没了个人的"小我"，写得好的诗歌大多是写"小我"之情的，至少是将"小我"之情融入"大我"之事中的。诗人杂乱的发言与他的笔名相同，有些杂乱无章，中心意思是谴责那些诗评家往往用传统的眼光和方法，批评现代派诗歌。他用了一个十分粗俗的比喻，说他们戴着传统的避孕套，却想生出现代派的孩子，简直是痴心妄想！这是哪里跟哪里啊！简直牛头不对马嘴！刘海翔想。刘海翔就当代诗歌创作的情感表达方式发表了见解，到底是研究文学的，他说得层次分明，头头是道，他运用了中国古典诗歌的例证，也运用了西方现代派诗人的诗作，阐释了他的观点，坐在刘海翔对面的爱情诗人蒋德伦频频点头。

戴娜娜回到房间，不见妹妹戴圆圆的身影，今天有些疲惫，她便洗澡独自上床睡了。

刘海翔回到房间，见妻子陈雪雅早已睡熟了，他打开电脑接收电子信，他记得上星期收到需要他评审的一篇硕士学位论文，他想再不评要超时了，就开始阅读起论文来。

六

前几天天气一直晴朗，今天早上推开窗，刘海翔发现××之家院子里没有了打太极拳人的身影，天空飘起了小雨。昨晚通知今天参观老龙头、山海关，告知大家因为有两个景点要游览，不能回来吃午饭，中午需要带食品，还让大家带上伞。上车的时候，每人发了一袋中午吃的食品。

今天，戴娜娜穿了一套湖绿色 T 恤套装，棉织的短裤、T 恤十分精神，T恤胸口有英语的"LOVE"几个字母。陈雪雅穿了一条玫瑰花的连衣裙，猩红的、粉色的玫瑰花特别醒目。这些天来，陈雪雅与戴娜娜表面上几乎成为无话不谈的知心朋友，她总想从戴娜娜嘴里更多了解读大学期间刘海翔的奇闻轶事，她也看出戴娜娜与刘海翔的关系非同一般，但是好像也并没有那种暧昧关系，戴娜娜虽然心直口快，但是她十分能够把握分寸。女人总是比男人更复杂，她们表面做的与心里想的常常不是一回事，陈雪雅虽然与戴娜娜弄得像闺蜜似的，其实陈雪雅暗暗在与戴娜娜较劲，她比以往更注意衣着打扮了，她知道自己与戴娜娜相比的长处，她的身材不如戴娜娜，但是她的脸色显然比戴娜娜强，在她光彩照人的脸色比照下，戴娜娜的脸色黯然失色，因此，陈雪雅总是精心在脸上下功夫，虽然是淡妆素抹，却精心精致，连刘海翔也发觉了陈雪雅用在化妆上的时间比以前多了。

老龙头是明代蓟镇长城的东部起点，是集山、海、关、城于一体的军事防御体系，因入海石城像龙首探入大海而得名。下车伊始，他们迈步进入古朴的宁海城门，逛守备署、把总署，览显功祠、八卦阵，登上滨海长城，飞檐斗拱红柱灰瓦的澄海楼兀立海畔，在顶楼的匾额上，是明代大学士孙承宗所题的"雄襟万里"四个大字，朴拙而雄浑。刘海翔、陈雪雅、戴娜娜一起登上了楼顶，只见水天一色，烟波浩渺，豁然开朗。近端的八卦阵、靖卤台、御碑亭、入海石城、滨海长城，尽收眼底，远处的燕山、码头、丛林，依稀可见。戴娜娜兴奋地向楼下走向南海口的戴圆圆、诗人杂乱挥手喊叫，回应中诗人杂乱用照相机往上拍摄。下得楼来，他们仨随着人流，过天开海岳碑，下南海口，登靖卤台，直达入海石城的老龙头碑，伸入海中的石城就像渴饮海水的龙头。有"天下第一关"美誉的山海关是明长城的东北关隘之一，进了景区，他们几个登上长城后，过威远堂、临闾楼，直奔箭楼，雄峙在长城上的箭楼古朴端庄，灰色砖墙、翡翠色琉璃瓦、褚色木窗棂，明代著名书法家萧显所书的"天下第一关"，笔触苍劲雄浑，气吞山河。戴娜娜请人帮助，与刘海翔、陈雪雅夫妇一起在箭楼前合影留念。

回到××之家，晚饭后放映电影《布达佩斯之恋》。刘海翔看过这个电影，本不想去，妻子陈雪雅拉着他进了放映室。刘海翔放眼四顾，没有见到戴娜娜，他便定神坐下。电影开演了，妻子陈雪雅把手伸了过来，握住刘海翔的手，刘海翔吓一跳，定睛一看，是妻子的手，就定心了，还想到酒桌上传的段子："握着小姐的手，好像回到十八九；握着小姨的手，后悔当初握错了手；握着情人的手，甜甜蜜蜜全拥有；握着老婆的手，犹如左手握右手……"自己不禁扑哧一笑，陈雪雅轻声问："你笑啥？有啥好笑的？""没啥，没啥！"刘海翔摇了摇头。

这部德国与匈牙利合作于 1999 年出品的爱情悲剧，原名 *Gloomy Sunday*，以一首凄楚哀婉的乐曲《忧郁的星期天》贯穿始终。电影以德国的名流汉斯博士重回旧地开始，镜头回到了 1930 年的布达佩斯，在美丽善良女招待伊洛娜生日的夜晚，餐厅犹太裔老板拉西娄送给她一枚蓝宝石发簪，钢琴师安德拉许献给她一首曲子《忧郁的星期天》，德国青年汉斯向她求婚被拒跳进了多瑙河，拉西娄救起了投河的汉斯。德军占领了布达佩斯，汉斯成为操生杀大权的统治者，钢琴师安德拉许自杀了，拉西娄被汉斯送进了集中营，汉斯奸污了为拉西娄说情的伊洛娜。伊洛娜用毒药毒死了 80 岁的汉斯，为安德拉许、拉西娄和自己复了仇。电影有一些裸露的镜头，老板拉西娄与伊洛娜一起在浴缸里洗澡，伊洛娜为救拉西娄被汉斯奸污。刘海翔发觉，在一些关键的场景，陈雪雅的手有些微微颤抖，她的手心冒汗了。电影散场了，陈雪雅显然还沉浸在电影的情境中，主题曲的旋律仍然在缭绕。

回到房间，夫妇俩还在讨论电影中的情节，毕业于工科大学的陈雪雅显然还沉浸在故事中，她甚至没有看明白电影的结局，她问："80 岁的汉斯最后死于心脏病？"刘海翔解释说："其实汉斯是被伊洛娜毒死的，你看最后伊洛娜在厨房里洗 80 的标牌和一只空了的毒药瓶，当年安德拉许、拉西娄都曾经想用这瓶毒药自杀。"

夫妇俩在温习讨论《布达佩斯之恋》时，自然而然就有了冲动，他们瞬间相互把对方剥得精光，刘海翔把电视机的声音开大了，他的眼前是伊洛娜美艳的酮体，拉西娄与伊洛娜共浴的场景，他们在浴缸里裸体对饮的场景。陈雪雅眼前是汉斯奸污伊洛娜的场景，伊洛娜被奸污后怨怼忧郁的眼神。刘海翔像常山赵子龙一般跃马扬鞭长驱直入，陈雪雅如南齐名妓苏小小一样风情万种千娇百媚，他们俩在香汗淋漓中达到高潮。稍稍休息后，他们俩又赤身裸体一起走进浴室，重复着电影中老板拉西娄与女招待伊洛娜共浴的情境，刘海翔暗暗思忖：到了这个年纪，女人也还是需要性启蒙的。

七

今天，休假团安排乘坐海上观光游船，早餐时告知大家多穿衣服，海上有风，小心着凉。陈雪雅在连衫裙外套上一件粉色棉麻上衣，戴娜娜 T 恤衫外是一件米色风衣，戴圆圆穿肉色长袖卫衣休闲套装，三人都戴着墨镜。刘海翔穿上休假团的白色 T 恤，胸口有红色圆形的 LOGO，外面套了一件小格子衬衣。诗人杂乱也穿了休假团的白色 T 恤，外面套一件米色的麻织中装短衫。

休假团在海滨东山旅游码头登船，长城一号是一艘双体两层旅游观光船，可以容纳乘客五百余人。随着汽笛的鸣响，游船离开码头，海风在船头吹拂，海浪在船舷翻滚，海鸥在船尾翻飞，令人心旷神怡。二楼的船舱靠近船舷边，被安放了白色沙滩座椅，每张另外收费 5 元，船舱的角落里，设置了驾驶室的背景，广播里不停播放着租赁海军服拍照的广告，有不少游客前去拍照，穿上海军服倒有几分英姿飒爽。

诗人杂乱与戴圆圆租了靠船舷的椅子，他们兴高采烈地观赏着海景。刘海翔、陈雪雅、戴娜娜坐在船舱中间的位置，看着离岸的游轮，望着海滩边绿色丛林掩映中的鳞次栉比的红色屋顶。刘海翔与戴娜娜聊起了大学生活的往事：那位教授古代汉语的马教授，上课时总喜欢用两个胳膊肘去提裤子；那位教授魏晋南北朝文学的唐教授，吟诵古诗词时的那种仰首闭目的陶醉；那位教授马列文论的齐教授，满口土话开头让学生几乎难以听懂，他们俩又沉浸在对大学生活的回忆中了。陈雪雅突然问起戴娜娜离婚的情况，刘海翔对陈雪雅眨了眨眼，意思是她不该问，其实这也正是刘海翔想知道的，只是他不好意思问而已。

戴娜娜倒也不回避，她轻轻叹了口气说："人生都是命，半点不由人啊！"戴娜娜谈及她与前夫熊龙威的关系。当年他们夫妇迁居南方，努力打拼开拓新天地，熊龙威是颇有事业心的男人，戴娜娜历来属于懒散之人，在报社里做编辑写诗歌，她成为国内颇有名声的诗人，而熊龙威从专栏主编逐渐升为报社老总。与以往担任专栏主编不一样，当报社老总以后，熊龙威几乎再也没有时间写散文了，他忙碌于参加各种应酬，出席各种会议，招待各方人士。那年他们的儿子读大学了，那所大学要求学生住校。那年戴娜娜的老母亲病故，她匆匆买飞机票回去处理母亲的后事，她们家两姐妹，事情几乎都是戴娜娜做主。办完丧事，戴娜娜心情特别差，有些好友知道她回来了想一起聚聚，她原来告诉丈夫下星期一回去，诗坛的朋友打电话告知，下星期一有一个新诗朗诵会，希望戴娜娜能够赶回去主持。戴娜娜赶忙改签了机票，提前一天回家，婉拒了朋友的聚会，也没有记得告诉丈夫。那天遭遇恶劣天气，航班推迟了两个小时起飞，飞机落地已经是深夜 12 点了，戴娜娜打的出租车回家。到了家门口，她掏出钥匙开门，里面反锁了，她按门铃，没有人开门。她给熊龙威打电话，手机关机，她打家里的座机，他过了很久才接，好像刚刚从梦里惊醒。熊龙威打开门后，戴娜娜发现丈夫神情有些不对，内急了的戴娜娜赶紧冲进盥洗室，熊龙威伸出手好像企图阻拦，戴娜娜也没有顾得上思索，就坐上抽水马桶飞流直下三千尺了。戴娜娜起身后，发觉盥洗室淡绿色的浴帘拉着，她想洗完澡还拉什么浴帘呢，便顺手把浴帘拉开，浴缸里竟然蹲着一个女人！一个抱着衣服打着哆嗦的女人！竟然是这份报纸专栏的主编刘艳芬，是熊龙威晋升报社老总后提拔的。戴娜娜曾经见过这个女人，一副矫揉造作的姿态，不知道什么时候他们勾搭在了一起。戴娜娜觉得一切都很清楚了，她不想在半夜三更大吵大嚷的，她更不想对这个女人动手。她只是冷冷地说："别冻着了，你们继续睡吧，我走了！"她没有与熊龙威、刘艳芬再说一句话，她提着行李"砰"地合上门走了，去找了一家宾馆开了房间。接下来的事情说简单也简单、说复杂也复杂，戴娜娜提出了离婚，熊龙威还想缓和关系，戴娜娜根本不接茬，直接去法院打官司，处理完了离婚的官司，戴娜娜辞职离开了这家报社，去了另外一家小报任职。戴娜娜说，其实刘艳芬也是有家室的，她与熊龙威交往肯定有求得老总关照的想法，但是其中难免有逢场作戏的成分。戴娜娜与熊龙威离婚后，刘艳芬也受到了牵连，她的丈夫也提出了离婚，后来刘艳芬与熊龙威并没有走到一起。戴娜娜说，虽然她与熊龙威离婚了，但是他们现在还常常与儿子一起聚餐，像朋友一样。陈雪雅直截了当地问戴娜娜："与前夫熊龙威是否有复婚的可能？"戴娜娜连连摇头说："不可能！不可能！我觉得我现在这样，挺好！"

其实，在大海中坐游船只是追求一种开阔的眼界、宽松的氛围，海天一色的景致、浪花翻卷的船舷、海鸥飞翔的身影，过了一会儿就有些审美疲劳了。只有远处岸边的秦皇岛港吊臂林立的码头、红墙灰瓦的别墅群、茂密的滨海森林，给游客带来一些轻松愉悦，刘海翔起身拿照相机去拍摄眼前的港口码头。戴娜娜握住身边陈雪雅的手，拍了拍她的手背，问："嫂子，您怎么认识我的老同学的？他可是我们班的才子啊！"陈雪雅扁了扁嘴唇说："我的大学女同学是你们下一届同学马励云的妻子，马励云也留校当辅导员了，是他介绍我们认识的！嫁给这个人，我倒霉一辈子！"戴娜娜不解地说："海翔是我们班的白马王子呀，当初我们读书时想他的女同学可不少呢！"陈雪雅瞪着双眼有些奇怪地问："这个书呆子，整天沉在书堆里，谁会稀罕他呢？"戴娜娜又拍了拍陈雪雅手背说："别身在宝山不识宝啊！"

晚饭后，休假团没有特别的安排，陈雪雅要去看电视剧《花千骨》，便匆匆上楼了，刘海翔对这些古装剧历来无兴趣，便独自在××之家院子里散步。

当他在核桃树下的椅子上坐下后，见戴娜娜也坐在一旁的椅子上看手机微信。刘海翔抽完了一支烟，起身坐到了戴娜娜的身边，他问："今天在船上，我看见你和我妻子嘀嘀咕咕，你们在说什么呢？不是在讲我的坏话吧？""哪能呢！都是你的好话！我说你当年是白马王子！"戴娜娜笑嘻嘻地说。迟疑了一会儿，戴娜娜真诚地对刘海翔说："老同学，嫂夫人很单纯，学理工科的比我们学文科的简单，女人嘛，要哄，要捧，要蒙，不管到多大岁数，女人的特性是不会变的。"刘海翔默默地点点头。戴娜娜突然叹了一口气，说到了她的妹妹戴圆圆："圆圆的命不好，嫁的那个话剧团团长有病，不仅常年阳痿，而且病态，总掐得圆圆身上青一块紫一块的。刚结婚那会儿，我就劝她离婚，她却说看看医生总会好的，后来却总不见效。圆圆真的想离时，茅团长摆出一副流氓相，说你如果提出离婚就杀了你，杀了你全家，从此圆圆经常遭到家暴。茅团长本来就是混混出身，只因为有一副好嗓门，被话剧团录用，后来依仗权势当了团长。走投无路的圆圆几次割腕自杀，都没有死成。茅团长调到文联当副主席时，把圆圆也调去了。去年茅副主席因有经济问题被双规，后来判刑五年，圆圆才真的与丈夫离了婚，成了一个自由人！"刘海翔感慨道："就如同列夫·托尔斯泰在《安娜·卡列尼娜》开篇说的，幸福的家庭是相似的，不幸的家庭各有各的不幸。"刘海翔想上楼去了，戴娜娜说她还想坐一会儿，刘海翔拍了拍老同学的背，独自上楼了。

戴娜娜独自坐在核桃树下，她由圆圆的婚姻，想到了自己，她长长地叹了一口气。大概过了五十岁才会看清楚很多事情，她当年与熊龙威的结合原本就是一个错误，如果当时她接受了刘海翔的求爱，他们现在会怎么样？那么她戴娜娜就是一个教授夫人。她知道刘海翔的简单与质朴，但是现代社会又需要复杂与深沉，刘海翔虽然早已是教授了，但是他不知道人际交往，不知晓交易秘诀，很多光环很多利益就不会沾他的边，虽然刘海翔有比较好的心态，但是仅仅是过平平常常的日子而已。想到此处，戴娜娜觉得自己应该收敛一些，那天说的"只要你敢做布拉德，我就敢当萨拉"的话语，显然有挑逗的意味，以后不可以再这样了，她暗暗责怪自己，警醒自己。

八

联峰山位于北戴河风景区西端，因山体状似莲蓬，又名莲蓬山。始建于1919 年的联峰山公园，是北戴河最大的森林公园，又被称为西山公园，园内峰峦叠翠、松林掩映，怪石林立、石洞幽深，林深谷幽、山海相映。

走进公园罗马柱撑起的端庄山门，门楣上蓝底金字"联峰山"三个大字格外醒目。刘海翔发现今天戴圆圆身后的尾巴不见了，戴圆圆挽着姐姐戴娜娜的胳膊，走在宽敞的大道上。联峰山由主峰、鸡冠山、龙山三座山峰组成，他们过临风亭、望瞭望塔、登鸡冠山，海拔 130 米的主峰因形似鸡冠而得名，登临峰巅，见苍松伫立、奇石嶙峋。他们四人继续往联峰山主峰登去。戴圆圆与陈雪雅走在前面，刘海翔陪戴娜娜落在后面。刘海翔问戴娜娜："怎么没有见诗人杂乱？"戴娜娜皱了皱眉说："你知道我昨晚为什么不上楼去，其实我是给圆圆与杂乱留空间。杂乱是一家诗刊的编辑，他的夫人原本也是诗人，后来跟一个富商移民海外，杂乱就一直单身一人。他好像与圆圆很有缘分，有一种一见钟情的感觉，他细心细致，会照顾人，圆圆对他有些好感。谁知道昨晚，他们俩在我们房间里聊天，这个男人就显露本性，扑上去就想把圆圆睡了。圆圆与前夫本来就因床笫之事产生过阴影，她对于这种事已经有本能的拒绝，挣扎中一个耳光把杂乱打醒了。"刘海翔说："这个诗人，到这个时候却成了一个俗人，心急吃不了热豆腐呀！"

刘海翔与戴娜娜赶上了戴圆圆、陈雪雅，她们俩坐在一块石头上小憩，这块横卧的巨石上刻有"聽濤崖"三个繁体字，另外一边的奇石顶刻有"望海石"几个红字，听涛望海是一种心旷神怡的感受。人云："不登联峰望海亭，毕竟不识北戴河。"他们先后气喘吁吁地登上红柱飞檐八角的望海亭，凉风习习，一览众山小。远处燕山逶迤、阡陌纵横、海天一色，近端绿树葱茏、奇石横卧、山花点缀。曾游览过联峰山公园的人，指点着远处绿树掩映中的红色屋顶，告诉说那是"林彪楼"，1971 年 9 月 21 日林彪就是从那里仓皇出逃，从山海关机场坐上了三叉戟飞机；那是"张学良将军楼"，那是张学良与赵四小姐定情的百福苑，1929 年 7 月他们在那里订下了百年之好。下了望海亭，一块大石上镌刻着"毛泽东观日出处"几个大字，石头背后镌刻着"公元 1953 年 4 月 22 日凌晨，中国共产党和中华人民共和国缔造者之一的毛泽东主席在此观看日出"，下面还有英语的译文。陈雪雅几天来常常对艳丽的戴圆圆不屑一顾，昨晚听刘海翔转述了戴娜娜妹妹的不幸遭遇，陈雪雅对于戴圆圆颇为同情，今天她们俩几乎形影不离，她们一起在毛泽东观日出处的石头前合影留念，接着戴娜娜也跻身其间，三个女人一台戏啊！为她们拍照的刘海翔心里想。他们一起登临联峰山顶、叩松音石，几位女同胞都觉得有些疲惫，他们便一起下山了。

当晚放映电影《战狼》，刘海翔看到诗人杂乱又跟在戴圆圆身后了，他们和好了，他想。电影开演了，这部战争动作片以有着"东方之狼"美誉的中国特种兵为主角，在中国边境与跨境雇佣兵的战斗中，演绎了惊险的决战与真挚的爱情交融的现代军事片的魅力。电影洋溢着青春朝气、军人血性和爱国情怀，是近年来国产电影中的佳作，曾获得第 18 届上海国际电影节组委会特别奖。

电影散场后，刘海翔与陈雪雅上楼了，看见戴圆圆和诗人杂乱在核桃树下的座椅上聊天，刘海翔与陈雪雅有意味地相对一笑。

九

今天，陈雪雅乘早车提前离开，她要去参加中学同学毕业四十周年的聚会，对这次聚会陈雪雅盼望已久，她为此次聚会特地去修补了门牙、预定了套装，这些四十年前的同学见到不知是否还认得出来。因为在暑假期间，出门旅游的人多，怕临时买不到火车票，陈雪雅早早就预定了车票。

今天要离开，一早陈雪雅就睡不着了，她下床钻进了刘海翔被窝，他们静悄悄地亲热了一回。时间差不多时，他们起床提着行李打车去火车站。昨天戴娜娜提起也要去送，被陈雪雅、刘海翔异口同声地回绝了。戴娜娜开玩笑地说："是怕我看见你们俩依依惜别泪洒月台吧？"刘海翔自嘲地回答："老夫老妻了，要洒泪泪腺也干了吧！"送上火车之前，刘海翔破例地拥抱了一下陈雪雅，这大概是陈雪雅退休以后刘海翔第一次深情地拥抱她，弄得陈雪雅倒有些伤感起来。刘海翔把行李送上车安顿好，他站在月台上等待火车发动，他朝站在窗口的陈雪雅挥了挥手，望着动车远去的身影，刘海翔走出了火车站，他好像有些如释重负，又好像有些无所适从。

今天上午是游览北戴河的奥林匹克公园，公园是 2005 年 5 月 1 日正式开园的，是一个免费的开放式公园，园内有诸多主题雕像、音乐喷泉、运动雕塑、奥林匹克浮雕墙等，公园是市民们喜欢光顾的休闲地，也已成为市民喜欢的婚礼摄影场所。奥林匹克公园离××之家不远，大巴开了十分钟左右，就到了公园。休假团一行从联峰路北戴河博物馆对面入园。戴娜娜问刘海翔："夫人走了？洒泪告别了？"刘海翔笑笑，假装掏出手绢，说："你看手绢都哭湿了！"诗人杂乱凑过身问："刘教授，你哭啥呀？"挽着姐姐手臂的戴圆圆回答说："刘教授早上送夫人上火车了，夫人去参加中学毕业四十周年的聚会了。"

戴娜娜提起他们班大学毕业 25 周年的聚会，说："海翔，你没有参加，许多老同学刚见面，真不认识了。那天晚宴，不少同学喝醉了酒，号啕大哭，那位当年学校运动会长跑冠军刘立新、那位与班主任关系密切的团支部书记蔡秀英，都喝醉了！"刘海翔后来看过他们寄来的光碟，当然没有他们喝醉酒的镜头。

他们四人沿着奥林匹克公园的小道漫步，树影婆娑、杂花生树、空气清新，蹴鞠、摔跤、铁人三项、举重、冲浪、跳水等雕塑栩栩如生，长长的花岗岩奥林匹克浮雕墙气势恢宏，以各种浮雕展示奥运发展史、古代运动项目、中国奥运冠军榜、北京申奥。奥林匹克浮雕墙对面，是国际奥委会主席的雕像群，萨马兰奇等八位主席铜铸的半身像，雕像的大鼻子都被游客摸得亮亮的，戴圆圆有些调皮地将每位主席雕像的鼻子都摸了一遍。公园的主雕塑是一只巨大的不锈钢的和平鸽，象征着奥运精神促进和平的宗旨，他们四人在主雕塑前合影。

晚饭后，放映电影《狼图腾》，刘海翔看过了，他就在房间里，修改一篇准备参加 11 月在香港举行的国际会议的学术论文。不知怎么的，刘海翔开小差了，眼前电脑上的字模糊了，出现的总是戴娜娜微笑的脸和陈雪雅怪异的眼神。刘海翔回想着与陈雪雅的生活，他们也算郎才女貌，婚后的生活十分美满，生了儿子、培养儿子，两人兢兢业业打拼事业，夫唱妇随，相濡以沫。等到儿子出国了、妻子退休了，他们的生活状态改变了，他们的隔阂产生了，依然在学术上打拼的刘海翔，与退休在家做股票的陈雪雅，生活状态与人生追求都有了变化，刘海翔甚至怀疑现在的妻子还是以前的那个陈雪雅吗？她变得世俗了，甚至市侩了。刘海翔觉得他还有许多事情要做，都安排在他的议事日程中了，而陈雪雅的退休打乱了他的部署。他们之间也缺少深入的交流，刘海翔总是用退守的姿态面对，一旦退到没有了退路，他便要发作了，中年的感情危机便产生了。刘海翔也想如果戴娜娜当年接受了他，他现在的生活将是怎样的呢？他也不敢判定，他知道戴娜娜的性格与陈雪雅有相近的地方，她们都是家庭的主宰者，刘海翔的性格也总是随着她们，依着她们。但是有一点刘海翔可以相信，他与戴娜娜之间的共同话语会多很多，毕竟都是学中文的，毕竟都喜爱文学，而毕业于理工专业的陈雪雅对于文学不仅缺乏了解，而且对于文学是有隔膜的，她常常以"天下文章一大抄"看待刘海翔的专业，那种轻视的口吻，常常让刘海翔愤怒，但是他又往往无法与她争辩。

　　大约过了两个小时电影散场了，刘海翔听到走廊里杂沓的脚步声和说话声，不一会儿就有人敲响了刘海翔的房门。刘海翔打开门，是戴娜娜，手里拿着两只大大的苹果和一把水果刀，她说："老同学，是圆圆下午买的，给你尝尝。"刘海翔将两只苹果拿去盥洗室冲洗了，戴娜娜拿过水果刀要削皮，刘海翔接过水果刀说："我来，我来！"戴娜娜开玩笑地说："嫂夫人走了，你寂寞了吧！""哪里，我正求清静呢！"刘海翔回答。"我打扰了你的清静吧，那我走，我走！"戴娜娜抬起身，做出要走的姿态。刘海翔急了，连连说："别，别，别走！"刘海翔正削苹果呢，一不小心水果刀刮了左手的食指，血立刻沁了出来。戴娜娜慌忙上前，拿起刘海翔正沁血的食指，望着一滴一滴沁出的血珠，戴娜娜将刘海翔的这根手指，放进了她的嘴里吮吸着。刘海翔一时不知所措，眼前呈现出他当年的初吻，当年大学毕业演出前化妆时他与戴娜娜的热吻，刘海翔突然放下手里的苹果和水果刀，他不顾一切地上前，捧住了戴娜娜的脸，迅速将嘴唇靠了上去。没有准备的戴娜娜也不知所措了，她像一个木偶般地任凭刘海翔吻着、吮着、啃着。刘海翔发疯般地将戴娜娜抛向床上，他的身体重重地压了上去，像电影《布达佩斯之恋》中汉斯压在伊洛娜身上。"啪"的一声，刘海翔脸上挨了一记重重的耳光，戴娜娜用一双责怪的眼睛望着他。刘海翔捂着脸，喘了一口气，他从戴娜娜身上翻下来，仰天躺在戴娜娜的身边，左手沁血的食指在脸颊上划了一道血痕。

戴娜娜躺在那里一动不动，她冷冷地说："海翔，这样有意思吗？你还想回到我们读大学的那个年代吗？我们还回得去吗？"刘海翔仰躺着，望着天花板，不作声。戴娜娜继续说："海翔，我们都已经老了，我们大学毕业已经25年了，我们俩当年没有可能，现在更没有可能！我现在是自由人，而你并不自由啊！我可以独来独往，你却不能我行我素！再说女人与男人大概不一样，另外，我做了甲状腺切除手术后，对于男女之事几乎已经没有兴趣了！请你原谅！"刘海翔嗫嚅地回答："对不起，对不起，我知道了，我知道了！"他们俩就这样仰躺着，身体靠着身体，却再也没有任何动作。他们俩开始聊天，聊大学生活的趣事，聊他们各自的孩子，聊当下生活的烦恼，他们俩像一对真正可以交心的朋友一样聊着，聊着。那只削了一半皮的苹果和那只未削皮的苹果都在桌子上，静静地望着，静静地听着。

墙上的钟已经敲响12点了，戴娜娜起身拍了拍刘海翔说："老同学，很晚了，我回房间了。睡个好觉，做个好梦！"刘海翔没有起身，他仍然仰躺着，向戴娜娜挥了挥手。当晚，刘海翔真做梦了，在梦里竟然是老电影《甜蜜的事业》男追女的慢镜头，一会儿是戴娜娜在前面飘然而去，一会儿是陈雪雅在前面大步流星，当然在后面追的就是刘海翔自己，竟然还有《我们的生活充满阳光》的歌曲："幸福的花儿心中开放，爱情的歌儿随风飘荡……"

十

今天是休假团在北戴河的最后一天，行程上的安排是自由活动，戴娜娜建议到北戴河的怪楼奇园一游，他们常常经过那里，晚上灯光璀璨，白天奇形怪状。

早饭后，他们一行四人往怪楼奇园走去，此处离他们住地并不远，诗人杂乱抢先买了四张票。据介绍，美国园林学博士辛伯森曾于20世纪30年代在北戴河建造了一幢怪楼，因为他患有三叉神经痛，医生建议他进行日光疗法，因此，他在楼的设计方面费尽心机，让每一个房间有更多的光照，此楼毁于"文革"时期。1991 年，当地政府根据原先的怪楼易地重建，大门上"怪楼奇园"四个大字是著名漫画家华君武所题。

走入园区，绿树成荫、假山层叠、喷泉飞瀑、游鱼游弋，观八卦石、海豚喷水，过六步渡、走幽径、望阳关三叠、看明泉。在二人弹处，戴圆圆与诗人杂乱合作，调皮地弹出了儿歌《两只老虎》，一边弹一边哈哈大笑。他们一行四人走进了 990 平方米的怪楼，这幢四层、五顶、七角、八面的怪楼，多门多屋、神奇莫测、山石瀑布、暗道通幽，叠水涌泉、索桥曲径、扑朔迷离、奇趣横生。戴圆圆嘻嘻哈哈地登楼，这里看看，那里望望，诗人杂乱紧紧跟随。戴娜娜与刘海翔矜持地慢慢走、慢慢看：被称为"美女沉思"的雕塑，像哥本哈根"海的女儿"的雕塑，优美的曲线、沉思的表情，背后是横卧的窗棂；"倒行逆设"的门、柱子、窗户全是逆设的，只能从头上的镜片中看到东西正过来的模样。"人生有时候也是倒行逆设的，你自己糊涂，回头看时清楚，但是已经时过境迁了！"刘海翔感慨地说。"无论怎样的倒行逆设，基本的元素都是一样的，总是需要有门、有窗、有柱子，顺其自然大概是最好的选择！"戴娜娜接过话茬说。他们俩的话语中好像都有可以琢磨的东西。戴娜娜和刘海翔扶着桃树和苹果树枝干做成的楼梯扶手，沿着楼梯直达楼顶，在褚色塔楼的平台上，北戴河的景色尽收眼底：远山逶迤，海天一色，层林叠翠，红瓦栉比，登高远望，心旷神怡。刘海翔对观望景色的戴娜娜说："老同学，昨天晚上我太冲动了，对不起了！"戴娜娜望了望刘海翔，说："海翔，我们都早已成熟了，现在是慢慢走向老境了，别想那些不可能的事，别做那些对不起家人的事！"刘海翔点点头。戴圆圆和诗人杂乱也上来了，他们选择各种角度照相。

吃晚饭的时候，戴娜娜告诉刘海翔，明天就要分手了，晚饭后她想再找他聊聊，就在院子的核桃树下吧。

晚饭后，刘海翔就来到核桃树下，还没有见到戴娜娜。刘海翔点了一支烟，透过茂密的核桃树叶望着星空，他不知道戴娜娜还想与他说什么。明天就要离开了，刘海翔心里好像有些空落落的，听说诗人杂乱邀请戴圆圆去大连游玩，他们已经预定了去大连的机票。不一会儿，戴娜娜款款地走来，她在刘海翔身边坐下，问："等了好久了？"刘海翔掐灭了香烟说："没有多久。"

戴娜娜问："你夫人陈雪雅的同学聚会怎么样？给你打电话了吧？""她发了一段视频，让她主持同学聚会，你看她急匆匆地去赴会。"刘海翔回答。"老同学，我劝你一句，你身在福中应该知足！"戴娜娜语重心长地说。刘海翔不解地瞪着一双眼睛。戴娜娜说："通过这几天与你夫人陈雪雅的接触，我觉得她人不错，热情、真诚、率真，我跟你说过，女人要哄、要捧、要蒙，你们应该是幸福的一对，你应该多与她交流。我知道她一心在你身上，她希望你健康快乐，她希望你与她相伴到老，你们已经相扶相携走过了快三十年了！"刘海翔说："你不知道她退休后我过的是怎样的日子，她根本不理解我这个当教授的，不理解我需要清静、需要思考、需要阅读，她退休回家后家里就像个证券交易所，她甚至将我撵出了我的书房，我怎么读书？怎么写作？她离开的这几天，我也思考了一些问题，我寻思我们之间出现矛盾的关键在哪里？是性格问题？不是！是经济问题？也不是！根本问题是她从来不读书不写文章，她不了解我们文人，不了解我们文人的治学方式！"戴娜娜说："你愿意在你身旁有一个让你安静的，却一心红杏出墙的女人；还是愿意在你身旁有一个不太安静，却对你一心一意的妻子？我想你的夫人也不是一个蛮不讲理的人，有些事情你可以与她当面说开，比如让你回到你的书房的事，那是你多年工作的地方，我想你说清楚了，她应该会理解的。"刘海翔说："这些年来，因为工作忙碌，与她的交流也越来越少。"戴娜娜说："我听到过一个故事，说有一对夫妻常常吵架，后来男人就有了外遇，他们离婚了，都分别再婚了。他的新婚妻子不会做家务，他只有自己亲自做。后来，他遇到了前妻现任丈夫，他们一起喝酒，酒后吐真言。他就问那个男人，他现在的妻子如何？那个男人回答说，她特别体贴温柔，家中打理得干干净净。他心里就有些奇怪，觉得他那个离了婚的妻子怎么可能这样好呢？后来他在超市邂逅前妻与她的丈夫，他躲在一旁观察了很久，前妻如花的笑容和她丈夫温情的拥抱，让他终于确认他们真的很幸福。其实，很多时候，妻子是天使还是巫婆，全靠男人来塑造。女人的爱是男人疼出来的；女人的恨是男人骗出来的；女人的怨是男人冷出来的；女人的乐是男人暖出来的；女人的美是男人宠出来的；女人的衰败是男人欠出来的。女人是一架钢琴，遇到一位用心的人来弹，奏出的是一支名曲；如果一个普通人来弹，也许会奏出一支流行曲；要是碰上了漫不经心的人，恐怕就弹不成调了！"刘海翔听了，沉思良久。

第二天，休假团的活动结束了，刘海翔与戴娜娜去机场候机，他们分别时，戴娜娜主动地拥抱了刘海翔。刘海翔登机前夕，给陈雪雅发了一个短信："亲爱的，我马上登机了，下飞机后再与你联系！"这些年来，刘海翔第一次用"亲爱的"称呼他的妻子。

北戴河之夏结束了，刘海翔新的生活即将开始。

原载《长城》2016 年第 5 期

最后一班校车

一

教师节前夕，学校办公大楼附近池塘畔的早桂开花了，隐隐的香气传来沁人心脾。学校的网页上挂出了市内唯一的一辆中巴校车将取消的信息，虽然是征求意见，却是这辆校车被彻底取消的前兆，因为学校的许多事情大都是已经决定了，才挂上学校网页的，征求意见往往只是一种姿态、一种形式而已。

这辆常年在市区与学校之间开的中巴，只有 16 座，却常常满座，给市区上下班的教师们带来了方便。这天，送教师下班回家的校车行驶在去市区的路上，当校车刚拐出校门口，便引起了车里人们的一番讨论。小金是校宣传部的记者，消息最灵通，校报上头版的新闻常常是她撰写的。她将了将耳际被烫成金黄色的头发，说："这大概是校长办公会议的决定，张榜公示只是一种形式而已！"

小邹不同意她的看法，说："那么何必公示？我们也可以发表意见的。"小邹是美术系办公室副主任，瘦瘦的他十分时髦，大概与他在美术系工作有关，多少沾染了一些时尚成分。虽然他已经年届五旬，却常常一身帅小伙的打扮，牛仔裤是有洞的，衬衫是有花的，头发是长长的。

小漆是校医院的医生，主攻内科，一头短发，她也属于消息灵通人士，常常为学校领导送医送药，她抖了抖二郎腿，漫不经心地说："学校里早就想取消这辆车了，只是前面的校领导怕得罪教师，不敢动真格的，现在的领导不同了，没有什么他不敢做的，没有什么他不敢说的。"

老邵是外语系教授，在美国留过学，他对学校的事情常常有尖刻的评说，他慢条斯理地说："我们学校根本没把我们教师放在眼里，教师算什么？学校的领导根本不关心教师！你们看，开学的时候学校在分校区举行开学典礼，学校领导每人一辆轿车浩浩荡荡，就像现在举办婚礼一样，其实你们领导不可以集中开一辆中巴去吗？何必动用这么多轿车呢？劳民伤财！"邵教授是学校有名的刺儿头，他敢说敢为，常常给学校领导出难题，往往弄得学校领导下不了台。去年学校开党代会，他在全校通过党代表候选人的大会上，当场提出自己要竞选党代表，弄得大会一时开不下去。

老汪是一个矜持之人，花白头发的他是中文系教授，主攻近代文学研究，他靠研究上海狭邪小说而出名，狭邪小说与青楼妓女有关。老汪冷冷地说："其实，现在领导和群众的关系，还不如近代妓女和嫖客的关系，当初的嫖客大多有相好的妓女，甚至有把感情放在妓女身上的，现在的领导怎么会把感情放在群众身上呢？过去说'群众是真正的英雄'，扯淡！群众历来是愚民。过去说'水可以载舟，亦可覆舟'，我们的群众常常是杯水车薪，怎么能够覆舟，不一会儿，就被太阳晒干了！"

历史系的老周是这辆校车的常客，虽然他最近买了私家车，但是他仍然乘校车上下班，一是方便，二是省钱。老周究竟是历史系的，他提起这辆校车，说："其实最早学校在市区放了三辆校车，一辆到浦东，一辆到普陀区，一辆到黄浦区，后来将浦东与普陀区的校车合并了，黄浦区的大车换成了中巴，再后来三辆校车合成一辆大巴，最后是改换成这辆中巴。算起来，这辆校车的历史应该已经有30多年了！"

小邹打断了老周的话，说："现在怎么办？我们应该想想办法，争取让这辆校车继续开，如果校车取消了，我们每天挤公交车，那就麻烦大了，弄不好皮包都被偷了。"

大家七嘴八舌议论开了，有的提议给校领导写信，有的提议给市教委写信，有的提议给报社记者打电话。

中巴司机老刘回头说了一句："现在的领导不是过去的了，你们怎么弄也扳不回来的，白费劲！"

邵教授拿下他的高度近视眼镜，掏出手绢擦拭着，他提出："明天上班的时候，我们一起到学校办公大楼门口静坐！"

引起车上的一阵呼应，小邹说："大家都去，不去是缩头乌龟！不去是菜鸟！"

坐在小邹背后的小金在小邹的背上拍了一巴掌，说："别说得这么难听，谁是乌龟？谁是菜鸟？"

小金伸手还要拍小邹，小邹转身一把抓住了小金的手，就势在小金手背上吻了一下，小金大叫了一声，用上海话骂道："嗲气，垃圾！"

小邹嘿嘿一笑，说："这是本人对您的尊重，这是西方文明的表现！"

车厢里激起一阵哄笑。

汪教授正经地说："我同意邵先生的提议，明天大家坐校车到学校后，我们去校办公大楼门口静坐，如果没有人反对，大家就一起去。"

在司机旁边的老崔说："我不想参加，我在组织部工作，怕领导怪罪。"

老邵点点头说："不参加，我们也不勉强，是不是还有其他人不想参加，现在可以提出来。"

中巴到了终点站，大家先后下车了，下车前小邹还在认真叮嘱，明天下车后一起到办公大楼静坐，大家别忘了！

二

老邵回到家，从校车停车处到他家需走十分钟，他的家在一个老石库门房子里，他的书房在二楼的亭子间，卧室是二楼的厢房，厨房在底楼，是几家人家共用的。他们家在这里已经住了几十年了，从他的父辈开始，就住在这里了。邵家父亲邵仁杰新中国成立前是纺织厂的资本家，原先他们家有一栋小洋房，"文革"时期邵仁杰遭"批斗"，小洋房被占了。邵仁杰的三个子女受到连累，先后下放到农村，老大邵勇峰去了黑龙江插队，老二邵勇水去了云南，老三邵勇云去了江西。邵勇峰、邵勇水都在当地成家立业，只有邵勇云后来被推荐上了大学外语系，毕业后去了美国留学。

邵勇云拿到博士学位后，本来想留在美国，但是他的未婚妻在上海，在一所中学任教，一时半会儿去不了美国，邵勇云就干脆回国了，经过联系就到这所大学的外语学院任教了，从讲师一年一年熬到教授。回国后，邵勇云就在他们家的石库门房子里结婚了，亭子间就当了他的书房，儿子邵晓涛就住在阁楼上，厢房是他们夫妻的卧室。石库门的房子虽然不大，但是在市中心，交通方便，离妻子的单位又近，他们也就没有考虑再去购房。大概是曾在美国留学的关系，邵勇云常常会有一些惊人之语，诸如现在的中国教育，大学不如中学、中学不如小学、小学不如幼儿园；诸如中国现在的官场，还不如晚清，晚清卖官鬻爵明码标价，现在的官场都是浑水摸鱼。

邵勇云国字脸，鼻梁大大的，眼睛小小的，这是他们邵家人的特点。邵勇云在外语系已经成为一张名片，他口才好、有思想、英语流利、表达生动，他的选修课常常满座，他带的博士生成为不少单位争抢的人才。邵勇云的桀骜不驯也常常让学校领导为难，学校领导开教授会议，常常不请他出席，生怕他突然冒出一句两句话，让领导坐蜡下不了台。周国嵘校长也是美国留学回来的，与邵勇云在一个学校留学，当年他们曾经一起周游世界。周校长是学哲学的，当官后的周国嵘西装革履、大腹便便、颐指气使，一副官僚相，在路上看到邵勇云常常爱理不理，生怕邵勇云冒出一句翻他老账的话来，对他树立自己的形象不利。邵勇云是这种人，当年留学时平起平坐，可以两肋插刀互相帮助，现在你发迹了，我也要躲着你、防着你，怕你认为我有求于你，也怕你给我小鞋穿。周校长上任后，大刀阔斧实行改革，他发明了一种"饭聊法"，即每天中午他在学校的小宾馆请人吃饭，一边吃饭一边聊工作，校长请人吃饭就有礼贤下士的意味，虽然有几位教授在学界声望显赫，但是周校长请吃饭，再大腕的教授也会受宠若惊地屁颠颠地出席。周国嵘校长虽然已经是官员了，但是他到底还是一位学者，他还需要做研究、写论文，他当然也要吃午饭的，他用吃午饭的时间请人吃饭，既节约了时间，又联络了感情，更解决了问题，他将此戏称为一石三鸟的"饭聊法"。周校长也曾经请邵勇云教授吃饭，邵勇云在学校传周国嵘在留学时去饭馆违法打工、追求美国女同学的奇闻轶事，周国嵘想让邵教授别再信口开河了，便让校办钱主任给邵勇云打电话，提出周校长请他吃饭，邵教授一口回绝了，弄得钱主任目瞪口呆。邵勇云知道周国嵘葫芦里卖什么药，他想到一幕话剧《蒋公的面子》，当年蒋介石兼任国立中央大学校长时，邀请三位中文系教授赴宴，虽然三位教授观点不同、性格迥异，却都没有买蒋公的面子、没有出席宴会的邀请，邵勇云想我们现在的知识分子怎么这般委曲求全、趋炎附势呢？邵勇云教授拒绝赴周国嵘校长的饭局，被学校里传为"周公的面子"，也有传为"邵公的面子"。

三

每天早上 7 点，校车在西湖路的西湖饭店边门对面停靠，小邹、老汪、小漆都是到这里候车的，邵勇云只要去学校，也是到这里候车。今天，邵勇云教授特别把闹钟早拨了十分钟，他怕赶不上校车，今天他们要去办公大楼门口静坐。

邵勇云背着电脑包、端着茶杯抵达候车处时，小邹、老汪、小漆几个都到了。见到邵勇云的身影，他们几个居然鼓起掌来，邵勇云觉得有些奇怪，问："有啥情况？What's the matter?"他用英语重复了一句。瘦瘦的小邹说："有邵先生这样的大牌教授出场，事情就有希望了！"小漆医生说："今天我们都去，一个也不能少！"她用了张艺谋导演的一部电影的名字。老汪还在吃路上买的大饼油条，他喝了一口豆浆说："根据我的分析，这桩事情是凶多吉少啊，你们看那个周胖子在台上那种样子，好像顺我者昌、逆我者亡。现代社会只要有权势，抬轿子的人多了，权势者不用自己出面，一切都心领神会摆得平平的了，只是老百姓心里却摆不平了。"

面包车准时到了，大家彬彬有礼地先后上车，老汪总是最后一个上车，校车上的乘客都说老汪是最有风度的乘客，校车有时也有超员的情况，没能坐上位置的教师，只能几个人一起扬招出租车，再将出租车票拿去后勤处报销，上班时刻打出租车不易，弄不好会误事，汪教授有好几次没有登上校车自己打车去学校的。今天的校车坐得满满当当的，一年四季坐校车的教师们谁都不想让这辆校车停了，谁都不想让大家看作缩头乌龟、看作菜鸟。十六座的中巴车常常是一个传递信息、交流信息的场所，乘客们在不同的学院不同的岗位，上班下班坐上校车就好像进了沙龙：某某学院的院长与某教授在学院门口大打出手，院长被120急救车拉去医院，某教授血流满面出现在校长办公室门口；某某学院今年教师检查身体发现两例癌症病人，一个晚期肺癌，一个早期卵巢癌；校医院两个医生与医院院长作对，天天去找学校党委书记，一定要扳倒这个"送药的"。学校里有两个名人，一个是校医院"送药的"，专门给校领导送药，甚至送补药；一个是后勤处"送饭的"，专门给校领导送饭，安排领导们吃饭，"送药的"与"送饭的"都得宠于校领导。

校车上小邹是活跃分子，心热话直，他常常喜欢与小金"打情骂俏"，他一上车就坐在小金后面的座位上，说："小金，如果校车没了，我去学车买车，我天天捎你！"小金头也不回地说："省省吧，侬开的车我敢坐吗?"小邹转过脸对短发的小漆医生说："七十弄，我开车你敢坐吗?"校医院在家属区的巷子底，小漆回家常常在家属区七十弄巷子出来，有时来不及了就给小邹打电话，让司机顺道到七十弄停一停，小邹就将小漆叫作"七十弄"，其实是上海话"吃煞侬"的谐音，是"我爱死你"之意。小漆故意说："小邹，我最喜欢坐你开的车了，但是以后你每天要到我家门口接的！"小邹笑了，眼睛眯成一条缝，说："有数，有数！我吃煞侬了！"校车上最怪异的是化学系的女教师小顾，已过了三十岁，还是单身，她在校车上不太言语，一开腔却往往惊世骇俗。有一次，老汪正在车上讲《金瓶梅》，讲到西门庆勾引潘金莲时，小顾突然冒出一句话："其实，我看西门庆与潘金莲是一见钟情，他们之间是有爱情的，潘金莲最初爱武松，武松因为潘金莲是他嫂子而不敢爱，潘金莲才移情别恋的！"车上许多人不同意小顾的观点，也有人觉得她说得有几分道理。小顾缠着老汪表态，汪教授沉吟了半晌，说："传统的看法，西门庆与潘金莲是奸夫淫妇，小顾的看法也可以作为一家之言！"校车上的人们大多不愿意搭理小顾，怕这个剩女冷不丁又提出什么怪问题。

四

校车缓缓停在了学校大门口，往常大家就各奔东西了，今天一下车小邹就挥挥手说："走，走，大家去办公大楼门口，不去的是缩头乌龟！是菜鸟！"小邹兴冲冲地走在前面，一行人尾随着往办公大楼而去，看上去也有一点浩浩荡荡的意味。

　　校车的这些乘客们往办公大楼大门口一站，没有拉横幅，也没有喊口号，就一字排开，老的、小的、胖的、瘦的，都静静地伫立着，他们给进大楼的人让出一条道，既不像夹道欢迎，又不像夹道欢送，倒引来进大楼人们的奇异的眼光。坐校车的校组织部的科员小裘、宣传部的小金都说要去办公室报道，就先上楼了。进楼的人，有认识这群请愿者的，就悄悄问怎么回事。小邹就气呼呼地解释说："学校无端地要取消开往市区的中巴，我们这些每天乘坐的人来向学校反映情况来了！"来上班的人一个一个询问，小邹就一个一个地向他们解释。邵勇云与汪琉酆教授在这群人中间特别醒目，不仅是他们的年龄比较大，而且邵勇云像铁塔一样高高的个头、汪教授满头灰白的头发，成为进入大楼人们远远就望到的焦点。

　　小邹拉了拉邵勇云的衣袖，说："邵教授，周校长来了，看，那是他的车！"远远驶来一辆黑色奥迪轿车，轻轻地滑到大楼门口，从后门走下肥硕的周国嵘校长，他先看见了邵勇云，再看见了高高矮矮站在门口的这群人，他不知道发生了什么，但是经验告诉他，必须赶快离开这里。他叫了一声"老邵"，伸出手在邵勇云背上亲昵地拍了一下，就匆匆进门上楼了。邵勇云望着周国嵘匆匆上楼的背影，他想周国嵘住的地方离学校只有公交车一站路，为什么他的车就不能取消呢？办公大楼门口的这一站，到底很风光、到底很正义，校领导的轿车一辆一辆地开到门口，下车的领导一个一个接见站立的请愿者，那管后勤的黄副校长，一身碎格子的灰色西装，看上去就像乡镇企业家；那管外事的廖副校长，一身米色西服套装，把她匀称的身材衬托得凹凸有致；那管科研的牛副校长，一身棉麻中式衣服，就像刚从武馆练功出来。他们都如同视而不见一般，挥挥手、点点头，就都匆匆进门上楼去了。

　　周国嵘校长一进办公室的门，就给校办拨电话，他严厉地跟校办主任老钱说，让他赶快去大楼门口处理此事，把这伙闹事的人撵走，他特别关照，可以找个地方让他们坐下说话，别让他们站在大楼门口，影响不好，可以让他们反映情况，但是别轻易答复任何要求，也别惹恼他们。不一会儿，钱主任就下楼来到请愿者面前，钱主任卑躬屈膝地对大家说："各位老师，大家有什么要求到办公室去说，别站在门口，大家有什么情况可以反映，站在这里解决不了问题。"没有人接他的嘴，大家仍然静静地站着。钱主任原来是外语学院办公室副主任，后来调任校办工作，邵勇云与他熟，邵勇云就说："学校凭什么要取消去市区的校车？"钱主任回答说："现在不是在网上征求意见吗？不是还没有决定是否取消嘛！"汪琉鄠教授把邵勇云拉到一边，说："我看再站下去也不是办法，我们的意见已经反映了，看看学校领导下一步如何动作。"邵勇云想了想，就对钱主任说："老钱啊，是否可以另外安排一个小型座谈会，让大家反映反映意见？"钱主任满脸堆笑地说："可以，可以，没有问题！"

小邹挥挥手让大家散了，钱主任特别与邵教授、汪教授握了握手，连声说："谢谢！谢谢啊！"跨进大楼时，钱主任轻轻地舒了口气。

五

离开学校去市区的校车仍然下午4点半发车，邵教授、汪教授和一干人在校门口候车处等候，中巴车启动了，小漆医生又给小邹打电话了，她让司机在七十弄处停停。小邹打趣地对司机说："刘师傅，对不起，请您到七十弄停一停！"小邹又自言自语唱歌似的说："七十弄，吃煞侬；七十弄，吃煞侬。"坐在他背后的小金拍了拍小邹的肩膀，问："侬吃煞啥人啊？"小邹猛然回头，把脸伸到小金面前，说："吃煞侬，吃煞侬呀！"

中巴到七十弄停了，小漆医生跳上了车，她向大家表示对不起，历史系办公室主任老周说："光对不起，有什么用？每次到七十弄停一分钟，车上每个人损失一分钟，加起来多少分钟？"小漆回头望了望，她说："周主任，这样的罪名我们做医生的可担待不起，记得你那次在校运动会上晕倒，可是我把你送去医院抢救的啊！"周主任尴尬地笑笑，说："开句玩笑！开句玩笑！"

中巴车上的话题转到了今天早上办公大楼门口的请愿，小邹说："到底群众的力量大，我们这么多人在大楼门口一站，那些领导们就慌了，更别说我们有邵教授、汪教授两位大牌了！"汪教授用右手捋了捋花白的头发说："其实，中国社会官与百姓的关系，晚清早就说得很清楚了：百姓怕官，官怕洋人，洋人怕百姓。现在的情况大致依然如此。"宣传部的小金说："这辆校车取消好像是大势所趋，周校长对于今天的事情特别反感，传出来好像说，不能让步。"小邹对小金白了白眼，说："小金，今天你做了缩头乌龟吧！我们一到大楼门口就没有见到你的人影了，真的是菜鸟！"小金苦笑了一下，说："帅哥，我们天天在校领导眼皮底下，我们还要活下去的！"组织部的裘老师说："校办今天也来问我了，我告诉他们我们的想法，钱主任说明天下午开座谈会，让我们派两个代表去参加，我推举了邵教授、汪教授，不知道两位愿意不愿意参加？他们大概会直接通知本人的。"邵教授、汪教授没有反对。

邵勇云回到家时，妻子已经将晚饭做好了，儿子还在阁楼上复习功课，儿子高三了，明年就要参加高考了。儿子平时爱玩游戏，学习成绩不理想，在班级里属于中游。妻子与邵勇云商量，儿子实在成绩上不去，就报考邵教授所在的大学，教师子女可以减少20分录取。吃晚饭时，邵勇云说起今天为校车的事在办公大楼门口请愿的事，妻子孟晓霞急了，说："老邵，你别做出头鸟，别为这件事得罪学校，我们儿子上大学还想沾你的光呢！"妻子孟晓霞在中学里教高中语文，她知道考大学对于学生和学校的重要性。邵勇云回答说："这是两码事，浑身不搭界的！"

晚上，邵勇云在审阅研究生的课程作业时，电话铃响了，是校办公室钱主任，他通知明天下午2点，在办公大楼1001室召开有关校车问题的意见征询会议，请他参加，邵勇云表示准时出席。

六

因为会议在下午2点，上午没有课，邵勇云就没有赶去坐早上7点的校车，午饭后邵勇云坐公交车去学校。这辆公交车虽然可以直接到学校，但是路上需要绕几个大弯，一般路上都需要一个小时，早上坐校车路上最多半个小时。

到达办公大楼的会议室时已经快2点了，推门进去，校办钱主任、后勤处蒋处长、信访科苏科长、校工会贾副主席都在，除了邵勇云、汪琉鄠两位教授，没有其他人了。校办钱主任说了开场白，意思是学校一贯关心教师，随着地铁的发展，交通更方便了，但自驾车的增长使交通更加拥挤了，学校领导在节省开支、开源节流的思路中，考虑停开这辆来往市区的校车，有些教师有意见，今天我们是专门来听取大家意见的。蒋处长、苏科长、贾副主席都没有发言，他们掏出本子准备记录。邵勇云示意让汪琉郾教授先说，汪教授慢条斯理地说："学校在取消校车这件事上，显然没有考虑教师的根本利益，这辆校车的入座率是很高的，十六座的座位基本上都是满座的，有时候还坐不下，教师要另外打车。学校的后勤部门、车队不就是为教师服务、为教学服务的吗？"钱主任显然是有备而来，他打开笔记本慢吞吞地说："根据我们到车队的调查，这辆中巴的入座率不到60%，尤其是下班去市区，甚至有时不到40%。现在我们的地铁已经四通八达了，老师们完全可以坐地铁，为学校节省资源。"汪教授说："为什么要我们这些普通教师节省资源，你们学校领导就不可以节省资源吗？"钱主任说："那是工作岗位不同、工作性质不同，是工作的需要，也是不同级别的权利。"

邵勇云胸有成竹地说："有不少高校都有来往市区的校车，外国语大学、政法学院、交通大学都有，他们都没有取消，为什么我们学校要取消呢？在教学第一线工作的教师是最辛苦的，为什么就不能提供这一点点最基本的方便呢？我们常常提倡为人民服务，而现实生活中，有多少人真正考虑到为人民服务呢？他们往往总是考虑为领导服务，为人民币服务，为什么就不把普通教师的利益放在心上呢？"邵勇云讲得头头是道，他还从学校校车的历史、教师的权益等方面阐述保留这辆校车的意义，钱主任、蒋处长、苏科长、贾副主席都认真记录，频频点头，邵勇云觉得自己讲得很成功，究竟他是认真备了课的，他就像写了一篇起承转合、有论据、有观点的论文，他心里想至少可以推迟这辆校车被停止。

走出会议室，钱主任、蒋处长、苏科长、贾副主席谦恭地与邵勇云、汪琉郾教授握别，说感谢他们出席会议，并诚恳地说，他们一定会将他们的意见和建议向领导们汇报的。

七

第二天坐校车去学校时，在车上汪琉郾教授向大家介绍了昨天会议的情况，他还有些乐观地说："几位主任、处长都认真记录了，并且表示一定将我们反映的情况，向学校领导们汇报。"邵勇云却并不乐观，他说："虽然真理在我们手中，但是权力在他们手里。他们想怎么做，并不一定要征求我们的同意。"

午饭时，小邹给邵勇云打电话了，他说："邵教授，您看看学校的网页，学校已经公布了取消这辆校车的决定，昨天开的征求意见的会议，根本就是一个幌子！"邵勇云回办公室打开电脑上网一看，果然在学校网页的显著位置公布了取消这辆校车的决定，邵勇云就有些被捉弄被玩弄的感觉，他拿起电话打校办，请钱主任接电话。邵勇云在电话里义愤填膺地责问道："钱主任，你们做事太差劲了，昨天还在正儿八经听取我们的意见、建议，今天就把取消校车的布告公示了，你们这不是在玩弄人嘛！要是这样，你们昨天还假模假样开什么征求意见会？"钱主任在电话里说："邵教授，您别误会，这是领导的意思，我们底下办事人员也没有办法。"邵勇云觉得自己受了侮辱，心中的一口恶气堵在心头，没有办法出。邵勇云想了一想，他拨通了周国嵘校长的手机，他们在美国留学时常常称兄道弟的，邵勇云长两岁为兄。邵勇云在电话里说："国嵘老弟，你们校领导停了这辆来往市区的校车，你们考虑了教师的利益吗？昨天还请我参加什么征求意见会，今天就张榜宣布停车，你们还讲不讲理？"邵勇云不等周国嵘答话就关了手机，他只是想出一口气而已。

邵勇云接到小邹的电话，他说："邵教授，今天是这辆校车的最后一班，我们想下车后一起找个地方聚聚，吃一顿散伙饭。"邵勇云同意去。不一会儿，小邹发来短信，告诉预定了淮海中路近复兴西路的小城故事徐汇店。不知道什么原因，最后一班校车竟然超员了，大概大家都对这最后一班校车依依不舍，汪琥酆教授谦让别人先坐下，他下车去坐公交车了，他让大家先点菜，如果他迟到让大家先吃。

校车停下后，邵勇云他们向这最后一班校车道别，向开车的刘师傅道别，邵勇云胸口还压抑着，他想喊叫，他想发泄，他甚至想找人打一架。走进小城故事店堂，就想起了邓丽君《小城故事多》的歌曲。这是一家主营台湾菜的饭店，店堂里简约整洁，服务生为他们将几张长条桌拼在一起。小邹拿起菜单征求大家意见，七嘴八舌点了蚵仔煎、三杯鸡、油条虾、筒仔米糕、台式炸豆腐、生菜素松、菠萝油条、牛肉面、烧仙草、卤肉饭，叫了两扎啤酒，男男女女每人都倒了啤酒，坐公交车的汪琉甄教授也到了，大家一起举杯，为乘坐校车车友们的友谊干杯。店堂里放着邓丽君的歌曲，飘着台湾菜独特的香味，大家好像渐渐已经忘却了校车被取消的不快。小邹举起酒杯，提议为大家的友谊干杯，他先举杯一饮而尽，邵勇云、汪琉甄先后杯底朝天。小金心不在焉，酒杯也没有举起，小邹吼叫："小金，干，干！"小金拿起酒杯，啜了一口。小邹把自己的酒杯倒满，要和小金碰杯干杯，甚至提出要与小金喝交杯酒，大家也在鼓掌起哄"干杯，干杯，交杯，交杯"，小金白了一眼，说："谁要与你喝交杯酒，回家与老婆喝吧！"大家嘻嘻哈哈笑作一团。

八

昨晚邵勇云喝醉了，他自己也记不得喝了多少，他与大家一杯接一杯地干杯，他还与小金、小漆分别喝了交杯酒，甚至还和剩女小顾也喝了交杯酒，他几乎来者不拒、一饮而尽，他觉得心里舒坦了不少，那种因为校车被取消受辱的感觉淡了，他好像年轻了许多，喝着、笑着、唱着、闹着，他甚至放下酒杯拥着小金翩翩起舞。酒喝多了，大家都放肆了，小邹已进入了癫狂状态，想抱谁就抱谁，他与小金、小漆喝交杯酒，分别搂着她们跳舞。

今天是星期六，朦胧的熹微中，邵勇云醒来，他头还有些痛、嘴很干，他起身倒了杯水一口喝下，发现妻子孟晓霞一只白皙的手臂露在丝绵被外，他轻轻地用被角盖住。邵勇云洗漱后，到亭子间打开电脑，补写这几天的日记。邵勇云有写日记的习惯，他只是用简洁的语言记录当天发生的事情。他记录了前天下午的征求意见会，记录昨天给周国嵘的电话，记录昨天晚上在小城故事的聚会，写着写着邵勇云的气又粗了起来，一种被戏弄、被鄙视的羞辱感又升腾在胸间。

早饭后，邵勇云给在晚报当记者的朋友司马姗姗打了个电话，他是在一次英语班上结识她的，邵勇云给他们讲授联系出国的方式和途径、写自我介绍信的规范等，那时司马姗姗准备出国留学，后来因为怀孕而取消了出国计划。邵勇云向司马姗姗简洁地说了学校取消校车的事情，并且说到校领导参

171

加开学典礼一人一辆车的事。司马姗姗表示很感兴趣，希望当面与他谈谈，他们约在邵勇云家附近的一家咖啡馆见面。邵勇云点了一杯卡布奇诺，端上来的咖啡面上做成了一根羽毛的图案。司马姗姗点了一杯摩卡咖啡，咖啡面上用巧克力酱绘成了几根嫩竹，他们俩慢慢啜着、慢慢说着。邵勇云一五一十地说了校车事件的前因后果，司马姗姗仔细询问了校领导一人一车赴开学典礼的情况，她认真地听着、记着。

星期天晚上，小邹给邵勇云打电话，说校车的事当天晚报曝光了，文章标题为《三十年校车被蛮横取消 校领导赴会一人一车》。邵勇云下楼到门口的小店买了一份晚报，仔仔细细地读了起来。司马姗姗很能写，虽然材料都是邵勇云提供的，但是经过她的妙笔生花，颇有夺人眼球、引人入胜的意味，经过对比式的描述，一边是十六座30年的中巴被蛮横取消，一边是赴开学典礼校领导一人一车，让读者产生一种官场腐败、百姓受欺的愤懑。读着读着，邵勇云的气渐渐消了，这几天被玩弄、受侮辱的感觉，释放了、淡化了、消弭了，就像一只鼓鼓囊囊的气球，被针扎了个眼，"噗嗤"一响，气瞬间全被放走了。

九

星期一上午9点，学校举行校级领导述职大会，学校的正职副职领导对一学年的工作进行陈述，邀请了学校的一些教授当听众，这是今年的新举措。上午邵勇云乘公交车去学校，踏进学校会议室的大楼，就看到有人拿昨天的晚报，在说司马姗姗写的曝光的文章。见到邵勇云，就有人向他打探事情的原委，看见校领导的身影，他们都缄口不语了，会议还没有正式开始前，"校车"成为人们口中的关键词。

述职大会开始了，由学校组织部瞿部长主持会议，校级领导都坐在主席台上，好像没有了以往做报告的威风，一个个或笑容可掬、或正襟危坐。望着坐在主席台上这些先后一一述职的领导，邵勇云心里却冒出了汪教授说到的晚清话语："百姓怕官，官怕洋人，洋人怕百姓。"述职大会只是一种仪式，既不需要教授们发言，也不需要教授们投票，只是当当听众而已，大会结束前组织部长关照大家将会议材料留在桌上，不能带走。

邵勇云走出会议室时，校办钱主任告诉他，校党委书记迟方健找他有事说，让他去十楼的书记办公室。邵勇云叩响办公室的门，迟书记打开门，笑容可掬地握手说："邵教授，想找您聊聊。"邵勇云落座后，迟方健拿出了一张昨天的晚报，他收敛了笑容，严肃地问："邵教授，我想知道这篇文章的来历，您可以告诉我吗？"邵勇云历来有直率坦诚的性格，好汉做事好汉当，他便将关于学校召开座谈会、取消校车的事原原本本地说了，也说到了记者对他的采访。迟方健拍了拍晚报说："邵教授，这篇文章对我们学校影响很坏啊，昨天晚上市教委孟主任看到了晚报，他就给我打电话询问此事，我们说家丑不外扬呀，好了，现在弄得满城风雨了。"学校的两位领导，周国嵘校长属于大刀阔斧、主观武断一类，而迟方健属于不急不慢、按部就班一类，他们俩配合在一起，一个唱白脸，一个唱红脸，一个活无常，一个笑面虎。邵勇云说："学校在停开这辆校车的问题上，肯定有失误，今天开调查会，明天就张榜宣布，在行事方式上也缺乏对教师的尊重。"迟书记说："这种做法肯定有不妥当的地方，大概是哪里的环节没有接上，但是您没有经过学校，就此事接受采访，发表对学校不利的言论，也有欠妥之处。"邵勇云回答说："现在是一个民主社会，教师有言论的自由，有表达自己观点的自由，学校根本不尊重教师的意见，我只有向媒体反映了。"对话有些不欢而散的意味，迟书记想让邵教授去向记者做一些解释，甚至提出让司马姗姗另外写一篇正面反映学校的文章，以消除关于校车文章的恶劣影响，邵勇云斩钉截铁地拒绝了，弄得笑面虎也笑不起来了，迟书记将邵教授送出办公室门口时连手也没有握一下。

十

迟方健书记找邵勇云谈话以后，邵勇云就开始觉得哪里不对劲了。先是外语学院郭院长、马书记分别找他谈话，谈话的意思与迟书记说得很相近，只是他们说话的口气更婉转、更客气。后来学校纪委陈书记找他谈话，说有人反映邵勇云在课堂上讲过一些过激言论，诸如中国社会追求民主、自由的道路还很漫长，诸如现在的领导根本不为人民服务，而是为人民币服务，邵勇云依稀记得有些话他在课堂上说过，有些话他并不是这样说的。

那天外语学院郭院长找邵勇云谈话，他告诉邵教授，根据学科发展的现状，学院已经决定将邵教授学科带头人的职位让出，请年轻的教授刘恒山接任。邵勇云回答说："其实刘恒山教授刚刚来了两年，本来应该缓缓再让他接班，既然领导决定了，我就服从。"那天邵勇云去人事处询问申报国家级有贡献专家申报情况，邵勇云是申报上去的候选人之一，时处长却告诉他，在学校最后投票时，他落选了，后勤处的毛处长选上了，学校只能推选一名。邵勇云虽然依旧如同过去一样，上课、读书、写文章，但是他总觉得处处不顺，他像一只落在蜘蛛网里的小昆虫，无论怎样蹦跶挣扎，也逃脱不了这张网，等待他的是蜘蛛的那张血盆大口。

校办公大楼旁边的桂花树开花了，几株金桂、几株银桂在池塘边，暗香沁人心脾。邵勇云去办公大楼的财务处报销，走过池塘边，他深深地吸了几口气。财务处副处长告诉他，他的一个项目经费已经过期了，3万元经费已经收缴了，邵勇云暗暗心痛，这些天一直纠缠在校车的事情上，自己经费的事情也忘记了。

学校每个月发工资的时间是4日，国庆长假以后，工资一般就会到账。邵勇云的银行卡却不像以往，他十月的工资还没有到账，他觉得奇怪。他到财务处问，处长让他去人事处问。邵勇云找到人事处时处长，处长告诉他："邵教授，不好意思，根据我们查询，您的生日在9月28日，因此您已经到了退休年龄，我们已经把您的工资关系转到退管会了。"邵勇云有些懵了，学校规定一般教授60岁退休，学科带头人63岁退休，邵勇云刚到62岁。时处长说："现在您已经不是学科带头人了，当然就应该退休了！"邵勇云突然想到，现在的学科带头人是刘恒山了。邵勇云问："学校一贯说，老人老办法，新人新办法，其他教授从学科负责人岗位下来，不是都按照老办法处理的吗？"时处长沉吟了片刻，回答说："这个要去问管人事的校领导了，我们是按照领导的意思办的。"

学校分管人事的校领导是周国嵘校长，邵勇云去校长办公室找他，校办的人说周校长去南非参加国际会议了。邵勇云去找迟方健书记，迟书记回答说这事他不知道，接着就说他有外宾接待任务，头也不回地走了。迟方健打周国嵘的手机，接线员告诉说这个号码已停机，显然周国嵘校长已经换了新的手机号。邵勇云问校办周校长何时回来，钱主任回答说大概后天。

十一

这两天邵勇云有些失魂落魄，好像他的血压也增高了，脑袋常常嗡嗡地响。他还没有把那张退休的单据送去退管会，也没有给妻子孟晓霞看，他将这张单据藏在裤子后袋里。邵勇云想找到周国嵘当面说说，他是管人事的，邵勇云不能这样不明不白就被退了，他现在才知晓什么叫穿小鞋了，他现在才知道过去的他太高傲了。邵勇云去了办公大楼候周国嵘，他一早就坐公交车去了学校，时间还早，他就在办公大楼的池塘边漫无目的地走着，金桂银桂还在开，虽然已经到了尾声，但是隐隐香气仍然扑鼻。

看看手表上的指针快到8点整了，邵勇云向办公大楼门口走去，他又想到了他们那次在办公大楼门口无声的请愿。党委书记迟方健的那辆灰色的别克轿车先到，管后勤的黄副校长的那辆黑色的福特轿车后到，再是管外事的廖副校长的那辆红色的本田轿车，邵勇云避到了花坛后面，他不想与他们见面，他想找的是周国嵘校长。远远地看见那辆黑色奥迪轿车了，邵勇云从花坛后走出，大腹便便的周国嵘校长从轿车上下来，邵勇云叫着"周校长"迎了上去。周国嵘回头一望，神情好像有些惊讶，他不苟言笑地问："邵教授，有什么事情？"邵勇云说："周校长，我想找您谈谈！"他不再对周国嵘称兄道弟了。周校长没有停下踏上台阶的步子，说："我昨天刚从国外回来，今天很多事情等着我处理呢！"邵勇云紧走几步跟随周校长登上台阶，他掏出那张退休单据对周校长说："校长，您是管人事的，我们学校历来是老人老办法、新人新办法，我还没有到年龄，怎么就这样糊里糊涂地让我退休了？"周国嵘加快了步子，想摆脱邵勇云，他说："我们再找时间谈，我们再找时间谈！"邵勇云执拗地拽住了周国嵘的衣袖，说："不行，我们现在就谈！"周国嵘轻蔑地说："邵教授，你放手，做人要讲讲道理！"邵勇云仍然拽住周校长的衣袖，说："我今天就是来与你讲道理的，我们现在就谈！"不少进大楼上班的人围了过来，校办的钱主任过来了，他对周校长鞠了个躬，钱主任上前对邵勇云说："邵教授，今天上午巡视组要进我们学校，您另找时间与周校长谈，好吗？"邵勇云仍然执拗地拽紧了周校长的衣袖，让周校长肥肥的脖子都缩进了领子里。邵勇云压抑许久的愤怒涌了上来，他已经不能控制自己了，他已经头昏脑胀了。钱主任在周校长的耳朵边耳语了几句，不一会儿来了两个五大三粗的保安，掰开邵勇云拽住的衣袖，让周校长脱身，两个保安一人一边架着邵勇云，邵勇云挣扎着、扭动着，他回过头来大喊："周国嵘，你别欺人太甚！周国嵘，你不得好死！"周校长匆匆走进电梯，电梯的门阖上了，周校长提了提西装的衣领，松了口气。两个保安架着愤怒的邵勇云往大楼外走，邵勇云还在挣扎、还在扭动，突然他不挣扎了、不扭动了，他眼睛合上了，四肢无力了，他瘫软了，他晕过去了。

钱主任立刻给校医院打电话，小漆医生赶来了，她用听诊器听、搭脉搏、观神色，小漆医生说："情况很严重、病情难测定，估计是脑溢血，必须马上送医院！"办公大楼门口刚刚停下一辆中巴，小漆医生发现就是他们以前坐的那辆校车。钱主任告诉小漆说，时间紧张，救命要紧，别叫急救车了，就让刘师傅开中巴去医院。小漆医生说，她还需要回校医院取急救箱，路上以防万一。两个保安将昏迷的邵勇云抬上车，刘师傅加大马力往校医院开去。

不一会儿，中巴车从家属区的70弄开出，小漆医生仔细地观察着车厢里昏迷不醒的邵勇云，耳畔却是小邹的声音："70弄，吃煞侬！70弄，吃煞侬！"

学校办公大楼门口，学校领导们与几大处的处长一起列队，周校长、迟书记站在中间，一条醒目的红色横幅拉了起来："热烈欢迎巡视组到我校检查工作、指导工作！"一辆中巴远远地开了过来，池塘边的桂花香气远远飘来。

原载《西湖》2017年第6期

郝先生的绿背心

一

郝先生临上飞机，才发觉他的一件背心落在宾馆里了。他翻遍了行李箱都没有，国字脸上便露出焦虑的神情。

为他送行的蔡女士就问："是什么颜色的背心，落在哪里了？"蔡女士是马来西亚主办会议的总负责，会议办得有规格、有品位，马来西亚的大报、小报都上了头版。

郝先生回答说："是一件钩针的开司米背心，绿色的，落在宾馆房间的椅背上了。"

同行的方先生打趣地问："什么背心，这么重要？再买一件就是了！"方先生是城市文化研究的专家，他是属于那种虽然大腹便便，却心眼极小的人。

郝先生默默不语，眉心打结，意思是一定要拿回这件背心。

蔡女士拨通了留守在宾馆的助理江小姐的电话，让她请服务员去房间查看。不一会儿，江小姐打电话过来，说背心找到了，现在放哪里。蔡女士让她先收着，等以后给郝先生寄去。

郝先生脸上露出了轻松的神情，方先生却说："寄的钱大概可以买两件背心了，毕竟是从马来西亚寄回中国大陆。"蔡女士却轻松地笑了笑说："没有问题，寄费我来出。"蔡女士是女中豪杰，被大家公认为压倒须眉的美女。

郝先生、方先生推着行李车进了机场，蔡女士向他们挥手告别，她轻轻地舒了一口气，开车向宾馆方向驶去。此次，蔡女士主办的国际会议主题是

"文化旅游与一带一路"，邀请了诸多有名望的学者和文化人士，尤其邀请了马来西亚交通部部长、文化部部长，中国驻马来西亚的大使也出席了开幕式，会议传达出马来西亚对"一带一路"的热情与期盼，马来西亚交通部长甚至透露了中国政府即将参与建设贯通马来西亚全国铁路的信息。

郝先生、方先生到了登机口，找座位坐下。大腹便便的方先生说去一趟厕所，郝先生便在座位上闭目养神。

郝先生大名郝东方，一个颇为响亮的名字，尤其他的姓，好像他做任何事情都是干"郝"事，不像姓"傅"的，就是晋升了正教授、正院长，介绍时还是说"傅"教授、"傅"院长。郝先生1.8米的个子，方方的脸盘，高高的鼻梁，小小的眼睛，最初见到他的人，都以为他是搞体育的，至少是打篮球的。其实，郝东方是一个宅男，不好动，中学时曾经参加过少体校的游泳培训，也没有获得什么成绩。郝先生在家里摆了一副哑铃，早上、晚上常常独自摆弄，倒弄得胸肌、腹肌、肱二头肌硬硬的，脱下外衣常常让同行的男士们汗颜，让女士们喝彩。

郝教授是从事中国当代诗歌研究的，在学界颇有声名。他最初是教师，因为口吃，在学校整顿时，才让他转岗做专职研究人员。其实郝先生平时不口吃，只有紧张时才会。那次是学校巡视员听课，郝先生前晚喝醉了酒，一踏上讲台，见教室里有一张陌生老人的面孔，他突然慌了，才结巴起来，被巡视员反映到学校。听说郝先生有一次请朋友吃饭，是为了申请一个项目，请评委们帮忙，他找了一个高档酒店。点完菜，服务小姐拿了一瓶洋酒上来，郝先生问："多少钱？"小姐晃了晃手里的开瓶器，说："2万。"郝先生突然结巴了，说："开，开，开……"小姐"扑通"一声把酒瓶盖打开了，捧着开了盖的洋酒笑容可掬地站在郝先生面前。额头青筋凸起结巴的郝先生突然崩出下半句"……什么玩笑？"为了这瓶酒，郝先生与酒店争执不下，最后以7折付款，这顿饭让郝先生掏了近两万元，让郝先生肉痛不已，而且这顿饭让客人们特别不爽，后来郝先生的项目也就泡汤了。

郝先生的绿背心是此次与会的台湾女诗人安娜送的。那天刚刚下榻宾馆，郝先生打开窗，望着不远处吉隆坡双塔楼的夜色。宾馆处于吉隆坡的市中心，毗邻双塔楼。吉隆坡双塔楼高452米，共88层，连接双峰塔的空中走廊是目前世界上最高的过街天桥，可以俯瞰吉隆坡最繁华的景色。双塔楼是马来西亚国家石油公司用 20 亿马币于 1997 年建成的，因此，被称为石油双塔。当年，双塔楼打破了美国芝加哥希尔斯大楼保持了 22 年的世界最高纪录，成为当时世界上独一无二的巨型建筑，也成为吉隆坡的地标和象征。

郝先生正独自在窗口欣赏着吉隆坡的夜景，突然听到门铃"叮铃"一响，那门铃的声音听上去好像怯怯的，不像宾馆服务员按门铃那样理直气壮，却像撬门扭锁者在试探房间里是否有人，他好见机行事。郝先生犹豫了一下，他对吉隆坡这个城市还不熟悉，他怕有按摩女上门做生意。"叮铃"，又是怯怯的一声，郝先生轻轻地打开一条门缝。门口站着一位亭亭玉立的女子，一身青花瓷图案合身的旗袍，一头飘逸的波浪长发，细长的颈项上松松地围着一条彩虹色的真丝围巾，一副金丝边眼镜，挺挺的鼻梁下一张樱桃小口，露出恬静幽雅的笑。郝先生好像不认识这位女士，他怯怯地问："您是……？"

旗袍女子老朋友般地说："您不认识我了？我是安娜，台湾诗人！"郝先生打开了门。安娜递给郝先生一本诗集，说："这是我最近刚刚出版的诗集《阿里山情思》。"郝先生好像这才缓过神来，把门开大了，伸手让进房间。郝先生去年曾经写过一篇《论安娜的抒情诗》的论文，刊登在一家学术刊物上，反响不错。

安娜又打开一个宣纸包，里面是一件绿色的背心。她有几分羞怯地说："郝教授，这是我亲自用钩针钩的背心，专门为您钩的，希望您能够笑纳！"背心是用开司米钩的，在绿色的底色上，是几株深秋的银杏树，板块式的构图洋溢着现代意味，金黄的树叶在绿色的背景上分外醒目，这是一件精致的艺术品。

郝先生有些口吃了，他嗫嚅地说："这、这、这怎么好意思呢？"他将背心套上，照了照镜子，十分合身，洋溢着青春的活力。显然，安娜是个有心人，她连郝教授的尺寸都掌握了。

安娜说："谢谢您上次在澳门时给予我的帮助，也谢谢您去年为我写的那篇论文，我们一起的几个诗人都很羡慕，都希望您能够给他们也写一篇呢！"安娜起身告辞了，说明天还要开会，早点休息，郝先生目送安娜婀娜的背影袅袅婷婷地离去。

二

安娜离开了，郝教授觉得安娜身上那股淡淡的白兰花般的香气很好闻，人走了，香气还在房间里萦绕，他不禁深深地吸了几口气，眼前便弥漫开了前年在澳门开会的情景。

郝教授与安娜结识是在一个当代诗歌的研讨会上，初见面会议休息时她独自叼着一根摩尔烟在走廊里，他就觉得这个女人不寻常，那是一句样板戏《沙家浜》刁德一说阿庆嫂的台词，他在心底里慢慢悠悠地哼了一句"这个女人不寻常"。安娜大大方方地伸手自我介绍，郝教授握着安娜的小手，觉得柔柔的、滑滑的。他自我介绍："我叫郝东方，好人一个！""谁知道你是好人还是坏人！"安娜诡谲地一笑，露出一对酒窝。郝东方在诗坛有两个诨名："郝结巴"和"郝一刀"。"郝结巴"是因为他常常激动时说话结巴；"郝一刀"是他常常下笔不留情，对于某些诗人诗作予以辛辣的批评，甚至是批判，"砍一刀"。郝教授走下讲坛走进学界，倒成就了他，他可以用全部时间搞研究。最近，郝教授又发惊人之语，说中国的诗坛都脑瘫了，把一个脑瘫诗人捧上了天。郝教授在与人争执时说，什么"穿过大半个中国去睡你"，这个脑瘫诗人就是一种欲望得不到满足的暗恋、自恋。郝教授伸手指着对方的脑门咄咄逼人地问："如果她穿过大半个中国来睡你，你怎么办？我想你一定和大多数男人一样落、落、落荒而逃的吧！"一激动郝教授又口吃了。

诗人和评论家虽然坐在一起，却往往说不到一处，他们常常为某个看起来十分幼稚的问题争论不休，甚至诗人和诗人争得动起手来。那天他们讨论古体诗能否进当代新诗史，一部分人觉得当今的古体诗与传统诗歌大不相同，应该进入当代新诗史；另一部分人提出古体诗属于旧体诗，就不应该进入当代新诗史。郝教授曾经写过一部台湾新诗史，他持比较中立的态度。郝教授在私下里与安娜聊天，聊的几乎都是与诗歌无关的事情。他们聊得很投机，甚至聊到了男女出轨的问题。郝先生的意思是男人出轨是天经地义的，因为雄性动物都有弱肉强食繁衍后代的责任。安娜却对郝教授的看法嗤之以鼻，认为人类是高级动物，已经没有低级动物的本性，男女之间不应该只有欲望而没有心心相印。安娜甚至认为女人的出轨几乎都是给男人逼的，女人比男人更理性，女人在男人身上得不到她想要的，才去另谋出路的。他们俩的争论被旁边几位女诗人听到，她们也加入了进来，让势单力薄的郝先生几乎成为众矢之的、哑口无言，弄得郝先生又口吃了。

那天下午，会议安排大家在澳门游览。澳门，郝先生来过多次，他不想参加，安娜缠着他让他一起去，安娜说要买一些澳门的手信带回去，那是澳门的一种点心，她让郝先生带去钜记饼家，郝先生便答应了。郝先生对澳门很熟悉，他几乎可以当导游了。郝先生给几位女诗人说澳门的历史，说圣保禄大教堂的建筑特征，说澳门市政厅内墙葡萄牙的蓝白瓷砖，说市政厅对面广场海浪般的地砖，说有 300 年历史的澳门大炮台，说红色和浅黄色为主的恋爱巷，说糅合了文艺复兴和东方建筑两种风格的大三巴牌坊，郝先生有口才，滔滔不绝、引经据典，让安娜和几位女诗人佩服得五体投地。

那天，安娜穿着一件白色的连衫裙，足蹬一双黑色的高跟鞋，在广场海浪般的地砖上趾高气扬地走着，并张开双臂左转右转，好像一只海鸥在海浪间翻飞。在从大三巴牌坊往下行时，安娜与几位女诗人嘻嘻哈哈开着玩笑，不知道为什么她突然扭了一下脚，"啊呀"大叫一声，她坐在了地上，她的脚脖子崴了。几个女诗人把安娜拽了起来，两个人架着她走，安娜像一只伤了脚的麻雀，用一只脚跳着、蹦着，脸上露出痛苦不堪的表情，她也没有精力去钜记饼家买手信了。郝先生看着安娜痛苦的表情，提出说要背安娜回宾馆。安娜迟疑着，几位女诗人却在一边鼓动着、催促着。郝先生蹲下身子，安娜犹疑着，她被几位女诗人像抬新娘一样抬到了郝先生宽厚的背上。

郝先生背着安娜起身，他一时不知道手往哪里放，其实他应该两手揽住安娜的大腿。安娜双手紧紧揽着郝先生的脖子，身体却往下坠，郝先生赶紧用双手揽住安娜的大腿。郝先生心里突然有些激动，他不知道在澳门大三巴前背着一位美女是怎样的镜头，古老的大三巴，洋装的现代美女，他不知道此生还会有这样的艳遇，虽然郝先生是一位比较矜持的学者，但是他显然尚未修炼到坐怀不乱的境界，他按捺住自己，一步一步稳稳地往前走。

澳门这个地方，好像都是建在山坡上的，马路大多是陡陡的、斜斜的，马路两旁都停了不少车，给行驶的车辆留出一条狭窄的路。郝先生背着安娜，女诗人们给安娜提着包，安娜在郝先生的背上呻吟着。那天也奇怪，居然没有看到一辆出租车，郝先生一直把安娜背进了宾馆，背上了楼，背进了房间。郝先生学雷锋做好事般地背着安娜，安娜乖乖女般伏在郝先生宽厚的肩膀上。这一幕后来被传到会议上，有的说是英雄救美，有的说是诗坛艳遇，有的说是霸王背姬，有的说是男人吃豆腐，众说纷纭，莫衷一是。后来郝先生独自去钜记饼家为安娜买了两盒手信，安娜给他钱，他坚决不收。

大概那次会议以后，郝先生与安娜加强了联系，他们互加了微信。安娜回台湾后，写了一些感谢的话语，甚至写了几首有几分暧昧的诗，弄得郝教授有些紧张，他怕夫人看到会误会，他干脆将安娜的微信号改成了"10086"。有几次弄得夫人有些疑惑："怎么现在10086也发这样奇怪的微信了？"郝教授哼哼哈哈地不知所云，倒也应付过去了。

三

郝教授后来想到，人是一种奇怪的动物，既然结识了、熟悉了，就应该有肌肤的接触，就像20世纪80年代办舞会，牵着手、搭着背，成就了不少对新娘新郎，也酿成了不少家庭的婚变。郝教授背女诗人安娜后，总觉得背被烙着了，心被牵着了，就像是一只飘飘然上天的风筝，那线却牵在她的手里，他甚至几天不洗澡，不知道是否想留住背上的气息。

昨晚收到安娜送给他的绿背心后，郝教授几乎彻夜未眠，他将那件绿背心放在枕边，左看右看，左摸右摸，觉得心里暖暖的、痒痒的，好像谁用一根鹅毛撩拨着他的心尖，让他想做些什么，他却又不知道去做什么。那夜，他打开窗帘，望着窗外那巍峨的双塔楼，恍惚间却觉得那双塔，一个是安娜，一个是自己，比肩而立，卿卿我我，在晨光熹微中，郝教授才闭眼入睡。

开幕式在马来西亚马华大厦举行，郝教授早早地吃了早饭，穿上了那件绿背心，把西装搭在手腕上，出现在会场上。在众人皆西装革履黑压压一片中，郝教授那件绿背心鹤立鸡群般地显眼出挑，那记者摄像的镜头总往他的身上扫。也许是精神的力量，昨夜虽然大半夜未眠，今天郝教授却特别精神抖擞，他的眼睛在会场里搜寻着，郝教授终于看到了她，穿着一件蓝底百合花的旗袍，将全身的曲线勾勒得风生水起。安娜热情地与郝教授打招呼，还拉着郝教授在主席台前合影。郝教授内心倒是有些怯怯的，他好像怕被别人看出他穿的绿背心是安娜送的，他悄悄地套上了那件灰色的西装。方先生是一个特别敏感的人，他好像发现了什么，他走到郝先生面前颇有意味地问："郝教授，背心很漂亮呀！何必用外套罩上？"郝先生嗫嚅地回答说："空调开得太低了，有些凉！"方先生又问："背心是嫂夫人钩的，还是情人送的？"郝先生内心一惊，嘴里却说："哪、哪、哪里有情人送，你狗、狗、狗嘴里吐不出象牙！"

会议开幕式的排场很大，马来西亚的交通部长做了题为《"一带一路"是激发马来西亚经济潜力的强大引擎》的主题报告，马来西亚的文化部长做了题为《"一带一路"与马来西亚的文化发展》，他们显然都是做了精心准备的。主办者之一的盘先生做了题为《让旅游文学更风华澹美》的主题报告，引起与会者的共鸣。

郝先生今天有点魂不守舍，台上达官贵人的报告他几乎一句也没有听进去。他用手机写了一首诗，用微信发给了安娜：

灯光熠熠有双塔，
君送背心走天涯。
情真意切吉隆坡，
风风雨雨也不怕。

不一会儿，手机里发来了安娜的唱和诗。

梦里南国望双塔，
谢君背我到天涯。
礼轻情重吉隆坡，
心有灵犀天不怕。

到底是女诗人，敏捷聪慧，甚至胆子比郝教授更大，语气比郝教授更直，弄得郝教授更加有些得意忘形、魂不守舍了。拍集体照的时候，郝教授挤到了安娜的身后，郝教授低头闻到了安娜的发香，白兰花般沁人心脾，夹着一些淡淡的香烟味，他脱下了外套露出了绿背心，紧紧贴在安娜的背后，对于郝教授来说，这是一张特别有纪念意义的照片。

或许是这件绿背心的神助，郝教授发言时口若悬河、滔滔不绝，他的题目是《当代新诗与"一带一路"》，在会议红色会标的映衬下，这件绿背心格外醒目，尤其是背心上的金黄色杏叶，像黄金一般闪闪发光。穿了这件绿背心，好像打了一剂强心针一般，原本比较矜持内敛的郝教授，变得兴奋异常，他好像忘记了规定的发言时间，弄得主持人不得不一再打断他。

安娜的发言题目是《台湾行旅诗与"一带一路"》，她列举了大量台湾诗人在旅行时创作的诗歌，意在说明台湾行旅诗与"一带一路"的关联，显然作为一个诗人，没有学者那样有逻辑性，那样严谨，但是安娜朗诵的诗歌悦耳动听，为她的发言加了分，激起一阵阵掌声，郝教授把巴掌拍得山响。

晚饭的时候，郝教授坐到了安娜那一桌。马来西亚没有受到"八项规定"的约束，既然有好酒，郝教授便与安娜对饮。安娜撺掇郝教授上台唱歌，喝得有几分醉意的郝东方果然上了台，他擎起酒杯对着台下说，他唱一首歌献给他最敬爱、最端庄、最美丽的蔡女士，也献给最聪慧、最柔美、最娇美的诗人安娜，激起了台下的一阵喝彩。郝教授显然不擅长歌唱，他把一首情歌唱得声嘶力竭。晚宴特别丰富，节目也十分丰富，北京来的小胖哥的快板功夫了得，一口气将北京的名菜、天津的名菜道了个遍。马来西亚的那位口琴演奏家，将各种口琴吹得天花乱坠，大到手臂般的、小到食指般的口琴，激起一阵阵掌声与喝彩。

郝教授在与安娜对饮中显然不是对手，郝教授好像醉了，两眼朦胧、两手乱挥，甚至给安娜敬酒时都有些语无伦次了。安娜仍然很矜持，一手擎杯一手夹烟，来者不拒，满杯而尽，落落大方，举止得体，令一桌的人们都惊讶安娜的酒量。安娜不动声色地说，这点酒算什么！后来熟悉安娜的朋友告诉郝教授，你喝酒根本抵不上安娜的一角，安娜曾经长期酗酒，丈夫与她离了婚，安娜后来才戒了酒。

当晚是方先生和安娜把郝教授扶回房间的，一进房间，郝教授就冲进盥洗室哇哇哇地吐了。方先生先离开了,安娜给郝教授倒了一杯水,把他扶上床,见郝教授打起了呼噜,安娜悄悄退出了房间。

<h2 style="text-align:center">四</h2>

第二天清晨,手机响了,还在酒乡里未醒的郝先生拿起手机,是夫人刘莉丽打来的电话,前天郝先生抵达酒店后,因为绿背心的事,他忘记给夫人打电话报平安了,一开会、一喝酒,就把此事忘到九天云霄外了。

郝先生此次与会,是马来西亚方面提供来回机票,坐的是马来西亚航空公司的航班,本身就让夫人有些担惊受怕。2014年马来西亚航班MH370失踪事件,在世界上引起了巨大反响。3月8日凌晨2点40分,马来西亚航空公司一架载有239人的波音777-200飞机突然与管制中心失去联系,飞机由吉隆坡飞往北京,应于北京时间2014年3月8日6时30分抵达北京。中国、马来西亚和周边国家均动用了诸多飞机军舰搜寻,一直未找到。2014年3月24日晚10点,马来西亚总理纳吉布在吉隆坡宣布,马航失联飞机在南印度洋坠毁,机上无一人生还。由于一直未找到飞机的残骸,究竟该飞机去了哪里,直到今天好像还是一个谜。

夫人刘莉丽在电话那头问:"老公,你一切都好吗?到了也不打个电话回家!坐马航的飞机,让人担心死了!"郝东方好像还没有从醉酒状态中回过神来,他嗫嚅地回答说:"一切都好,一切都好,前天到得晚,昨天开一天会,累死我了!"

夫人刘莉丽在儿童医院任主治大夫,工作特别忙。他们俩是在火车上认识的,那天郝东方车厢里有一个男乘客突然发病,口吐白沫,倒地抽搐,不省人事,广播员广播找寻医务人员,刘莉丽匆匆来到郝东方的车厢施行急救,郝东方就做了助理。刘莉丽让郝东方递去一柄牙刷,她用牙刷拨开病人的嘴,把毛巾插在病人的牙齿中间,以免病人咬伤舌头。刘莉丽说病人是癫痫发作,让郝东方用毛巾将病人口边的白沫揩去。过了一会儿,病人就醒了,他好像完全不知道自己刚才昏厥的事情。郝东方与刘莉丽结识了,他对医生一贯有些敬畏,但是刘莉丽明眸皓齿的美丽、温文尔雅的举止吸引了郝东方,他知道他们住在同一座城市，就有点怯怯地去要刘莉丽的电话，刘医生倒大方，给了一张她的名片。后来郝东方就主动与刘医生约会，那年年底他们就步入了婚姻的殿堂。

郝东方到底是弄文学的，身上究竟有一些浪漫气息，多了一些幻想，多了一些小资情调。刘莉丽却是弄医学的，身上更多科学精神，多了一些实际，多了一些逻辑推理。郝东方喜欢花花草草，炒一个菜也喜欢色香味俱全；刘莉丽却十分务实，窗帘只要能遮光就行，饭菜只要能吃饱就行。婚后他们俩经过了一段不短的性格磨合期，郝东方终于缴械投降，一切随夫人，不然这个家不得安宁。当医生的刘莉丽几乎有洁癖，回家后第一件事就是洗手。家里的东西放在哪里都有规定，用了以后必须放回原处，郝东方常常因此受到夫人责骂。就是在床第之事上，郝东方也不得不听夫人的，刘莉丽规定只有在双休日才能做，郝东方却常常兴趣来了，踢开被子就干，往往被夫人推下身，甚至被推下床。

斗转星移，日月如梭，他们的儿子已去北京读大学了，他们夫妻间的话语好像越来越少。郝东方常常宅在家里，读书写文章；刘莉丽总是去医院上班，为病患服务。他们俩也曾经一起去旅游，法国巴黎、英国伦敦、埃及金字塔、柬埔寨吴哥窟，但是他们之间的共同话语好像越来越少，身体之间的接触也越来越少。郝东方现在希望多多参加学术会议，这样可以自由自在地快活几天，少被夫人管头管脚，他忍受不了夫人絮絮叨叨的责难。

郝东方挂断了夫人的电话后，伸了个懒腰。今天需要收拾行李，会务组安排与会代表坐飞机去槟城。

五

槟城也称"槟州"，位于马来西亚西北部的马六甲海峡，是其第三大城市，也是旅游胜地。从吉隆坡坐飞机到槟城只需一个小时航程。安娜、黄岚、胡珉是此次会议上的三朵鲜花。来自日本的黄岚胖胖的、矮矮的，无忧无虑，嘻嘻哈哈的；来自新加坡的胡珉高高的、瘦瘦的，文静深沉，寡言少语；安娜的性格好像处于她们俩的中间，但是黄岚、胡珉如陪衬人一般将安娜陪衬得更加艳丽。

俗话说:"三个女人一台戏!"安娜、黄岚、胡珉三个女人在上飞机前,就拿郝东方开涮,让郝东方交代是否出过轨,因为安娜提到了郝东方关于男人出轨的理论。在飞机上,郝东方凑巧坐在这三个女人旁边,审问一直进行着,最后郝东方只好讨饶,他故意夸大其词地说:"出轨过,出轨过。"黄岚咄咄逼人:"说!出轨过几次?出轨过几次?"弄得郝东方又结巴了:"出、出、出轨过无数次!无数次!"

下飞机后,主办者特意安排在美丽华美食中心吃午饭,吃的是槟城风味小吃,炒粿条、亚参叻沙、槟城虾面、炒萝卜糕,一样一样先后端上桌。美食中心就跟大排档差不多,在一个大棚里,天气很热,风扇呼呼地扇着,食物却十分可口。胖胖的黄岚显然是天然的吃货,边吃边流油汗,大喊过瘾过瘾。胡珉吃了碗炒粿条,就用餐巾纸擦擦嘴、擦擦汗,说不想再吃了。安娜好像回到了台湾,台湾的蚵仔煎、卤肉饭、担仔面、葱抓饼、牛肉面,安娜一边吃一边说着台湾的小吃。郝东方坐在一旁安静地吃着,他望着安娜将炒粿条中一只红红的虾塞进猩红的嘴唇里,他觉得很美,很性感。

午饭后,大巴将一行人拖到了乔治市滨海的火烈鸟酒店,一只玫瑰色长颈的火烈鸟是酒店的LOGO。酒店的泳池碧蓝碧蓝的,让人想马上跳下去畅游。安娜与黄岚、胡珉约定午睡后下池游泳,安娜让郝东方也参加。郝东方将安娜的行李拖到房间门口,他欣喜地发现,他们俩是隔壁邻居,老方的房间在对门。

午后,郝东方听到有人敲门,咚咚咚的,理直气壮的,安娜在门外喊:"郝教授,游泳了!游泳了!"郝东方开门一看,安娜已经换上了湖绿色的泳衣,肩上披着一条大浴巾。郝东方让安娜等等,他匆匆换上泳裤出门,安娜望了一眼郝东方,他两块胸肌和肱二头肌凸起,呈现出男性的阳刚之气,看见安娜的目光,郝东方故意绷紧了肌肉。郝东方随着安娜一起下楼,黄岚、胡珉、老方已经穿着泳衣泳裤在泳池里了,两个女人见到郝东方便发出哇哇的惊叹声,大概也是惊叹郝东方的肌肉。郝东方一看她们俩,不禁哑然失笑,矮矮胖胖的黄岚穿着一件紫色的泳衣,露出肥肥的肩膀和大腿,像一只紫色的胖茄子。胡珉穿了一件猩红的泳衣,瘦瘦的躯体撑不起这件泳衣,就像晾衣架上晾了一挂红辣椒。老方大腹便便，好像满腹经纶不停地往外冒。郝东方到底在少体校培训过，他跳下泳池振臂游了起来，像水獭、像海狮、像蛟龙，让黄岚、胡珉羡慕不已，黄岚学着郝东方的模样跃手跃脚，却只能在原地打转。

酒店的游泳池实在太小，郝东方觉得施展不开，他挥动双臂游蝶泳，扑腾几下就到了泳池对面。酒店濒临大海，有人提出去海里游泳，郝东方立刻同意了，一行人出了游泳池，兴冲冲往海边走去。郝东方阳刚气十足地走在前面，胖胖的黄岚好像企鹅摇过去的，瘦高的胡珉好像飘过去的，而肥硕的老方好像海象摆过去的。海边的沙滩上，有人在打排球、堆沙雕，郝东方一头扎进了大海，振臂往深处游去。安娜、黄岚、胡珉、老方在海边的浅水处，扑腾过来的海浪让她们几个一跳一蹦，不停地躲避着海浪的冲击。郝东方挥臂畅游，游到有标志处再游回来，来来回回让他感受到大自然的亲和力。

郝东方游了大约半个小时，他忽然听到有人在海边大叫："救命！救命！"郝东方向海滩边望去，好像是黄岚在叫，郝东方用自由泳的方式奋力向海滩边游去。他看到黄岚、胡珉在齐胸的海滩边，肥硕的老方站在海水齐胸的海滩边呆若木鸡，没有了安娜的身影，黄岚说刚才她们还在一起的，现在不见了安娜。郝东方抬头望着海面，只见海面上有一道晃动着的波纹，好像是有人在拨水，郝东方跳进浪中奋力游去，黄岚、胡珉焦急地望着郝东方的身影。

郝东方将被海浪打入海里的安娜拽上了岸，黄岚、胡珉、老方七手八脚地在一旁帮忙。安娜的水性不好，她们刚才约定在靠近海岸边玩玩，不料一个大浪将安娜拽进了海里。郝东方在少体校游泳培训时学过如何抢救溺水者，他清理双目紧闭的安娜嘴里的海藻，将安娜腹部放在他屈起的膝盖上，让安娜腹中的海水渐渐吐出。郝东方将耳朵靠拢安娜的嘴唇，几乎听不到一丝呼吸，他赶紧将安娜平放在沙滩上，他不顾三七二十一，托起安娜的下巴，捏紧安娜的鼻孔，深吸一口气，往安娜口中吹气，郝东方示意黄岚、胡珉按压安娜的胸部，胡珉在一旁六神无主地流泪，黄岚伸开如莲藕般的双臂往安娜胸口按去，老方站在一旁好像想伸手却有些不知所措。酒店的医护人员来了，他们一起帮助郝东方做人工呼吸。黄岚突然发现安娜的胸口有了起伏，她大叫起来："醒了，醒了，安娜醒了！"酒店叫来的急救车，把安娜送去了医院。

晚饭时，医院传来了消息，安娜没事了，幸亏救得及时，不然就是救活了，缺氧时间过久，也有可能酿成智力下降，甚至导致脑瘫。微信群里不知道谁用手机拍摄下郝东方为安娜做人工呼吸的场景，嘴对嘴一口一口把气吹进安娜的肺叶里，身旁大腹便便不知所措的老方为背景，引来了许多人点赞，也有人说怪话的，说这个男人乘机捞了一把！天下什么人没有，做什么事都会有人说！郝东方看了看微信，淡淡一笑。那天谁都不记得是哪个提出下海游泳的，如果在游泳池游泳，根本不会发生这样的事情，郝东方心里想。

六

今天，会议安排代表们在槟城游览，参观水上人家、姓氏桥、3D壁画、邱公祠，安娜没有参加，她在宾馆里休息，郝东方便有些魂不守舍，他随着大家漫不经心地走着。

不少人还在议论昨天的事情，黄岚、胡珉走在郝东方的身边，她们俩今天对郝教授特别亲热，黄岚拍了拍郝东方的肩膀说："郝兄，您真够哥们的，昨天要不是您，安娜就被卷到海底了！"胡珉真诚地说："郝教授，您的水性真好！浪里白条！"方先生在一旁不痛不痒阴阳怪气地说："便宜都给郝东方占了，昨天我也想冲上去的！"黄岚不屑一顾地翻了个白眼说："方大哥，您是说冲上去做人工呼吸吧？不是说冲进海里救人吧？"方先生笑嘻嘻地说："都冲都冲，先冲进海里救人，再冲上前做人工呼吸，不能少一个步骤的，你说是吗？"方先生面对文静的胡珉说。胡珉冷冷地回答："您就是有这个心，也没有这个水性！"

在参观壁画巷时，黄岚、胡珉十分兴奋，拉着郝教授给她们俩拍照。壁画巷的壁画，大多是2012年为乔治城节庆画的，画者为来自立陶宛的画家尔纳斯，尔纳斯的壁画大多有生活的原型，充满着生动活泼的生活气息。最出名的壁画是骑自行车的姐弟俩，斑驳的墙上画着穿白衣灰裤的姐弟俩，姐姐在前面骑车，弟弟坐在后面抱紧姐姐的腰，张大嘴巴在嘶喊，仿佛在享受奔驰的刺激和快感，姐弟俩脸上都露出欢乐的神情，一辆真的自行车靠着壁画放着，好像真的是画中的自行车。黄岚用双手拽住自行车后的书包架，她让胡珉在她背后抱住她的腰，好像是想让飞驰的自行车停下，郝教授将这个场景拍摄入黄岚的手机中。

壁画巷的壁画丰富多彩，有黄衣男孩站在靠背椅上伸手去拿头顶的可乐的，有窗棂里姐弟俩伸手到窗口外笼屉里取食物的，有兄妹俩靠在一起荡秋千的，有小男孩跳起投篮被女孩盖帽的，有蓝衣黄裤墨镜男子推防盗门的，壁画巷还有许多当地艺术家制作的铁线画，让这条壁画巷生动了许多。蔡女士做了义务讲解员，她说："画家尔纳斯的许多壁画都有生活原型，如单车姐弟，是室内设计师陈景元的孩子，姐姐叫陈一，弟弟名陈肯。尔纳斯曾经说，其实每个人都是艺术家，当他们在街头看到这个壁画的时候，都能够以自己的方式进行诠释，完成艺术的二次创作。"郝东方上午就有些萎靡不振，与黄岚、胡珉的兴高采烈形成鲜明的反差。蔡女士让郝东方站在单车姐弟壁画前留影，郝东方绿色的背心与壁画的背景分外协调，郝东方严肃的表情与姐弟欣喜的笑容形成了有趣的对比。

午饭时走进酒店，郝东方意外地发现，安娜居然已经坐在玉宫海鲜楼了，大家纷纷上前问候安娜，安娜站起身向大家鞠躬致意。今天安娜穿了一身银灰色的正装，收腰的上装勾勒出安娜苗条的身材。黄岚、胡珉兴高采烈地上前拥住了安娜，好像阔别多少年似的。安娜示意郝东方坐她旁边，让原本想落座的方先生有些尴尬，他移位坐在了安娜对面，嘴里含混地说："郝东方能坐，我就不能坐？"筵席开始前，安娜特意为自己和郝东方斟满了红酒，安娜悄悄地擎起酒杯，微笑地向郝教授敬酒，仅仅说了两个字"谢谢"，随即便说"我喝完，您随意"，仰脖就把满杯的红酒干了。黄岚、胡珉在一旁鼓掌叫好，对面的方先生两眼盯住郝东方，意思是看你的了。见此情景，郝东方也举起酒杯一饮而尽。

下午，会议安排参观孙中山纪念馆和娘惹博物馆。位于打铜仔街 120 号的一幢两层楼房，是 1910 年孙中山领导的同盟会南洋机关总部。广州新军起义失败后，孙中山于 7 月 19 日来到槟城，将同盟会南洋总机关部从新加坡迁到槟城，11 月 14 日，孙中山在这里召开大会，讨论发动新军起义的有关问题，筹得八千大洋，为黄花岗起义和辛亥革命奠定关键性的基础，此次会议史称"庇能会议"。蔡女士请曾经给来访的胡锦涛做过讲解的许女士做讲解，大家围坐在长条桌前，生动简洁的讲解，善解人意的话语，让大家感受到了孙中山当年的艰辛与执着。蔡女士请讲解员和大家一起合影，大腹便便的方先生特意插到镜头前面，挡住了郝东方的半张脸，郝东方伸手拨开方先生，方先生回头一个诡谲的笑。

走出孙中山纪念馆，他们一行又来到湖绿色两层楼豪华的娘惹博物馆，门楣上有"榮陽"二字，两旁的对联为"榮華能使家聲遠，陽耀偏教世澤隆"。蔡女士介绍说这幢楼已经有上百年历史了，房主人郑景贵为华人富商，祖籍广东增城，其父亲早年越洋到马来西亚谋生，郑景贵奉母命前往马来西亚寻父，随父经营工商业，他成为马来西亚锡矿业巨头，他们家成为当地名门望族，1877 年获封为霹雳州的"甲必丹"武官职衔（谐音取自 Captain，当时代表州长）。郑景贵家财万贯不忘回馈社会，建立祠堂保留传统中国礼俗，兴建私塾教育子弟。2004 年，这幢古宅经过整修开辟为娘惹博物馆，收藏有上千件名贵古董和藏品。

心直口快的黄岚问："娘惹是啥意思啊？"

蔡女士回答说："早年郑和下西洋，来到马来西亚，跟随的有些华人随从就开始在南洋定居。华人男子娶了马来西亚本地女子为妻，生下的孩子，男的就叫峇峇（Baba），女的就叫娘惹，产生了华人文化与马来文化的融合，被称为娘惹文化，就有了娘惹服饰、娘惹珠绣、娘惹餐具、娘惹菜肴等，已经成为马来西亚宝贵的文化遗产。新加坡电视剧《小娘惹》就是在这里拍摄的。"

娘惹博物馆里，有一个别致的圈椅，这个圈椅是用柚木打造的，是连在一起的两个并座的圈椅，却分别是不同的面向，精致的椅背椅座上用贝壳镶嵌了精巧的图案。穿银灰色正装的安娜，拉着郝东方分别坐在圈椅上，他们对目而视，让黄岚给他们俩留影。郝东方刚刚起身，大腹便便的方先生就一屁股坐下，他大概也想与安娜合影，安娜却装作没有看见似的款款起身。黄岚就坐在安娜坐过的圈椅里，让胡珉为他们俩合影，也就让方先生掩饰了安娜离座的不悦。

七

当晚槟城狂风暴雨，火烈鸟酒店的海滩上，狂风大作，海浪滔天，雷电不时劈开夜空，露出狰狞的面目，海滩边的几株椰子树，原本弯弯的树干被狂风刮得左右摇晃，像一个披头散发的疯女人。郝东方赶紧将通往阳台的门窗关紧，暴雨就像鞭子一般抽打在窗玻璃上。透过雨帘朦胧的窗户，郝东方发现那几幢靠海背山的高高商品房，好像在风雨中晃动，窗棂下海滩边红屋顶的连体别墅，好像是暗夜中的狮虎，默默地忍受着大自然的惩罚。宾馆的那泓蓝底白边露天的泳池，在暴风雨中张开大嘴迎接着倾泻的暴雨，泳池的水好像已溢出了泳池。

郝东方打开手提电脑，想将他的会议论文《当代新诗与"一带一路"》修改润色，交给相关的学术刊物发表。听着窗外的风狂雨猛，望着窗外漆黑的海滩，郝东方好像有些恍恍惚惚，眼前晃动着他给安娜做人工呼吸的场景，晃动着安娜被抢救过来后无力睁开的眼眸。郝东方突然想到今天参观娘惹博物馆时，蔡女士提到的新加坡华语电视剧《小娘惹》。郝东方便在网上搜寻电视剧《小娘惹》，不一会儿网上便跳出了 2008 年出品的 32 集电视连续剧《小娘惹》。郝东方关注到该连续剧属于爱恨情仇的故事：温柔漂亮的主角哑女菊香出生在土生华人家庭，她被安排嫁给一位富有衙内当妾，她逃婚中遇到日本青年摄影师山本洋介，他们俩情投意合、私订终身。战争爆发后菊香夫妻不幸双双遇难，留下孤苦伶仃的女儿月娘。在外婆的养育下，月娘继承了娘惹的厨艺、女红。战后外祖父一家逃难回来，虽然月娘遭受了被歧视、被折磨的命运，但是她始终忍辱负重保护外婆。月娘结识了司机陈锡，出身名门的陈锡隐瞒身份与月娘交往，却遭到家庭的反对和施压，他们俩决定私奔。

电视剧的第一集以倒叙的视角，描述菊香的逃婚和与山本洋介的结识。打开屏幕，郝东方被片头的歌词吸引：

愿意合上眼才能美梦无边
别让悔熏乌了从前

也许碎片才能让回忆展颜

何妨瓷花拼凑明天

谁带我寻获幸福的梦

却自己迷中困锁

谁为我留下缱绻的天涯

信物是抹晚霞

思念如燕

它飞舞舌尖

郝东方回头又看了几次片头，他琢磨着歌词的含义。郝东方在窗外的狂风暴雨中咀嚼着这些有意味的词：碎片、回忆、瓷花、拼凑、幸福、困锁……

突然，郝东方听到有人在敲门，简直是捶门。郝东方起身打开房门，门口站着浑身被雨水淋湿的安娜，她以惊恐的表情结结巴巴地说："对不起，郝教授，我房间阳台的门一直关不上，您能帮我去关上吗？"

八

蔡女士果然说到做到，过三天郝东方就收到了寄来的快递，那件绿背心完璧归赵了。那天郝东方不在家，快递是夫人刘莉丽收的。郝东方回家，见快递已经被夫人打开了，夫人漫不经心地问，这件背心是哪里来的。郝东方也漫不经心的回答，是在马来西亚买的，见背心上的图案很漂亮，就买了，却忘记在宾馆的房间里了，蔡女士给寄来了。刘莉丽没有再说什么，只是瞪着眼睛望着郝东方，郝东方却有些怯，究竟是编的谎话，他不能告诉夫人是别人送的，尤其是不能告诉夫人是别的女人送的，女性都会争风吃醋。

回国后，安娜的10086又来过几次微信，虽然话语并没有什么出格，但是郝东方收到后，立刻就删除了，以免引起不必要的麻烦。郝东方发现妻子好像越来越关注他的微信，一有空就捧着他的手机翻看，弄得郝东方提心吊胆的。

后来就有不少信息传说那天在槟城风雨之夜郝东方与安娜的故事，居然有三个版本：

其一，在那个狂风暴雨之夜，安娜叩响了隔壁郝东方的门，她请郝东方去帮她关上通往阳台的玻璃门。郝东方尾随着安娜进了她的房间，只见瓢泼大雨不停地刮进房间，床铺的一角已经被雨淋湿了，桌子上的报纸被风刮得满地。郝东方迎着玻璃门刮来的暴雨，大步流星将玻璃门阖上了，他几乎没有费多少劲，他也不知道为何安娜没有将这扇门关上。当郝东方刚喘了一口气想离开时，安娜张开双臂拥着郝东方向床铺上倒下去。安娜性感的双唇就向郝东方的双唇靠拢，安娜丰满的胸脯就向郝东方的胸脯贴去。

其二，在那个狂风暴雨之夜，安娜叩响了隔壁郝东方的门，她请郝东方去帮她关上通往阳台的玻璃门。郝东方尾随着安娜进了她的房间，只见瓢泼大雨不停地刮进房间，床铺的一角已经被雨淋湿了，桌子上的报纸被风刮得满地。郝东方迎着玻璃门刮来的暴雨，大步流星将玻璃门阖上了，他几乎没有费多少劲，他也不知道为何安娜没有将这扇门关上。郝东方喘了一口气，他张开双臂拥抱住被雨水淋湿的安娜，安娜挣扎着推搡着，嘴里嗫嚅地说着："郝教授，您别，您别这样！"郝东方还执拗地拥着安娜往床上去。走投无路的安娜腾出一只手，给了郝东方一个耳光，郝东方无奈地放手了，他捂住脸颊走出了安娜的房门。

其三，在那个狂风暴雨之夜，安娜叩响了隔壁郝东方的门，她请郝东方去帮她关上通往阳台的玻璃门。郝东方尾随着安娜进了她的房间，只见瓢泼大雨不停地刮进房间，床铺的一角已经被雨淋湿了，桌子上的报纸被风刮得满地。郝东方迎着玻璃门刮来的暴雨，大步流星将玻璃门阖上了，他几乎没有费多少劲，他也不知道为何安娜没有将这扇门关上。郝东方喘了一口气，伸出手握了握安娜手，他关切地说："安娜，没有事了，您洗洗早点休息吧！"安娜笑了笑，说："谢谢了，救命恩人，您总出现在我落难的时刻！谢谢了！"他们俩就像鲁迅散文诗《复仇》中的青年男女，既不拥抱，也不杀戮，虽然他们并没有赤身露体，他们也没有手握利刃，他们告别了。

郝东方与安娜的故事不胫而走，在方先生的嘴里，在黄岚的微信里，在胡珉的电子信里。各种版本也传到了郝东方的耳朵里，郝教授紧张地皱起了眉头，他有些结巴地说："怎么、怎么、怎么可能呢？"他不说是，也不说不是。各种版本也传到了安娜的耳朵里，安娜吐了几个烟圈，她淡淡地一笑，有几分得意地说："我是自由人，怎么了？有什么问题吗？"各种版本也传到了会议组织者蔡女士的耳朵里，她记得她给郝教授寄的绿背心：在绿色的底色上，是几株深秋的银杏树。蔡女士喃喃自语："背心，背心，人，不能违背自己的良心啊！"

原载《当代小说》2020 年第 8 期

林教授的狗官司

一

林教授摊上官司了，是一场狗官司。林教授到现在都认为，自己根本没有责任，是那个泼妇赖上了他，谁让他当时想得太简单，想息事宁人，给了她两百块钱呢？

林教授是研究唐诗宋词的教授，在大学里教中国古典文学，他原本惜时如金，根本不会去养狗。儿子喜欢小动物，多次说要养狗，都遭到林教授两口子的竭力反对。儿子大学毕业，在银行上班，刚刚谈了一个对象，姑娘喜欢小动物，儿子就去买了这只纯种小鹿犬公狗。问多少钱，儿子不说。林教授上网一查，价格不菲，一般价格都是在 1000~2000 元，赛级小鹿犬的价格一般是在 3500 元以上，好一些的甚至可以达到 5000~6000 元，赛级犬中的精品，一般都会超过 6000~8000 元的。林教授夫妇俩就有些肉痛，毕竟是工薪阶层。儿子小林倒乐此不疲，出门与女友约会都牵着小鹿犬同行，将小狗命名为鹿鹿，是因为女朋友姓陆，小林叫她陆陆。

小鹿犬属于小型犬，虽然瘦小，却精悍，深黑色短毛，结实细细的腿，奔跑起来颇像一头小鹿，因此被称为小鹿犬。有人说小鹿犬虽然小，性格却凶悍，常常敢于与大型犬争高低。家里进了一条狗，比新添了一个人还要麻烦，不仅需要狗窝，还需要准备狗粮，还需要训练小狗拉屎撒尿，不然家里就弥漫着一股狗尿的臭味。尤其每天还需去遛狗，到时间你不带它出门，它就狂躁不安，不停地吠。儿子在家，常常是儿子去遛狗，儿子不在家，遛狗的任务当仁不让地就归林教授了。林太太退休在家，有洁癖，最烦养狗，她原先在医院当护士长，现在脚关节有骨刺，行走不便，不常下楼。

林教授居住的小区附近有一个广场，广场上有一个不小的喷水池，周围居民常常在夏日晚上到广场纳凉、遛狗，林教授也常常牵着小鹿犬去广场遛遛。广场上的夏夜，常常是狗的大聚会，各种类型的狗都被牵到此处。林教授原先不常出门，两耳不闻窗外事，一心只读圣贤书，现在常常出门遛狗，好像他的腿脚更有劲了。林教授觉得在广场上，常常是因狗识人。牵着两只体型巨大的斑点狗的，是美国领事馆参赞夫妇，太太是中国人，穿着有斑点的连衣裙，听说他们俩也是在这个广场上因狗结缘的，他们的大麦町犬，白色身体上有黑色大斑点，跑起来像一阵风，成为广场上夺人眼球的佼佼者。那只体态魁梧的阿拉斯加犬，高大多毛、威风凛凛，黄褐色体毛，眼眉上是两块白毛，像一只白眼狼，是税务局副局长夫人牵着的，夫人心宽体胖、颇有气场。那只一身银白色毛的小种狗银狐犬，主人是房产局拆迁办主任的夫人，夫人娇小玲珑、话语甚多，颈项和手指上，都是金灿灿的金货，一看就是喜欢显富的暴发户。夏日晚上的广场，是各种狗的大聚会，大麦町犬纵横驰骋、血气方刚，阿拉斯加犬稳如泰山、蜷伏安卧，银狐犬摇头摆尾、令人怜爱。狗与狗之间，或狂吠吵闹，或跟随嗅闻，或打闹嬉戏，或凛然伫立，甚至有两条狗跳下喷水池洗澡，跳出喷水池浑身一耸一摆，将水珠甩了一圈，也甩到附近人们身上，激得人们赶快躲开。

林教授那天刚校对完一篇即将发表的论文，论文是有关中国古典诗词中的十二生肖，其中当然有狗的生肖，林教授为这篇论文有些沾沾自喜、自鸣得意。那天儿子小林说要出门遛狗，林教授见儿子刚刚回到家，便说自己去遛吧！儿子同意了，夫人叮嘱，遛一会儿就回，别遛太久。夫人这两天感冒，刚吃完药，有点发烧。

林教授家住三楼，一出门，鹿鹿就欢快地朝楼下跑，林教授都追不上，到了底楼，见那狗倒乖巧，蹲在门口等候，林教授就摸了摸它的头。最初，林教授遛狗都拴狗绳，后来看鹿鹿特别乖巧，小种狗对人也几乎没有威胁，就不拴狗绳了，鹿鹿常常都是兴冲冲地跑在前头，或者蹲在路旁等候。

今天下过一场阵雨，路上有些潮湿，林教授不敢快步，所以有点儿撵不上鹿鹿的脚步。离广场还有一百米，就听到广场上狗的喧闹声。小鹿犬像箭一般窜了过去，那种欢快与兴奋，让林教授也有些激动。今天小鹿犬有些兴奋过度，林教授赶到时，就看到小鹿犬围着那只银狐犬，伸长鼻子在那只银狐犬屁股后面嗅着，银狐犬显然想摆脱小鹿犬，扭动着身躯夹紧了尾巴，还不停地朝小鹿犬狂吠。拆迁办主任夫人朝小鹿犬吼叫："滚开！滚开！"她颈项里戴的粗粗的黄金项链一闪一闪的。小鹿犬不屈不挠紧紧跟随，它甚至一跃而上，两只前腿搭上了银狐犬的身体，用它的生殖器向银狐犬的档里刺去。瘦瘦的夫人大怒，伸腿用高跟皮鞋就向小鹿犬踢去，不料脚踢在广场旁竖立的、矮矮的铁柱上，那是为了防止人们将车开进广场设置的。只听得夫人"哎哟"大叫一声，人就倒在了广场上。林教授慌忙赶上前，扶起了她。夫人瘸了一只脚，怒气冲冲劈头盖脸就骂："怎么这样不要脸？在大街上就往人家身上爬？"说得好像是林教授不要脸，在大街上往她身上爬。

林教授就有些听不进去，反问道："你话说清楚，是谁不要脸？是谁在大街上往你身上爬？这是动物，不是人！"周围的人们哄堂大笑。"不要脸的人，才教出这样不要脸的狗！"那女人不依不饶。林教授压制住怒火，说："我们要讲道理，不能这样出言不逊！"林教授的表达还是文绉绉的。这女人不再言语，一屁股坐在地上，"哎哟哎哟"地叫唤。众人围拢来，七嘴八舌，莫衷一是："说话不能这样不讲理！""这条狗发情，不是人发情！""不是你们家狗，如果是你们家狗碰到这条发情的狗，你也会恼火的！"那女人拽住了林教授的裤腿，蛮横地说："你不能走，我脚伤了，你负责！"林教授挣脱了那女人拽着裤腿的手，说："我怎么负责？是你自己踢的！"女人说："不是你家的狗，我会踢吗？我有神经病啊？"众人也七嘴八舌发表意见："如果伤了脚，去医院看吧！""是你自己踢的，怎么诬赖别人？"这女人显然有一种无赖劲，居然一言不发双手抱住了林教授的一条腿，弄得林教授束手无策，进退不得。小鹿犬看到林教授被抱住腿，在一旁焦急地冲那女人狂叫，那只银狐犬也加入了狂吠之中，引起了广场上狗儿们的大合唱。

牵着阿拉斯加犬的税务局副局长夫人晃动着胖胖的身躯开腔了："这样老纠缠着，也不是办法，你就是抱住大腿抱到天亮，也没有用。按照我的意见，老先生你赔一点钱算了，多少表示一点意思，让人家也消消气。"林教授觉得与这样的泼妇纠缠，丢面子，不能与女人一般见识，就基本接受了这样的调解，只是觉得赔偿五百元多了，提出赔偿二百元，只是没有带现钱，好在带了手机，可以用微信转款。那女人掏出手机，让林教授扫微信转款，看见微信转进了二百元，女人将手机揣入兜里，手上戴着的粗大的黄金戒指引人瞩目。她还提出要林教授的住址，意思是如果脚有啥更严重的问题，还是要找到他。林教授不想再纠缠了，匆匆留下住址，与小鹿犬一起回家了。

二

林教授回到家，愤愤地将今晚这件倒霉的事情告诉了夫人和儿子，夫人说，花钱消灾。儿子说，这明显是敲竹杠，凭什么赔款？林教授苦笑了一下，说，那女人抱住大腿不放，在大街上，在大庭广众下，没有办法与她讲道理。

林教授原本以为事情就这样过去了，谁知道事情过后第三天是星期天，听到有人"砰砰砰"地敲门，好像有紧急事情一样。林太太打开门一看，是一个坐着轮椅的女人，轮椅旁站着两个黑大汉，女人的一只脚上打着石膏，显然是骨折了。小鹿犬从房间里冲出来，对着几个陌生人狂吠，林太太喝住了小鹿犬。见到林太太，她气势汹汹地问，你先生呢？林太太叫了一声"骐勇"，那是林教授几个字。林教授从书房里出来，见到了这个脚上打着石膏的女人。林教授有点吃惊，问："我上次不是赔了钱给你吗？你怎么还打上门来了？"

那女人冷笑一声，说："那是打发叫花子？你看看，现在我这脚骨折了，你看怎么办吧？"两个黑大汉一左一右站在女人身边，凶神恶煞的样子。

林先生说："我能怎么办？那天是你自己用脚去踢我家小狗的！"

"不是你家狗欺负我家的囡囡，我怎么会去踢呢？"囡囡是她家那条银狐犬的爱称。

一个黑大汉掏出一份病历卡，病历卡上写着"柳金兰"几个字，显然是这个女人的大名。他把病历翻开，翻到医生诊断的那一页，上面清清楚楚写着"右脚小脚趾骨折"的字样，还有 X 光透视的片子、配药的药单等。

林教授扫了一眼，问："你准备怎么样？"

柳金兰噘了噘嘴，说："赔款！赔偿我的损失！"

林教授问："怎么赔？"

柳金兰掏出一张准备好的纸，上面写了医药费、误工费、精神损失费等，共计需赔偿 15 万元。

林教授接过纸一看，冷笑一声，说："这不是敲诈勒索吗？无理取闹！"

一个黑大汉冲上来，一把拽住林教授的护领，说："别敬酒不吃吃罚酒！"林太太在一旁焦急万分，脸都白了，说："别动武，有话好说！"

柳金兰对着黑大汉撇了撇嘴，意思让他放手，黑大汉松开了手。

柳金兰说："伤筋动骨一百天，我们今天先把这些单据复印件留在你这里，你先考虑一下，我们知道你一下子大概也拿不出这么多钱，你准备好钱，我们明天再来！"两个黑大汉抬着轮椅匆匆离开了。

林太太关上门，忧郁地望着林教授，问："骐勇，现在怎么办？"

林教授说："水来土掩，兵来将挡，没有什么大不了的！"

儿子回来后，林太太告诉儿子今天发生的事情，儿子觉得这伙人不好惹，儿子提出，明天他们还要打上门来，不妨暂时躲一躲。林太太问，去哪里躲。儿子说，就在附近的宾馆租一个家庭房，让他们明天吃闭门羹，林教授夫妇俩觉得这办法可行。

翌日一早，林教授和儿子牵上小鹿犬，将林太太送去预订的宾馆，林先生去学校上班，今天他有课。林先生关了手机，他怕这些蛮不讲理的人又来打电话骚扰。

林先生上完课后，用座机给夫人住的宾馆打了电话，夫人情绪尚稳定，只是觉得住在宾馆里，既费钱，又不方便，且无所事事。林教授下课后，打出租车直接到了宾馆，与夫人一起在宾馆吃了晚饭，儿子才来宾馆，说吃过晚饭了。

三

深夜，林教授打开手机，发现手机里有十多个未接电话，都是柳金兰的，还有两个留言："林先生，躲得了和尚躲不了庙，事情总要解决的！"林先生赶紧又将手机关了。

翌日早饭后，林教授和夫人牵着小鹿犬回家，他们总不能老住在宾馆里。刚刚走到小区门口，就有保安迎上前来，告诉说，昨天有几个人在小区找你们，快回家看看，他们一伙人在你们家门口涂鸦，我们报了警，他们赶快溜走了。

林教授夫妇在电梯里就看到了他们的涂鸦："欠钱还钱，欠债还债！""不能让肇事者逍遥法外！"是用大红颜料喷涂的。等他们走出电梯，就看见他们家门口的墙上、门上，都是喷涂的红色大字："血债要用血来还！""林骐勇难逃法网！""林骐勇伤人必须法办！"那个"血"字写得特别大，还有流下来的红色颜料，就像淌下来的血。那个法网的"网"字也写得特别大，就像一张法网从天而降。望着这血腥恐怖的场景，林太太不寒而栗几乎哭出声来，她喃喃自语："这该怎么办？这该怎么办？"林教授拨打了110。他们暂时没有进门，等候警察来临。那只小鹿犬特别兴奋，在家门口狂吠，它的意思是到了家门口为什么还不进去？

来了两个警察，看到这个场景，问了具体情况。林太太打开房门，请他们进门说，林太太累了，一进门一屁股就先坐进了沙发。林教授将事情的来龙去脉一一告诉了警察，警察留下了林教授的手机号，也留下了柳金兰的手机号。一位警察知道了柳金兰是房产局拆迁办主任的夫人后，说："怪不得用这种方式，与房子强拆的手段几乎一样，威胁恐吓、断电断水、刷大标语、写恐吓信，都是地痞流氓的做法！"警察给柳金兰打了电话，在电话里，柳金兰仍然气势汹汹，警察告诉她，有关受伤的事情的理赔，可以走法律程序，不能采取这种流氓地痞的做法，这样做有理也会变成无理。警察让柳金兰找人将涂鸦清理干净，不然公安局会将涂鸦的肇事者拘留十天。

警察走后，林太太松了一口气，她几乎瘫倒在沙发里了。林教授查阅手机里的电话号码，给学校政法学院从事法律研究的郑礼文教授打电话，就此事件进行法律咨询。林教授将此事件的经过讲述后，郑教授沉吟片刻，说："就该事件的前因后果看，倘若上法庭，可能有两种结果，一种是受伤方自己承担后果，另一种是由肇事方承担后果。目前首先需要确定究竟谁是肇事方，是受伤者自己，还是林教授您。现在的关键问题是证词，谁能够证明林教授您不是肇事者，谁能够证明是受伤者自为产生的后果，哪一方面证词确凿，就可能哪一方赢面更大。现在关键问题就是需要获得与此事件相关的证词，证词越详细、越具体越好，证词越多越能够获得支持。"林教授谢谢郑教授的赐教。

自从那次事件后，林教授就不去广场遛狗了，他常常去另一边的街心花园遛狗。今晚林教授就特意又去了广场遛狗，他想去广场找找相关人员的证词。今晚鹿鹿特别高兴，它知道这条路通往广场，它可以与狗群聚聚。林教授望着兴奋地跑向广场的鹿鹿，心想，现在同学聚会、朋友聚会特别多，狗也盼聚会，何况人呢！远远就听见广场上狗的喧闹声，大狗咬小狗叫的，鹿鹿飞快地奔向广场，林教授也赶紧加快了脚步，他怕再出现上次鹿鹿爬背的事情，他紧走几步，给鹿鹿拴上狗绳，鹿鹿将狗绳绷得紧紧的，它想挣脱狗绳自由自在。

林教授牵着鹿鹿走了几圈，他想寻找那次事件的亲历者，他想寻求几位亲历者的证言。林教授突然发现那只威风凛凛的阿拉斯加犬，白眼狼！这是林教授给阿拉斯加犬起的绰号，果然那位胖胖的税务局副局长夫人坐在一旁，神闲气定的样子。林教授赶紧走上前去打招呼："小妹，您好！遛狗呢？"他特意用了亲切的称呼。她却回答说："哪里有小妹？老妹，还差不多！"林教授笑了笑，说："老妹，您还记得那次我家的狗骑银狐犬的事吗？那银狐犬的女主人踢伤了脚。"老妹想了想说："好像有那么回事，那瘦女人许久没有来这里了，大概在养伤吧？"林教授点点头说："是了，当时您也在，我当时还赔了钱，是您建议花钱消灾的。"胖女人说："是的，我是看不下去了，那女人胡搅蛮缠，我怕您老吃亏！"林教授说："那女人后来打上我家门，要求赔偿十五万元！""十五万？狮子大开口啊！"胖女人也感到吃惊。当林教授提出请胖女人写证词时，胖女人一口回绝了："事情过去很久了，细节我都记不清了。"林教授提出，由他写几句初稿，让她审定签名，即可。胖女人还是多一事不如少一事的样子，回绝了，说："我记不清了，您去找年纪轻的人吧，他们应该记性比我好。"林教授无奈地苦笑了一下，摊了摊手，表示无可奈何。

林教授牵着鹿鹿在广场上又转悠了许久，遇到牵斑点狗的美国领事馆参赞夫妇，他们也拒绝了。再找别的人写证词，更没有可能了，林教授悻悻地离开了广场。

四

柳金兰居然让法院将传票送达了林教授的学校，她知道林教授家的住址，却将法院的传票送去了学校，显然她想借此败坏林教授的名声。柳金兰的这一手太绝了，林教授的名声确实受到了损害。中国社会历来将上法庭打官司看作不齿之事，被法庭送传票一定是犯案了，林教授得到法院传票的事，在学校里不胫而走了。在校园里遇到熟人，就会十分同情地问："林教授，要打官司了？成被告了？怎么回事啊？"林教授想向他们解释一番，但是他们往往并不想听解释，仅仅是想表达一种同情而已，其实有的人何尝不是一种幸灾乐祸呢？

林教授如期上了法庭，他成为事件的被告，柳金兰将他告上了法庭。林教授没有让林太太去法院旁听，他怕林太太承受不了法庭的压力，儿子和女友一起在旁听席旁听。

显然，柳金兰做了充分的准备，今天柳金兰卸下了颈项和手上的黄金饰品，换上了一件粗布的上衣，她要将自己打扮成一位受害者，打扮成一位值得人同情的弱者。柳金兰将那些医生诊断、拍 X 光的片子、医药的单据等，都一一提供给法庭，柳金兰脚上的石膏尚未拆除，这成了最有力的证据。

林教授没有请任何律师，他总相信事实胜于雄辩，他总相信法律面前应该是公平的、公正的。他最初想请郑礼文教授担任案件的律师，后来想想平时交往不多，请郑教授担任律师，好像也为难他，就作罢了。林教授还是做了精心准备的，他写了十分简约严谨的陈述词，将事件的来龙去脉说得很得体、很清晰，并且将事件的责任也做了分析，他并没有完全推卸自己的责任，而是让自己也承担一定的责任，将主要责任归于抬脚踢鹿鹿的柳金兰。林教授还提供了柳金兰在电梯和他家门口红色涂鸦的照片，说明对方无理无赖的行为。

法庭上双方就案件的责任归属争得不可开交，双方各执一词。案件最终的争执集中在究竟谁应该承担柳金兰负伤的责任上，柳金兰负伤是源于小鹿犬对于银狐犬的欺凌，柳金兰虽然是自己抬腿踢小鹿犬受伤，但是有前因后果。林骐勇最初赔偿二百元，成为案件的重点，成为林骐勇当时承认责任的重要证据。林骐勇争辩说他当时不想再纠缠下去，且那女人抱住他的大腿不放。关键时候，柳金兰出具了旁观者的证词，证明柳金兰抬腿踢小鹿犬，是小鹿犬骑上了银狐犬的背，证词中甚至有小鹿犬想咬柳金兰，柳金兰正当防卫，才抬腿踢小鹿犬的。那几份证词，居然是阿拉斯加犬的主人税务局副局长夫人的，居然是斑点狗的主人美国领事馆参赞夫妇的，那份说小鹿犬想咬柳金兰的证词是那个胖女人的。简直无事生非、信口雌黄！林教授愤愤然地说。林教授去广场请他们写证词，都被拒绝了，这个柳金兰居然有这样的魅力，都让他们拜倒在她的面前，甚至可以不顾实际，捏造事实。林教授想来，起作用的，无非是两样，一是权，惧怕权势；一是钱，用钱收买。经过法庭辩论后，法官请双方表达各自的诉求，法庭经过双方调解无效后，进入了休息阶段，由法官与陪审员商定案件的审判结果。

休息时，林教授与儿子碰面了，林教授内心有一些不安和忧虑，他与儿子说，如果此次法庭的判决对我们不利，他准备上诉到上一级法院。

法官的警锤敲响了，法庭进入了宣判阶段，那个满脸络腮胡的审判长在众人起立后，义正词严地宣判："本案原告柳金兰诉被告林骐勇一案，现在宣判！"判决的结果为：由于林骐勇所属的小鹿犬侵犯柳金兰所属银狐犬，并咬柳金兰，柳金兰抬脚踢小鹿犬，导致柳金兰小脚趾骨折，林骐勇承担主要责任，柳金兰承担次要责任。柳金兰上门涂鸦实行言语暴力，必须向林骐勇当面道歉，并承担相应的法律责任。最后判定，林骐勇赔偿柳金兰医疗费、误工费、精神损失费等，共计人民币 58 800 元。

林教授当庭提出异议，明确提出向上级法院上诉。这是林骐勇人生中的一大耻辱，他觉得受到了严重的伤害，他想到前人所说的，"秀才遇到兵有理说不清"，他也想到人们说的"恶人先告状，恶狗先咬人"。林家遇到了这场狗官司，是林家的一场灾难。林太太惊恐加上闷气，心脏出现了问题，被急救车抢救去了医院。林家儿子忍痛将小鹿犬廉价卖了，女朋友因此与林家儿子分手了。

林教授认真撰写了递给中级法院的起诉状，就初级人民法院判决的不公，提出了逻辑严谨、头头是道的理由。在等待中级人民法院重审案件期间，却传来极大的新闻：柳金兰丈夫司徒龙，因为在拆迁过程中动用地方流氓集团，酿成人命，被捕，并牵出大量收受贿赂、私吞拆迁款等罪行，柳金兰作为司徒龙的帮凶，也被捕关押。林骐勇觉得他的案件提交上一级法院重审，有了一丝希望，他去医院探望夫人时，把这个消息告诉了夫人，夫人的脸上有了笑意。

原载《文综》2022 年春季号

月儿弯弯照九州

一

张漠烟作为在国际上颇有声望的中年诗学研究者，被邀请参加在东京召开的国际诗学研讨会。他的与会论文的题目是《论音乐与中国古诗词的节奏与意境》，这是他花了两年的时间精心撰写的力作，论文已经为国内一家核心刊物看中，编辑回信告知已定于下一期头版刊出，张漠烟胸有成竹地去东京赴会。

在东京的学术研讨会上，张漠烟遇见了一些在国际诗学研究界颇有声望的前辈学者，也结识了几位在国际上很有地位的汉学家，在与他们的攀谈中他得到了不少的启迪，深为自己此次参加国际研讨会而高兴，自己领略到了国际诗学研究的诸多信息，结识了国际上许多知名的诗学学者，为自己今后的诗学研究开拓新的境界奠定了基础。

张漠烟的发言被安排在研讨会的第一天第一个，张漠烟西装革履精神抖擞地登台，他以其论题的新颖、思路的清晰、口齿的伶俐，引起了与会代表强烈的反响，以致大会主席龟田四郎竟忘记了每位代表的发言控制在一刻钟之内的规定，不记得敲响制止继续发言的铃声，津津有味地听着张漠烟激情洋溢的发言。张漠烟有条不紊不慌不忙地回答了与会代表提出了问题，他以其研究者清晰的逻辑论辩与诗人充沛的激情，成为大会上引人瞩目的人物。

在大会发言的间隙中，主席龟田四郎请上了一位古筝乐手为大家弹奏古曲。台上款款地走上一位身穿日本和服的女子，蓝底樱花的和服格外秀丽雅致。她坐下身来，抬脸向大家微微一笑，露出脸颊上的一对酒窝，张漠烟似乎觉得她的笑容十分熟悉。她伸出玉臂就势在古筝上试了试音，古筝悠远古朴的声音就在会场里缭绕。她挪动了一下身子，稍稍坐稳后，就开始弹奏。第一首曲子是《十面埋伏》。想不到这纤弱的女子竟然有这样的功力，她沉浸于乐曲中，将那场惊心动魄的战争演奏得栩栩如生：金戈铁马，刀光剑影，战车的奔驰，血肉的搏斗，人声的鼎沸，战马的嘶鸣，那种悲壮感，那种悲凉气，都在这小女子纤纤玉腕下流出，她的纤纤十指的游动，她的高高发髻的摇动，都融会在古筝曲的抑扬顿挫中。台上的她奏得如此聚精会神，台下的人们听得如此凝神屏气，大家都沉入到这首中国古典名曲的意境中了。坐在后面的张漠烟总觉得古筝的演奏者的一举一动都十分熟识，但望着她穿着的那身绣着满身樱花的和服，望着她向观众行屈膝礼的样子，他就在哗哗的掌声中拂去了自己的臆想。

第二首曲子是《春江花月夜》，演奏者大概还未从《十面埋伏》的情绪中走出，她轻轻地透了口气，调整了一下坐姿，捋了捋落到额前的一缕秀发，揩了揩手上的微汗，然后轻拢慢捻地弹奏了起来。显然她是受过正规训练的，她将古曲中的情感、意境、风格，都把握得恰到好处。在她纤纤玉臂的摇动下，那一望无垠的大海，那海上冉冉升起的明月，那明月下的激滟波光，那静谧，那宁馨，那开阔，那清新，都在那铮铮的弦乐中流出，令人有身临其境、心旷神怡之感。《十面埋伏》与《春江花月夜》，一动一静，一壮烈一柔和，一激越一含蓄，一嘈杂一清醇，都在演奏者十分得当的演奏中得到了生动的呈现。

张漠烟望着演奏者的一举一动，望着她那秀美的瓜子脸，那脸上明亮的双眸，那高高细巧的鼻梁，那微微一笑露出的一对酒窝，他突然想起了他过去曾经十分熟悉的一个人，林凤梧，那个他曾经深深爱过的人。他目不转睛地盯着她看，越看越像，他身不由己地往台前走去，后面观众的吆喝声使他从茫然中走出，他挡住了别人的视线，他就顺势在前面的一个位置坐了下来。

她演奏得太好了，观众的掌声接连不断，她不得不再一次站起身来，向观众行礼致谢。在观众的一再要求下，她又加演了一曲，由她自弹自唱。当古筝的声音再次响起时，她微启樱唇，和着乐声唱了起来，她居然用日语和中文两种语言演唱，婉转沉郁，凄切悲凉：

明窗归雁不敢看，幽居展笺心颤颤；一纸含泪化灰去，留下夜夜空长叹。

听到此处，张漠烟心里猛然一惊，这不是我写给林凤梧的诗吗？这台上的就是她呀！她将我献给她的失恋诗谱上了古筝曲唱了起来，这悲切，这哀婉，不就是我当初被她拒绝后的心境吗？一别十五年，她还记得我写给她的诗篇，她是否还记得我这个被她拒绝的人呢？她现在的处境如何？

二

十五年前的夏日，张漠烟从中文系硕士毕业留校，担任中国古典文学的任课教师。林凤梧从音乐系硕士毕业留校，担任古筝课程的教师。当年留校的年轻教师都住在青年教工宿舍，张漠烟住在一楼，林凤梧住在二楼，正在张漠烟的楼上，林凤梧常常拨弄古筝，那沉郁婉转的乐曲常常打动张漠烟的心。他们虽然在攻读硕士学位公共课时见过，但是几乎没有交往。毕业留校后，林凤梧修长苗条的身影掠过张漠烟的窗口，让张漠烟怦然心动。有一次，楼上掉下一只粉红色胸罩，正好落在张漠烟的窗口上，看到这只胸罩，张漠烟想到女人的乳房，便有些心旌摇荡，他不敢去触碰这只胸罩，他不知道是二楼还是三楼掉下来的。

晚上，张漠烟正在灯下备课，门被轻轻地敲响了，那声音听来有些迟疑、有些胆怯。张漠烟打开门，是他楼上拨弄古筝的女老师，修长的身影、歉疚的笑容、温婉的语气："对不起，我的衣服掉在您的窗台上了。"张漠烟侧开身体，示意让她自己去窗台上取，她轻捷地走到窗台前，取了胸罩揉作一团，对张漠烟一笑说："谢谢您，我取到了。"张漠烟问她的名字，她说她叫林凤梧，音乐系教古筝的。张漠烟也告诉她自己的名字，说自己是教中国古典文学的，他们俩就这样结识了。

学校要组织一台晚会，参加省里的大学生文艺汇演，校宣传部请张漠烟撰写节目串词，将各个节目的介绍用简洁的词语串起来，提供给报幕人报幕所用，林凤梧担任这台节目的音乐总监，他们在参与这台节目的过程中熟悉了。张漠烟告诉林凤梧，他喜欢写诗填词，他的父亲是中学语文教师，母亲在省文化馆工作，他爱好文学大概是受了父亲的影响，父亲因为喜欢写杂文，曾经被打成右派，后来平反了。林凤梧告诉张漠烟，她的音乐造诣最初是受到母亲的影响，母亲是花鼓戏演员，她自小是看着母亲演花鼓戏长大的，她的父亲是中医，在省中医院工作。这台晚会演出后，学校获得了省大学生文艺汇演二等奖，大家特别高兴。颁奖大会后，他们剧组以晚宴庆贺，大家狂饮啤酒，师生都成了哥们姐们。林凤梧喝醉了，原来嫩白的瓜子脸通红，与张漠烟频频碰杯干杯。晚宴结束了，林凤梧几乎站立不稳。校宣传部刘部长开车把林凤梧、张漠烟送到青年教工宿舍楼下，让张漠烟把林凤梧送上楼。林凤梧几乎整个身体贴在张漠烟身上，他挽着林凤梧的一个胳膊，觉得林凤梧嘴里的酒气直往他脸上喷，他觉得林凤梧的身上还有一种特别的香气，既像栀子花，又像玉兰花，隐隐约约，淡淡雅雅。好不容易上了楼，来到林凤梧的房间门口，林凤梧还是处于醉态中，她努力睁开眼眸，用嘴向衬衣胸口的衣袋努了努，意思房门钥匙在衣袋里。张漠烟把手轻轻地伸进林凤梧胸口的衣袋，林凤梧挺挺的乳房随着她喘气一高一低波动着，张漠烟几乎是摸着林凤梧的乳房取出了钥匙，张漠烟有些紧张，他的气粗了、心跳了，他压制着内心的波动打开了房门，他将林凤梧轻轻放上了床，给她脱去了皮鞋。林凤梧作呕了，张漠烟赶紧拿了一个脸盆凑了上去，林凤梧抬起身猛然"哇"的一声，一股酒气冲出来，呕吐物吐了小半脸盆，也溅到了张漠烟的脸上。张漠烟倒了一杯温水，扶起林凤梧，让她漱漱口，又用湿毛巾为她擦拭了嘴，再倒了一杯温水，让她喝了几口，扶她躺下，用被子盖住。张漠烟倒了呕吐物，洗净了脸盆，用水冲了脸，他想下楼，但是不放心，就打开台灯，压低了灯罩，从书架上取下一本书，随意地翻看着。不知不觉地，张漠烟趴在书桌上睡着了。太阳升起的时候，林凤梧醒了，觉得嘴里有些苦，抬眼看见扑在书桌上的张漠烟，她有些惊讶、有些奇怪，她想起来她昨晚喝醉了，是张漠烟送她进房间的，昨晚张漠烟居然在她的书桌上趴了一夜。林凤梧看看自己身上，还穿着昨晚喝酒时的外套，显然张漠烟没有对她有任何非礼，她不禁对这样一个坐怀不乱的男子肃然起敬了。

三

醉酒之夜后，林凤梧与张漠烟来往更多了，林凤梧信任张漠烟，有什么需要搬、需要抬的东西，都请张漠烟帮忙。林凤梧也主动帮助张漠烟洗被子缝被子，那个时候还没有用被套，都是被里被面中间放棉花胎，用针线缝在一起。由于他们俩交往越来越多，张漠烟白面书生高高大大，林凤梧苗条靓丽优雅文静，青年教工宿舍里的人们自然而然把他们看作郎才女貌的一对了。

他们正式确立男女朋友关系是那年他们一起出去旅游，那次学校组织青年教师去黄山文化考察，由党委迟副书记带队。他们一行20余人坐火车抵达屯溪站，当晚下榻汤口的客来轩客栈。晨起推开窗，望得见山峦与云雾，空气分外清新。他们一行抵达后山云谷寺，乘索道上山，丛林山峦渐渐移至脚下，云雾如海、如涛、如浪，将黄山罩入迷蒙云雾之中。抵达山顶，竖琴松撑开伞盖，老干虬枝兀立山崖，形似竖琴风过流韵。黑虎松高大苍劲，冠盖浓绿气势雄伟，直立威风铁骨铮铮，如黑虎卧于山岩。他们一行在北海景区游览，林凤梧指着群峰中一座耸立的孤峰，对张漠烟说："小张，看，那是你们文人的笔呀！"张漠烟来过黄山，他说："这就是黄山一景——梦笔生花！"一座孤立的石峰，峰顶上奇松如花，如一柄笔尖朝上的毛笔。张漠烟说："传说古代文人墨客若文思枯竭，只要到此一游，便会茅塞顿开，妙笔生花。"林凤梧打趣地说："我们张秀才到此一游，一定文思泉涌妙笔生花了！"在北海宾馆小憩后，他们登曙光亭，上清凉台，望猴子观海。张漠烟伫立在山石上，手搭凉棚远眺猴子观海。站在山石下的林凤梧对大家说："你们看，这里有一景，大家猜是什么景？"有人就说，不就是猴子观海嘛！张漠烟跳下山石就追逐林凤梧，装作举手要拍她，林凤梧故作惊讶地大叫，迟副书记说："别跑，别跑，注意安全，注意安全！"

他们一行过西海饭店，来到排云亭，绝壁万仞，云气缭绕，望着黄山连绵的群峰、苍翠的松林、升腾的云雾，如同进入了一个神仙世界，林凤梧不禁手之舞之，足之蹈之。张漠烟指点着崇山峻岭间，说："左首那块岩石像古代倒置的靴子，被称为仙人晒靴。那边石柱顶上有两块并排的石头，像两只古代的绣花鞋，被称为仙人晒鞋。远处左面那尊石峰像一少女，面前的奇松如绣花绷，被称为仙女绣花。另外还有天女弹琴、天狗听琴、仙人踩高跷、武松打虎等景致，奇峰怪石凭你想象而已。"大家左顾右盼七嘴八舌，风华正茂指点江山。排云亭前的石栏杆的铁链上，锁着许多同心锁，将石栏杆的铁链压得弯弯的，锁长长短短形状各异，有的锁外形就是两个心。看到林凤梧在仔细地看同心锁，张漠烟半真半假地说："锁一个我，锁一个你，永远不分离！"说得林凤梧脸上飞起了一层红霞。

在观赏西海大峡谷后，他们过步仙桥，观卧石披云，抵达西海瑶台，此时暮色渐渐笼罩，松林、山石成为剪影，呈现出一种神秘诡谲的意味。张漠烟与林凤梧在山道上聊起了古典诗词与音乐的关系，他们谈到了唐代张若虚的诗作《春江花月夜》与古筝曲《春江花月夜》。张漠烟说张若虚的诗作，"春江潮水连海平，海上明月共潮生"，从月写起，到月落结束，纳寥廓江天于笔底，明月、江流、青枫、白云、水波、落花、海雾等景色融入其中，托出游子、思妇的情思，结构方式环环相扣连绵不断。林凤梧说古筝曲《春江花月夜》的意境并非出于张若虚的诗作，而源于白居易的长诗《琵琶行》的诗意，最初是名为《夕阳箫鼓》的琵琶独奏曲，最初见于琵琶演奏家吴婉卿1875年的手抄本，后来移植成古筝独奏曲《春江花月夜》，因《琵琶行》中有诗句"春江花朝秋月夜，往往取酒还独倾"而取名，古筝独奏曲刻画入微、气韵优雅，于悠扬秀美中见气势，于优美抒情中见豪放。他们俩聊着聊着，忽然发现他们离开了团队，他们俩匆匆追赶，却不见前面的人影，便有些慌张胆怯。他们俩过海心亭，上鳌鱼峰，天色越来越灰暗，渐渐几乎难以看清山道，他们俩手牵着手慢慢移步，刚才赶路微微出汗，现在夜风一吹，凉透心脾。到得鳌鱼洞口，林凤梧说她不想再走了，张漠烟想想也对，在这黑夜间没有月光没有手电，太危险了，稍不留神就有坠入山峡之险。他们俩钻入山洞寻找石头坐下，张漠烟掏出矿泉水瓶，还有大半瓶水，林凤梧背包里的矿泉水瓶早空了。张漠烟让林凤梧喝水，并且拿出包里准备的饼干让林凤梧充饥。

刚才赶路赶得气喘吁吁，现在坐下凉风一吹，浑身鸡皮疙瘩乍起。黄山的天气白天再热，一到晚上就寒气逼人。他们俩再没有心思谈古诗、谈音乐了，都后悔只顾着说话没有跟紧队伍。张漠烟歉疚地说："怪我不好，只顾着与你说话了！"林凤梧说："现在说怪谁，都没有用了，现在的问题是如何熬过这长夜？"他们团队原本准备明天凌晨登山看日出的，他们今晚会预先租借棉大衣，穿着棉大衣凌晨登光明顶看日出，而现在他们俩都只穿着衬衣，忍受着深夜黄山寒气的袭击。张漠烟发现黄山的夜雾起了，像一个个幽灵，往鳌鱼洞卷进来，又悄悄地溜出去，带走了他们身上仅有的一点热量。林凤梧双手抱在胸前，说话都有些打颤了，她在哼着古筝曲，她哼的声音都有些发抖。张漠烟则背诵着古诗："昨夜闲潭梦落花，可怜春半不还家。江水流春去欲尽，江潭落月复西斜。……"张漠烟起身，他脱下身上的衬衫，轻轻地披在林凤梧的身上，林凤梧迟疑了一下，见张漠烟坚持的目光，也就接受了。夜越来越深，风越来越凉，他们俩都感受着黄山之夜的恐怖与寒意。坐在石头上的张漠烟突然觉得一双手轻轻地搭在了他的肩头，那是林凤梧的手，接着是她胆怯却又有几分坚决的声音："张漠烟，你能不能抱抱我，我冻得受不了了。"在黑夜中，张漠烟抬眼望望林凤梧哀求的眼神，迟疑了片刻，他把林凤梧轻轻地揽入怀中，他又闻到了林凤梧身上既像栀子花又像玉兰花的体香。张漠烟最初是从后背抱住林凤梧的，过了一会儿林凤梧转过身来，小鸟依人般地钻进张漠烟的怀里，她细长的脖子靠在张漠烟穿着T恤衫的肩上，她的挺挺的一双乳峰靠在张漠烟宽阔的胸膛上，她的鼻息像春日里和煦的微风吹在张漠烟的锁骨处，张漠烟大气也不敢出，就这样抱着抱着，先是松松地抱着，林凤梧越来越紧地抱住了他的背，张漠烟就将她紧紧地抱在怀里，他突然感到自己有了生理反应，他移动了一下坐姿，怕他那渐渐挺起来的身体被她发现。

晨光熹微中张漠烟与林凤梧被去看日出的游客惊醒，他们俩看到山道上手电筒一闪一闪的光，他们俩的背是凉的、胸是热的。林凤梧戏谑地说："张漠烟，你的胸膛真暖和！"她一边说一边故意往张漠烟怀里钻。倒是张漠烟有些羞怯，他用力推开了林凤梧，说："天快亮了，我们也去看日出吧！"他们俩跟上了那队去看日出的游客，对他们说了昨夜迷路的事，他们中就有人从棉大衣里面脱下几件衣服，匀给他们俩穿，他们一起登上了光明顶，看到一轮红日从云海中冉冉升起，他们欢笑着，雀跃着，喊叫着，在红日跳起的那一刻，张漠烟与林凤梧自然而然地拥抱在一起，张漠烟顺势在林凤梧的额头上亲了一下，林凤梧抬起头来含情脉脉地望着张漠烟。

四

黄山之行成为张漠烟与林凤梧更加接近的开始。回学校以后，他们俩就成了男女朋友，他们真的是郎才女貌相得益彰，走在校园里也成为校园里的一道风景。

当时高校青年教师出国深造成为一种越来越普通的现象，或者在国外获得一个学位，或者在国外进行业务进修，回来后就有了一点资本。林凤梧想去日本留学，日本文化与中国文化同根同源，日本的民族音乐有优秀的传统。张漠烟想去美国留学，美国的汉学研究有几位有名望的教授，张漠烟想去哈佛大学。他们都进了学校组织的外语进修班，抽业余时间努力学习外语，林凤梧学日语，张漠烟学英语。

日语进修班的教师严骊雄是日本早稻田大学毕业的博士，刚刚从日本回国，在外语系任教，颀长的身材、白净的皮肤，戴着一副金丝边的眼镜，文静雅致不乏活泼，幽默含蓄不乏睿智。林凤梧喜欢听严骊雄的课，尤其喜欢听他讲日本的民情风俗山光水色，她通过日语课程了解了日本人女人为何穿和服、男人为何喜饮酒。严骊雄的博士学位是社会学专业，他的博士学位论文是关于中日比较的课题。林凤梧下课后总喜欢用日语和老师对话，可以比较快地提高日语口语水平，尤其在发音方面得到老师的纠正。严骊雄总是微笑地和她对话，并不时纠正她的发音。严骊雄也住在青年教工宿舍，自从林凤梧进了日语进修班，严骊雄与林凤梧常常成双作对地出入，林凤梧还隔三岔五地往三楼严骊雄的宿舍跑，弄得张漠烟内心颇有不悦。

那次林凤梧生日，张漠烟在学校附近的酒店预订了酒宴，给林凤梧祝贺生日，请了林凤梧的一些朋友，还有住青年教工宿舍的几位教师，也请了严骊雄。张漠烟做了精心安排，不仅预订了生日蛋糕，还买了一枚戒指，准备向林凤梧求婚。酒宴开始后，一切都十分正常，大家吃吃喝喝谈谈笑笑。张漠烟发现严骊雄好像一直想当主角，不仅酒喝得多，话也多。张漠烟心里想，你在这里唱什么戏？又不是为你过生日，何必你来唱主角呢？张漠烟就准备与严骊雄以酒论英雄，他将自己的啤酒杯和严骊雄的啤酒杯斟满，说："严博士，知道您好酒量，我们俩干几杯，怎么样？"严骊雄当仁不让，举起酒杯一饮而尽。他们俩接连饮了满满的三杯酒，激起大家一起叫好，林凤梧的脸上却露出不快的表情。男人为女人争风吃醋常常会不可收拾，他们俩还想继续斗酒，被林凤梧拦住了。张漠烟提出与严骊雄掰手腕，三战两胜，严骊雄撸起袖子应战。大家让出桌子一角，兴高采烈地观战。"加油！加油！"助战声此起彼伏，整个酒店被闹翻了。张漠烟终于以三战两胜凯旋，他的脸上露出了胜利者得意的神色，用不屑一顾的眼神瞥了一眼严骊雄，严骊雄揉了揉被掰痛的手腕，苦笑了一下。

在吃了生日蛋糕后，张漠烟点了一首婚礼进行曲，他挥手让大家安静，掏出准备好的戒指，拖开椅子，单腿跪倒在林凤梧身前，弄得林凤梧大惊失色，显然今天张漠烟与严骊雄的争风吃醋让她不快，显然今天她的心里也没有任何准备。林凤梧站起身，推开张漠烟举着戒指的双手，迅速离开了酒宴。张漠烟恍然若失地起身，众人也觉得晚宴如此收场有些遗憾。

五

生日宴会后，林凤梧好像故意躲着张漠烟，打电话她不接，留纸条她不回。张漠烟就在楼梯口等候，等到了林凤梧，她一言不发就想迅速离开。张漠烟说："你是否可以告诉我，我哪里做错了？你别这样折磨我，好不好？"林凤梧说："这是你自作自受，以后你别再来找我，我们没有关系了！"她"砰"的一声关了房门，张漠烟在门口愣了许久。后来，张漠烟还找了几次林凤梧，虽然她的态度没有这样决绝，但是意思还是很明白，她不打算再与张漠烟处男女朋友了。

过了没多久，校园里传出严骊雄在追求林凤梧，张漠烟也在宿舍门口看到他们俩几次，张漠烟的心都凉了。学校里还传出，这个张漠烟，右派分子的兔崽子，也不撒泡尿照照镜子，除了掰手腕胜了严骊雄，其他在哪个方面可以与严骊雄比呢？张漠烟在极度痛苦中，给林凤梧写了一封信，信中附上了他写的几首诗：

徘　徊

海棠婀娜娉婷开，独立群芳幽香来；
端庄文静爱不够，花前月下苦徘徊。

寄　情

飞蛾扑火为光明，粉蝶投花爱芳馨；
心底春潮抑不住，烛下挥毫寄痴情。

寂　寞

热泪强咽甘寂寞，书斋春秋扉深锁；
案前春心雨滴碎，枕中秋梦月照破。

张漠烟终于等到了林凤梧的回复，一只小小的粉色信封，插在他的门上。张漠烟取了信阖上门，将粉色信封捏在手里，久久没有拆开。张漠烟倒了一杯水，喝了两口，才将信封拆开，里面是一张粉色的信笺，上面写了两句话："小张，过去的事情就让它过去吧！人生何处无芳草！"张漠烟将这两句话反复咀嚼，他知道他与林凤梧已经难以恢复了，他又给林凤梧写了一封信，还插入了他又写的几首诗：

焚　信

明窗归雁不敢看，幽居展笺心颤颤；
一纸含泪化灰去，留下夜夜空长叹。

折　磨

摧肝折肠苦太多，自酿苦酒自折磨；
纵是月明星稀时，醉中强笑对影说。

长　夜

长夜难眠苦愁多，是热是冷总难说。
收拾往事与诗情，抛入大江逐清波。

张漠烟彻底告别了这段恋情，学校有去纽约大学访学的名额，张漠烟申请了访学，他想换一个环境，让自己烦躁的心灵获得一些抚慰，让自己在都市纽约获得新的体验与感受。

张漠烟到纽约大学后，听同事说，林凤梧跟随严骊雄去了日本，严骊雄去东京大学进行博士后研究，林凤梧到东京大学攻读博士学位。后来听说他们俩同居了，后来又听说他们俩又分开了。

六

张漠烟等候在演奏古筝曲的台前，等候着穿日本和服的演奏者林凤梧，林凤梧应该早就看见了他，看见了曾经的恋人张漠烟，不然她不会自弹自唱，她唱的是张漠烟写的诗，她是特意唱给张漠烟听的。

当阔别了十五年后，张漠烟伸手要与林凤梧握手时，林凤梧只是如同日本穿和服的女子一般，给张漠烟深深地鞠了一躬。张漠烟感慨地说："林女士，一别十五载，你现在好吗？"林凤梧抹了许多粉底的脸淡淡一笑，说："你看我的脸上都是岁月的沧桑。"

他们俩来到一家日本小酒店，脱了鞋进酒店，盘着腿坐在柜台前，酒店的厨娘就在眼前为他们做菜，这是日本小酒店惯常的方式。林凤梧已经洗去了脸上的脂粉，显然现在的她已经徐娘半老了。林凤梧给两个小酒盅倒满了清酒，端起酒盅对张漠烟说："请！"他们俩碰了杯，林凤梧把酒一口干了，张漠烟也饮尽了杯中酒。

话题自然就聊到了林凤梧到日本后的生活，聊到了他们都认识的严骊雄。显然这些都蕴含着林凤梧的伤痛记忆，她不自然地摇了摇头说："人生是没有后悔药的，人生的道路都是自己选择的。"林凤梧慢慢聊起了她到日本后的生活。

林凤梧到日本留学，一切手续都是严骊雄代办的，他在日本有朋友，选择导师、推荐留学，他都一手包办了。刚来到日本时，林凤梧觉得严骊雄是一个可以依靠的男人，她专心进入了博士课程的学习。他俩开始同居了，这样既可以节约开支，还可以互相照顾。男女只有在一起吃住，才能有真正的了解。林凤梧真不了解严骊雄在日本多年，他怎么没有学会日本人爱整洁的习惯。严骊雄表面十分光鲜，其实他十分邋遢，常常三天不洗澡，有时还不洗脚。换下的内衣内裤随手一丢，好像林凤梧就是他的仆人。林凤梧内心想，我来日本是靠你帮忙，但是你也不能这样不尊重我。时间长了，严骊雄还学了日本男人泡酒吧的习惯，常常与朋友一起泡在酒吧，深更半夜才回来。林凤梧为此说了他几句，他表面不吭声，却变本加厉，甚至整夜不回来。让林凤梧决定要与严骊雄分手的，是林凤梧撞上了严骊雄嫖妓。那天林凤梧与同学一起为导师庆贺生日，居然在一个酒店遇到了严骊雄，他与一伙酒友们聚会，他们居然叫了几个穿和服的妓女，在那里边喝酒边嬉闹，让那些妓女们边唱边跳，唱的都是日本传统的歌曲。那天林凤梧没有心思饮酒，她的耳朵竖起来听着隔壁包厢里的声音。给导师庆生的酒宴结束后，林凤梧没有直接离开，她想等候严骊雄一起回去，她借口上厕所就留了下来。她就在刚才给导师庆生的包厢里，听着隔壁严骊雄和那些酒友们、妓女们嬉闹的声音。林凤梧一直等到隔壁包厢有散席的声音，她才走出她坐着的包厢，往隔壁的包厢走去。林凤梧看到严骊雄两只手臂搭在一左一右两个妓女的肩上，显然他喝醉了，还在唱着日本歌曲。严骊雄与几个妓女和酒友们往酒店楼上的客房走去，林凤梧刚想喊严骊雄，但她合上了嘴，望着严骊雄登上楼梯。林凤梧含着泪独自走在回去的路上，下弦月升起来了，清冷清冷的，她走在湖边，真想纵身跳下湖去，她想到了"月儿弯弯照九州，几家欢乐几家愁"的民歌。当天夜晚，严骊雄整夜未归，直到日出东山，严骊雄才醉醺醺地回来。林凤梧问他昨晚在哪里，严骊雄回答与朋友一起喝酒。林凤梧问他昨晚睡在哪里，严骊雄回答就睡在酒店里。林凤梧问他昨晚与谁一起睡，严骊雄回答就自己睡，回答完他有点怯怯地望了林凤梧一眼。

林凤梧是净身出户的，她在严骊雄不在的时候，整理了自己的东西，叫了一辆出租车，把东西运到新租的屋舍，她从此就不想再看到他了，她痛恨严骊雄的懒散虚伪。严骊雄给她打过几次电话，开头她还应付几句，后来她就不接了。

七

　　张漠烟饮干了酒盅里的清酒，吃了一块烤鱿鱼，问林凤梧的现状，她回答说："我现在在乐团演奏古筝，开了一个古筝学习班，教孩子们学弹古筝。"林凤梧问张漠烟的现状，他回答说："我还是在做教书匠，写写论文，写写诗歌。"张漠烟问林凤梧是否成家，林凤梧淡淡一笑说："单身贵族，独来独往，一人吃饱，全家不愁！"林凤梧问张漠烟是否成家，张漠烟回答说："已经结婚五年了，妻子在音乐系教钢琴，现在有一个四岁的男孩。"林凤梧说："还是你好，生活很幸福！"张漠烟却十分遗憾地说："只是我们俩没有缘分，我至今还十分怀念我们在一起的日子。"林凤梧用纸巾擦了一下嘴唇说："张漠烟，过去的事情就别提了。"张漠烟说："当时肯定严骊雄在追求你，说了不少我的坏话？"林凤梧说："追求我倒是真的，说你坏话也未必，只是他说你是右派子女，会影响你的前程。"张漠烟说："与你分手确实让我十分痛苦，我后来还写了几首诗，没有寄给你。"林凤梧说："你如果记得，说给我听听。"张漠烟喝了一口酒，清了清嗓门念道：

　　无　题
　　一

　　校园何处觅春风，别离时节愁重重。
　　忆昔相识缘何在，落花流水都是梦。
　　二

　　月圆月缺人生事，总记去岁圆月时。
　　今宵月隐星不见，相逢何必曾相识。
　　三

　　为谁憔悴为谁愁，满目秋风黄花瘦。
　　最是夜深肠断处，独步塘边伴孤柳。

　　张漠烟念完，哈哈一笑，说："翻这些陈年旧账干嘛？"林凤梧眼眶里含着泪花，笑了笑说："现在都是老东西值钱！"

张漠烟问："现在严骊雄怎么样了？"虽然过去是情敌，但是事情过去很久了，那些积怨都已经淡了。

林凤梧回答说："严骊雄走了！""走了？去了哪里？"张漠烟问。林凤梧回答说："去了天国！"张漠烟有些不解。

林凤梧告诉说，严骊雄博士后出站后，就留在东京大学任教，从事社会学的教学与研究。经过几年的磨炼，严骊雄成了社会学专业的教授，他的指导教授山本次一郎把自己的女儿嫁给了他，严骊雄经过多年的奋斗，也算出人头地了，成为社会学界的知名专家。林凤梧说几次在日本电视上看见严骊雄出镜，谈论社会学方面的问题，依然风度翩翩侃侃而谈。林凤梧也曾经多次在东京大学校园里碰到严骊雄，两人见面都只是点点头，打个招呼而已。去年秋天，严骊雄受邀回国参加国际会议，在开完会准备返回日本时，在学校门口遇到了一辆刹车失灵的公交车，严骊雄不幸被撞，当场身亡。东京大学的校报还设了专刊，追悼社会学家严骊雄的不幸去世。

听完林凤梧的陈述，张漠烟不禁有些伤感，他说："人在江湖，身不由己！命中若有终须有，命里无时莫强求。"林凤梧点点头。说："我倒记起宋朝的古诗：'月儿弯弯照九州，几家欢乐几家愁。几家夫妇同罗帐，几个飘零在外头？'"

八

林凤梧随乐团回国演出，这是她离开中国后第一次回国。林凤梧是独生女儿，她的父母都去世了，国内令她牵念的就是过去的老师和朋友了。

张漠烟和几位朋友一起去捧场，观摩日本乐团的演出，他没有邀妻子一起去，那天晚上妻子有钢琴辅导课。那天，林凤梧穿了一件胸口绣了龙凤的大红和服，那种喜庆和优雅，令人瞩目，在弹奏了一曲古筝名曲《高山流水》后，林凤梧又弹奏了《月儿弯弯照九州》，在林凤梧的纤纤十指下，充满着伤感与愧疚，洋溢着一种对流逝岁月的追忆与遐想。

张漠烟安排了为林凤梧接风的酒宴，仍然在当年为林凤梧庆贺生日的酒店。依然邀请了当年出席林凤梧庆贺生日的那些朋友们，只是没有了风流倜傀的严骊雄，恍然间张漠烟好像回到了十几年前，回到他与林凤梧热恋期间，回到他准备用戒指向林凤梧求婚的那晚。

林凤梧到了，卸去了舞台上的妆容，脱去了华丽厚重的和服，她穿着一件有月牙和星空图案的连衣裙，款款走来，像刚刚升起的一弯明月，参与接风酒宴的朋友们一起鼓掌欢迎。林凤梧与朋友们一一握手，都是阔别的朋友，十多年过去了，人们都慢慢变了。落座后，张漠烟将大家的酒杯一一斟满，他起立举杯说："我们今天聚在一起，为我们的老朋友——著名的古筝演奏家林凤梧接风，祝愿林凤梧女士的艺术青春常驻，祝愿我们的友谊长存！干杯！"大家纷纷举杯，表达对林凤梧的接风和祝愿。

酒席间，自然问到了林凤梧出国后的境遇，也问到了和林凤梧一起出国的严骊雄。林凤梧简单介绍她出国后的经历和她目前的境况，也告诉朋友们严骊雄回国遭遇车祸的事，大家都唏嘘不已，十分感慨。

酒过三巡，张漠烟觉得今天的酒宴十分沉闷，大概让大家都回忆起那次为林凤梧庆生的聚会，想到那次两个男子的争风吃醋。张漠烟知道今晚林凤梧带了古筝，便提议让林凤梧为大家演奏一曲。林凤梧也是有备而来，她娴熟地摆开古筝，试拨了几个音，便有高山流水的音韵流了出来。林凤梧站起身，微笑着说："今天给大家演奏一曲《钗头凤》，大家应该知道是陆游与唐婉的悲情故事！"她坐下后，张漠烟说："这是千古悲情！唐婉是陆游的舅表妹，从小青梅竹马、情投意合，成年后自然缔结姻缘。陆游母亲不满于他们俩儿女情长，不满于陆游忘却功名利禄，加上婚后三年未育，强行让陆游休妻，活活拆散了一对恩爱恋人。后来陆游和唐婉偶然间在沈园邂逅，陆游当即写下一首《钗头凤》，唐婉也是才女，当时即和诗一首。现在绍兴的沈园仍然留有这两首诗。"张漠烟曾多年研究陆游，且博闻强识，这些说词信手拈来。

林凤梧沉吟片刻，开始抚琴，悠扬的琴声从她纤纤十指下流出，大家开始体味古筝曲对这幕爱情悲剧的表达和演绎。古筝曲从抒情悠扬的音韵开始，如同描绘陆游与唐婉的青梅竹马两小无猜，如在柳塘畔的嬉戏、假山石后的携手；再以激越与悠扬交融的琴韵，描绘夫妻的新婚燕尔无限缠绵；琴声突然转入撕裂、转入轰然，昭示着爱情的受挫、情感的割裂；在节奏稍稍舒缓中，又弹拨出碎裂之声，如同爱情被摧毁后人物内心的绞痛，如同心碎欲裂。

张漠烟被带入林凤梧十指下的境界里，他联想到白居易的《琵琶行》，虽然说的是琵琶，此事用来形容古筝曲，也似乎可以："转轴拨弦三两声，未成曲调先有情。弦弦掩抑声声思，似诉平生不得志。低眉信手续续弹，说尽心中无限事。轻拢慢捻抹复挑，初为霓裳后六幺。大弦嘈嘈如急雨，小弦切切如私语。嘈嘈切切错杂弹，大珠小珠落玉盘。"在古筝曲《钗头凤》的尾声中，从轻拢慢捻开始，接着又进入了极度伤感的情感苦痛，在纠缠着、跳跃着、揉搓着、回旋着的旋律中，表达出主人公难以排遣的苦痛内心、刻骨铭心的离索悲情，在古筝旋律的戛然而止中，林凤梧缓缓地抬起脸来，居然满脸是泪，她早已进入这幕爱情悲剧的境界里了。

张漠烟也被打动了，他以男中音带有磁性的嗓音朗诵陆游的《钗头凤》："红酥手，黄滕酒，满城春色宫墙柳。东风恶，欢情薄，一怀愁绪，几年离索。错、错、错！"激起众人的掌声。还没有离开古筝的林凤梧，又拨响了古筝，自弹自唱，她唱的是唐婉的和诗："世情薄，人情恶，雨送黄昏花易落。晓风干，泪痕残，欲笺心事，独语斜阑。难、难、难！"这幕即兴的演出，将陆游和唐婉的千古悲情演绎得感人至深。恍然间，张漠烟觉得自己好像成了陆游，林凤梧成了唐婉。

林凤梧回到酒席，张漠烟递了一张餐巾纸给她，她轻轻抹去了脸上的泪痕。张漠烟说："唐婉后来转嫁给了皇族宗亲赵士程，他被人誉为'宽厚重情读书人'，传说他曾经主动置办酒水，让自己的妻子唐婉和陆游单独叙旧。唐婉郁郁寡欢三十多岁就去世了。陆游对唐婉的感情仍然郁积于胸，他晚年还写了好几首有关沈园、有关唐婉的诗。"

众人让张漠烟说说陆游晚年的诗，张漠烟说："陆游75岁时，又来到沈园，睹物思人，抚今追昔，潸然泪下，作《沈园》二首：

城上斜阳画角哀，沈园非复旧池台。
伤心桥下春波绿，曾是惊鸿照影来。
梦断香消四十年，沈园柳老不吹绵。
此身行作稽山土，犹吊遗踪一泫然。

托物言志借景抒情，那种感伤和悲哀，那种牵挂与思恋，溢于言表。

陆游81岁时，梦游沈园，作《十二月十二日夜梦游沈氏园亭》二首：

> 路近城南已怕行，沈家园里更伤情。
> 香穿客袖梅花在，绿蘸寺桥春水生。
> 城南小陌又逢春，只见梅花不见人。
> 玉骨久沉泉下土，墨痕犹锁壁间尘。

以梦寄情、以梦抒情，那种物是人非的悲凉，那种睹物思人的感伤，刻骨铭心。

陆游84岁时，还回到沈园凭吊，写下其一生中最后一首沈园诗《春游》：

> 沈家园里花如锦，半是当年识放翁。
> 也信美人终作土，不堪幽梦太匆匆。

唐婉是陆游一生的真爱，沈园是陆游永远的伤心之地！"美人作土，幽梦匆匆！"

林凤梧说："人生短暂，岁月匆匆。人生就像一场梦，过去的永远不会回来，走过的路永远不会再走！"

张漠烟说："过去的就让它过去吧，回忆常常有更多的苦涩，如同陆游回忆沈园，过好今后的每一天，才是最实在的！"

当众人举杯庆贺今晚的接风晚宴成功时，当众人举杯庆贺今晚的古筝演出成功时，当林凤梧向大家作别时，张漠烟上前与林凤梧握别，他说："保重！保重！"他上前一步，紧紧地拥抱了林凤梧，就像当年他们俩在黄山夜晚鳌鱼洞里的拥抱一样。

走出酒店，张漠烟看见一弯上弦月升起来了，说："月儿弯弯照九州！"林凤梧就唱："月儿弯弯照九州，几家欢乐几家愁……"

刊载《星火》2020年12月增刊

消失了的朦胧

华一帆教授两眼的纱布被缓缓地揭开了，眼科主治大夫张医生伸出三个手指在华教授眼前晃动，华教授十分清晰地看到了张医生三个细长的手指，甚至看清楚了他手掌上的掌纹，这在他做白内障手术以前是不可能这么清晰看到的。

华教授看到了一旁十分焦虑、紧张的妻子的目光。见到华教授双眼明亮的眼神，妻子似乎松了一口气。华教授觉得眼前妻子的这张看熟了的脸似乎有些异样，妻子额头的皱纹显得这样清楚，眼角旁的鱼尾纹在妻子渐渐露出的笑靥中变得更深了，华教授情不自禁地皱了皱眉，却使得妻子有了几分紧张，她小心翼翼地问："一帆，怎么样？有什么不舒服吗？"张医生用专用的眼科器具仔细地检查了华教授的双眼，说手术十分成功，在接下来的视力检查中，华教授左眼的视力从手术前的0.1竟然上升到1.0，右眼的视力从0.2上升到0.9，这对华教授来说简直是一个奇迹。张医生关照华教授说，过半个月再来复查一次。

—

华教授是在这个月初才决定要做白内障手术的，下个月他要去法国领取巴黎画展上的一个奖项。年初以来，白内障的发病趋势日益严重，以至于好几次华教授在校园里走路，都与人撞在了一起。华教授打听了有关做白内障手术的情况，医生告诉他说这是一个小手术，不会有什么问题，手术后视力的恢复是无疑的。他就想将白内障手术做了，可以用一双明亮的眼睛去看看

223

外面的世界，看看巴黎卢浮宫的世界名画。

华一帆教授在学生中间有着很高的威信，不少学生崇拜他，尤其是近年来他的画屡屡在国际和全国的美展中得奖，使华教授成为中国当代画坛的一个奇迹。他的画被行家认为以一种独有的朦胧美构成其独特的意境，以其色彩运用的大胆与奇特，打破美术界传统的审美观念，使其作品具有极大的视觉冲击力，体现出一种生命的张扬与生动，使其作品洋溢着现代派的意味。他那张获得巴黎美术作品奖的画《感觉》，以非常态的大红大紫大黑的色彩，描画线条曲折的女性人体，别致的构图、夸张的线条、奇异的色彩，使画幅在象征意味中形成了奇特的境界。美术系的教授们则对华教授近年来的成就感到大惑不解，多年来在美术界一直默默无闻的华一帆，五年前还从来没有获得过任何奖项，不知什么原因，近五年来五十多岁的他却十分走运，几乎成为得奖专业户，虽然历来文人相轻，但是面对捧回一个个奖杯的华一帆，美术系的那些教授也只有以嫉妒的眼光假意恭维几句，有的或者干脆仍然用不屑一顾的眼神表达对华教授的蔑视。而美术系的学生们却对华教授钟爱有加，他的选修课选修的学生是最多的，尤其是那些女学生对于这样一个瘦小的教授在创作中迸发出的激情与魅力大为赞赏，甚至有一位女学生当面问华教授，您是否已经进入了第二青春期？问得华教授一愣，半天不知道如何回答。最近，这位女学生正在创作题为《情欲系列》的毕业组画，特意要求由华教授指导。

华教授在患眼疾的五年来，因视力的原因，他很少看理论。他常常翻阅凡·高、莫奈、毕加索等西方现代派画家的画册，用自己丰富的想象对这些大师的作品进行"再创造"。他把自己的许多生命、生活、情感的体验注入其中。冥想，成为他这五年来的"功课"形式。当他创作的时候，往往是这种奇思冥想积累的情感达到了"爆炸点"。

最了解华教授的莫如他的妻子洪珊了，她在与丈夫吵嘴时曾经说过，华一帆近年在美术中的走运是歪打正着，是白内障成就了他的艺术。

二

洪珊是华一帆在美术学院读研究生时结识的。华一帆当年虽然学习刻苦，成绩却不佳，再加上身材矮小与谢顶，婚姻问题就成了老大难。导师周教授将他当儿子一般看待，让周师母给他介绍过好几个对象，都以对方看不中他而告吹，甚至有一个女子在与他第一次在电影院约会时，在看电影过程中，在华一帆冲动地将手放在了对方穿连衣裙的大腿上的时候，招来了一记惊天动地的耳光，那女子留下了两句话："你这样的三等残疾还想找对象?! 癞蛤蟆想吃天鹅肉！"她便起身匆匆离席了。当时的华一帆坐在电影院的椅子上，摸着火辣辣的脸半天没有回过神来，他甚至还没有看清那女子的模样，只感觉到她的连衣裙是真丝的，在冷气很足的电影院里，摸上去滑腻腻、凉丝丝的。

洪珊是学校当时招募来的模特儿，第一次见到洪珊是在周教授的课堂上。华一帆本来并不上人体写生课，这些课程是对大学本科生开设的，因为要画一幅参展的作品，周教授就让他到课堂上画裸体模特，为华一帆创作的作品搜集素材。那天正是挨了那女子耳光以后，华一帆坐在教室后面，头脑还是懵懵懂懂的，手指上还留有滑腻腻的感觉。那模特儿一出场，华一帆倒是一愣，虽然以前他也画过女性裸体，但是此次的感觉却是空前的，也不知道是那模特儿线条的优美、皮肤的白皙，还是那模特儿眼神的忐忑惶恐，使华一帆突然对这模特有着一种怜香惜玉般的怜悯，他注视着模特挺挺的乳房、白皙的大腿，一时间似乎有种喘不过气来的感觉。

华一帆在周教授的指导下构思了一幅题为《搏斗》的油画，以一位女性痛苦扭曲的裸体，表达女性从内心到肉体的搏斗。在此画定稿的过程中，周教授让华一帆面对模特儿将有些线条再做些修正。周教授的课已经结束了，华一帆不可能再坐在教室里面对模特修改了，教授就热心地让这模特儿特意为华一帆的画再服务了一次。教授将模特洪珊带到教授个人的画室里，在教授的指导下，让洪珊摆出一种十分艰难的姿势，就如米开朗琪罗的雕塑《垂死的奴隶》，一手抬起置于脑后，一手抚胸，表现出一种扭曲与痛苦的姿态。

华一帆面对着洪珊的裸体，一笔一划地修改着画面。因为洪珊做模特时间长了，华一帆与洪珊也就比较熟悉了，他喜欢洪珊身上那种稚气与单纯，他边画边有一句没一句地与洪珊聊天，华一帆发现了这女孩的淳朴与可爱，也发现了这女孩还有着一些艺术天赋，虽然她并不懂专业的术语，但是她对绘画有着她独特的理解，她甚至告诉华一帆她也想学习美术，虽然并不一定想成为一个画家，但是她却认为从事美术创作是一项十分有趣的工作。

也不知道什么时候教授离开了画室，画室里只剩下了洪珊与华一帆。大概是洪珊这个艰难的动作摆久了，她想将扭在脑后的手臂放下来歇一歇，也想让站久了的腿松一松，也许是腿站久了有点麻木，洪珊在调整动作时一不小心人就往前一栽，也许是条件反射，华一帆一伸手就将裸体的洪珊揽在了怀里。温热白皙的年轻女性胴体躺在华一帆的怀里，使原先是扶一把防止洪珊跌跤的企图，就变成了对这样一具美丽裸体的热切、贪婪的拥抱，华一帆随即就将洪珊的裸体紧紧地抱着，不让抱着的这具美玉般的胴体挣脱。华一帆自己也不知道当时自己的力气会这样大，他喘着粗气将洪珊紧抱在怀里，就如同抱着一个失而复得的祖传宝物，他用胡子拉碴的嘴去亲吻她的嘴、她的颈、她的胸、她的腹。洪珊也渐渐不再挣扎，而是将她的身体扭动着，将她的手伸进华一帆谢了顶的蓬乱头发里，一边发出一种急切的呻吟，一边将她的玉体迎合了上来。

婚后的生活，华一帆沉浸在幸福之中，西方许多艺术大家的人物画，不但给他以艺术的滋养，也增强了他青春的生命活力，他饱饮着爱情的甜蜜甘霖，然而创作的作品缺乏内涵，显得浮浅、空洞。

三

华一帆在做完白内障手术以后，心态却变得失望与茫然，一切原先在他眼前模模糊糊、朦朦胧胧的都变得十分清晰了，他原先以想象去填补朦胧美，现在却没有了美感，他原先认为美的事物，现在却变得十分丑陋了。这使得他常常闭起眼睛，想象他原来心目中的形象，尤其是对于妻子洪珊，他常常用十分挑剔的眼光去看，甚至有时觉得妻子已经有点惨不忍睹了。

妻子洪珊有着开朗好动的性格，嫁给华一帆以后，她就不再当模特儿了，在美术系大专班进修后，她就留在美术系办公室工作了。她喜欢国画，有情绪时还会画一两张花鸟画、山水画，她的一幅画也曾经被选入全国性的美展。也许是在美术系工作的缘故，也许是当年当过模特儿的缘故，洪珊对自己的体形总是十分注意，星期六总是要去体操房做健身运动，星期天也经常去参加交谊舞会，这与华一帆好静的性格有着鲜明的反差。

婚后，洪珊就成了丈夫的专用模特，华一帆的许多画中都可以见到洪珊的身影。随着年岁的增长，华一帆就很少让妻子做模特了，洪珊却常常故意在丈夫的面前展示她的胴体，有时她在沐浴后故意赤身裸体地在华一帆面前跳起舞来，扭动着丰满的臀部，将赤裸白皙的大腿高高抬起，她总是会摆出米开朗琪罗的雕塑《垂死的奴隶》的模样，还尽量做出一种诱惑的表情，并回忆起他们在周教授画室里结合的一幕，这就常常撩拨起华一帆的欲望，他抱起妻子狂热的亲吻……

从医院动完手术回家后，有着洁癖的洪珊就让华一帆去浴室里冲洗一下，在华一帆冲洗以后，洪珊也进了浴室。洪珊忘了拿要换的内衣内裤，她用毛巾揩着湿淋淋的头发，赤裸着从浴室里走出。华一帆如往常一般故意与洪珊开着玩笑，将她手里的内衣内裤抢走，细细欣赏着妻子的裸体。他让洪珊做出《垂死的奴隶》的模样，洪珊笑了笑，说道："老不正经！"也就顺势将一只手置于脑后，一只手放在胸前，华一帆就用双眼细细打量着妻子的胴体。他突然发现妻子身上的皮肤变得粗糙了，留在他心目中周教授画室里模特儿洪珊皮肤的白皙不见了，他发现妻子的乳房也软绵绵地垂了下来，在周教授画室里那一对坚挺的乳房不见了，妻子的眼光显示出一种怜爱、亲昵的表情，在周教授画室里的那种羞涩、冲动的眼神没有了，华一帆一时露出了一种呆滞的神态。

华一帆甚至怀疑，是张医生不小心在给他做手术时，损了一根神经，使他丧失了对妻子的生命激情，甚或是做手术用的麻醉针剂，使自己心态老化了。

四

这些年来，因为白内障，妻子在华一帆面前虽然是模糊朦胧的，但是大概是以往留下的印象与记忆，因此在他们之间演出这一幕时，华一帆总是激情洋溢、血气方刚，作为美术家的他对美总是有着独特的感受与追求，他也常常渴望在他们的生活中充满着美，甚至在夫妻的性事中也具有美的韵味。在他的双眼做了手术后，在他注视着妻子逐渐老化了的胴体时，以往的美感似乎在他的眼前消失了，他的内心充满着无奈和失望。

在他的画室里，他开始创作一幅题为《涌动》的油画，他在手术以前就将画稿的布局基本确定了，这是在一片春意盎然的田野里几具卧在绿野上的女性裸体，她们面对着太阳，将胸腹部高高挺起，远处有几只野鹤张开翅膀腾空飞起，有一条蜿蜒的小河以优美的曲线与女性胴体的曲线相映衬。

华一帆开始往画幅上抹油画颜料，他用开过刀的双眼细细打量着画面，他觉得今天他画得特别不顺，各种颜料的色彩似乎与他原来所见的有了不同，这逼得他画几笔，就停下来观察一番，过去画画时的那种激情似乎没有了，等到他将大半幅画的颜料抹上后，他简直为自己的这幅画而羞愧，平平淡淡，色彩的搭配似乎这样本分，老老实实，线条的勾勒似乎如此精确，他的画的色彩已经没有了先前的大胆，线条也缺少了一点朴拙，画幅没有了以往视觉的冲击力。他停下了画笔，点起了一支烟，以一种颓唐的眼光注视着画面。

画室的门被轻轻地敲响了，华一帆"请进"的声音刚落，就进来了一个染了一头金发的女学生，这就是华一帆教授指导创作《情欲系列》组画的毕业班学生林霖，在华一帆手术后第一次面对她，华一帆好像一下没有认出她，问，你找谁？林霖浅浅一笑，说，华教授，你不认识我了？华一帆没有料到在他面前亭亭玉立光彩照人的女子竟是以前他并不太注意的林霖。他认真地打量着林霖，他看到她那对闪亮的眸子，那白皙的脸上的一对酒窝，那曲线分明的体形，他不禁愣住了，直到林霖又叫了他一声，他才回过神来。

林霖展开她带来的一幅画，是她的《情欲系列》之一。画幅上一对青年男女的裸体拥抱交织在一起，那种挣扎与追求，那种欢欣与痛苦，都在两具裸体的相拥中得到了表现，男性肌肉的凸现，女性线条的柔美，将阳刚与阴柔在比照中显得特别突出，那种生命力的涌动，那种欲望的渴望与宣泄，都在具有夸张意味的构图中得到了充分的展示。这幅画的构图是得到过他的指导的，但是色彩的运用他却并没有指导过。面对着这样一位秀美的女学生画出的这样大胆的画，华一帆教授不禁有些惊讶，虽然他知道画幅的色彩明显受到他几幅获奖画的影响，颜色运用的大胆，笔触的奔放等，都有着他的画的影子，但是画幅给予他的感动是十分明显的。

林霖望着华教授专注的神情，用疑惑不解的口吻怯怯地问，华教授，您看这幅画画得怎么样？华一帆点点头，他说林霖的这幅画可以去参加全国大学生美术竞赛，并说他可以推荐，他认为虽然这幅画的色彩运用还缺少个性，但是整幅画从构图到内涵都有发人深省的地方。林霖十分激动，脸上洋溢着青春的笑容，这使华一帆感觉到了美。他没有看出林霖笑容中藏着的狡黠。

五

华一帆登上汉莎航空公司的飞机，飞往巴黎。飞机上的空中小姐与国内的空姐不一样，老的、少的、胖的、瘦的都有，法国女郎的美丽在这些空姐身上却丝毫不能感觉到，不像国内的空姐，如同选美一般，一个个都颇有姿色。华教授有些不满，尤其是为他坐的这边舱位服务的空姐，年纪大且不说，瘦瘦的没有一点女性的曲线，简直是一只南京板鸭。但是，空姐热情的服务、坦诚的笑容逐渐改变了华教授的感受。

华一帆教授用他那双明亮的双眸去观看外面的世界。华一帆教授的画《感觉》获得了巴黎美术作品奖，他成为获奖者中为数不多的亚洲的画家，在晚宴上中国驻法国大使专门向他敬酒，祝贺他为祖国争得了荣誉，祝愿他有更多更精美的作品问世，华一帆教授将杯中的法国葡萄酒一饮而尽，表述了他的谢意。

在巴黎的几天是十分惬意的，法国方面对华教授等获奖者在巴黎的活动做了精心安排，登埃菲尔铁塔，眺望巴黎全城的景色；游塞纳河，观望塞纳河绮丽的风光；游巴黎圣母院，为哥特式教堂的精美而赞叹；逛香榭丽舍大街，为凯旋门恢弘的气势而驻足；观凡尔赛宫，为宫殿的气势磅礴、布局严谨而惊叹。华一帆教授独自在卢浮宫参观了一天，他在这座举世瞩目的艺术殿堂和万宝之宫中踟蹰，他在希腊罗马艺术馆、埃及艺术馆、东方艺术馆、装饰艺术馆里匆匆浏览，他在绘画馆、雕塑馆里久久观赏，他对最著名的"镇馆三宝"爱神维纳斯、胜利女神尼卡和蒙娜丽莎有些失望，大概由于以往对这些世界艺术珍品的期望值过高，当他真正面对这些艺术珍品的时候，心里觉得这些艺术品也不过如此，尤其是那幅名画蒙娜丽莎，画幅小不说，它又被玻璃罩了起来，这幅名画前人头攒动，游客纷纷拥挤到画前，华教授挤到这幅画前时，已经失去了欣赏的兴趣，他觉得比起卢浮宫那一幅幅巨幅油画来，蒙娜丽莎并非特别杰出，华教授为自己能够有一双明澈的眼睛观摩这些名画而兴奋，也为那些在自己心目中原先那么经典的艺术品而失望。

在巴黎街头，华一帆教授看到了不少十分美艳的巴黎女郎，金黄的秀发、高挑的身材、标准的三围，令华教授有了创作的冲动，华教授在他的写生本里画了不少速写，画下了他在巴黎所见的有特点的场景。在巴黎，华教授还去了拉丁区，在拉丁区的双叟咖啡馆，要了一杯咖啡，坐在临街的椅子里，望着暮色里的街景，望着来来往往的人群，听着隔壁教堂洪亮的钟声，是一种享受，他想象着当年海明威、萨特等诸多名人曾经在此喝咖啡、聊天，觉得这也给予了他艺术灵感。在巴黎时，一位法国艺术家请他去吃法国大菜，又请他去观摩巴黎艳舞，法国大菜的独特味道让他赞不绝口，巴黎艳舞的疯狂与豪奢，使他感觉到了什么才是人生的享受，他为舞台上一个个上帝的尤物而赞叹，真是美女如云，看得他目瞪口呆，他这才觉得这趟巴黎之行，颇有收获。

回到国内，刚下飞机，学校的校长、学院的院长等领导专程来机场接他，这使他有点受宠若惊，妻子洪珊、学生林霖都来机场接他，洪珊和林霖都捧着一束鲜花，她们俩站在他的面前，他忽然感觉到她们俩的对比太明显了，一个皮肤松弛、皱纹纵横，一个冰清玉洁、光彩照人，他接过了两束花，赶紧转身与记者打招呼。市电视台的记者也来采访他，他简单地说了这次去巴黎领奖的感受，在电视摄像的镜头面前，华一帆显然有点拘束。

林霖告诉他，她那幅参加全国大学生美术比赛的画《情欲系列之一》已经入围了，她希望华教授再替她与关键的评委打打招呼。

六

　　美术学院最近有不少新闻，最引起轰动的是两件，一件是华一帆教授提出与妻子洪珊离婚，一件是林霖的画《情欲系列之一》获得了全国大学生美术作品比赛一等奖。这两件新闻在校园内外被传得沸沸扬扬，又有人说华一帆教授与妻子离婚原因是女学生林霖插足，林霖的画能够在全国得奖全凭着华一帆教授的关系。

　　校园没有事情时就如同校园里的那泓湖水，风平浪静、波澜不兴、亭台楼阁、花草树木都倒映在水面上，令人心旷神怡；但是一旦校园里有了这样的新闻，那么就如同台风袭来时，狂风大作、树枝摇曳、波浪翻腾。洪珊到学院领导处诉苦，也去找了校长，华一帆便成了始乱终弃的陈世美式的人物，同事之间原本就有些争风吃醋，原本就为抓不着把柄而烦恼，现在有了这颗重磅炮弹，那些原先嫉妒他的、仇视他的便纷纷行动了，他们大多从道德立场上批评华一帆，尤其从师德立场上批评华一帆，甚至还提出这样的教师是否还适宜上讲台，甚至含蓄地提出华一帆与女学生林霖的关系暧昧，有损师德，这倒让学校的有关领导感到十分棘手了。

　　校长派了组织部部长与华一帆谈话，华一帆一口咬定是因为两人的感情不和，一口咬定他与女学生并没有不正当的关系，他只不过认为死亡了的婚姻名存实亡，不如分道扬镳、各奔东西，领导的苦口婆心没有起到什么作用。华一帆在外面另租房子居住，洪珊要找华一帆当面谈此事，华一帆拒绝了，在北京读书的儿子给他打电话，他也让儿子别管大人的事情。最难的是他的导师周教授的劝说，周教授是他的恩师，也是他婚姻的红娘，周教授在电话里斥责他忘本，斥责他忘恩负义，劝说他必须保持婚姻，甚至说如果你离婚就断绝他们的师生关系。华一帆在电话里做解释，周教授却说我不要听，就将电话挂了。

　　华一帆曾经与在报社工作的同学谈到他的痛苦，他说他患白内障这几年，对于一切事物都以一种朦胧、混沌的眼光去看待，一切别人看来并不美的事物，在他的眼光中却是美丽的，他以一种想象、联想去填补眼光所不及之处。眼睛手术以后，华一帆感受到了寻找不到美的痛苦，过去以为美的，现在却将丑陋呈现在他的眼前，过去的朦胧、混沌没有了，呈现在他眼前的一切都是泾渭分明的，他更多地看到了丑陋、卑劣，而缺少了含蓄诗意，他说他与妻子洪珊之间关系的变化也正是从他的眼睛变清晰了开始的，他说他是一个艺术家，是一个追求美、描画美的艺术家，他不能容忍在他的眼前始终晃动着丑陋。同学却劝他说，其实最好是外面锦旗飘飘、家里红旗不倒，那才是最妙的。华一帆却说他既不想外面锦旗飘飘，也不愿意家里红旗不倒。

华一帆在校园里似乎成了一个怪物，他明显感到常常有人在他的背后指指点点，尤其是一些学生常常在他背后指指点点，选修他的课的学生越来越少，尤其是女学生更少，他想到了阿Q提出要跟吴妈困觉后，未庄的那些女性老老少少都避着阿Q的情景，华一帆无奈地摇摇头。林霖不来找他了，他也不会主动再去找林霖，林霖获奖后曾经给他打过一个电话，说要请他吃饭，他笑了笑说免了吧，林霖也就不再说下去了。华一帆有时甚至有自己被人利用的感觉，他知道如果没有他的推荐，林霖大概是不可能获奖的。他喜欢林霖，但是完全没有非分之想。

华一帆终于与洪珊到法院离了婚，拿到了离婚证书，华一帆有一种解脱之感，洪珊却流着眼泪，走出法院，他们俩背道而驰，各走各的路，华一帆连头也不回。

华一帆终于完成了他的这幅油画《涌动》，他将这段时间的不满、牢骚、愤怒，好像都画进了这幅画中，与前一段时间他的画不同，这幅画更多了一点理性，更多了一点写实色彩。他将这幅画寄去参加全国美展的比赛。

全国美展比赛的结果公布了，出人意外的是华一帆的这幅画《涌动》落选了，熟识的评委告诉他，这幅画已经没有了他前几年画的独特性，那种狂放、大胆都消失了，而是一种拘谨、压抑，他还知道此次他的导师周教授担任了评委会主席。出人意料的是林霖的那幅《欲望系列之二》却获得了二等奖，得到了周教授的竭力推崇，尤其令华一帆吃惊的是，林霖的这幅画上仍然保持了那根阳物，那幅画放在展览会的入门处，那根硕大坚挺的阳具就如一尊小钢炮一般对着每一个进门的参观者。华一帆去参观展览时，见到这幅画，他无意识地摇了摇头，自言自语地说，这是个欲望化的时代呀！

对于华一帆此次落选，华教授的前妻洪珊有一段经典性的评价，她说："水至清无鱼，人至精无友，眼至明无美。"她说如果华一帆没有去做白内障的手术，大概他的画还能够保持那种狂放大胆的风格，大概他的画还能够得奖，做了白内障的手术后，华一帆的朦胧消失了，他的想象力也就消失了，他过于用审美的眼光去对待一切，包括对待生活，缺少朦胧，缺少混沌，缺乏含蓄，缺乏想象，是华一帆的艺术走下坡路的必然，也是华一帆生活走下坡路的必然。她说有很多事情不能看得太清楚，人生其实就是朦朦胧胧、混混沌沌的，很多事情看得太清楚想得太清楚是无益的。有朋友婉转地将前妻的话说给华一帆昕，华一帆听了，点点头，又摇摇头，他想随它去吧，总不见得再去医院做个手术，让自己的眼睛再恢复白内障时的境况吧。

过了几天，华一帆教授的房间里挂了一幅郑板桥的书法条幅，上书"难得糊涂"几个大字。

原载《延河》2006 年第 9 期

凝望与叹息

我被人从殡仪馆的冷柜里拖出，推进了一个明晃晃的玻璃柜子里，身上似乎渐渐有了些暖意。在这个酷暑难耐的季节，人们都穿着真丝短袖衫、T恤衫、背带裙，而我却被长衣长裤裹得紧紧的，浑身感到不舒服。

我的脸上刚刚被一个年轻的女丧葬师化了妆，她似乎在我的脸上抹了些胭脂、唇膏之类的东西，这是我生平第一次化妆，我感觉到姑娘纤细的玉手在我的脸上、唇上动作时那种舒适的触觉，感觉到姑娘额头的一缕头发拂在我的眼角处痒痒的，想用手去搔搔，但不能够；感觉到离我的脸不到半尺的姑娘鼻翼里呼出的气息，想以鼻子用劲嗅一嗅，也不行。我不知道她给我化妆成怎样的一个模样，但愿别像乡村女孩那般两坨猴子屁股般的红，但愿别将我的眉画得像林副统帅般的浓。

这玻璃柜子不透气，也听不到外面的声音。我置身的玻璃柜被置于这个大厅的中央，两边的墙上似乎贴了一幅白底黑字的对联，这是在准备举行我的追悼会？

我戴的这副眼镜一定没有给我擦拭，怎么我看不清楚这玻璃柜子外的东西，模模糊糊朦朦胧胧的，似乎见到不少的人影在晃动，似乎还听见有人在哭泣。

我死了吗？怎么我还能感受到身边的世界？我才五十八岁，我还十分留恋这个世界，但是我也十分厌恶这个世界。我不记得我是怎么死的了，似乎说我是心脏病死的，但我不相信，我死的前一天还能骑自行车呢！

我不记得是怎么从医院来到这个地方的，这个地方我以前来过多次。我的妻子患癌症在床上卧病整整五年，五年来我每天细心地照料她、宽慰她，我也是在这个地方送走她的。我当时哭红了双眼，到底是几十年的夫妻感情呀！妻子离开我已经有五年了，现在我们相聚的日子到了。我将妻子的墓选在太湖之滨的那座青山上，风景秀丽，空气清新，当时我有先见之明，做了双坟，那紧挨着妻子坟边的是留给我自己的。

玻璃柜外似乎安静下来了，只有一两声轻轻的抽泣声，我知道这是我可爱的孙女，她是我唯一放心不下的。

大概现在追悼会开始了吧，这玻璃柜阻隔了外面的声音，我知道接下来一定是由工会主席致悼词，我使劲伸长耳朵，想听听他们对我的评价，却模模糊糊地听不清楚。算了吧，一定还是那一套，生平、贡献什么的，人去了，再说得花好桃好也就是那么回事了，人在世时你争我斗、你贬我损的。现在我不必再费这个神了，就安安心心地躺着吧。那丧葬师没将我后背上的衣角掖好，聚起了一团，我的腰眼处被硌得难受。

追悼会的这套程式我是十分熟悉的，我盼望前面的这些快快结束，我盼望与遗体告别的那一刻的来临，我可以与我想见的那些亲人、同事、朋友见见面，可以与我那可爱的孙女见见面，只是我的眼镜没有擦拭过，模模糊糊的。有谁来给我擦一下？我躺的玻璃柜前摆满了大大小小的花篮、花圈，我是喜爱菊花的，不知道这些花篮、花圈中是否有一个是菊花的，我喜欢那种橘黄颜色的菊花，这种菊花有着一种富贵气，虽然我的一生离富贵甚远，但是我还是喜欢这种菊花。

我始终在回忆我是怎么死的，我心里明白，我本来不会这样死的，我的晚年生活还没有开始，我刚刚乔迁了新居，我唯一的儿子也刚刚找到了一个他自己合意的工作，我最喜欢的孙女也刚刚到一个教学条件与教学质量都不错的小学，我在海外的挚友托付我联系的合资工厂也刚刚开张，我幸福的生活才刚刚开始呀，我却离世界而去，我不甘心呀！我不情愿呀！我始终在思索我是为什么而死的，是谁酿成了我的死？

哀乐声起来了，沉重悲哀。哭泣声响起了，苦痛悲凉。是遗体告别的仪式开始了吧？

噢，是我的儿子在我躺着的玻璃柜子前吧？我熟悉他那细长的身影，我熟悉他抽泣的声音。他离开大学讲坛去一家合资公司工作，令我十分伤心与激愤，那天我们俩为此事争吵了一个晚上。

儿子认为大学教师的待遇太差了，世界上中国大学教师是最穷的。他历数了美国、韩国、台湾、香港等地大学教师的工薪待遇，欲说明他仍然待在大学是没有前途的，欲说明他跳槽的高明。我愤愤地对他说，你的父母当了一辈子的大学教师，我家的几代人中不是教师，就是研究人员，可以说是历代为书香门第。他却以讥讽的口吻说，你们当了一辈子大学教师怎么样，还不是穷光蛋！我气得一时不知说什么好。

我们两夫妻从他小时候起就希望他今后能够成为专家、学者，成为知名的教授，根本没有想到他却自作主张地跳了槽，成了商场上的一员。那天气得我拍桌子大骂，他却固执己见，执迷不悟，还说我是不开通、太落后，我仍然记得当时儿子白净净的脸上那种怒气冲冲的样子。对待这个独生儿子，我们夫妻俩从小到大没有打过他，真是视为珍宝般，那天我确实被气极了，抬手给了他一个耳光。

他捂着被打红了的脸居然将桌上的一个气压热水瓶猛地摔在地板上，"砰"的一声热水瓶碎了，他愤愤然地摔门而去，留下了一句话："我再也不是小孩子了，我的事不要你管！"当时我气得七窍生烟，两眼一黑就什么也不知道了。后来是媳妇听到热水瓶炸了的声音推门进屋，见到我不省人事，才打电话让急救车送我进医院的。我一直在想是不是那次与儿子的争吵导致了我后来的死。

现在一定是我的那个媳妇站在我的面前了，大大的眼，白白的脸，对于我的离去她大概是高兴的，她肯定是不会掉一滴眼泪的。

我的儿子也不知怎么地找了这样一个当营业员的对象，人啊人！那次儿子买了一件新的滑雪衫，套上身才发觉脱了线，就去商店要求退货，不让退，平时老实巴交的儿子气愤地跟一个年轻的女营业员大吵了一通，气得他将滑雪衫往那女营业员身上一抛，说："你不退，就送你了！"他转身就走了。气愤至极的儿子，翌日给电台打了电话，反映了这件事。第二天，商店的经理就带着那女营业员上门来赔礼道歉了，并将退货款送了来，还当面批评了那女营业员。看着那女营业员眼泪汪汪诚恳道歉的模样，我这儿子倒生出一点儿怜香惜玉般的心情。真是不打不相识，不知怎么地，后来他们俩谈起了恋爱，从未谈过恋爱的儿子与她一黏上就摆不脱了。当儿子第一次把对象带上门来，我们夫妻俩都大吃一惊，都竭力反对，但是已经不可救药了。

媳妇人倒聪明，但钱看得特重，情就看得很轻。我平时带朋友或学生回家吃饭，她就会露出不耐烦的表情。儿子的跳槽大多也是让这媳妇逼的。那次，那个认我为干爸的女学生王雪荫来我家玩，她居然背着我对王雪荫说，要她没事别来我家。我气得将媳妇叫到跟前，问明了情况，责怪她说："以后，长辈的事你做媳妇的别说三道四的。"媳妇到底不是自己的儿子，我是用一种压抑的淡然的表情对她说的，但我内心的激愤也从我涨红了的脸上可以见到。是不是从那次事情后，我总感到胸口常常是闷闷的。我一直在想是不是那次与媳妇的谈话引起了后来我身体的每况愈下。

现在一定是我的小孙女站在这个冰冷的玻璃柜子面前了，我似乎已经听到了她的哭泣声了。小孙女是我最疼爱的，我多么想能够再抱抱她、亲亲她呀！她是我生活中的乐趣与希望，即便心里有点儿不快，只要孙女扑进我的怀里，我的不快就会烟消云散。

那次，为了孙女能上一个好一些的学校，我费了九牛二虎之力。那天朋友给我介绍了一所学校的教导主任，儿子、媳妇都说要给这教导主任烧烧香，我是特反对这一套的，儿子、媳妇提着蛋糕、火腿等找上门去，回来说虽然礼送出去了，但那教导主任的态度还是冷冷的，没说上几句话，主任就说马上要去开会，将他们撵出门外。和那介绍的朋友一说，朋友拊掌大笑，说那主任根本瞧不上你们送的那点东西，你知道没有关系的进这个学校要交多少赞助费吗？多的五六万，少的也要两三万。朋友让我自己去跑一趟，别提东西，就揣上五千元钱，用信封兜着给送去。我不愿去干这事，这多么丢脸呀！儿子、媳妇凑足了钱塞在我的手里，逼着我去走一趟。为了我可爱的小孙女，为了孙女能够上一个好一些的学校，我这张老脸也不顾了。

记得那天天气十分炎热，我穿着一件真丝短袖衫，兜里揣着五千元现款，骑着自行车就找去了，媳妇怕我在路上把钱给丢了，特意在我装钱的袋口用一枚别针别住了，让我记住在进门前将别针解下。那天是星期天，我找到了教导主任的家，还未进门我就觉得难堪，浑身不自在，真像去做小偷似的。我抬起手来真不想按那个红色的门铃，真想转身就回家。在那门口迟疑了许久，引起了上下楼梯人的注意，问我找谁。我说出教导主任的名字，按响了门铃。教导主任是一个精瘦的小个儿，一对鼠眼滴溜溜地转。进门后说明了来意，说出了朋友的名字，主任冷冷地寒暄了几句。我坐在那儿如坐针毡一般，想快点儿将事办了离开。我将手伸进裤兜取钱，但不好，那别针进门前忘了解下。我一边与主任寒暄，一边悄悄用力将那裤兜弄开了，取出信封，递给主任说，我孙女入校麻烦您通融，给有关的人打个招呼、送个礼的，这里有点钱您拿去活动活动，不够我再送来。我明显感觉到那主任的小眼睛一亮，嘴里却说，别，别，别，你的朋友是我的朋友，那你也就是我的朋友，朋友的事我怎么说也是会帮的，你这事我会努力的，你请放心。我听了他这番话，抬起身就告辞了。他似乎努力将那信封还我，但我感觉得到，还我不是真的。我匆匆抽身，走到门外，才感觉到一身大汗，真像大病了一场般的。我也不知道是不是那次送礼落下的心病。

站在我面前的是不是系总支书记？那胖胖的体态，那花白的头发，那用手推着常常要从她的塌鼻梁上掉下来的眼镜的姿势，肯定是她了。这位慈眉善目的老太太，却有着一张令人不寒而栗的嘴，系里的大事小事她都管。

我妻子过世后，她十分热心地为我介绍对象，一再做我的思想工作，说你还年轻，成个家安排好晚年生活是十分重要的，我却一再推辞，说还没有考虑这事。后来，老太太给介绍了一位美籍华人，比我小五岁，丈夫病逝了，特意回国来找老伴。条件是要找一个在大学当教师的知识分子，要找一个心肠好脾气好的男人。那美籍华人的丈夫是大老板，留给她一大笔遗产，她今生今世也用不完。书记找到了我，一定要让我去相亲。我当时真的为书记的热心所感动，无可奈何地由她带去了希尔顿宾馆，与那美籍华人见了一面。她看上去要比实际年龄年轻一些，虽然脸上有了不少皱纹，但皮肤还是白净净、光滑滑的。那天一起喝着咖啡聊着天。回来后，书记一定要我同意此事，还说你只要同意，其他的事都不要你管，结婚后马上可以去美国定居，生活根本不用你操心。我不好一口回绝，就说让我考虑考虑。其实，我根本不想去过那种寄人篱下、看人眼色的生活，我也舍不得我那可爱的小孙女，也不愿忘却我那已躺在太湖之滨的妻子，我的墓地也在那儿，我不愿意我的这把老骨头被埋在异国他乡。过了几天，当书记问起我时，我一口回绝了，令书记大惑不解，她说这样好的姻缘打着灯笼也难找，说你以后会后悔的。

出了那件猥亵女学生的事以后，我向组织交代了事情的前前后后。书记找我谈话，她不阴不阳地对我说，我以为你这辈子不想成家了，原来你是有这样的要求的！我以为你要忠实于你妻子的感情，原来你是想要年轻的姑娘！你表面上道貌岸然，内心里却男盗女娼，你要好好检查你的思想，你要狠挖思想的根子，要在党小组里做检查。当时，我一定涨得满脸通红，谁让我遇上这样的事，谁叫我自己没管束好自己呢？我原来是个十分要面子的人，书记的训斥将我的面子从里到外给扒了。我一直在想是不是从此后我就始终处在郁闷中，落下了身体溃败的隐患？

瘦瘦的站在我面前的是不是教研室主任？他那微驼着的背、瘦削的脸我仍不会忘记。我仍然记得在党小组会上他那咄咄逼人的口气，他让我从今后别再与女学生接触了，他让我从今后不能再当班主任了。瞧着他那唾沫飞溅的样子，我倒记起了他在"文化大革命"中首先站出来批斗老教授的模样。他确实有一套行之有效的办法，在每一个时期、每一个领导手下，他都能得宠。他似乎一辈子都当稳了教研室主任，掌管着教研室里的教师们的命运，顺我者昌、逆我者亡，拉一帮，打一帮，"文化大革命"的那些东西被他改造发挥得行之有效淋漓尽致。

仍记得那年申报教授时与他发生的矛盾。论资历、论学问我比他强得多，但论与领导的关系、论钻营的本事，我又比他逊色得多。我是既无害人之意，又无防人之心。他却在申报职称之前，就开始暗暗地算计人了。他知道在学术上竞争不过我，就千方百计去寻找我在其他方面的不是。他以教研室主任的名义，到我上课的班级里去调查我的上课情况，搜集了一些所谓的对我不利的情况。在职称申报以前就向系领导汇报。在职称申报后，他到处找学术委员会的评委们，在汇报他自己的教学、科研的成果时，横刺一枪，将我的教学说得一塌糊涂，并有名有姓有证有据地说出某某同学反映的。我申报了后，就继续躲在书斋里写我的书，外面已经传得纷纷扬扬了，我还被蒙在鼓里。直到关系较好的老师告诉我，我去找有关的领导询问，但学术委员会已经投了票，我以十分悬殊的票数落选了，他却被评上了教授。我一直在思索，是不是自那次职称评定后，我心里一直耿耿于怀，酿成了我后来的重病。

我不知道我的那位在菲律宾的挚友阿宏是否前来，两年前他出现在我家门口时我真的不认识了，这位我大学时代瘦瘦的好友已经是大腹便便红光满面的巨贾了。

阿宏在菲律宾继承了父亲的遗产后，在汽车业、化妆品等市场上生意做得红红火火，成为菲律宾的巨富。那年他到我家里，见到我家境窘困，提出拿二十万美元，让我在国内找一家企业合资，办一家中外合资企业，由我担任外资经理，全权处理有关合资的事务，以改善我目前的落魄处境。后来，我通过朋友找到一家乡镇企业，办起了一家合资工厂，共投入资金五十万美元，专做汽车零件，一部分销往菲律宾，一部分可在国内销售。厂里新盖了厂房和办公楼，专门留了一间做我的经理办公室。那一阵联系合资对象，落实产品生产，出入宾馆酒楼，进出高级轿车，享受高级宴会，下榻高级宾馆，舞会、桑拿、卡拉OK、扑克麻将，确实大开了眼界，改变了我原先家庭、学校两点一线的清苦简单的生活。

工厂开工以后，合资企业的国内方经理对我说，您就别天天上班了，这里的事儿我们每月会向您汇报，您想来这儿看看，打个电话来，我们就派车去接，您一家大小都带上，到这儿看看、玩玩，吃的、喝的、住的，我们都会安排好的，不用您费心，甭耽误了您在大学里的课，每月的工资我们会送到府上，每月您家的电话费可以拿来报销，每月还给您开一些交通费、公关费，您这把年纪心挂两头，太累了。我知道他们怕我干涉他们的事务，我也落得省心。那些日子的忙碌与生活节奏的改变，不知是否在我体内留下了某些隐患，如果是，那么好心的阿宏也就成了导致我走向死亡的罪魁祸首了。

站在我面前的是不是王雪荫？她那修长的身材、甜美的笑容总是难以从我的心中抹去。她的父母都在外地，那年过年他们夫妻俩回来后特意来到我家，让我平时关照关照王雪荫，甚至提出让她做我的干女儿。王雪荫是我做班主任班上的班长，人长得可爱，也聪明伶俐，有这样的女儿我也高兴。后来，果然她就对我以爸爸相称，我却仍然以名字称呼她。我真心地将她以自己的女儿看待，买了好菜就叫上她来一起吃，全家出去游玩也常常带上她。王雪荫也勤快，星期天常常来我家帮助洗洗涮涮的，起先我阻拦她这样做，后来拦不住也就随她去了。

　　我到现在也想不通我怎么会去猥亵女学生的，事情大概要从这儿说起吧。从班上的同学那儿传来信息，说王雪荫与系里的一位年轻的男教师交往过于密切，常常在外面双双出入舞会、进出影剧院。那位男教师高高个头，潇洒倜傥一表人才，在学术界为后起之秀，是众多女学生心中的白马王子。可惜的是他早已结婚，还有一个胖乎乎读小学的儿子。甚至学生还告诉我，白马王子的夫人还找过王雪荫，让她别老盯着她丈夫，还说像她这样年轻漂亮的女孩子可以找到更好的对象，何必缠着她的丈夫呢?! 听到这样的事，我就将王雪荫找到我的家中，想阻止她再与那男教师来往。一提到此事，王雪荫先是矢口否认，后我将从学生处听来的事儿一一道来，她红着脸不作声了。我告诫她作为一个女孩，要懂得自珍自爱，要爱惜自己的声誉，弄坏了名声悔之晚矣。她低着头任我说，一语不发。就是离开我家时她也没有说一句话，甚至连平时与我道别的话也没说。

　　后来，她依旧我行我素地与那年轻教师往来。我想到她父母对我的托付，就给她的父母写了信，将这些情况一五一十地告诉了她的父母。信寄出去后，王雪荫的父亲来过一次，也上门和我谈论了有关王雪荫的事情，那天王雪荫也来了，但一声不吭。她父亲走后，王雪荫好像收敛了一些，但暗地里仍然与那年轻教师来往，也不再上我家来了，远远地见到我她就故意躲着走，我想找她谈话也没有机会。她的表情似乎有些恨我，我想大概是恨我将事情对她的父亲说了。

　　一天下午，天气很冷，下着雪。儿子、媳妇都上班去了，我在家备课。王雪荫忽然来到我家，我感到十分惊奇，但也十分高兴，想好好与她谈谈，却总找不到机会。我赶紧给她泡了杯热咖啡，请她在靠近电热汀的地方坐下。那天，大概由于天冷，她的脸白里透红，虽然她的脸上还隐隐透着一股郁闷之气，但在她一身雪白的风衣与一条猩红围巾的映衬下，看上去仍十分艳丽。她不像过去来到我这里那样无拘无束，稍稍显得有些不自然。我想大概是许久没有到我家来的缘故吧。坐下了没多久，我们不着边际地聊着。突然，王雪荫脸上露出一种十分痛苦的表情，她甚至呻吟了起来。我赶紧问她怎么了。她说大概天冷，她有点儿胃疼。我问她要不要去医院，她说不碍事，以前常有，稍微揉揉就好了。我让她去床上躺一会儿，以前她星期天来我家也常常

241

在我家睡午觉的。她脱了鞋躺在了床上，自己用手揉着胃部。我看她皱紧着眉心吃力地揉着的样子，就说我来给你揉吧。王雪荫似乎并没有反对，并且将我的手按在她的胃部。我十分专心地揉着，虽然隔着一层内衣，但少女的肌肤的柔嫩、细腻仍然可以感觉得到。

自妻子卧病后我就一直未近过女色，整整十年。现在触到了少女的肌肤，我真的有些心旌摇荡情不自禁了，我暗暗努力克制住自己。我看到王雪荫微微合上了眼帘，脸上露出了一种十分惬意的神态，嘴里还不时发出哼哼唧唧的声音。一会儿，我发觉她那只白皙的手将我的手慢慢地往上推，一直推到她隆起的乳峰上。我昏了头了！我不能自持了！不由自主地在她的一对高耸的乳峰上揉搓了起来，她发出了更大的哼唧声。这种久违了十年的情境，使我想起十年前与妻子在一起的情景。我居然猛地将手伸进王雪荫的内衣里疯狂地在她的乳上、腹上，还有……并将自己的身体向床上歪去，乘势将嘴向王雪荫猩红的双唇贴去。她似乎一点也没有躲避的意思，反而将唇迎了上来，熟练地将舌头伸进我的嘴里，我几乎疯狂了。

大概是我的胳膊肘碰倒了床头柜上的玻璃杯，杯子倒了，里面的咖啡翻了出来，倒在我的裤腿上热乎乎地。我猛地翻身坐了起来，王雪荫也突然坐起，掩住了她被撩起的内衣，穿好了衣服，一言不发地离开了我的家。

她走后，我久久没回过神来，我一个劲儿地谴责自己，我怎么做出这样的事来?! 我以后怎么有脸去见学生?! 我怎么这样不要脸呢?! 我是她的干爸呀！我一个劲儿地用拳头捶自己的脑袋。后来想，好在没有进一步下去，真得感谢这只被撞倒的杯子，不然的话，后果真的不堪设想。整整一夜，我在床上辗转反侧、长吁短叹。

第二天中午，接到了系总支书记的电话，语气十分严厉，要我马上到系里去一下，说有重要的事情找我。一到了系里，见总支办公室除了书记以外，还有两个不相识的人，书记介绍说他们两位是派出所的，来向我调查一件事情，他们的脸上都露出十分严肃的表情。我知道大概是王雪荫把我告了，一听果然如此。我也不想隐瞒，将事情的经过原原本本地说了一遍。派出所的同志不时插上问几句，问的都是十分细节性的问题，有的甚至令人难以启齿，他们说是为了弄清事实的真相，我只好硬着头皮一一做了回答，当时我真恨不得地板上有个洞可以钻进去。后来就是党小组的帮助，党内的处分。

这桩事情发生后，我总不理解王雪荫怎么会这样对我，那天她到我家来是否是一种预谋性的？她的背后是否有人指使和教唆？这些想法我没对任何人说，我想她一个女孩子已被我坏了名声，我何必再与她过不去呢？一切都由我自己担当了吧。此后，我觉得有些无脸见人，除了应该上的课程外，我基本上待在家里，拒绝了一切与他人的交往，回避了一切公众的场面和集体活动。我一直在想是不是这次事件后，我将自己与社会隔离起来，导致了我重病的发生。

我想见的还有教研室的小林，他是教研室的生力军，教学科研都是好手，常常有高质量的论文在有影响的学术刊物上发表，我们也常常在一起谈论一些学术问题，有时他写完的文章会先拿给我看，让我给提提意见。小林是一位很有前途、有潜力的年轻学者，但他却常常遭到教研室里那些不学无术的人们的嫉妒与刁难，他们特意安排他去带学生实习，安排他去当班主任，甚至要他当系工会委员。他常常感到苦恼，因与我关系甚好，他就常常向我倒苦水，我也就在适当的时候为他说几句话，也给他解了一些难。

猥亵女学生事件发生后，小林来到我家，那时正是我最为苦闷的时候，他与我谈心，虽然他也温和地批评了我的不是，但他也指出了发生此事我的生理、心理上的原因。他还宽慰我说，其实你们俩之间并没有什么实质性的事情发生，劝我不必自暴自弃，仍然应该抬头挺胸地走路，高高兴兴地做人，但是我还是不能够。他的来到使我的心里宽松了不少。路遥知马力，患难见真情呀！我常常处于一种孤寂的境地，小林常常登门，告诉我一些系里发生的我不知道的事情，告诉我学术界的一些新的情况，和我一起讨论一些学术问题。他劝我干脆静下心，将我构思已久的一部学术著作写出来，但我仍然难以摆脱那件事情的阴影。

那天，小林来到我家，带来了他刚撰写完的一部学术著作的手稿，厚厚的一大摞。翻看了一下书稿，我十分吃惊，也十分兴奋。小林十分谦逊地让我先给他看看，提提意见，他再去与出版社联系出版事宜。小林走后，我就十分兴奋地读起书稿来，书稿中清晰的思维、大胆的论断、流畅的文笔，常常使我击节赞叹，但其中有一些过于偏激的观点我又不能苟同，我用铅笔在书稿上——做上了淡淡的记号，准备以后与小林一起讨论。当天晚上，我一直看到凌晨 1 点，才放下书稿沉沉睡去。以至于第二天上课差点儿迟到，我一路将自行车骑得飞快，刚跨进教室，上课铃就敲响了。是不是自那天以后我就感到有些体力不支，是否因此而埋下了重病的隐患？

············

噢，哀乐声怎么停止了？哭声怎么更响了？玻璃柜子大概被人推动了。有人似乎在拖着玻璃柜子不让走，那一定是我的儿子、我的孙女。放手，快放手！让我去吧！我憎恶这个钩心斗角的世界，我厌恶这个尔虞我诈的社会，虽然我不相信萨特的"他人即是地狱"之说，但我盼望人与人心的交流与相通，盼望人与人之间充满诚和爱。我喜欢《让世界充满爱》这首歌，我景慕释迦牟尼、基督耶稣对人世深深的爱，我甚至曾经想过去皈依宗教，无论是皈依释迦牟尼，还是皈依基督耶稣，盼望在其中得到心灵的拯救，获得内心的宁静，但是为时已晚。让我这多罪的肉体化作一缕青烟，让我的多苦的灵魂脱离这苦难的世界，让我去那风光明丽的太湖之滨永远陪伴我那经受了多年病苦折磨的妻子，我要向她忏悔，向她悔罪，诉说我心中的一切痛苦与烦恼，让我们俩如新婚时一样朝夕相伴，在太湖之滨的晨曦中、月光下漫步，享受另一个世界的宁静。噢，不用再作生命的凝望与叹息了。别了，司徒雷登！别了，来向我作别的人们！

原载《当代小说》2001 年第 8 期

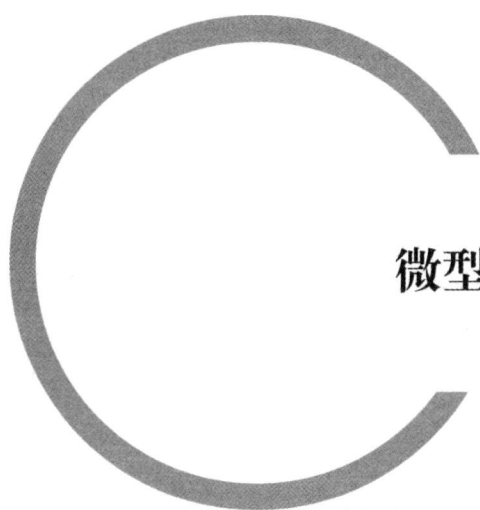

微型小说

牙 痛

　　李处长今天牙痛，右边的腮帮子都肿了，牙神经折磨得他脑门子都抽紧了，好像心脏每跳动一次脑门子就被抽一鞭子似的，李处长不禁时时倒抽一口凉气，李处长瘦瘦的高个子被折磨得愁眉苦脸背都有些弯了。

　　李处长上班时捂着脸抽着气，进办公大楼电梯时，有两位下属的女科长华科长、刘科长恭恭敬敬地向他打招呼，李处长用手捂着腮帮子唯唯诺诺地应答着。华科长见到李处长的神色，问："处长，您不舒服？"刘科长问："李处长，您有病？""牙痛，牙痛！"李处长支支吾吾含混地回答。

　　中午刘科长到华科长办公室串门，两个女科长谈天说地时不知怎么提起了李处长的牙痛。李处长是急性子，对下属特别严格甚至苛刻，两位女科长对于李处长的牙痛便有些幸灾乐祸。胖胖的华科长便说："这李鬼，是应该惩罚他，牙痛，牙痛，痛死他！"瘦瘦的刘科长说："这李鬼，牙痛，牙痛，现在没精神骂我们了吧。"

　　不知是谁提议编一个关于李处长牙痛的故事。华科长说："李处长去张局长办公室汇报工作，不知怎么惹恼了局长，局长怒气冲冲地抽了李处长一个大嘴巴。"刘科长说："李处长陪太太逛商场，李处长盯着身边走过的一位穿吊带裙的美女目不转睛，太太给了他一个大嘴巴。"华科长说："李处长星期天挤公交车，摸了一个女乘客的屁股，那女人回头就抽了他一个大嘴巴。"刘科长说："李处长酒后去嫖妓，一摸皮夹钱不够，妓女赏了他两个大嘴巴。"两个女人一胖一瘦越编越起劲、越说越高兴，两个女人嘻嘻哈哈笑成一团、抱成一团。

　　第二天，李处长上班时牙还隐隐作痛，但比昨日好多了，脑门子被抽紧的感觉已经舒缓了。他跨出电梯后，恍然间李处长总觉得他背后有一些奇异的眼光，那眼光有怀疑、有探询、有鄙视、有斥责，当李处长转身望着他们时，那眼光便荡开了；有一些人交头接耳窃窃私语，当李处长走近那些窃窃私语者时，他们便噤声走开了。

接下来的几天，大楼里便传开了有关李处长牙痛的几个版本：李处长的牙痛是因为挨了局长的耳光，李处长的牙痛是因为挨了太太的耳光，李处长的牙痛是因为挨了女乘客的耳光，李处长的牙痛是因为挨了妓女的耳光。各种版本的复述者复述的态度各异，有同情的，有怜悯的，有鄙视的，有斥责的。

几天后，李处长的牙痛痊愈了，李处长牙痛的各种版本的故事却仍然在大楼里流传着，只是还没有传到李处长的耳朵里。

原载《楚风》2014 年第 4 期

卡拉不 OK

处里来了位新处长李伯翰，张副处长与李处长是老相识，他知道李处长喜欢热闹，喜欢唱歌，虽然李伯翰五音不全。张副处长安排了酒宴为处长接风，处里大大小小职员整整两桌。酒足饭饱后，张副处长特意安排了卡拉OK，让能唱的、不能唱的都去。

李处长喝得有几分醉了，他兴高采烈地跨进包厢，脚被门槛绊了一下，一个趔趄差点栽了个跟头，张副处长和文洁科长伸手搀了一把，才没让李处长栽下身去。

服务员搬上了水果、茶点，张副处长麻利地为李处长点了三首歌，《南泥湾》《长江之歌》《东方之珠》，他知道李处长只会唱老歌，他将话筒恭敬地递给了李处长，李处长摆了摆手，说："你们先唱，我喘口气。"

音乐响起来了，文洁科长拿起话筒唱起了《南泥湾》，女性嗓音的柔美婉转，将这首民歌演绎得欢愉而生动，如呈现出满山满坡的鲜花，激起了阵阵掌声。文科长将话筒递给了李处长，《长江之歌》的前奏响起，李处长大大咧咧地起身亮开了嗓门，嗓音喧嚣刺耳，如狼嚎似驴叫，文洁不自然地皱了皱眉，张副处长却中气十足地吼了一声"好"，众人一起附和叫好，只有文洁没有出声。歌曲尾声音乐走向高音时，李处长的嗓音如裂帛撕竹，文洁不自觉地捂住了双耳，等到音乐停止时，文洁才如释重负般地松了口气。

当第二首歌响起时，文科长借上厕所离开了包厢，便有四五个人跟着他出来，有人边走边讥刺地说："精彩，精彩！"

文洁回到包厢时，张副处长正与陈小丽二重唱《明明白白我的心》，他们俩唱歌是老搭档了，处里还暗传他们俩关系暧昧，因此歌就唱得十分和谐婉转，将男女之间若隐若现的情愫表达得真切深入。文洁点了《绿叶对根的情意》，她坐在角落里观察着包厢里的情况。张副处长点了曲黄梅戏《夫妻双双把家还》，让陈小丽陪李处长一起唱。

文洁奇怪她点的歌屡屡被推迟，而后来点的歌却插在了前面。黄梅戏的音乐响起，李处长矜持地牵起陈小丽的手，起身站在包厢中间。"树上的鸟儿成双对"，陈小丽放声一唱，激起一阵喝彩。"绿水青山开笑颜"，李处长一放声，全场先没有反响，李处长不仅走音走调，而且将黄梅戏简直唱成了京剧，张副处长故意如票友一般吼了几声："好！好！"文洁有点坐立不安，有些如坐针毡，李处长与陈小丽的对唱，显得十分肉麻，十分做作。

黄梅戏唱完了，劈劈啪啪的掌声响起。李处长十分矜持地伸手让陈小丽先入座，李处长就落座在陈小丽身旁。

文洁唱起了《绿叶对根的情意》，她喜欢这首歌的婉转深沉，毛阿敏将这首歌演绎得真切感人，让文洁几乎落泪，今天文洁也深情地唱着这首歌，她觉得自己从来没有这样投入，从来没有这样深情，她唱完后，包厢里居然没有一丝反响，只有李处长独自拍了拍巴掌。文洁恍然间，觉得有些鹤立鸡群之感，她觉得她与这个氛围、这些人格格不入，有些规则与潜规则在这个小小的包厢里一览无遗。让谁先唱、对谁鼓掌，是不言而喻的。文洁放下话筒悄悄地回到她坐的角落。在昏暗的包厢里，她突然发现李处长的手放在陈小丽的大腿上，陈小丽好像满不在乎，她热情地给李处长点烟，李处长开玩笑似的一再将火吹灭，陈小丽故意擎起手要拍打李处长，李处长伸手就在陈小丽的腋下胳肢，陈小丽发出一声惊叫，李处长放声大笑起来。

李处长真的醉了，在包厢里吐了一地，将陈小丽的裙子也弄脏了。张副处长在边上的宾馆开了个房间，让几个下属将李处长送进房间，李处长还是拽着陈小丽的手不放。

文洁静静地观望着这一切，在她打出租车回家的路上，她喃喃自语："卡拉OK，卡拉OK，卡拉不OK。"第二天文洁请假没有去上班，她想换一个单位了。

原载《楚风》2014 年第 4 期

看手相

牛丰利近来迷上了看手相。他买了一大摞看手相的书，他逐一研究手相中的生命线、事业线、爱情线，他先给妻子、儿子看手相。他居然从妻子手相中看出，妻子一生有过三个男人，他握着妻子白皙的手，口沫飞溅地说着，好像妻子生活中的另外两个男人与他无关似的，其实牛丰利的确是妻子生活中的第三个男人。妻子的脸上腾起红晕，她很不高兴地从丈夫手中抽走了手，嘴里喃喃地说"胡说八道"，神态里却有被丈夫窥破隐私的羞赧与愤懑。

牛丰利对看手相有些着迷，他在朋友中的声名鹊起，只要有朋友聚会，便有人请牛丰利看手相。牛丰利握着女性柔软的手、男子筋脉凸露的手、老人瘦骨嶙峋的手，唾沫飞溅地指点着手相中的生命、事业和爱情。随着牛丰利看手相的名声越传越远，请他吃饭的机会也就越来越多，牛丰利看手相几乎成为聚会中的一道佳肴。

牛丰利很少主动为单位的同事看手相，单位里总有一些摩擦和争斗，他怕人们将这些与看手相搅和在一起，增加同事间不必要的猜忌。办公室里新来了一位女同事马丽丽，纤长的身材、白皙的皮肤、迷人的笑容，使她成为办公室里的一道风景。不知何时，马丽丽知道了牛丰利看手相的事，在办公室休息的时候，马丽丽便故意迈着模特的猫步走到牛丰利面前，将白皙的手掌伸到牛丰利眼前。牛丰利望着马丽丽不解地问："你干啥？你要啥？"马丽丽执拗地将手掌摊在牛丰利眼前，仍然不说话，一双大眼睛诡谲地望着他。

牛丰利瞪大了双眼问："借钱？没有！"

马丽丽噘了撅猩红的嘴唇说："谁问你借钱呀？三百万，你能借吗？"

"我说了没钱借你！"牛丰利的脸色更严峻了。

"看相！看手相！"马丽丽像上级命令下级。

"看相？你去马路上找吧！"牛丰利不屑一顾地说。

"都说你看相很准呢！你为我看看吧！"马丽丽收回了傲慢的神情，用几乎乞求的语气说。

牛丰利问："谁说我会看手相？别道听途说！"

马丽丽说："老牛，别装了，谁不知道你在朋友圈中看手相的名声，您就给我看看吧！"马丽丽变换了"您"来称呼。

牛丰利望着马丽丽白皙的长长的手指，不由自主地捏住了这只白皙的手掌，办公室里休息的同事们纷纷围了上来。

牛丰利推了推眼镜，仔细观察马丽丽的手掌，生命线婉转而细长，事业线跌宕而多变，爱情线凌乱而曲折。牛丰利一开口便语惊四座："马丽丽，你可以活到90岁！"办公室里腾起一阵惊呼。"马丽丽，你一生中有五个重要的男人！"办公室一片哗然，似乎谁引爆了一枚炸弹，笑的、叫的、跳的，办公室的空气好像划一根火柴就可以点燃了。

办公室的门被轻轻地推开了，进来一位西装革履的男子，是刘洋书记，单位里的一把手，办公室里刹那间安静了，人们纷纷回到自己的办公桌前，只有受惊扰的牛丰利与马丽丽有些不知所措，马丽丽的手掌仍然被牛丰利捏着。直到刘书记问："你们在干什么？"牛丰利才十分仓促悻悻地放下了马丽丽的手。

刘洋书记忽然觉得自己的表情过于严肃，便换了一副笑脸问："你们刚才在干什么？"

办公室里有人回答说："看手相！"

刘书记接茬说："看手相？给我看看吧！"他伸出一只大大的厚实的手掌。

刘洋书记是一位庄重严肃的领导，历来给人以不苟言笑、礼贤下士的印象，在单位同事们的眼里，他是一个执掌单位大权、主宰人们命运的权势者，高高在上、位高权重、严肃认真是大家对他的评价。

刘书记厚实的大手掌伸在牛丰利的面前，牛先生有些后悔刚才给马丽丽看手相，面对刘洋书记厚实手掌上清晰的掌纹，牛先生的眼睛亮了起来，他不由自主地握住了刘书记的手掌，仔细端详起了手掌上的掌纹。

刘书记望着牛丰利聚精会神的表情，他的脸色十分放松，一副漫不经心、不屑一顾的姿态，他的内心却有几分忐忑，他不知道牛丰利的嘴里会说出什么话语。

办公室里的人们也逐渐放松了，他们又纷纷围上前来，像看动物园里的大猩猩一样近距离地望着他们的领导，像看街头算卦的瞎子一样望着他们的同事牛丰利。马丽丽端详着牛丰利的表情，催促着牛丰利快说。

牛丰利捏着刘洋书记的手靠近窗前，他想再看看清楚，牛丰利就像街头的耍猴者一样，刘洋书记就像一只猴子一样被牵向了窗口。

办公室里的人们都盯着牛丰利两片厚厚的嘴唇，他们怕漏掉任何话语，他们想知道他们领导的命相。刘洋书记也望着牛丰利，他的右腿不由自主地抖动着，西裤的中缝便如风中的湖面一般抖动着涟漪。

牛丰利一贯以十分严谨的态度对待看手相，他一直认为手相是上帝给每个人的烙印，这是难以改变的，胡乱阐释会得罪上帝，必将给自己带来惩罚和噩运。

牛丰利启唇了，轻轻地，慢慢地："刘书记，您 60 岁时会有一场大病，如果熬过这场病，您能活到 85 岁！"

刘洋书记脸色沉了下来，却不以为然地说："真的吗？我只能活到 60 岁吗？"

牛丰利掰着刘洋书记的手掌急切地说："不是，不是，我说您如果熬过这场病，您能够活到 85 岁！"

"那么我的爱情线呢？"刘书记想尽快结束被人审问的尴尬场面。

牛丰利有些胆怯地说："刘书记，恕我直言，您的爱情线并不复杂，除了您的夫人以外，您的生活中只有一位与您关系特别密切的女性！"

刘洋书记突然间神色大变，他迅速地抽回了被握在牛丰利手中的手掌，脸色铁青一言不发地走出了办公室，他将办公室的门"砰"的一声重重地摔上了，让办公室里的人们的心都震动了一下，牛丰利被震得好像整个人都要跳起来了。

回到自己办公室的刘洋书记仍然十分愤怒，他想牛丰利说的除了夫人以外的另一位女性大概就是他的女秘书了，他不知道牛丰利究竟是从哪里得到他与女秘书有暧昧关系的信息的，还是真的是从他的手相里看出的。他在单位里几乎做得滴水不漏，对女秘书小李他处处表现出公事公办的姿态，就连小李乘周围无人时抛给他一个媚眼，他也故意将脸转开，装作没有看到。一次，小李到他办公室送文件时，故意没穿内裤，她将裙子下摆撩起露出下身，刘书记也将脸埋在文件上，故意不抬眼。只有将办公室的门落锁后，刘洋书记才像饿虎扑羊一般扑向女秘书小李。

整个下午牛丰利都有些魂不守舍，他心里想：我闯祸了！本来是看手相让大家乐乐的，谁料想刘洋书记闯了进来，本想躲开的，谁料刘洋书记伸手让他看手相，他又说了一些对刘书记不利的话语，尤其说了刘书记情感生活中有另外的女性，大概是揭露了刘书记的老底，像捅了一个马蜂窝一样！

牛丰利想找刘洋书记当面谈谈，关于上午的看手相，但是他不知道如何开口，说看手相是迷信，他不愿意这样说；说上午看手相看错了，好像又不能这样否定自己。牛丰利真不知道如何收拾这个残局，他心里装满了内疚与自责，他躲进厕所自己骂了自己一遍又一遍："蠢货！白痴！白痴！蠢货！"他甚至伸出手掌在自己的脸颊上左右开弓，狠狠地扇了自己几巴掌，他的心里才慢慢平静了下来。他终于没有去找刘洋书记，他心想随他去吧，船到桥头自然直！

渐渐地，牛丰利感受到看手相的负效应开始显现了，一双双"小鞋"始终追随着他。先是女秘书小李调走了，不知是刘书记的意思，还是小李的躲避。再是刘洋书记在单位全体大会上批评牛丰利，说他不以事业为重，从事迷信活动。大家都知道所谓的迷信活动，就是看手相。牛丰利前两天丢失了一份材料，其实那材料根本不重要，刘洋书记却因此扣除了牛丰利一年的奖金。单位里评级了，按照牛丰利的资历和实绩，他本该晋升一级的，张榜时却没有牛丰利的名字，列上榜的却是几位牛丰利后辈的名字。

牛丰利从此再也不给人看手相了，无论是朋友的聚会，还是亲戚的生日派对。牛丰利常常端详着自己的手掌，他仔细看着自己手掌上的事业线，他看出了自己掌纹中事业线的曲折，他想他熬过这一段，他的事业仍然会蒸蒸日上的。牛丰利给自己看手相成为办公室里的一道风景，他常常会坐在窗口久久地望着自己的手掌一言不发。

办公室里的同事们逐渐发现了牛丰利的变化，以前趾高气扬的牛丰利变得猥琐了、内敛了，有同事甚至发现牛丰利躲在厕所里扇自己耳光，他将此事向刘洋书记汇报了。

当天下午，办公室楼底驶来了一辆白色的中巴，那是市精神病院的车，牛丰利被几个五大三粗穿白大褂的男子押上了车，牛丰利挣扎着、反抗着，他用乞求的目光望着围观的同事们，希望能够得到帮助，围观的同事们都用十分冷漠的眼光看着，像观望从动物园里逃出的野兽，又被抓回动物园。

中巴启动了，牛丰利在车里号叫着，挣扎着，中巴一溜烟地向市精神病院驶去。站在办公室落地窗窗帘后的刘洋书记，望着眼前的这一幕，脸上露出了一丝不易察觉的笑意。

原载《楚风》2014 年第 4 期

喷　嚏

张林科长给李处长送汇报材料时，不小心打了一个喷嚏，唾沫喷了李处长一脸。

在张科长连连"对不起"的道歉声中，原本有一张驴脸的李处长的脸更长了。张林手忙脚乱地掏出手绢给李处长擦去脸上的唾沫。李处长突然闻到了一股恶臭，推开张林的手一看，张林从口袋里掏出来的竟然是一只臭袜子。张林不习惯用餐巾纸，平时还是用手绢，不知道怎么手绢居然变成了袜子。

这下李处长勃然大怒了，他连连往地下"呸呸呸"地吐唾沫。李处长愤怒地伸出大大的巴掌，他真想往躬身道歉的张林头顶上打一巴掌。张林觑见了李处长伸出的巴掌，他将脖子、脊背的肌肉都绷紧了，准备承受李处长重重的一掌。李处长将手高高抬起，又轻轻地放下了。他怒气冲冲地吼道："你、你、你……给我滚出去！"张林科长转身怯怯地退出了处长的办公室。

下午处里开大会，请张局长给大家做形势报告，走进会场的张林仍然为上午的喷嚏而惴惴不安。会议由李处长主持，登上台的张局长一脸慈祥。笑容可掬的李处长介绍完张局长，当他将话筒递给局长时，局长竟然张开大嘴仰天打了一个大大的喷嚏，这喷嚏完全喷洒在李处长脸上，会场里的人们完全被震慑住了！

到底是局长，打出的喷嚏也是如此威武雄壮！张林望着主席台上两位有些尴尬的领导，他想局长的喷嚏像是一头雄师的振鬣咆哮，与张局长的喷嚏相比较，他上午打的那个喷嚏只不过是老鼠胆怯的喷嚏而已。张林关注着李处长的表情，只见李处长并不急于抹去满脸的唾沫，他面对张局长歉意的表情，满脸堆笑地说："痛快！痛快！好雨知时节，当春乃发生呀！"全场哄然大笑，张局长愣了一愣，也尴尬地笑了。

由于李处长宽容而机智地处理了张局长的狮吼喷嚏，半个月后，李处长晋升了副局长。张科长去李副局长的新办公室表示祝贺，见到他，李副局长依旧脸拉得老长，一副爱理不理的样子。李处长晋升了副局长半个月后，打了个老鼠喷嚏的张科长却被降职了，从科长被降为一般职员，一个新进科室的大学生顶了张林的位置。

张林愤懑地想，同样是一个喷嚏，结果怎么完全不同呢？他打开办公室的窗，面对李副局长办公室的窗子，他想是不是应该再去找找李副局长。窗外吹进的凉风，张科长一个寒噤，猛然间打了一个大大喷嚏，张林自己也吓了一跳，像是一头雄师的振鬣咆哮，不知怎么他的裤子突然掉了下来，原来一个喷嚏居然将皮带也打断了。张林举起手在自己的脸上左右开弓扇了两个巴掌，愤愤地自言自语："我叫你打喷嚏！我叫你打喷嚏！"张林颓唐地提起裤子，突然，他复仇般地又是一个震天动地的喷嚏。

原载《小说界》2012 年第 5 期

性别投稿

　　张海涛喜欢文学，他在理发店做理发师，没有顾客的时候他就看看文学杂志，读读小说。小说读多了，他就起了创作的欲望，尤其是看到一些年轻的作家名利双收，他就决定在文学道路上开始蹒跚学步。他废寝忘食地读小说、写小说，最初写得特别艰难，虽然编故事好像不难，但是却往往找不到字眼。后来便慢慢地有些顺手了，他一篇篇地读着，一篇篇地写着，在他的抽屉里放了一摞写满字的稿纸，他常常津津有味地自我欣赏。

　　常常来理发的一位文绉绉的陈先生是大学教写作的老师，张海涛冒昧地将他的一篇习作给了这位老师，请他赐教，老师肯定了他创作的基础与才能，并指出了他小说的不足，还提出了修改的意见。张海涛按照老师的指点做了一点修改，陈先生给予了褒奖，并劝他向杂志投稿。他兴奋地请人将稿件打印了，并写了一封彬彬有礼、十分虔诚的信，留下了他的名字与地址，为写这封信他用了许多时间，动了不少脑筋。他将稿件小心翼翼地插进信封里，十分郑重地投入了信箱，就像放飞了他珍爱的一只信鸽，在放飞的时刻他就盼望着它能够早日飞回。

　　将稿件投入信箱后，他陷入了苦苦的等待，邮递员的铃声成为刺激他最敏感的信号，坐着吃饭的他会突然蹦起身，飞也似的跑下楼，他等待的回信却并未出现。等待的心态是焦虑的，以至于他在给人理发时也常常走神，甚至将一位顾客头顶的头发推过了头，弄得那位顾客勃然大怒，他只好一个劲儿地道歉。时间久了，就如等待一只久久未飞回的信鸽，也就将投稿的事情慢慢淡忘了。后来读到杂志上一篇类似题材的小说，又激发起了他投稿的欲望，他将稿件投给了另外一家文学刊物，又如石沉大海一般。

一天他为一个女顾客做头发，她是报社的记者，专门报道文学界的动态，他从她的口里了解到当下文坛的状况，美女作家、美男作家的走红令他特别羡慕。晚上，回到家里，他突发奇想，为自己起了一个女性化的笔名——樱子，将这个名字署在他小说上，并用粉红色的信笺写了一封十分女性化的信。他将稿件寄去了一家比较有名气的文学刊物，他将这次投稿看作了一次游戏，将稿件有点漫不经心地丢进了邮筒，随后就几乎将这件事情忘却了。张海涛如以往一样为人理发、读小说，他不再写小说了。

几个月后，张海涛的信箱里寄来了一包邮件，是寄给樱子的，他觉得有些奇怪，地址清清楚楚是他的。犹豫再三，他还是打开了邮件，是一份文学杂志，打开杂志，他恍然大悟，他的小说发表了！杂志中还附了编辑一封信，编辑称他为樱子小姐，他有些欣喜若狂，他的小说终于发表了，欣喜过后，他却有些悲哀，他想如果他还是用张海涛的本名，这篇小说能够发表吗？从这位男编辑热情洋溢的来信中他明显地感觉到了这一点。

他又将他写的作品寄给了这位编辑，仍然用樱子的笔名，仍然用粉红色的信笺，仍然用女性化的语气。樱子的作品先后一篇篇发表了，他成为文坛的一颗新星，并且获得了该刊本年度的大奖。编辑部隆重地举行了颁奖大会，张海涛上台去领奖，正是那位编辑给他颁奖。当他走上领奖台时，颁奖者却仍然用眼睛扫描着台下，并一遍遍地说，请樱子小姐上台领奖，请樱子小姐上台领奖！直到张海涛站在他的面前，轻轻地对他说我就是樱子时，颁奖者将一双眼瞪得如牛眼一般。张海涛又轻轻地说，樱子是我的笔名。他才好像有点不情愿地将奖状递到张海涛的手里，台下的人们看去好像是张海涛从他手里抢过来的。

原载《小说界》2007 年第 1 期

附：

转型时期的"学者小说"
——论杨剑龙的小说创作

李洪华

20世纪80年代以来，伴随着改革开放的不断深入，中国经历了经济社会和思想文化的结构性转型，经济体制从计划过渡到市场，思想文化由一元转到多元。转型时期，商品市场逐渐成为经济社会的主导力量，这种以承认主体物质利益为前提的经济体制使得物质利益及其交换法则获得了前所未有的合理性与合法性，从而从根本上改变了人们尤其是知识分子的思想观念和生存方式。在思想文化领域，旧的价值体系开始崩塌，新的价值体系尚未建立，迅速转型的经济体制和多元文化空间释放出诸多可能，长期维系意识形态一体化的时代"共名"开始被众声喧哗的多元化所取代。"这种多元并不只是文化类型的多元，也是价值取向、道德趋向的多元，因而不可避免地导致人们价值观念、思想意识和道德规范上的分歧和冲突。"[1]在人文批判精神和世俗价值取向此消彼长的过程中，知识分子的传统角色、社会地位及其人文精神在转型时期陷入空前危机。正是在这一时代语境中，油然而生的使命感和责任感驱使一批原本从事学术研究的学者走出书斋，"以笔为旗"，介入当下，创作出一些融理性思考和感性表达的"学者小说"，把匡时济世的情怀转化为对人文精神的坚守，并内化其小说特有的精神品质。杨剑龙正是这一类学者"越界"写作的代表。

近年来，原本致力于现当代文学和都市文化研究的杨剑龙先生陆续发表了《金牛河》《清明时节雨纷纷》《租赁男友》《消失了的朦胧》《凝望与叹息》《微信时代的回忆》《喷嚏》《牙痛》《卡拉不OK》《看手相》《性别投稿》等系列小说。这些作品笔涉长篇、中篇、短篇和微型等小说四大门类，既有对往昔的"历史之思"，也有对当下的"现实之刺"，以学院知识分子特有的知性和理性表达出强烈的公共关怀意识和深刻的现实批判精神。

一、"历史之思"彰显"学者小说"理性

在一般人看来，从事文学批评的学者常常是眼高手低，长于说教，短于创作，因为理性束缚了他们的感性，书斋囿限了他们的想象。然而，对于杨剑龙而言却并非如此。他不仅像其他多数学者那样，以严谨的态度在学术研究中孜孜以求，而且还把理性之思融入诗意想象，以文学创作表达生命感悟，彰显人文情怀。《金牛河》正是这样一部以"历史之思"彰显"学者小说"理性的长篇小说。小说中，作者以独特的知青视角对当年在赣北山村亲历过的青春岁月进行了诗意回想和历史沉思。从叙事层面上来看，《金牛河》主要由两类"文革"故事组成，一是外乡排工们的"江湖"往事，二是本地小镇人的现实人生。尽管在这两类故事中不乏新时期伤痕、反思小说中常见的苦难和悲剧，譬如，曾经的战斗英雄落魄为山野排工客死他乡；无辜商贩在批斗中不堪其辱逃亡异地；下放知青被"红卫兵"迫害至精神崩溃；纯真少女惨遭权贵子弟轮奸而精神失常；追求爱情的乡村寡妇当众受辱被迫害致死，等等。但是，政治伤害和人生苦难并未成为小说的叙事主题，《金牛河》扬弃了一般"文革"叙事的"苦难伤痕"的基调，也超越了一般知青小说"青春无悔"的主题，而是把视点下沉到生活的断层和人性的深处，既在往事的回溯中重新唤起我们对边缘乡土的诗意回想，更在历史的沉思中深入探究特殊年代的人性幽微。虽然在小说题记中作者饱含深情地写道："献给曾在广阔天地里的知青们，这里有我知青岁月的青春印痕。"但是值得注意的是，这部以知青为视角却不以知青为主体的长篇小说的价值更主要在于，它给我们呈现了诸多特殊年代乡村世俗生活经验之外的诗意与哲思，并因此提供了超越新时期以来知青书写的新经验。

《金牛河》对"文革"叙事和知青小说的扬弃与超越显然与作者的主体身份密不可分。作为长期从事文学批评和文化研究的学者，杨剑龙对曾经亲历过的青春岁月和乡村社会有着迥异于一般知青作家的人文关怀和理性沉思。小说中，牛汉国、麻大哥、大老李、宋海清等排工们的山野人生既粗鄙不羁，

又生气淋漓，既表现了对民间生存智慧和顽强生命力的赞美，又流露出对他们生活艰辛和命运无常的悲悯，并以此彰显出学者小说对个体生命的终极关怀。姜阿翠、梅梅、婷婷、姜疯子等小镇人物的生活遭遇和命运悲剧，既展现了特殊年代平凡人生的现实苦难，又揭示了乡村社会基层权力者的人性畸变，并以此探寻这些生活悲剧和人性畸变背后的深层历史文化成因。

在谈及"为何"及"如何"书写这段知青往事时，杨剑龙说，当年的插队生活"使我接触到另一种人生"，多年以来，"这段生活始终烙在我的心帆上"，"我总想用怎样的形式写下这些"。经过十年的思考、沉淀和尝试，他最终认为"用长篇小说来写出这段生活是比较合适的，长篇小说容纳生活的厚度和容量，可以比较全面地展现这段生活"[2]，"文学创作是一种作家以自己独特的眼光与思想观照生活的过程，作家对于生活的独特感受与理解，作家对于人生的深刻体悟与思考，都通过其独特的表达方式予以生动地展示，任何以他者的眼光与思想来诠释生活的，无论其似乎多么深刻，无论其似乎多么生动，它只不过是充当了别人的喉舌"[3]。由此，我们不难看出，正是因为学者的"理性自觉"促成了《金牛河》超越了知青小说自传式的感伤书写，把沉思投向了更深广的乡村大地和社会人生，并因此提供了新时期以来知青小说和"文革"叙事的新经验。

虽然长篇小说的形式比较适合"容纳生活的厚度和容量"，但事实上，杨剑龙的短篇小说也同样以"独特的眼光与思想"观照过去一段时期的生活，并通过"独特的方式"表达"对于生活的独特感受与理解""对于人生的深刻体悟与思考"。在短篇小说《微信时代的回忆》中，作者以后工业化时代的现代通讯负载着历史的沉重和命运的辗转，以退休大学老师张静媛与昔日同学之间的微信往来勾连"文革"往事和今昔之变。虽然小说中作者用"革命""串联""批斗""红卫兵""工宣队"等"文革"语汇激活特殊岁月的时代氛围，但是对历史过往的观照和人生命运的思考还主要是通过主人公钱蔚丽的生活变迁和命运遭际传达出来的。高干子弟钱蔚丽一度是老师们的宠儿、宣传队的骨干。然而"文革"中，父母落难，钱蔚丽失去了昔日的光彩，被当成流氓犯受到羞辱和批斗，精神失常。"文革"后，父母冤案平反，男友冤案昭雪，钱蔚丽的病情得到缓解，大学毕业后到日本工作，并结婚生子，过上了宁静平和的生活。小说中，主人公钱蔚丽的"文革"往事主要是借张静媛的视角来叙述的，而钱蔚丽的"文革"后经历则又是由其本人自述的，在这之外，故事外叙述者的眼光贯穿叙述始终。小说虽然采取第三人称叙述视角，但叙述者常常有意放弃全知全能的"特权"，而用故事内不同人物的感知替代叙述者的感知，试图更真实地透视人物的内心世界。由此我们不难看出，《微信时代的回忆》如何体现了学者小说的审美方式：故事内人物的眼光虽然带有主观偏见和感情色彩，但能够凸显叙述的在场感和真实性，而这一内视角叙述又被统摄于具有学者身份的故事外叙述者冷静、客观的叙述之中，从而彰显出学者小说融感性于理性的叙述魅力。

二、"现实之刺"彰显"学者小说"个性

陈思和先生在谈及转型时期的创作时说："在 90 年代文学界的知识分子人文精神普遍疲软的状态下，有相当一部分有所作为的作家放弃了 80 年代的精英立场，主动转向民间世界，从大地升腾的天地元气中吸取与现实抗衡的力量，还有的作家在文化边缘的生存环境中用个人话语来表达自己的感受。"[4]转型时期，随着市场经济地位的确立和消费文化语境的形成，一些日益被边缘化的人文知识分子开始分化，或迎合市场，或屈从权威，失去了关注社会的公共情怀。与此同时，逐渐失去轰动效应的文学也开始"躲避崇高"，或坠入庸常，或沉迷形式，回避了介入现实的批判精神。针对人文精神日显颓势的文学状况，杨剑龙呼吁知识分子尤其是作家，在这样一种边缘化的处境中，应该"摆脱知识分子的某种依附性"，"追求与保持自身的独立人格"，"追求自己创作的个性"[5]。在《租赁男友》《性别投稿》《喷嚏》《牙痛》《卡拉不 OK》《看手相》等现实题材小说中，杨剑龙把传统知识分子匡时济世的公共情怀转化为对人文精神的坚守，以学者的敏锐和深刻洞察时弊，针砭商品时代之种种"怪现状"，并揭示其背后深藏的精神实质，以"现实之刺"彰显"学者小说"个性。

马克思认为，人们的意识常常随着生活条件、社会关系、社会存在方式的改变而改变[6]。转型时期，当市场成为社会诸要素的主导力量，物质利益和交换法则获得了前所未有的合理性与合法性，商品时代的消费观念从根本

上改变了人们的价值观念和行为方式。在《租赁男友》中，作者以戏谑的笔调嘲讽了消费时代的爱情。女主人公姚丽丽是一位都市白领剩女，为了避免母亲没完没了的唠叨和相亲安排，竟然租赁一位男友回家应付差事。她在租赁启事中明确提出：租赁一位35岁以下未婚男性7天，要求大学以上文凭、个子1米75以上、长相清秀、谈吐得体。被租赁者以未婚夫身份跟随某女去浙江某市过年，一切开销由女方负责，被租赁者必须认真扮演未婚夫的角色，报酬人民币2万元。已有女友的男主人公陈海辉很快便成为这桩"买卖"的顾客。租赁期间，演员出身的陈海辉以假乱真地完成了"男友"角色，获得了应有的报酬。然而"合约"期满后，似是而非的"爱情"却让姚丽丽难以释怀，继续要求陈海辉"弄假成真"。在遭到拒绝后，姚丽丽向陈海辉的女友夏琳琳公开了他们的"租赁"关系。尽管"租赁"如约完成，可是"男友"却最终失去了真正的爱情。曾经谈婚论嫁的女友夏琳琳愤而离开了陈海辉。消费时代的爱情在市场流通中轻而易举地颠覆了传统婚姻伦理。从取材上看，学者小说虽也不离市井人物，但与一般市井小说不同的是，以知识学养为背景、以逻辑思维为导向的学者在观照事物时并非止于就事说事，娱乐读者，而常常是透过表象，探寻本质，启蒙大众。学者小说的这一创作指向在《性别投稿》中也得到充分体现。理发师张海涛"不务正业"地爱上了文学创作，虽然勤奋努力，也有专家赐教，但投出去的稿件却总是泥牛入海，杳无声息。屡受挫折的张海涛后来突发奇想，为自己起了一个女性化的笔名——樱子，并用粉红色的信笺向一家比较有名气的文学刊物写了一封十分女性化的投稿信，于是，出人意料的事情接踵而至："樱子"的小说不但发表了，而且还接到男编辑热情洋溢的来信。如法炮制的张海涛很快成为"文坛新星"，并获得该刊物的年度大奖。虽然作者对张海涛的"弄虚作假"并未流露出多少针砭之意，对男编辑"心怀不轨"的嘲讽也只是点到为止，但从结尾颁奖时男编辑的尴尬举止中我们不难看到，这个令人忍俊不禁的"性别投稿"故事讽刺的是商品经济时代价值标准的缺失与迷乱，并在更深层次上揭示了知识文化界积习难返的都市"阉寺性"问题。正如沈从文在《八骏图》中所揭示的，"高等知识者自认深得现代文明真谛，却也和一个普通湘西乡民一样，挡不住性爱的或隐或显的涌动。所不同者，是乡下人反能返璞归真，求得人性的谐和；而都市的智者却用由文明制造的种种绳索无形地捆绑自己，拘束与压制自己，以至于失态，跌入更加不文明的轮回圈中"[7]。

小说家族中的微型小说如同散文家族中的杂文，如匕首似投枪，反映现实，切中时弊，以短小精悍、见微知著著称。杨剑龙的微型小说常常以学者的思想锋芒和幽默智慧剑指当下职场人生，描画各类丑陋嘴脸，揭示时代精神病症。《喷嚏》借"喷嚏"带来的不同反应讽刺官场丑行。张科长因自己的喷嚏得罪处长被降职，而李处长却恰逢局长的喷嚏极尽谄媚获升迁。同样的喷嚏，不同的心态，迥异的结局。《牙痛》借"牙痛"引发的各种流言揭示机关不良风气。李处长的牙痛本不足为奇，华科长和刘科长的幸灾乐祸也情有可原，但由此引发的流言却折射出传统文化深处的国民劣根性。《看手相》借"手相"招致的人生悲剧批判权力者的人性丑恶。牛丰利因会看手相而声名鹊起，也因看手相道破牛书记隐私惹祸上身，大会受批，奖金被扣，晋级无望，最终被强行送进了精神病院。虽然命相玄学乃传统糟粕，但作者笔锋并非在此，而是借此抨击权力者公器私用的丑恶品性。这些作品虽然篇幅短，情节简，人物少，但是构思巧，内涵深，容量大。作者不但以生动的笔触活画了不同人物的丑恶嘴脸，更以批判的眼光揭示了日常生活背后的积习沉疴，这些融文化内省于现实批判的微型小说以其特有的思想力度显示出学者小说的个性魅力。

三、"学院之殇"彰显"学者小说"本性

大学不仅创造和传承学术文化，同时也凝聚和彰显时代精神。大学叙事是大学生活经验的真实表达，主要讲述的是大学人物的故事，关注的是学院知识分子的生存，并由此折射出时代的精神气候。转型时期，大学不再是知识分子单纯的生活社区和精神家园，商品经济大潮及其随之而来的各种世俗化浪潮很快冲决了守护大学的院墙，世俗喧嚣中的大学不再是与世隔绝的"象牙塔"，学院知识分子在教育产业化和高校社会化的改革浪潮中，"名正言顺"地走出学院成为世俗大众的一员。一旦市场成为联通学院与社会的桥梁，大学与学院知识分子很快便招徕了各类关注的目光。当世俗大众仍然以思想高地和精神导师的成规来打量他们的时候，大学和学院知识分子便不可避免

地背负上"难以承受之重"，成为公众舆论的中心。20 世纪 90 年代以来，关于学院人物和高校生活的大学叙事小说呈一时之盛，诸如汤吉夫的《大学纪事》、陈世旭的《裸体问题》、格非的《欲望的旗帜》、阎连科的《风雅颂》、邱华栋《教授》、张者的《桃李》等，都把批判的矛头指向了转型时期精神"沦陷"的大学及其知识分子。

在杨剑龙的小说创作中，关于学院知识分子的大学叙事应是最具本色的书写。自 20 世纪 70 年代末至 21 世纪初，近 40 年的学院人生使得杨剑龙在打量大学人物、叙写学院生活时有着特别的质感和温度，多方位呈现了转型时期高校知识分子的生存困窘和精神隐患等"学院之殇"。《清明时节雨纷纷》借新闻系教授李天白及其博士生姜丽文之间的婚外恋情导致的悲剧，反映了学院知识分子的生存状态和情感危机。李天白的"越矩"虽有人性的弱点，但更直接的深层原因是来自家庭的心理压抑。一心扑在学术上的苏海伦教授不仅疏忽人妻职责，而且还经常以学术优势压制和嘲弄丈夫。苏海伦教授虽然成为了事业上的强者，但却在婚姻家庭上失去了更多的人生。李天白与姜丽文两情相悦，婚恋自由，本无可厚非。然而，即便是改革开放的转型时期，在强调为人师表的学院内部对于"不逾矩"的传统儒家伦理仍然有着格外的要求。学校纪检部门的批评处分，妻子苏海伦锲而不舍的报复，学术竞争对手耿迪昌教授的借题发挥，校内外沸沸扬扬的舆论压力，李天白与姜丽文的悲剧终于在所难免。姜丽文因伤害苏海伦被判刑入狱，李天白因心灰意冷跳楼自尽。杨剑龙的大学叙事不仅贴近学院鼻息，而且深入学院内里，经由外部生活表象揭示其内里复杂的心理成因。在《凝望与叹息》中，作者借一位不甘于英年早逝的大学教师的独特视角，反映了商品经济时代学院知识分子的生存尴尬和心理隐患。同为大学教师的主人公夫妇，都令人叹息地英年早逝。近年来，学院知识分子的生存境遇和心理隐患常常引起各方关注。家庭问题、工作压力、情感危机等转型时期的各种矛盾冲突都在不同程度上蚕食着学院知识分子的身心健康。小说中，躺在殡仪馆里的"我"对自己的英年早逝心有不甘，以"凝望与叹息"等方式追问自己的死亡原因。在妻子病逝、儿子辞职、孙女上学、职称评定等各种现实烦恼之外，给"我"致命一击的是与干女儿王雪荫有悖伦理的"性丑闻"事件。吊诡的是，小说中作者对

"我"关于王雪荫的蓄谋猜测未置可否，却对"我"在性冲动过程中的心理和细节辗转铺陈，不惜笔墨，其叙述动机和深层用意不难明了：对于长期身处相对封闭而单调的学院生活中的知识分子而言，商品经济时代的竞争压力和欲望诱惑双重夹击下的生存困窘和心理重负不容忽视。

杨剑龙大学叙事的本色化书写不止是表现在学院生活的质感和温度，而且还体现在学者小说特有的知识蕴含和书卷气质。文学作品的知识蕴含不仅由创作主体的知识结构制约，还由题材所反映的生活内容规定。学院生活是蕴含着丰富知识的生活，大学生活小说的知识蕴含是由大学生活的内容特点决定的，应该成为大学生活小说最基本、最重要的特色。近年来，虽然反映学院生活的大学叙事小说并不少见，但是真正写出独具大学知识蕴含的成功大学叙事作品却并不多见。即使是那些曾经轰动一时的大学题材小说，也常常只是津津乐道于大学黑幕和欲望故事，而对学院人物特有的行为方式和精神气质视而不见，在很大程度上脱离了具有时代精神的大学生活主体。杨剑龙的大学叙事则在知识蕴含方面彰显了大学生活特有的审美情趣。在《清明时节雨纷纷》《凝望与叹息》和《消失了的朦胧》中，作者不但正面描写了课堂学习、学术会议、论文答辩、职称评议等具有学院本色的主体性生活，而且还通过学院人物富有知识蕴含的思维方式、话语方式和行为方式刻画了具有书卷气质的学院人物。《清明时节雨纷纷》中，新闻系教授李天白与化学系教授苏海伦夫妇之间的生活矛盾中常常交织着各自学术专业特色。譬如在日常争吵中，苏教授常常会翻着白眼嘲弄地问丈夫："大陆有新闻吗？狗咬人不是新闻，人咬狗才是新闻！大陆大多是狗咬人的新闻！"自认为学术知名度超过丈夫的苏教授，不但对新闻学专业戴着有色眼镜，而且对丈夫的学问也颇为不屑。这种学术歧视当然引起李天白的愤愤不平，况且他挣的钱也比苏教授多。文人相轻的传统积习在这对学者夫妇之间，最终演变成了家庭危机。《凝望与叹息》中的主人公夫妇给儿子设计的未来是"专家、学者、名教授"，然而不愿固守大学清贫的儿子却违背"父母之命"辞职从商，这对大学父子之间不可调和的矛盾背后实际上是不同时代知识分子的观念冲突。前辈学人信守的是传统知识分子的"清高"人格，后辈知识分子遵循的是商品经济时代的"变通"法则。知识蕴含所凸显的学院趣味在《消失了的朦胧》中表现得更为充分。患有眼疾的美术系教授华一帆一度受到同行和学生的推崇，他的作品"以一种独有的朦胧美构成其独特的意境，以其色彩运用的大胆与奇特，打破美术界传统的审美观念"，"具有极大的视觉冲击力，体现出一种生命的张扬与生动，洋溢着现代派的意味"。然而，华教授在摘除白内障以后，心态和事业却发生了逆转，"一切原先在他眼前模模糊糊、朦朦胧胧的都变得十分清晰了，他原先以想象去填补朦胧美，现在却没有了美感，他原先认为美的事物，现在却变得十分丑陋了"。显而易见，这些符合人物身份的学术话语大大丰富了作品中的知识蕴含，凸显了学院生活的特有情趣，丰富了小说的审美空间，提升了作品的思想境界，散发出浓郁的书卷气息，从而彰显出学者小说的魅力。

若干年前，王蒙曾在《读书》杂志上提出了"一个值得探讨的问题"——对作家忽视学问知识表示了深深的忧虑。他说，尽管有些作家在生活经验基础上能够写出优秀的作品，而许多学富五车的学者写不成小说，但是绝不能认为"搞创作不需要学问"。因为"光凭经验只能写出直接反映自己的切身经验的东西"，"很难持之长久"，"只有有了学问，用学问来熔冶、提炼、生发自己的经验，才能触类旁通、举一反三、融会贯通生活与艺术、现实与历史、经验与想象、思想与形体……从而不断开拓扩展，不断与时代同步前进，从而获得一个较长久、较旺盛、较开阔的艺术生命"[8]。当然，王蒙同时也对一些学者鄙薄创作实际表达了同样的遗憾。今天看来，王蒙这番关于学问与创作关系的中肯之语仍然具有十分重要的现实意义。缺乏学识的作家必定是狭隘的，其创作难以达到应有的深度和高度，而忽视创作实际的文艺学者也肯定只能"隔靴搔痒"，不得要领。因此，正是在上述意义上，我们说，转型时期杨剑龙等人的学者小说创作具有了特别的审美价值和文学意义。

参考文献

［1］马克思，恩格斯．马克思恩格斯选集：第一卷［M］．北京：人民出版社，1972．

［2］杨剑龙．金牛河［M］．合肥：安徽文艺出版社，2008．

［3］戚万学．多元文化背景中道德教育的文化自觉［J］．人民教育，2011（22）．

［4］杨剑龙．独立人格的追求与文学创作的个性［J］．钟山，1999（4）．

［5］陈思和．知识分子精神的自我救赎［J］．文艺争鸣，1999（5）．

［6］未果．说中国人的阉寺性［EB/OL］．中国作家网，2010-5-23．

［7］王蒙．一个值得探讨的问题［J］．读书，1982（11）．

（原载《当代文坛》2015年第5期）